La danseuse et le pianiste

*

Retrouvailles sous te

Collection : SAGAS

Titre original :
THE BALLERINA'S SECRET

Ce roman a déjà été publié en 2019

HARPERCOLLINS FRANCE
83-85, boulevard Vincent-Auriol, 75646 PARIS CEDEX 13
Service Clients — www.harlequin.fr
ISBN 978-2-2805-0774-5 — ISSN 2426-993X

Édité par HarperCollins France.
Composition et mise en pages Nord Compo.
Imprimé en août 2024 par CPI Black Print (Barcelone)
en utilisant 100% d'électricité renouvelable.
Dépôt légal : septembre 2024.

MIXTE
Papier issu de sources responsables
FSC® C159065

Pour limiter l'empreinte environnementale de ses livres, HarperCollins France s'engage à n'utiliser que du papier fabriqué à partir de bois provenant de forêts gérées durablement et de manière responsable.

TERI WILSON

La danseuse et le pianiste

IDYLLES À NEW YORK
VOLUME 1

Traduction française de
JOEL MALLET

SAGAS
HARLEQUIN

À Julia, Karen, Holly et
laird Joanna Macpherson,
propriétaire des Jardins d'Attadale
dans les Highlands,
où j'ai écrit les quatre premiers chapitres de ce roman.

Il me tarde de revenir.

1

De la musique bourdonnait dans la station de métro de la 66e Rue ce lundi après-midi. Tessa sentait uniquement les vibrations au sol, invitations à danser muettes et d'une douceur infinie.

Elle n'avait plus entendu de mélodies ni rien d'autre depuis longtemps. Plus d'un an. Si le brouhaha des foules et le bruissement des journaux ne lui manquaient pas, ces treize mois n'avaient pas suffi à effacer le souvenir de la musique et ses échos sur les mosaïques de céramique. De temps à autre, elle déposait encore un dollar ou deux dans un étui de guitare ou de violon ouvert sur le bitume sale. Les artistes de rue la gratifiaient souvent d'un sourire auquel elle répondait. Ensuite, elle observait l'archet effleurer les cordes sans bruit jusqu'à ce que le silence devienne trop douloureux.

Ce jour-là, la musique la trouva avant la vibration dans la plante de ses pieds. Avant même d'apercevoir le vieil homme affublé d'un Borsalino et d'un nœud papillon, qui jouait de la trompette près d'un des piliers couleur rouille. Elle s'en rendit compte plus exactement quand son chien remua les oreilles.

En bon guide de sourd, Bolchoï réagissait à certains sons : le téléphone, le réveil, son nom… Seulement, identifier la musique n'entrait pas dans ses attributions. On ne l'y avait pas entraîné en tout cas. Tout ce que Tessa savait, c'est qu'il aimait cela.

Ah ! quelle ironie !

Le sol trembla tandis qu'elle le suivait en bas des marches vers la station. Elle avait manqué le n° 1 vers les quartiers résidentiels de quelques instants à en croire le quai désert. Ne restaient qu'elle, son chien et le trompettiste. Tessa donna un peu de mou dans sa laisse, et Bolchoï trottina vers le musicien. Un joueur de jazz, à en juger par son style. Peut-être s'agissait-il du nœud papillon, ou de ses chaussures Richelieu noires et blanches.

Elle en avait porté des similaires l'année passée quand l'école de danse Wilde avait rendu hommage à Gershwin. Le rideau s'était levé sur *Rhapsody in Blue*, suivi de gestes sensuels plus proches de Bob Fosse que de la danse classique. Elle n'avait jamais revêtu autre chose que des pointes lors d'un ballet avant cela, trouvant là un répit salutaire pour ses pieds. En vérité, cela ne l'avait pas non plus dérangée de regagner ses chaussons avant le troisième interlude.

Tessa adorait les pointes. Depuis toujours. Ses premiers souvenirs se rapportaient aux pieds de danseurs dans les miroirs de l'école familiale tandis qu'elle jouait dans un coin. Cet art lui coulait dans le sang. Elle l'avait aimé dès le premier jour. À l'instant où elle avait touché une barre, elle n'avait plus pu s'en passer. Son destin était tout tracé.

Sa passion lui donnait l'incroyable frisson d'une chute libre. Elle avait beau abhorrer cette analogie désormais, elle n'en voyait pas de plus juste.

Puis, treize mois plus tôt, elle était tombée. Littéralement cette fois. Depuis, elle vivait dans une espèce de vertige constant. Jour après jour. Nuit après nuit.

La gorge nouée, elle ferma les yeux pour chasser ce souvenir. Elle ne voulait pas repenser à son accident. Pas aujourd'hui, pas après avoir enfin réuni tout son courage pour se lancer à la poursuite de ses rêves.

Quand elle rouvrit les paupières, le trompettiste l'observait de son regard amène de grand-père tout en soufflant dans son instrument. De là où elle se tenait, elle distingua les bords élimés de son nœud papillon, les fils décousus aux coudes de sa veste. Elle se demanda quelle chanson il jouait puis chercha un dollar dans son porte-monnaie.

Elle se pencha pour déposer le billet dans l'étui et, en se

relevant, vit qu'une petite foule l'avait rejointe. Les gens allaient travailler. Des employés de bureau, des hommes d'affaires et leurs mallettes, des femmes en tailleurs élégants. Et un peu à part, un inconnu aux yeux bleus rêveurs charpenté comme une sculpture de la Renaissance. Il dégageait une telle intensité. À vrai dire, il semblait furieux. Il lui rappela Heathcliff, ce personnage d'Emiliy Brontë, en beaucoup plus féroce.

Une fascinante cicatrice lui barrait la commissure des lèvres, exacerbant ses traits si nets. Elle le rendait moins parfait, plus humain.

Tessa paria qu'il était artiste.

Pourquoi observait-elle un parfait inconnu ? Qui plus est un qui semblait vouloir arracher la trompette des mains du musicien pour la casser en deux.

Pauvre grand-père. En cherchant un autre dollar, elle vit l'homme grimacer de façon exagérée. Il secoua la tête et la fustigea du regard.

Quel imbécile !

La laisse se tendit tout à coup entre ses mains. Elle baissa les yeux pour trouver son chien aux aguets, tourné vers le quai. Le métro arrivait.

En un an, elle avait mieux appris à interpréter le langage corporel de Bolchoï qu'à lire sur les lèvres. Chez elle, un coup de patte signifiait qu'on frappait à la porte. Deux coups, elle devait recharger son téléphone portable. Un assaut baveux le matin, il fallait se lever.

Dans les lieux publics, Bolchoï la guidait de façon plus subtile, car on ne l'avait pas dressé à réagir à tous les sons. Ses mouvements, même les plus infimes soubresauts de sa tête vulpine ou de ses oreilles en panache, indiquaient le volume. Elle se sentait plus à l'aise dans son environnement grâce à lui, plus en sécurité.

Dans la mesure du possible cela dit.

Elle monta dans le wagon, se trouva un siège d'où elle pouvait bien voir l'écran des divers arrêts et s'efforça de ne pas trop s'attarder sur le fait que sa seule relation un tant soit peu intime, elle l'entretenait avec son chien. À bien y réfléchir, ce n'était pas vrai. La danse passait avant tout. Le ballet incarnait son seul et unique amour, la source de ses plus grands éclats de joie, et hélas ! de ses plus profondes blessures. Son rapport à son art se voulait donc compliqué.

Elle avait l'impression de parler de son statut Facebook. Parfait.

Tessa soupira. Elle préférait ne pas penser à ses amours, ou plutôt à leur inexistence. Si les choses s'étaient mieux déroulées, Owen ne l'aurait pas quittée. Elle mènerait une vie d'épouse, de mère… Un jour peut-être.

Ou peut-être pas.

Le moment était mal choisi, car elle devait se consacrer corps et âme à relancer sa carrière. L'amour, et même l'amitié, cela pouvait bien attendre, non ?

Elle ne vivait pas en ermite pour autant. Elle assurait six cours par semaine à l'école de danse de sa mère. Certes, la plupart de ses élèves oscillaient entre quatre et six ans ; cependant, ils restaient des êtres humains et lui offraient une interaction quotidienne avec le monde.

Par ailleurs, elle pouvait plus ou moins compter sur ses camarades ballerines, notamment son amie Violet. Elles avaient auditionné ensemble pendant des années, assez longtemps pour ne plus espérer atteindre le rang d'étoile ou obtenir un rôle de soliste, mais cela lui importait peu. Tessa voulait danser, rien de plus. Elle devait simplement trouver quelqu'un qui lui donnerait sa chance.

Ne pas entendre la musique présentait son lot de difficultés pour s'entraîner. Ainsi, passer ne serait-ce que quelques instants sur scène aurait suffi à la combler, dût-elle rester dans l'ombre de ballerines plus talentueuses, elles.

Elle savait que les autres, ceux qui ne souffraient pas de surdité, ne la comprenaient pas et ne s'embêtait plus à tenter de leur expliquer. Même sa famille semblait ne pas la soutenir.

Elle serra son chien tendrement.

— C'est mieux ainsi, hein Bolchoï ? Rien que toi et moi.

L'animal se pencha en avant pour lui lécher la joue.

— Mon gentil toutou, murmura-t-elle, encore hantée par sa mélancolie.

Elle n'aurait jamais dû s'arrêter devant le trompettiste. Ne pas entendre une mélodie si visible dans les gestes agiles du musicien et dans l'intensité de ses sourcils froncés lui rappelait toujours plus ce qu'elle avait perdu. Or, elle détestait ressasser ce qui lui avait filé entre les doigts. Sa mère s'en chargeait bien assez.

Elle ouvrit son sac pour en sortir un second, plus petit et à cordon de chez Freed of London. Une telle extravagance n'entrait pas dans ses habitudes. Elle n'avait pas besoin de pointes de marque pour ses cours, ceux-ci se résumant la plupart du temps à des journées entières de pliés.

Cependant, la semaine à venir ne s'avérerait normale en rien. Le ballet de Manhattan avait organisé trois jours d'audition pour un nouveau spectacle ; une pièce originale montée par le danseur devenu chorégraphe, Alexei Ivanov. En à peine deux ans depuis sa reconversion, ce Russe aussi légendaire que Mikhail Baryshnikov s'était attiré les faveurs des critiques qui le comparaient déjà à George Balanchine.

Aujourd'hui, il venait à Manhattan. À quelques arrêts de métro du studio où Tessa dansait depuis ses trois ans.

Elle s'était offert ces chaussons pour Ivanov, trop consciente que ses chances d'intégrer cette troupe frôlaient le zéro. Malgré tout, elle n'abandonnerait pas. Quelle danseuse digne de ce nom ne sauterait pas sur l'occasion ?

Une danseuse qui ne participe plus à des représentations et ne donne que des cours, voilà tout.

Elle refusait de devenir cette danseuse-là. Plus maintenant. Peu importaient ses chances de réussite, elle ne renoncerait pas.

Pas tout de suite.

Elle tira son nécessaire à couture de la poche latérale de son sac et parvint à passer le fil dans le chas malgré les secousses du wagon. Combien de rubans avait-elle cousus à des pointes ? Elle y arriverait sans doute les yeux fermés. Il lui avait semblé y consacrer des journées entières lors d'une saison de *Casse-Noisette* à l'école Wilde, où les représentations consécutives avaient tellement exténué les danseurs qu'ils avaient du mal à garder le dos bien droit.

Jouer les couturières dans un métro en marche ne lui posait aucun problème. Une fois chez elle, elle n'aurait plus qu'à appliquer de la glace sur ses pieds, se faire couler un bain aux sels et se coucher.

Pas besoin de vie sociale de toute façon.

Mais elle n'avait pas le temps de s'apitoyer sur elle-même. Pour une journée si importante, tous les danseurs allaient probablement s'accorder une bonne nuit de sommeil. Même Chance Gabel. Peu importe s'il partageait son lit avec une énième conquête.

Elle cala l'aiguille dans le poignet de son pull le temps de défaire les ficelles du sac où attendaient ses nouveaux chaussons. Elle en sortit un puis une délicate bobine de ruban rose pâle. Quand elle posa le ruban contre la chaussure, Bolchoï lui donna une petite tape.

Tessa lâcha la ballerine sur ses genoux et leva la tête, sans rien remarquer d'anormal.

— Qu'y a-t-il ? demanda-t-elle à mi-voix.

Le chien inclina la tête et pencha ses oreilles brun-roux en avant. On aurait dit qu'il tentait de l'avertir d'un son en particulier.

Elle observa la femme enceinte en face d'elle et les deux requins de la finance près des portes. Aucun ne paraissait inquiet, il ne devait donc pas y avoir d'urgence.

Tessa caressa le dos de son chien. Il devait être fatigué. Elle le laisserait chez elle le lendemain. Elle ne pouvait pas se permettre de l'emmener à son audition. Elle voulait à tout prix éviter d'attirer l'attention sur sa surdité.

Elle s'en sortirait. Affronter la ville sans lui un seul jour ne l'effrayait pas, et elle n'avait pas le choix de toute façon.

Tout se passerait bien dans son petit monde. Son petit monde silencieux.

Tout allait toujours bien.

Avant même d'arriver sur le quai, Julian n'en pouvait déjà plus de sa journée, seulement il devait bien gagner sa vie et refréner son envie de rester chez lui. Il venait de subir les affres et l'humiliation de son premier entretien d'embauche en dix ans.

Non, pis qu'un entretien. Une audition.

Pour un événement dont il se désintéressait au plus haut point.

Même si l'emploi démarrait dès le lendemain, il ignorait encore s'il l'avait décroché. Cependant, son ami Chance s'assurerait de faire peser la balance en sa faveur. Alors, bon gré mal gré, Julian n'aurait pas le choix.

Non pas qu'il rechignât à l'idée de travailler. En fait, il préférait cela au néant qui s'emparait un peu plus de sa vie jour après jour. Il s'était tout bonnement imaginé trouver un autre métier après avoir dilapidé l'argent de sa gloire passée. Un autre métier que musicien.

Ce trompettiste avait mené Julian sur les territoires trop familiers d'un agacement sans nom. À l'image d'une chanson entêtante, ce sentiment semblait le poursuivre. Sa vie se résumait à la colère ces derniers temps, depuis deux ans à vrai dire. Pourtant, il préférait passer pour un rustre amer et irascible plutôt qu'on le prenne en pitié. Et si personne ne pensait plus à lui du tout, eh bien, tant mieux.

En montant dans la rame, il s'en voulut d'avoir laissé le musicien de rue attiser sa rage. Ce trompettiste n'était qu'un vieil homme. Il n'était personne.

En attendant, lui peut jouer de la trompette.

Il s'enfonça dans le dernier siège libre du wagon, situé pile derrière la femme qui avait donné un dollar au vieillard. Deux en fait. Et, sauf s'il se trompait, elle n'avait cherché le second qu'après avoir vu la désapprobation sur son visage.

— Il n'était pas si bon que ça, vous savez, commenta Julian en se tournant vers elle.

Elle était belle à bien y réfléchir. Ses magnifiques cheveux blond vénitien attachés révélaient une nuque gracieuse. Dans sa manière de se déplacer flottaient des allures de poésie, de lyrisme. Il l'avait immédiatement remarqué sur le quai. Or, Julian ne prêtait plus attention à ce genre de choses.

Il se perdit dans une mèche rebelle cascadant jusque sur son dos et dut se retenir de l'entortiller entre ses doigts.

Mais à quoi pensait-il ? S'était-il terré si longtemps dans son appartement-terrasse qu'il en avait oublié les règles de base de la vie sociale ? Oui, il ne voyait pas d'autre explication.

Il s'éclaircit la voix et s'adressa à elle encore une fois.

— C'était gentil à vous de lui donner deux billets. Très gentil même. Mais il manquait de rythme.

Mais pourquoi, pourquoi se sentait-il obligé de se justifier auprès d'une parfaite inconnue ? Qui l'ignorait royalement de toute évidence.

Elle ne réagit pas. Toute son attention se prêtait à ce qu'elle tenait sur ses genoux. Son chien fixait Julian en revanche. Plutôt mignon, ce chien. Roux et blanc, aux oreilles ébouriffées gigantesques, presque ridicules pour son petit corps. L'animal cligna des yeux, tendit la tête et releva ses oreilles qui parurent encore plus énormes à ce moment.

— Enfin bref, insista Julian, c'était gentil de votre part.

Il attendit un instant, mais elle ne répondit pas... encore... Alors il la laissa tranquille. Tous les deux passèrent le reste du trajet dos à dos, à quelques centimètres l'un de l'autre.

Dans le silence.

2

Le son l'assaillit le lendemain en une éruption inattendue, éclatant tous les souvenirs que Tessa en avait gardés.

Elle s'imaginait de douces mélodies cadencées. Des murmures enchanteurs de violons. Elle se rappelait le bruit étouffé des pas des ballerines et le rythme de sa respiration lors de ses exercices. Inspirer, expirer. Inspirer, expirer.

Elle se remémora le frottement d'un rideau de velours un soir de récital, le tumulte assourdissant d'une ovation et le bruit de flocons alourdis qu'émettaient les bouquets de roses lancés sur scène.

Et la musique. Comment aurait-elle pu l'oublier ? Même aujourd'hui, elle pouvait chanter les fioritures du *Lac des cygnes.* Il lui semblait encore entendre des chansons dans son sommeil, des adages dans ses rêves et du Stravinsky cacophonique dans ses cauchemars, bien trop fréquents, elle devait l'admettre.

Pourquoi son subconscient ne s'attachait-il pas aux rythmes de son enfance ? Pourquoi ne la ramenait-il pas à ces mélodies-là ? Dès l'instant où elle avait enfilé sa première paire de pointes, sa vie s'était muée en un ballet. Rien n'avait changé, même si la musique s'était éteinte.

Aujourd'hui pourtant, elle l'entendait. Elle ignorait pourquoi. Des accords encore inédits. Bruyants, plus intenses que n'importe quelle symphonie, plus forts que le son lui-même. Elle le ressentait aussi, par habitude, mais sans devoir se concentrer. Les notes surgissaient du plancher de la salle de répétition, se faufilaient entre les semelles de ses pointes jusque dans son corps en une décharge électrique. Elle crut reprendre vie, comme possédée.

Peut-être perdait-elle la raison et connaîtrait une fin à la Black Swan. Grands dieux, non. L'accident lui avait déjà trop pris sans devoir en plus ajouter sa santé mentale à la liste.

Elle ne comprenait toujours pas. Une pareille blessure pouvait-elle guérir d'un seul coup ?

Possible.

Les médecins lui en avaient parlé, mais elle avait perdu espoir après tout ce temps et avait fait la paix avec le silence.

Seulement, tout ce bruit n'avait rien de paisible. Même son corps semblait lui désobéir. Toutes ses pensées s'emmêlaient.

Tessa heurta quelqu'un avec son épaule en ratant un tour piqué. Ses jambes allaient bien trop vite. Elle voyait les autres danseurs du coin de l'œil. Comme elle, chacun portait un numéro épinglé à son justaucorps. À la différence qu'eux bougeaient en une harmonie parfaite. Quel embarras ! Tessa passait justement des heures entières à l'école de danse en vue d'éviter ce genre de situation. Même si la perfection lui échappait toujours, elle s'entraînait dès qu'elle le pouvait. D'autres réalisaient peut-être de meilleures arabesques ou de plus belles pointes, mais Tessa se rattrapait à l'idée de pouvoir suivre le rythme aussi bien, voire mieux, que le reste de la troupe.

Tout ce chaos soudain l'empêchait de se concentrer. Durant ces treize longs mois à souhaiter recouvrer l'ouïe, elle ne s'était jamais imaginé à quel point ce serait écrasant. Si effrayant. Elle ignorait même si c'était réel.

Pourquoi maintenant, en pleine audition ? Pourquoi devait-elle sombrer dans la folie aujourd'hui ? Elle s'arrêta en titubant. Mme Daria, la directrice de la troupe était venue se camper devant elle et lui lançait un regard noir.

— N° 28 ? l'appela-t-elle sans la quitter des yeux.

Tessa hocha la tête. C'était le numéro qu'on lui avait attribué quand elle était arrivée aux aurores. Elle le garderait jusqu'à la fin des auditions.

Si elle ne se faisait pas évincer avant.

— Vous n'êtes pas en rythme. On reprend, dit la maîtresse de ballet en marquant le décompte sur ses doigts. 5, 6, 7, 8.

Derrière sa main, sa bouche remuait, émettant un son vague, indéchiffrable. Tessa dut lire sur ses lèvres.

— Oui, madame, ça va aller, acquiesça-t-elle en essuyant la sueur sur son front.

La situation devenait de plus en plus étrange. Elle entendait, mais tout sonnait faux, trop fort, trop perturbant. C'en était insupportable.

Elle voulut se plaquer les mains sur les oreilles, mais se contenta de reprendre sa place pour le prochain exercice puis Mme Daria tapa des mains afin de mettre un terme à la musique. Leur écho résonnait encore dans les oreilles de Tessa.

Dieu merci. Il lui fallait un instant pour se ressaisir. Elle prit de longues inspirations et, heureusement, tout sembla s'arranger. Avec un peu de chance, les choses resteraient ainsi.

Calmes. Silencieuses. Normales.

Les autres danseurs arpentaient la pièce, s'étiraient en posant la tête sur les genoux, retrouvaient leur souffle, leur regard plein d'espoir tourné vers les portes du studio. Le cœur de Tessa s'emballa, elle posa la main sur sa poitrine. Le moment attendu de tous arrivait enfin : l'entrée du grand Ivanov, l'homme qui pouvait lancer ou briser la carrière d'un danseur sur un caprice... Sans jamais s'en priver.

Et Tessa qui venait de rater un simple tour piqué.

Sans compter le chaos dans ses oreilles. Magnifique...

Les candidats se remirent en position ; les membres de la troupe à l'avant, les aspirants dans le fond. C'était loin d'être idéal pour Tessa, notamment pour lire sur les lèvres, mais elle n'osa pas demander à changer de place. Elle n'avait jamais exigé aucun traitement de faveur, elle n'allait pas commencer aujourd'hui.

Elle s'aligna aux autres, à côté de Violet, et se pencha sur la barre.

— Tout va bien ? s'inquiéta son amie en replaçant une mèche rebelle dans son chignon.

— J'ai un peu de mal ce matin, répondit Tessa en faisant de son mieux pour feindre la nonchalance. Je vais me reprendre.

— D'accord.

Violet lui adressa un signe de tête ferme afin de lui rappeler l'importance de cette audition. Comme si Tessa allait l'oublier.

Elle songea à se confier à elle, mais comment lui dire ? Elle ne savait même pas ce qu'il lui arrivait.

Le temps manquait de toute manière. Si rien ne s'arrangeait, elle lui en toucherait un mot plus tard et filerait tout droit chez le médecin.

Pour l'heure, Tessa observa le grand miroir, à la recherche d'un angle optimal. Elle avait appris à se servir du reflet des gens à son avantage.

Elle ne comptait presque que sur cela. En balayant la pièce du regard, elle mémorisa chaque détail. Puis, elle remarqua un homme aigri à l'air familier assis au piano.

Lui.

Elle plissa les yeux pour s'assurer de ne pas avoir d'hallucinations. Non, c'était bien lui, le mufle du métro.

Elle se renfrogna. Pourquoi ne l'avait-elle pas reconnu plus tôt ?

Peut-être à cause de l'orchestre fou dans ta tête.

Elle observa le musicien, se demandant s'il jouait un rôle même infime dans son trouble. Quelle absurdité ! Il s'agissait d'un phénomène physique, personne n'y pouvait rien. Encore moins le pianiste.

Son allure la perturbait cela dit. Ses yeux bleus perçants en contraste avec sa chevelure de jais ainsi que sa mâchoire bien prononcée lui proféraient un charme fou. Et cette cicatrice mystérieuse… Elle ne put s'empêcher de fixer sa bouche. Cette ligne parfaite, boudeuse. Pourquoi semblait-il si furieux tout le temps ?

Tessa lutta pour se tourner, et leurs regards se croisèrent. Il arqua un sourcil accusateur ; il l'avait reconnue, elle, la terrible ballerine qui avait osé ne pas respecter le rythme de sa musique. Tessa s'esquiva alors.

Elle devait se concentrer sur la maîtresse de ballet, personne d'autre.

— Messieurs-dames, un peu d'attention s'il vous plaît.

Mme Daria joignit les mains en observant le devant de la salle, là où se tenaient ceux qui importaient le plus.

Techniquement, personne ne se trouvait à l'abri d'un refus. Ainsi, les étoiles de la troupe comme les simples aspirants se voyaient forcés de passer les auditions pour Ivanov. Aucun problème. Tessa était déjà heureuse de pouvoir encore danser. Et peut-être, à tout hasard, puisqu'elle n'était personne, la maîtresse de ballet aurait oublié sa bourde.

L'invisibilité offrait certains avantages.

Mme Daria fit un geste vers l'homme qui venait enfin d'entrer pour se poster à côté d'elle.

— Veuillez accueillir Alexei Ivanov. Comme vous le savez tous, cette saison, le ballet de Manhattan a l'insigne honneur de le recevoir en sa qualité de chorégraphe pour le programme d'ouverture. Il a composé un spectacle spécialement pour nous, spectacle que vous commencerez à apprendre dès aujourd'hui. Dans trois jours, une vingtaine d'entre vous intégrera le ballet... Si votre bonne étoile vous sourit.

Tessa se joignit aux applaudissements de ses camarades, sans se rendre compte qu'elle observait de nouveau le pianiste qui la foudroyait en retour. Une fois de plus. Elle ne devait pas être si invisible que cela.

Elle rougit.

Concentre-toi.

Trouverait-elle un tant soit peu de répit aujourd'hui ? Ou les choses allaient-elles devenir encore plus étranges ?

— Prenez une pause. Hydratez-vous, gardez vos muscles bien chauds. Nous reprenons dans exactement dix minutes.

Ainsi le grand Ivanov ne daignerait pas leur adresser un mot ? Tant mieux. Tessa préférait l'action aux longs discours.

— Nous jugerons tout d'abord les aspirants, leur indiqua Daria en se focalisant sur Tessa.

Fantastique. Son erreur n'était pas passée inaperçue.

— Ce nouveau spectacle démarre sur un pas de groupe très complexe. Montrez le meilleur de vous-mêmes. Ne faites pas perdre son temps à M. Ivanov.

Tessa ravala sa salive. La voix de sa mère résonna dans son esprit.

« Tu es un professeur extraordinaire, Tessa. Les enfants t'adorent, et l'école Wilde, c'est chez toi. Tu auras toujours ta place parmi nous. Ce serait plus simple. »

Tessa, elle, ne voulait pas d'une solution de facilité. Elle refusait d'enseigner la danse classique pour le reste de ses jours. Cela équivalait à se résigner. Cela signifiait que son accident lui aurait pris ce qui comptait le plus pour elle : le ballet.

Elle voulait danser.

Il ne lui restait rien d'autre. Elle n'avait jamais rien désiré et avait trop longtemps tout sacrifié pour échouer aujourd'hui.

Elle allait se ressaisir. Il lui fallait simplement trouver un moyen d'ignorer ce chaos assourdissant.

Elle osa un nouveau coup d'œil au pianiste et, à coup sûr, ce bruit dans sa tête se muait au rythme de ses doigts élégants voletant sur les touches. Quelles mains magnifiques ! Elles caressaient l'instrument avec tant de grâce que Tessa sentit son cœur s'enfoncer dans sa poitrine.

Cela venait peut-être du fait que la musique de cet homme étrange constituait la première chose qu'elle avait entendue depuis plus d'un an.

« Ne reluque pas les danseuses. »

Chance avait bien insisté sur ce point en lui parlant de cet emploi. La seule véritable règle, et donc la plus importante.

— Aucun problème, avait-il assuré.

En toute sincérité d'ailleurs. Julian connaissait Chance depuis assez longtemps pour avoir perdu tout fantasme romantique à propos des troupes de ballet. En dix ans, il ne se rappelait plus combien de fois il avait vu son ami au bout du rouleau. La danse classique supplantait l'art. Il s'agissait d'un effort. Un effort malsain au bord du fanatisme.

De toute manière, Julian ne voyait pas l'intérêt d'une salle bondée de femmes sous-alimentées qui l'ignoreraient royalement. Il ne comprenait même pas l'intérêt de se trouver là en toute honnêteté.

Il aurait dû économiser son argent, investir, prévoir son avenir, n'importe quoi d'autre. Son succès l'avait propulsé très haut, jusqu'au firmament. Il n'avait jamais envisagé une chute si abrupte.

Bon sang, il n'était même pas pianiste. Il l'avait dit à Chance. Et que lui avait répondu son ami ? « On ne cherche pas un Mozart. Il nous faut un musicien. Rien de plus. »

Rien de plus.

Ah ! quelle belle fin pour une star !

Il soupira, croisa les bras et attendit que Mme Daria eût fini son grand discours. Elle tenait réellement à ce nom. Madame. Elle croyait à coup sûr régner sur son petit monde à part. Elle pouvait toujours courir.

Elle radota au sujet du nouveau chorégraphe russe, une sorte de vedette internationale. Julian regarda sa montre. Il n'aurait jamais dû accepter, une heure à peine s'était écoulée, et il s'ennuyait déjà à mourir. Seul un miracle l'empêcherait de s'endormir, s'écrasant le visage sur le piano devant tout le monde.

Encore cinq heures. Pas une de plus.

Il tiendrait cinq heures. Ensuite, il démissionnerait. Chance comprendrait. Peut-être. Dans le cas contraire, tant pis.

Julian soupira. Il leva la tête, une des danseuses le dévisageait. La seule qui avait su attirer son attention le court laps de temps où il avait martelé le Steinway. Celle qui s'était trompée.

La fille du métro.

Cela dit, il l'aurait remarquée sans cette erreur, sans même la reconnaître. Il n'aurait pu s'en empêcher. Avant qu'il se mette à jouer, elle n'avait été qu'un autre murmure affublé d'un justaucorps et de collants.

Puis, quand la musique avait vibré, elle s'était transformée, là, sous ses yeux. Une seule note. Il n'avait fallu qu'une toute petite note. Son regard s'était illuminé, et elle s'était animée, comme si elle n'avait jamais entendu de musique auparavant. Était-ce sa façon si différente de bouger, comme désespérée, pourchassée par quelque démon ?

Daria avait raison toutefois. Cette fille ne suivait pas le rythme, ce qui aurait dû l'ennuyer. Mais non. Ce qui l'agaça vraiment, ce fut cette fascination soudaine pour elle. Après tout, Julian ne comprenait que trop bien le fait de lutter contre ses démons.

Alors les yeux de la ballerine se posèrent trop longtemps sur ses lèvres, sa cicatrice.

Bien évidemment.

Tous ses muscles se raidirent tandis que cette admiration se muait en mépris. Cela n'aurait pas dû le surprendre, encore moins le décevoir. Cela lui faciliterait même la tâche. Il avait appris à ne pas mélanger le plaisir et le travail depuis longtemps.

Quand bien même, il ne comptait pas s'éterniser ici. Connaissant Chance, celui-ci avait déjà dû coucher avec cette fille. Son ami semblait s'être mis au défi de séduire toutes les danseuses de Manhattan. Cela ne l'empêchait pourtant pas de donner des ordres mal placés à Julian.

« Ne reluque pas les danseuses. »

Allons bon.

Julian ne la reluquait pas. Absolument pas. C'était plutôt elle qui le fixait.

Leurs regards se croisèrent. Prise sur le vif, la jeune femme rougit, et ses joues devinrent plus roses que ses chaussons.

Julian arqua un sourcil. *Vas-y, princesse. Fais-toi plaisir.*

Elle se tourna, sa gêne pour seule preuve de leur échange tacite.

Julian se cala sur la banquette du piano et parcourut la partition que Daria lui avait tendue dans la matinée. Du Debussy. Il devait ouvrir sur *Rêverie*. Il appréciait ce morceau, bien plus intéressant comparé aux interminables gammes des exercices de barre. Cette chanson était d'ailleurs la source d'inspiration d'une de ses compositions préférées : My Reverie. Il possédait même des vinyles des versions de Sarah Vaughan et Ella Fitzgerald.

Il laissa ses mains survoler les touches en silence afin de ne pas penser à la mystérieuse ballerine au fond de la salle. Malgré tout, il se tournait vers elle très souvent, il dut bien l'admettre. Quel soulagement quand Daria donna un coup sec sur le piano pour lui ordonner de jouer. Car elle ne lui demanda pas, elle le lui ordonna.

Julian s'exécuta encore et encore, à mi-mesure, tandis que les danseurs apprenaient les enchaînements. Au bout de quinze fois, il connaissait la partition par cœur, aussi se prit-il à observer la pièce de façon distraite. Le Russe montrait les pas, les autres l'imitaient. De temps à autre, il saisissait un pied ou un bras pour le placer là où il l'attendait. Très souvent en fait. La seule qu'il ne toucha jamais, pas une seule fois, c'était elle.

Julian se demanda pourquoi. Puis il se demanda pourquoi il s'en souciait tant.

Les heures défilèrent puis le soleil déclinant projeta des ombres bleutées sur le sol du studio à travers les fenêtres. Dans l'air lourd et humide, les danseurs se changèrent. La chorégraphie avait commencé à prendre forme. Certains, comme Chance, étaient partis depuis un moment déjà, mais les quelques ballerines restantes, celles avec un dossard épinglé à leur justaucorps noir, dansaient en complète harmonie, les bras courbés dans des lignes élégantes, la tête penchée avec grâce.

Sauf elle. Le N° 28.

Tessa.

À force d'entendre Daria lui aboyer dessus, il avait fini par apprendre son nom. Même si elle suivait le rythme désormais, elle ne parvenait pas à refréner sa flamme. La différence venait de là. Elle dansait avec trop de fougue et de passion pour la maîtresse de ballet à en croire la mine réprobatrice de cette dernière. Le Russe, lui, souriait en l'observant.

Encore une fois, Julian ignorait pourquoi il y avait prêté attention. Peu importe, il ne la reluquait pas. Il passait le temps, voilà tout. Il n'y avait rien d'autre à faire toute la journée, autant ne pas s'abîmer la vue en fixant les touches du piano.

Daria tapa des mains à la fin du morceau.

— Ce sera tout pour aujourd'hui, lança-t-elle en balayant la pièce du regard sans jamais s'attarder sur Tessa. Demain matin, nous ferons des exercices à la barre puis nous reverrons la chorégraphie une dernière fois. La sélection commencera alors. Beau travail. Vous pouvez rentrer.

Julian tria les partitions et les posa sur le piano pour quiconque reprendrait son poste le lendemain. Il avait mal aux mains. Et au dos. Il maugréa, nostalgique des années où il pouvait jouer de la trompette des heures, des jours, des semaines durant sans la moindre courbature. C'était tout le contraire à l'époque en vérité. Il se sentait libre. Fluide. Léger comme un nuage.

Aujourd'hui, la fatigue le tiraillait après quelques heures à ce piano.

Au moins, il ressentait quelque chose. Même si cette torpeur avait duré bien trop longtemps, il n'aurait pas pu choisir entre cette léthargie et cette douleur.

— Monsieur Shine.

Daria le toisait, les mains sur ses hanches fines. Derrière elle, il remarqua Tessa, assise seule près de la barre, affairée à défaire les rubans de ses pointes. Elle avait détaché son chignon, des mèches déferlaient en opulentes vagues cuivrées sur ses épaules. Les doigts de Julian le lancèrent un peu plus, et il souhaita pouvoir caresser ces beaux cheveux.

Il maudit ces sensations retrouvées et s'éclaircit la voix.

— Daria.

— Madame Daria, fulmina-t-elle.

Il se contenta de sourire. Il ne l'écoutait qu'à moitié de toute façon. Tessa avait retiré ses chaussons, dévoilant ses jolis pieds cambrés. Rouges. Des cerises. On aurait cru qu'elle s'était promenée pieds nus dans un champ de coquelicots.

— Votre prestation était satisfaisante.

Julian se retint de lever les yeux au ciel. Hormis la brève audition de la veille, il n'avait plus joué depuis deux ans. Deux ans, un mois et seize jours plus exactement. Non pas qu'il comptât volontairement. Les chiffres semblaient s'aligner d'eux-mêmes.

Après tout ce temps, « satisfaisante » restait légitime. Que pouvait-il espérer de plus ?

La réponse lui échappait. Néanmoins, il ne se serait jamais imaginé atterrir dans un studio de danse où les seules personnes qui connaissaient son nom étaient Chance et une maîtresse de ballet qui atteignait avec peine le mètre cinquante et s'attendait manifestement à le revoir le lendemain.

— Vous viendrez à 9 heures demain matin, lui intima-t-elle. Sans faute.

Merci, mais non merci.

— D'accord.

Il tourna les talons se disant qu'il pouvait encore démissionner. Il pouvait encore s'évader.

Allez. Dis-lui : « Je ne reviendrai pas. »

Seulement les mots restèrent bloqués dans sa gorge tandis que son regard se perdait là où Tessa se trouvait encore quelques instants plus tôt.

3

— De nouveaux chaussons ? s'étonna sa mère, Emily Wilde, à la vue des mots « Freed of London » dans le sac de danse de Tessa.

Mince, pourquoi ne l'avait-elle pas mieux fermé ? Tant pis. Elle n'avait rien fait de mal. Elle n'avait rien à cacher.

Hormis les bruits étranges de la veille, bien sûr. C'était tout à fait différent, et d'ailleurs bien plus important que n'importe quelle audition au résultat hasardeux.

— J'aimerais entrer au ballet de Manhattan.

Tessa détacha la laisse de Bolchoï. Il se dirigea dans un coin, fit trois tours sur lui-même puis s'affala en une petite boule de poils.

Quand Tessa releva les yeux, sa mère agitait déjà les mains signant à toute vitesse.

— Encore ?

— Oui, encore.

Comme Emily ne parlait jamais quand elle s'exprimait en langue des signes, Tessa se demanda à quoi ressemblait sa voix désormais.

Elle ne la reconnaîtrait sans doute pas. Rien n'avait plus le même son. Elle avait l'impression de s'être réveillée au fond de l'océan. Le bruit lui parvenait de façon étouffée, distordue, différemment d'avant.

— Est-ce que tu peux t'occuper de Bolchoï aujourd'hui, s'il te plaît ? Et peut-être demain aussi.

Son chien lui avait montré sa frustration de devoir rester seul à la maison en éventrant un coussin. Elle avait retrouvé plus de plumes dans le salon que n'en comptaient les trois premiers actes du *Lac des cygnes*.

— Demain ? s'étonna sa mère.

Si je tiens jusque-là.

— La sélection sera officielle demain après-midi.

— Je vois, acquiesça Emily. Mais rentreras-tu à l'heure pour les cours de claquettes ?

Les claquettes. Tessa redoutait déjà le charivari d'un tel cours.

— Désolée, j'ai un rendez-vous chez le médecin. Chloe peut-elle me remplacer ?

Chloe, sa sœur, aurait dû assurer ces leçons. Elle faisait partie de la célèbre troupe des Rockettes, après tout. En d'autres termes, elle passait le plus clair de son temps à faire des claquettes. Cependant, elle trouvait toujours mieux à faire. Plus important. Ça commençait à devenir fatigant, à vrai dire.

— Je vais lui demander, répondit sa mère, l'air inquiète. Je ne pensais pas que tu devais aller chez le médecin. Tout va bien ?

Tessa hésita. Elle aurait menti si elle avait dit oui.

Mais si elle recouvrait vraiment l'ouïe, tout ne pouvait que s'améliorer. Il le fallait. Elle aurait préféré rester sourde plutôt que vivre ce calvaire.

— Oui, ça va.

Elle avouerait tout à sa mère quand elle en saurait plus. Elle n'avait pas besoin d'ajouter de l'huile sur le feu, pas quand il lui restait encore deux jours d'audition.

— Bien. On se voit plus tard, alors. Ne t'inquiète pas pour Bolchoï. Il se sent chez lui ici.

Tu devrais en faire autant.

Tessa comprit le message.

Elle se montrait trop gourmande. Enseigner la danse aurait dû la combler, sinon sa mère lui aurait certainement souhaité bonne chance pour la sélection. Elle ne s'était pas préoccupée de l'encourager, pensant peut-être que sa fille échouerait comme toujours depuis son accident.

Tessa jeta un œil à l'horloge au-dessus de la chaîne hi-fi datant d'avant même qu'elle ait pu atteindre la barre. Il était tard. Autant ne plus s'embêter avec son audition si elle ratait son métro. Elle salua son chien d'un geste et se mit en route.

Sur le trajet, elle se remémora les enchaînements d'Ivanov. Cependant, les rames émettaient un bruit infâme, bien plus fort que Heathcliff et son piano.

Heathcliff. Elle ne pouvait pas continuer à l'appeler ainsi. Il devait bien avoir un nom.

Tu ne crois pas qu'il est le cadet de tes soucis ?

Si, elle allait arriver en retard.

Elle se précipita dans le studio avec à peine dix minutes pour se préparer. À travers la petite fenêtre au bout du couloir, elle distingua Chance Gabel et Sabrina Cox, une des danseuses de la troupe, un peu trop proches l'un de l'autre. Ils ne s'entraînaient pas, insouciants de ce qui les entourait. La répétition n'avait donc pas commencé. Parfait. Il lui restait du temps.

Pas sûr.

Elle ouvrit la porte afin de se mettre en place et de s'habiller le plus vite possible, mais elle se heurta à quelque chose en entrant. Ou plutôt à quelqu'un. Elle fit tomber les chaussons qu'elle portait et se retrouva nez à nez avec le pianiste aigri, même si, vu la différence de taille, elle avait le visage presque enfoui dans son torse.

Là, contre son buste ferme et solide, le musicien lui laissa un sentiment plus agréable que la veille. Les doigts de Tessa se collaient à son corps de façon inexpliquée, elle serrait même son T-shirt. Elle perdait vraiment la tête.

— Pardon. Excusez-moi, balbutia-t-elle.

Il la fixait comme si elle était sortie de nulle part, ce qui était plus ou moins le cas. S'il tenta de lui parler, elle ne s'en rendit pas compte. Elle baissait les yeux vers ses poings encore fermés sur son T-shirt. On aurait dit une petite fille câlinant un ourson en peluche.

Elle intima à ses mains de le lâcher, en vain. Alors, à son grand dam, le pianiste saisit ses doigts entre les siens si doux et l'aida à le libérer. Il affichait toujours le même air antipathique. Tessa se demanda si leur collision y était pour quelque chose ou s'il s'agissait de son expression naturelle. La grimace éternelle de Heathcliff.

Oh ! mon Dieu !

Elle s'accroupit pour ramasser ses chaussons. La répétition allait débuter d'un instant à l'autre, et elle n'était pas en place. Elle ne s'en sentit que plus vulnérable. Nue. Tout le monde devait la regarder… En vérité, tous l'ignoraient.

Tous, sauf lui.

La ballerine paniquait, et Julian ne semblait pas l'aider dans son malheur.

— Tout va bien, la rassura-t-il. On ne peut pas commencer sans musique, et la musique, c'est moi.

Il attendit un rire. Un sourire. Rien. Pas la moindre réaction. Comme dans le métro.

D'accord…

Il se recula pour la laisser ramasser ses affaires et s'accroupit. Elle n'avait pas de temps à lui accorder. Ou alors elle ne voulait rien avoir à faire avec un simple musicien. Même si cela ne l'enchantait guère, il ne désirait pas qu'on la sanctionne pour son retard à lui. Le Russe fit son entrée dans toute sa vanité, le moindre faux pas suffirait à le mettre hors de lui. Si par hasard il affichait un minimum de clémence, ce qui devait relever du miracle, Daria, elle, ne se montrerait pas si souple. Julian le savait.

Malgré tout, l'attitude de Tessa irrita Julian. Puis il se rappela qu'il se trouvait dans son univers à elle. C'était un studio de danse, pas un club de jazz enfumé de West Village où, même aujourd'hui, il lui aurait suffi d'un claquement de doigts pour séduire une femme.

Certainement.

Peut-être.

Il ne désirait pas vraiment le vérifier cela dit. Et il ne comprenait pas pourquoi il s'intéressait tant à ce que pensait de lui la créature svelte qui avait failli l'écraser.

Mais ne venaient-ils pas de partager un instant particulier ?

Instant où elle s'était tenue contre lui trop longtemps, où son cœur à lui s'était emballé sans raison. C'était arrivé si vite ; il aurait cru à un rêve sans son T-shirt froissé. Le temps d'un battement de cils, il se rappela presque le sentiment d'appartenir à quelqu'un.

Puis il se ressaisit. Il ne savait rien d'elle. Elle était belle, voilà tout. Plus important encore, elle ignorait tout de lui.

Elle penchait la tête en avant, et Julian remarqua les courbes sensuelles de ses épaules, la grâce de son cou fin et sa peau pâle en contraste avec son justaucorps noir.

Dieu, quelle merveille ! Trop sublime pour dépérir dans un coin de cette pièce, un numéro épinglé sur le dos, tandis que Chance se pavanait à un mètre à peine du miroir. Julian n'en voulait pas à son ami cela dit. Il se montrait redevable pour ce poste, même si, bien entendu, il avait connu mieux. Beaucoup mieux.

Le simple fait de se tirer de son canapé constituait déjà un bond en avant considérable, aussi pathétique cela pût-il paraître.

Quelqu'un se racla la gorge. En se retournant, Julian vit Daria en train de le fixer. *Sérieusement, respire un coup.*

Il se releva le plus lentement possible et lui adressa un sourire timide.

— Daria.

Elle s'enflamma, et les réprimandes tant attendues suivirent aussitôt.

— Monsieur Shine, la répétition aurait dû commencer il y a trois minutes. Vous nuisez au bon déroulement de cette audition.

— Mes plus plates excuses, répondit-il en posant la main sur la poitrine.

— Pouvons-nous y aller ? ajouta-t-elle d'un ton agacé et en désignant le piano.

— Tout à fait.

Elle pivota sur ses chaussons roses pour rejoindre le Russe devant l'assemblée. Julian perçut la mine dépitée de Chance et haussa les épaules pour seule réponse. Son ami se lança ensuite dans un grand tour en l'air.

Message reçu. Chance ne blâmait pas Daria, mais bel et bien lui.

« Ne reluque pas les danseuses. »

Si tu veux.

Il se tourna vers Tessa, encore assise à ses pieds, affairée à nouer ses ballerines de ses doigts tremblotants.

— Laissez-moi vous aider à vous relever, lui murmura-t-il.

Elle l'ignora purement et simplement. Encore une fois.

Il resta planté là comme un imbécile, et elle se leva avec délicatesse, toute seule, pour se mettre en position sans un regard en arrière. Si son attitude l'avait gêné la veille, il ne s'en était pas offusqué. Cette fois-ci, cela lui demanda un effort plus important. Il avait quand même risqué son emploi pour lui laisser un peu de répit. Un boulot des plus miteux soit dit en passant. Mais Tessa ne pouvait pas le savoir.

Il se dirigea vers le piano, se rappelant son manque d'intérêt pour toute forme de liaison intime. Il avait déjà assez de problèmes. Assez pour ne pas désirer s'ouvrir à quelqu'un. Encore moins à une femme qui ne lui prêtait pas la moindre attention.

Il plaçait cela sous le coup d'une faiblesse passagère… Rien de plus. L'homme qu'il était deux ans plus tôt avait disparu. Physiquement et mentalement. Il lui suffisait d'un coup d'œil dans cette pièce pleine de miroirs pour s'en souvenir.

Quand Daria tapa des mains, Julian joua docilement du Debussy. Note après note, les danseurs tournoyèrent au point de réduire le studio à un brouillard étourdissant de satin rose et de minces corps souples. En dépit de tous ses efforts, Julian était obnubilé par Tessa. Sans doute parce que Daria passait son temps à lui hurler des instructions, parfois à quelques centimètres du visage.

Il ne voyait pas d'autre explication.

Il ne reviendrait pas. Cette fois, il tiendrait parole. À la fin de la journée, il prit grand soin de laisser la partition ouverte à la même page. N'importe qui reprendrait son poste à la perfection. Il songea à ses éventuels remplaçants avant de se rappeler qu'il s'en moquait. Quelle différence cela ferait-il ?

« On ne cherche pas un Mozart. Il nous faut un musicien. »

Très bien. Qu'ils se trouvent donc un autre musicien.

— Qu'est-ce que tu fabriques ? lui demanda Chance, appuyé sur le piano, les bras croisés.

Si Julian avait eu un minimum de respect pour cet endroit, il aurait fustigé son ami pour avoir transpiré sur l'instrument. Il aurait même essuyé le Steinway.

Il n'en fit rien.

— À ton avis ? Je m'en vais.

Chance ne réagit pas. Il attrapa un T-shirt dans son sac et l'enfila. Les derniers danseurs s'éclipsaient un à un.

— Je t'ai vu la regarder. Tout le monde t'a vu.

— J'ignore de quoi tu parles, prétendit Julian, frappé d'une migraine soudaine.

— Ne te moque pas de moi. La fille. Le n° 28.

Chance parlait d'elle avec un peu trop de mépris, elle avait un nom après tout.

— Est-ce que tu veux dire Tessa peut-être ?

— Ah ! donc tu avoues ! rétorqua Chance, un sourcil arqué.

— Pas du tout. Est-ce qu'on peut voir ça un autre jour ?

Julian cherchait simplement à gagner du temps avant sa démission. Il ne fixerait plus ni Tessa ni personne le lendemain.

— Écoute... Ce que je t'ai dit, c'est parce que Mme Daria n'aime pas ça. Essaye juste d'être plus subtil, s'il te plaît. Et ce n'est pas comme si tu ne pouvais pas viser mieux qu'une danseuse qui ne fait même pas partie de la troupe. Deux des solistes m'ont parlé de toi hier. Je crois qu'elles te connaissent.

Elles me connaissent.

Je ne me connais pas moi-même.

Cette idée le hantait depuis qu'il avait mis sa trompette au placard.

— Je ne vois pas le problème avec les autres danseuses. Toi aussi, tu as dû postuler pour cette troupe autrefois.

— C'est vrai, soupira-t-il. Mais si tu en dragues une, dragues-en une douée.

Julian laissa tomber la partition sur le piano.

— Mais qu'est-ce que tu racontes ? Tu es aveugle ? Elle surpasse largement toutes tes ballerines.

— Justement, c'est ça le problème. Elle ne doit pas se démarquer, mais rester dans le rang. Elle auditionne pour le corps, et le corps de ballet n'a qu'une seule fonction, bouger à l'unisson. En arrière-plan.

— Tu es très dur, tu ne trouves pas ?

Julian jeta son sac bandoulière par-dessus son épaule et se dirigea vers la porte. Cette conversation n'avait que trop duré.

— Non, je suis réaliste, le corrigea Chance en le rattrapant. Elle va tomber de haut, crois-en mon expérience. Quand ta petite Tessa se démarque, c'est à cause de ses erreurs.

Sa petite Tessa. D'où cela sortait-il ? Et pourquoi se disputaient-ils ?

Il avança sans un mot vers le couloir, espérant en vain que Chance laisserait tomber.

— Tiens, la voilà, fit-il remarquer en désignant la fine vitre d'une porte.

Non. Ne la regarde pas.

Mais il céda, car Chance avait raison. Il l'avait observée. Peut-être même avec des pensées inavouables.

Il la trouvait belle. Et alors ? Cela ne le rendait que plus humain, un être de chair et de sang. Cela ne signifiait rien de plus.

Certes, il ne s'était pas senti aussi vivant depuis un moment, des lustres à vrai dire, néanmoins la voir éveilla en lui une réaction animale telle qu'il dut réprimer un soupir.

Les paupières closes, les bras papillonnant, Tessa se mouvait sur la pointe des pieds. Comme lors des remontrances de Daria, elle se laissait sombrer dans un abandon absolu. Seulement, là, dans la pénombre du studio, personne ne pouvait plus lui passer la bride. Aucun Russe. Aucune Daria. Rien que Tessa, dansant pour elle et elle seule. Jamais Julian n'avait assisté à tant de beauté.

Une douleur incompréhensible, lancinante, lui déchira la poitrine. Il ne se sentait pas le droit de briser un instant si intime. Peut-être à cause de sa façon de danser les yeux fermés. Ou du silence dans le bâtiment. Ou des deux. Sa seule certitude fut que chaque geste, chaque arabesque recelait un secret né d'une peine ou d'un désir. La voir s'animer avec tant de mélancolie le faisait presque souffrir.

— Que fait-elle ici si tard ?

Il espéra que Chance n'avait pas saisi les tremblements dans sa voix.

— C'est son truc, affirma le danseur d'un haussement d'épaules. Elle s'entraîne. Elle veut mettre toutes les chances de son côté, même si ça ne change rien. C'est déjà la quatrième fois qu'elle tente le coup.

Elle s'entraînait encore ? Après une journée de répétition ?

— Tout le monde ne se donnerait pas cette peine ! s'exclama Julian comme s'il s'y connaissait en danse classique tout à coup.

— Elle n'aura jamais le rôle, insista Chance en secouant la tête.

— On peut toujours s'améliorer. De nouveaux danseurs arrivent tous les jours. Comment as-tu obtenu ta place, à ton avis ?

— Tu oses me comparer à elle ? Toi qui disais l'avoir à peine remarquée, s'amusa Chance. Personne ne l'engagera jamais. Elle n'a pas les épaules assez solides.

Julian l'observa traverser toute la pièce sur la pointe des pieds dans des pas presque imperceptibles. Elle flottait sur un nuage. Dans un rêve.

— Je n'ai pas l'impression que les efforts l'effrayent plus que ça, rétorqua Julian, la gorge nouée.

— Tu n'es pas au courant alors ? dit Chance en le dévisageant.

Julian détourna enfin les yeux de la vitre.

— De quoi ?

— Tessa n'entend rien. Elle est sourde.

Il lui fallut un moment pour bien assimiler l'information. Il n'était pas sûr de bien comprendre.

— Comment ça ?

— Un accident il y a environ un an.

Un accident. Chance baissa la tête, trop conscient du passé de Julian.

— Que s'est-il passé ?

— C'était pendant une répétition. Son partenaire, qui était aussi son fiancé à l'époque, l'a fait tomber. Elle s'est cogné la tête.

Julian se remémora tous leurs échanges jusque-là. Elle ne l'avait donc pas ignoré.

Il resta incrédule.

— Mais comment fait-elle alors ? Pour savoir ce qu'il se passe ou même pour danser ?

— Elle compte les temps et lit sur les lèvres.

Sans le réaliser, Julian se passa les doigts sur la bouche. Lorsqu'il effleura sa cicatrice, sa main retomba.

En dépit de tous ses instincts, il se tourna de nouveau vers Tessa, prise dans la lumière argentée de la salle aux miroirs. Il devait s'éloigner d'elle tant qu'il le pouvait encore. Alors elle ouvrit lentement les yeux. Leurs regards se croisèrent, et Julian sut qu'il était trop tard.

4

Surdité de transmission due à un traumatisme crânien ayant provoqué une fracture de la chaîne ossiculaire.

C'était ce que Tessa avait lu sur l'autocollant orange vif de sa fiche médicale.

Son diagnostic.

Elle avait eu affaire à une équipe de quatre médecins en tout, menés par le Dr Meryl Spencer, ORL à l'hôpital du Mont Sinaï. Dix jours plus tard et après trois examens différents, le verdict était tombé. Il ne s'agissait là que de la version ampoulée de ce que tout le monde savait déjà. Elle s'était heurté la tête et avait subi une fracture des os fragiles de l'oreille moyenne. Ce défaut de connexion empêchait le cerveau de recevoir toute information liée au son. Évaluer la gravité de la blessure demeurait impossible, et personne n'aurait pu dire si Tessa recouvrirait l'ouïe un jour.

Le Dr Spencer avait parlé de patience.

Ainsi Tessa attendit.

Encore et encore.

Et cela faisait déjà treize mois. Tant de temps à s'habituer au silence. Une vie sans le rire ni la voix de ceux qu'elle aimait, sans les bruits de Manhattan si ancrés dans son âme que Tessa ne s'en rendit compte qu'après son accident. Une vie sans musique.

Elle avait appris à vivre sans et, malgré tout, n'avait pas perdu sa plus grande passion, la danse.

Tessa n'attendait plus rien depuis longtemps déjà. Elle

préférait avancer dans la vie. Parler d'une période d'adaptation si longue lui semblait exagéré. Elle ne savait plus quand elle s'était résignée à ne plus jamais entendre, mais qui possédait la force d'espérer indéfiniment ?

— Le docteur va vous recevoir dans un instant.

L'infirmière adressa un sourire chaleureux à la jeune femme en glissant son dossier dans le support en plastique intégré à la porte.

— Merci, répondit Tessa.

Bolchoï, qui avait accompagné Tessa à son rendez-vous, se coucha en boule par terre. Puis, quand le docteur entra quelques secondes plus tard, il se releva d'un bond pour la saluer.

— Bonjour, Tessa. Et bonjour, Bolchoï. Ravie de vous revoir tous les deux.

— Bonjour.

Tessa dut laisser échapper un long soupir pour se calmer. *Tout ira bien. Il y a une explication toute bête à tout cela.*

Bien sûr... Les traumatismes crâniens entraient toujours dans la catégorie « toute bête ».

— Merci d'avoir accepté de me recevoir à l'improviste.

Tessa bougea un peu, et le papier sur la table d'examen se froissa dans un bruit horrible. Elle grimaça.

Le Dr Spencer fronça les sourcils et sortit un otoscope de sa poche.

— Vous me parliez de syndromes auditifs dans votre mail. Et si vous m'en disiez plus pendant que je vous ausculte ?

Des syndromes auditifs. Quel euphémisme pour le chaos dans son esprit !

— J'entends de nouveau tout à coup, mais quelque chose cloche. Tout est distordu, trop fort. Trop...

Trop. Simplement trop.

Le médecin continua de l'examiner tout en lui posant des questions. Ensuite, elle rangea son instrument et sourit. Tessa ne se souvenait pas de l'avoir déjà vue si joviale. En général, elle se montrait polie, efficace, voire un peu brusque parfois.

Peut-être n'y avait-il jamais eu de raison de se réjouir jusqu'à aujourd'hui.

— Il semblerait que les os de votre oreille moyenne droite se soient reconnectés. C'est l'explication la plus plausible. C'est une bonne nouvelle, Tessa. C'est peut-être même une excellente nouvelle.

Tessa déglutit et se tourna vers Bolchoï qui agitait la queue. Une bonne nouvelle. Cela n'y ressemblait pas tant.

— Oui, mais que dois-je comprendre par là ?

— Que vous pourriez bien de nouveau entendre de l'oreille droite, répondit le docteur d'un sourire encore plus large.

Seulement de l'oreille droite. Voilà pourquoi elle avait l'impression de marcher de travers et pourquoi elle avait trébuché lors d'un tour piqué.

— Je pensais que vous seriez un peu plus enthousiaste. Vous n'espériez que ça. En toute franchise, j'avais abandonné l'idée d'une rémission après un an.

Comme si Tessa pourrait oublier ce jour. Le 14 septembre.

— Oui, mais je ne m'attendais pas à cela, voilà tout.

Une sirène retentit dans la rue, sans doute une ambulance. Une migraine soudaine vrilla le crâne de Tessa.

— Tout est si différent. Il doit y avoir un problème.

— Je comprends votre inquiétude, la rassura le Dr Spencer en soulevant le chien pour le placer sur les genoux de la jeune femme. Tout est normal. Rappelez-vous le mal que vous avez eu à vous adapter à la surdité. Il vous a fallu du temps et de la patience. Vous devez tout simplement vous ménager. L'audition présente une influence majeure sur notre perception du monde, et aujourd'hui vous devez encore une fois vous réadapter.

Se réadapter à sa perception. Elle y arriverait. Après tout, elle l'avait déjà fait.

— Oui, mais comment ?

— Ma seule certitude, c'est qu'il faut procéder par étapes. Je vais vous donner le même conseil qu'aux patients avec des implants cochléaires. Réduisez les stimuli extérieurs au minimum. Prenez votre temps. Restez chez vous afin de vous habituer aux sons de tous les jours. Au bout d'un moment, le bruit vous semblera moins distordu.

— Rester chez moi...

Au moins elle avait déjà prévenu sa mère qu'elle ne pouvait pas assurer le cours de claquettes du soir. Si elle rentrait tout de suite, il lui resterait entre onze et douze heures avant le dernier jour des auditions.

— Compris, acquiesça-t-elle. Combien de temps plus précisément ?

— Tout dépend de la personne, répondit le Dr Spencer en haussant les épaules. Une fois que vous vous serez réhabituée aux sons de votre univers, vous pourrez ressortir. Cela prend des mois parfois, mais la plupart du temps on parle de semaines. Sachant que vous n'étiez pas sourde avant, ce ne devrait pas être très long. Au bas mot, je vous conseillerais de rester chez vous deux ou trois semaines.

Impossible.

— Mais je dois auditionner pour le ballet de Manhattan dès demain.

Le sourire du docteur s'évanouit soudain.

— Le moment est assez mal choisi pour vous lancer dans quelque chose d'une telle ampleur, Tessa.

— Je ne peux pas laisser tomber en plein milieu des sélections, répliqua-t-elle en secouant la tête. C'est une occasion inespérée.

Non. Hors de question. Elle ne pouvait pas perdre encore un an de sa vie. Elle refusait.

— Et si ce n'était pas aussi sérieux ? Et si c'était temporaire ? Vous vous rappelez les bourdonnements que j'entendais quelques semaines après ma chute ? Ils ont disparu. C'est peut-être pareil, non ?

Elle se raccrochait à ce qu'elle pouvait au point d'en perdre toute logique. Qui dans son cas n'aurait pas souhaité recouvrer l'ouïe ?

Personne à en juger par le regard sidéré du Dr Spencer. Personne sauf Tessa.

— Fort heureusement, ces acouphènes n'ont pas duré. Certains patients passent leur vie entière avec des sifflements dans les oreilles. Vous n'imaginez même pas mon soulagement quand j'ai vu que ce ne serait pas votre cas.

Une boule se forma dans le ventre de Tessa. Elle aurait dû se montrer plus reconnaissante.

Elle l'était. Vraiment.

Elle aurait simplement préféré que son oreille attende un jour ou deux avant de guérir par miracle.

Cela dit, un répit aussi court ne changerait pas grand-chose si la compagnie lui offrait un rôle, même si cette perspective lui semblait de plus en plus improbable d'heure en heure.

— Pour en revenir à votre question, oui, cela pourrait bien n'être que temporaire, assura le Dr Spencer en prenant la main de Tessa. J'espère que non. On ne peut jamais rien prévoir avec les traumatismes crâniens. Et au fond, je sais que vous partagez ce sentiment.

Elle avait raison.

Tessa hocha la tête.

Seulement, depuis ce jour fatidique où son partenaire l'avait laissée tomber lors des répétitions, Tessa ne savait plus s'il lui restait une once d'espoir.

Elle se rendit à l'évidence : elle devrait abandonner.

Elle s'accorda la nuit pour prendre sa décision, priant pour que tout soit redevenu normal à son réveil. Normal, ou plutôt silencieux. Elle ne souffla un mot de sa visite chez le médecin à personne, pas même à sa mère. Elle se serait sentie tellement ridicule à expliquer qu'en fin de compte elle n'était pas guérie.

Elle sombrait dans le déni. Le déni absolu. En voulant se brosser les dents ce matin-là, le débit de l'eau lui donna l'impression de se tenir au pied des chutes du Niagara.

Je ne peux pas continuer comme si de rien n'était.

Elle devait laisser tomber.

Sa décision était prise. Un jour peut-être lui accorderait-on une nouvelle chance.

Elle expliquerait tout à Mme Daria en personne, dans l'espoir qu'elle se montrerait indulgente l'an prochain. Ou l'année d'après.

Aujourd'hui marquerait sa dernière sortie avant quelque temps. Ce serait son chant du cygne. Ensuite, elle se terrerait chez elle jusqu'à ce que le monde retrouve un tant soit peu de sens.

Tessa emprunta la ligne 1 jusqu'au studio. Elle prit une profonde inspiration avant d'entrer dans le bâtiment pour gagner le secrétariat. Elle n'aperçut personne à travers le verre givré. Elle tapota du bout des ongles sur le comptoir et, tandis qu'elle attendait, une des solistes traversa le couloir en trombe. Victoria French.

Victoria avait obtenu le premier rôle dans *Giselle* l'année précédente. Tessa avait assisté à son interprétation magistrale depuis un balcon le soir de la première. Tout le monde pensait la voir devenir la vedette du nouveau ballet d'Ivanov. Ce rôle tant convoité signifiait également danser dans un costume serti de pierres précieuses taillées par le joaillier le plus en vogue de Manhattan, Drake Diamonds.

Victoria semblait pressée, mais au lieu de se diriger vers le studio, elle se rendit aux vestiaires, le ruban d'un de ses chaussons traînant derrière elle avec négligence. Curieux, Tessa aurait juré que Victoria, un vrai roc d'habitude, pleurait.

Elle l'observa s'éloigner puis quelqu'un d'autre arriva. C'était lui. Le pianiste.

Sans lui laisser le temps de se détourner, il la salua d'un geste.

Il levait les mains et les faisait pivoter légèrement. Tessa sourcilla, décontenancée. Il recommença, en faisant mine d'applaudir cette fois-ci. Deux coups intentionnels suivis d'un cercle. Puis il la gratifia de ce qu'il devait appeler un sourire, un plissement à peine perceptible au coin de la lèvre là où sa cicatrice se dessinait.

Alors elle comprit. Il ne la saluait pas. Il lui parlait en langue des signes.

Elle se raidit. Il connaissait ce langage ? Mais comment ? Et comment pouvait-il savoir pour son handicap ?

Tessa n'avait jamais croisé personne dans une compagnie de danse capable de communiquer ainsi. Même Owen n'avait jamais essayé. Elle avait appris environ six mois après son accident, quand elle avait compris qu'elle ne guérirait pas de sitôt.

Elle dévisagea cet homme encore plus énigmatique tout à coup. Sa gorge se noua pour quelque étrange raison.

Il refit ce geste et la regarda en attendant une réponse.

« Félicitations. »

Pourquoi la félicitait-il ?

Elle secoua la tête et serra les doigts à hauteur de sa tempe. « Je ne comprends pas. »

Il se fendit d'un sourire à peine plus large et haussa les épaules. Apparemment, lui non plus ne comprenait pas tout. Connaissait-il la langue des signes ou non ?

Elle laissa échapper un soupir en se mordant la lèvre, ne saisissant pas ce qui la rendait si nerveuse chez lui.

C'est parce qu'il en sait trop. Il sait.

Ridicule. Il ne pouvait pas être au courant pour sa guérison soudaine. Elle ignorait même d'où lui était venue cette idée. Mais sa façon de la dévisager lui donnait l'impression de se retrouver sans défense. Nue. Et bien trop vulnérable.

— Je..., tenta-t-elle.

Mais avant qu'elle ait pu finir, la vitre du comptoir s'ouvrit dans un crissement assourdissant.

Tessa se tourna vers le bruit. La femme de l'accueil plissa les yeux en la toisant.

— Je peux vous aider ?

— Oui, j'aimerais parler à la secrétaire. Ou à Mme Daria si possible.

Tessa dut marquer une pause, c'était bien plus difficile que prévu.

— Je ne pourrai pas continuer les auditions.

— C'est moi la secrétaire, et je crains que vous n'arriviez trop tard, dit-elle en lui lançant un regard curieux avant de hausser les épaules.

— Trop tard ? s'inquiéta Tessa.

— Comment vous appelez-vous, ma jolie ?

— Tessa Wilde.

— Alors vous devriez peut-être consulter la liste, la conseilla la secrétaire avec un clin d'œil.

Le cœur de Tessa s'emballa.

— Le casting est prêt ? Déjà ?

Ivanov avait déjà choisi ses danseurs ? Impossible, les auditions devaient durer trois jours.

— Oui, ils l'ont annoncé il y a dix minutes, affirma la secrétaire en la gratifiant d'un sourire encourageant. Bonne chance.

Très bien.

Tessa se tourna alors, et quand elle ne trouva pas le pianiste, une légère pointe d'amertume inattendue la transperça.

Ce n'est pas important. Il n'est rien pour toi. Tout ce qui comptait à cet instant, c'était la distribution des rôles.

Elle se rendit dans la salle de répétition, là où on aurait sans doute affiché la liste à la vue de tous. D'autres danseurs la dépassèrent, trop pressés de découvrir le verdict. La rumeur se répandait vite, et l'air vibrait d'excitation. Tessa le sentait tout autant que les papillons dans son ventre lors de son échange avec le musicien.

Elle semblait valser entre la course et une démarche paisible. De loin, elle vit Violet enlacer une camarade qui s'entraînait à la barre près d'elles la veille. Bien. Toutes les deux avaient obtenu un rôle, probablement dans le groupe A.

Chaque troupe disposait de deux équipes différentes afin de se répartir les représentations. Le groupe A incarnait tout le prestige de la compagnie, la crème de la crème. On leur confiait la première, là où la plupart des critiques venaient, ainsi que la dernière du spectacle. Le groupe B assurait les prestations les soirs de semaine ou pendant la journée.

Tandis que Tessa arrivait à hauteur de l'attroupement près de la porte, le sol se mit à vibrer. Tous s'agitaient, en proie à une telle tension que leur nervosité en devenait une force tangible, physique, ronflant dans la plante des pieds de la jeune femme. Il y avait énormément de bruit aussi ; tant de voix qu'elle n'aurait pas pu les distinguer même si elles n'avaient pas paru si étouffées, si spectrales.

Un tourbillon de terreur s'enroula autour d'elle tandis qu'elle atteignait la foule. Elle voulait savoir et en même temps redoutait cet instant. Si son nom ne figurait pas sur la liste, alors tout serait terminé pour elle. Tout. La danse. Sa vie. Ainsi, tant qu'elle baignait dans l'ignorance, tant que demeurait l'espoir, rien ne changerait. Elle resterait une ballerine.

Violet céda la place à ceux qui n'avaient pas encore pu s'approcher. Tessa n'avait jamais vu son amie si heureuse, si comblée. Le groupe A, à n'en pas douter. Puis, quand sa camarade l'aperçut, son sourire s'étiola un court moment.

Mauvaise nouvelle.

— Ce n'est pas grave, affirma Tessa en sentant ses membres se raidir.

Elle ne pensait pas que l'échec se manifesterait ainsi. Elle s'était attendue à un désespoir innommable saccadé de pleurs, de torrents de larmes.

Mais rien. Le néant. Comme un engourdissement tant son corps refusait d'accepter sa réalité. C'était une déconvenue de trop. Elle aurait souhaité avoir eu la chance d'abandonner afin de n'avoir jamais su qu'elle manquait de talent.

— Je suis navrée, la consola Violet en la serrant aussi fort que possible.

Tessa ne trouva même pas le courage de lui rendre son étreinte. Elle resta là, les bras ballants, jusqu'à ce que son amie la délivre enfin. Elle ne sut jamais quelle pulsion perverse la poussa à consulter la liste. Un désir de tirer un trait sur cet univers peut-être, ou simplement le besoin d'en avoir le cœur net et de mieux affronter les faits.

Elle joua des coudes afin d'éplucher les noms du groupe A. Sans surprise, Violet y figurait. La deuxième en partant du haut, même si l'ordre n'importait guère. Tessa, elle, ne s'y trouvait pas. Elle osa un regard vers le groupe B, en vain. C'était donc vrai, sa carrière venait de prendre fin.

Elle attendit un instant, sentant son cœur s'émietter. Cependant, quand elle se résigna à partir, quelque chose attira son attention.

Son nom.

Elle tourna la tête d'un coup pour revérifier. Toujours rien. Parfait, en plus du chaos dans ses pensées, elle s'imaginait des choses maintenant. Par acquit de conscience, elle laissa ses yeux errer vers le haut de la feuille, égrenant les noms des différents solistes puis s'arrêta net.

Elle n'avait pas rêvé.

Tessa Wilde.

Il devait y avoir erreur. Comment avait-elle obtenu le premier rôle ? Dans le groupe A... Impossible.

À moins que...

Violet n'avait assurément pas fait attention, mais sans doute s'était-elle concentrée sur le corps de ballet. Devenir première ballerine, celle qui porterait le tutu serti de joyaux, c'était bien plus qu'elle ne pouvait espérer.

Alors, à travers la mince vitre de la porte, elle vit l'homme assis au piano. Dos à elle, il caressait les touches du Steinway, survolant l'instrument de ses doigts agiles, de ces mains élégantes avec lesquelles il lui avait parlé un peu plus tôt.

« Félicitations. »

Il savait.

Elle ignorait pourquoi, mais au fond d'elle cela lui parut tellement logique.

5

— Loin de moi l'idée de te rappeler que je te l'avais bien dit.

Contre toute attente, Julian s'était laissé convaincre de suivre Chance dans le café non loin du studio de danse. Le pianiste narguait son ami d'un sourire moqueur. Dans la mesure où il parvenait encore à sourire ces derniers temps.

— Mais tu ne peux pas t'en empêcher, maugréa Chance en levant les yeux au ciel.

Le danseur semblait nerveux. Sans doute voulait-il rejoindre une de ses collègues pour la nuit.

— Allez, vas-y. Dis-le.

— D'accord, acquiesça Julian avec nonchalance. Je t'avais dit qu'elle était douée.

Il porta son café à ses lèvres, rayonnant de malice. Si d'habitude il l'aimait noir et amer, aujourd'hui, il se sentait de moins mauvaise humeur. Un vrai miracle.

Que lui arrivait-il cela dit ? Il sortait avec un ami pour discuter. N'importe quel passant l'aurait pris pour un type banal à la vie sociale des plus actives. Il devait même ressembler à l'ancien Julian en ce moment.

Si on oubliait les cicatrices.

— C'est vrai. Apparemment, ta petite Tessa t'a rendu dingue de danse classique.

— Elle n'est pas ma petite Tessa. Admets-le, n'importe qui verrait son talent.

« Ta petite Tessa. » Si seulement Chance pouvait ne plus

l'appeler ainsi. Quoique, si cela l'empêchait de coucher avec elle, alors il s'agirait d'un moindre mal.

Mais qu'est-ce que ça peut bien te faire ?

Rien du tout. Absolument rien. Il lui semblait simplement qu'elle méritait mieux que Chance. S'il était son ami, il n'en restait pas moins un casanova. Mais Julian préféra ne pas trop se soucier de la vie amoureuse de Tessa.

Elle surgissait dans ses pensées bien plus souvent qu'il ne voulait se l'avouer. En toute honnêteté, elle jouait manifestement un rôle essentiel dans son humeur plus légère. Quelle absurdité !

Ainsi Tessa avait intégré la troupe. En tant que grande vedette qui plus est. Et alors ? Ils s'étaient à peine parlé. Cela ne le regardait en rien.

Tu es heureux pour elle. Elle te plaît.

Certainement pas. Il avait dû se dérider pour la simple et bonne raison qu'il pouvait se moquer de Chance. Tessa était une danseuse extraordinaire. Unique. Et son ami n'avait rien remarqué du tout.

Quand bien même Julian se souciât d'elle, ne fût-ce qu'un peu, elle ne partageait pas ce sentiment. Tessa l'avait dévisagé comme un monstre de foire quand il l'avait félicitée.

Il s'était probablement trompé d'ailleurs. Merci, YouTube. Il s'efforça de ne pas sourire et de ne pas se rappeler sa première réaction en voyant son nom en haut de la liste : chercher comment féliciter quelqu'un en langue des signes sur Internet.

Mais que lui arrivait-il ?

— Oui, eh bien, tu avais raison, admit Chance. Elle est douée. La belle affaire.

Une colère injustifiée envahit Julian, ce qui l'énerva davantage.

— Tu es un peu dur, non ? Je te signale que tu seras son partenaire sur scène.

— Précisément, ajouta Chance en plaçant sa tasse vide au bord de la table avant de tapoter le plateau du bout des doigts. Excuse-moi si je ne saute pas de joie de devoir danser avec une fille qui ne faisait même pas partie de la troupe il y a encore une semaine. Et je ne te parle pas du fait qu'elle est sourde.

— Arrête un peu ton cirque, s'énerva Julian, les doigts crispés autour de sa tasse. C'est quand même toi la vedette.

— Pour le moment.

— Et ça ne te suffit pas ? demanda Julian, dubitatif.

— Tu ne comprends vraiment pas alors ?

— À croire que non.

— Si elle perd la face, nous sommes fichus. Je suis fichu. Si elle ne parvient pas à tenir le rôle, ce qui ne me surprendrait pas, on donnera notre place aux solistes du groupe B, et les doublures assureront les représentations.

Julian soupira puis se rappela que cela ne le concernait pas. Lui jouait du piano dans un coin, en homme invisible, conformément à ses désirs.

— Je pensais que la distribution ne bougeait plus à ce stade.

— Le moindre rôle, le moindre pas... Bon sang, le moindre costume, rien n'est fixe avant de monter sur scène. Bienvenue dans le monde de la danse classique.

Aussi imprévisible que la vie.

Julian le savait. Trop même. Un Grammy Award poussiéreux dans son appartement au loyer exorbitant le lui rappelait sans cesse. La nuit de la remise des prix aurait dû marquer le début de sa grande carrière. Au lieu de cela, elle n'en avait qu'annoncé la fin.

Il déglutit. Le café lui avait laissé un goût désagréable en bouche. Il se rappela pourquoi il ne sortait plus.

— Mais Tessa a droit à une chance. Tu pourrais l'aider.

— Moi ? Je suis danseur, pas assistant social, plaisanta son ami, cynique.

De temps à autre, lorsqu'il discutait avec Chance, Julian se remémorait ce gamin dégingandé qui avait grandi dans la même rue de Brooklyn que lui. En ce moment pourtant, il ne le reconnaissait pas. Il s'était débarrassé de sa maladresse depuis longtemps déjà, et avait gagné en arrogance en devenant une star à part entière. Le pianiste se demandait parfois à quoi tenait encore leur amitié.

Au fond, il savait qu'ils se ressemblaient tous les deux. Julian n'avait rien d'un chic type non plus, et ce depuis toujours. Il avait dû se consacrer corps et âme à son art. S'il avait connu des femmes, aucune n'avait jamais compté. Sa vie se résumait à un certain égocentrisme, et au jazz, bien entendu.

La musique était comme un double de lui-même. Il la considérait comme une partie de son corps, la matérialisation de son esprit.

Il s'éclaircit la voix. Ce n'était pas tant les cicatrices qui le dérangeaient que ce qu'elles incarnaient. La perte de son art. Voilà ce qu'il détestait voir dans le miroir.

— Crois-moi, je le sais bien, assura Julian en reposant sa tasse. Je dis ça pour te rendre service. Vous êtes partenaire après tout, et si elle ne danse pas, tu ne danses pas non plus. Tu l'as dit toi-même.

— Tu insinues que je devrais passer toutes mes soirées au studio, comme elle ?

— Non, reprit-il en se concentrant sur sa tasse. Pas du tout. Mais il y a des solutions, je pense.

— C'est-à-dire ? demanda Chance, dubitatif.

— Des repères non auditifs, lui indiqua Julian de la façon la plus nonchalante possible. Des signes visuels ou tactiles pour une meilleure synchronisation.

Chance le fixa un long moment sans rien dire. Quand il reprit la parole, il ne cacha pas son amusement.

— Et depuis quand es-tu devenu expert en matière de troubles auditifs ?

Maudit soit Google. Julian ressentit une envie folle de jeter son téléphone dans un trou noir.

— Écoute, il doit bien y avoir un moyen de lui faciliter la tâche. Enfin, j'imagine.

— Tu imagines seulement ? plaisanta Chance. Bien sûr. Tout comme tu viens d'imaginer le terme « repère non auditif ».

— Est-ce qu'on peut parler d'autre chose ? demanda Julian qui sentait une migraine arriver.

— Avec plaisir. Allons-nous-en. J'ai un rencard ce soir.

Comme tous les soirs.

En se levant, Chance laissa quelques billets sur la table, assez pour les deux cafés. Julian n'essaya même pas d'argumenter, c'était peine perdue. Après l'accident, Chance s'était occupé de lui. Cet emploi, les invitations, les visites fortuites... Des gages de culpabilité. Avec n'importe qui d'autre, Julian ne l'aurait pas accepté. Il gardait un tant soit peu d'amour-propre après tout.

Dans la rue, un musicien jouait à l'angle de la 66e et d'Amsterdam. Un percussionniste. Il avait posé ses baguettes en rang d'oignons sur une serviette rouge au sol. Julian ralentit en le dépassant et lui porta un regard intéressé. Ces baguettes... Des Vater. Les meilleures sur le marché. Et même en tapant sur des seaux en plastique l'inconnu leur faisait honneur. *Ratatatatatata*.

Julian se mit à battre la mesure dans sa poche en traversant la rue. Même quand la batterie céda au rythme de la ville, aux sirènes, klaxons et va-et-vient de la circulation, le tempo hantait encore son corps.

À une époque, il entendait de la musique partout sans même se forcer. Il sortait de chez lui et se laissait porter par le staccato urbain. Les mélodies s'écrivaient d'elles-mêmes. Il trouvait des accords dans les cacophonies les plus incongrues. Tout autour de lui, la ville s'animait, respirait, détonnait en improvisations de free-jazz permanentes. Il était devenu compositeur, et New York était devenu sa chanson.

Après l'accident, non seulement avait-il cessé de jouer, mais il avait également cessé d'écouter. La musique lui avait échappé de façon inconsciente en vérité. Il ne remuait plus les orteils en suivant la cadence des marteaux piqueurs au coin des avenues. Il ne percevait plus les basses plaintives des bus à l'arrêt. Curieusement, au cœur de la ville la plus bruyante au monde, l'âme de Julian avait sombré dans le mutisme.

Toutefois, il commençait à l'entendre de nouveau.

Il ignorait pourquoi ou comment. Jouer du piano l'avait probablement libéré. Mais l'explication se voulait peut-être plus complexe.

Et si Tessa tenait une part de responsabilité dans cet éveil des sens ? Quelque chose bouillonnait en lui quand il la voyait danser. Il se perdait dans sa grâce légère de la même manière qu'il s'abandonnait à la musique auparavant.

Face à ce sentiment de plénitude retrouvé, il resta perplexe. Quelle absurdité ! Pourquoi s'était-il renseigné sur la langue des signes et les repères non auditifs ? Si Tessa l'apprenait, elle le prendrait à coup sûr pour un pervers.

Peu importe la raison, il redécouvrait le rythme de la vie.

Il joua une mélodie pour quintette contre sa jambe sur deux pâtés de maisons, à peine distrait par le vague écho d'une chanson qui se forçait un chemin depuis le fin fond de son esprit. Puis, il réalisa que Chance l'avait mené à l'opposé de la station de métro.

Julian s'arrêta. Son ami continua.

— Hé ! Où tu m'emmènes ?

— Nous sommes arrivés.

Julian s'avança d'un pas lent. Mais que se passait-il ?

Chance croisa les bras et se posta devant l'hôtel Bennington, un des lieux les plus célèbres de la ville. Le bâtiment s'était hissé au rang de symbole durant les Années folles, avait accueilli Guy Lombardo et son orchestre, et c'est même là qu'était née la tradition de jouer *Ce n'est qu'un au revoir* le jour de l'An. Julian avait beau en connaître un rayon sur cet hôtel, il ignorait pourquoi il se tenait sous sa marquise étincelante tandis que la rue continuait de déverser ses torrents flous de taxis et autres berlines.

L'angoisse le submergea soudain. Sans aucune raison apparente, il eut un mauvais pressentiment. Un très mauvais pressentiment.

— Si tu veux boire un verre, je ne suis pas assez bien habillé, ironisa Julian en désignant un homme en costume trois pièces qui leur adressa un regard hautain avant d'entrer par l'éclatante porte tourniquet. Et toi non plus, à vrai dire.

— Mais non, l'arrêta Chance. J'aimerais te montrer quelque chose. Suis-moi. On en a pour cinq minutes à tout casser. Après, je te laisserai reprendre ton activité préférée, ignorer le reste de l'univers.

Chance fourra les mains dans les poches de son gilet à

capuche puis disparut dans le tourniquet. Julian n'eut d'autre choix que le suivre.

Il n'était pas entré là depuis des années. Mais la vue du grand hall, avec son lustre rutilant, son parquet luxueux et ses élégantes colonnes raviva le passé. Pas seulement le sien, mais bel et bien cette période qu'il chérissait tant : l'ère du jazz.

Un voile de nostalgie l'enveloppa, et il crut entendre une chanson de Count Basie. C'est là qu'il vit l'écriteau dans le coin opposé de la pièce, confirmant tous ses doutes.

Le mystère était résolu.

— Le Cercle ? maugréa-t-il. Tu m'as traîné jusqu'à un club de jazz ?

— Non, le corrigea Chance en soutenant son regard furieux. Je t'ai traîné jusqu'à un futur club de jazz. Ils ouvriront bientôt.

— Quel est l'intérêt alors ? Allons-nous-en.

Il tourna les talons puis se dirigea vers la sortie. Comment avait-il atterri ici sans s'en rendre compte ?

Chance le rattrapa sous l'imposante horloge près de l'accueil, mais Julian aurait préféré ne plus entendre parler de lui avant une décennie au moins. Il n'était pas idiot, il voyait clair dans son jeu.

— Attends un peu. Je te demande juste de m'écouter. Le club n'ouvre pas avant un mois, et le patron cherche des musiciens.

Et voilà !

— Je ne joue plus de trompette, et tu le sais ! rétorqua Julian en faisant face à Chance.

— Non, mais tu joues du piano, précisa son ami d'une voix posée, trop calme.

De toute évidence, il avait réfléchi à toutes les parades possibles.

— Pour une troupe de danse. C'est à la portée du premier imbécile venu. Au cas où tu n'aurais pas remarqué, je ne suis pas Thelonious Monk.

— Mais tu pourrais, ajouta Chance en haussant les épaules.

— Tu es malade ou quoi ?

Il ne voyait pas d'autre explication. Comment oserait-il se comparer au légendaire Thelonious Monk ?

Sa légende à lui avait pris fin.

— Tu es compositeur. Tu l'es depuis ce spectacle au lycée. Tu n'as pas besoin d'une trompette pour écrire.

Parfois, Julian détestait le fait que Chance le connaissait depuis si longtemps.

Techniquement, c'était vrai. Seulement, Julian ne pouvait pas revenir à la musique. Plus maintenant. Même s'il ne craignait pas l'humiliation, il ne trouverait pas en lui la force de recommencer de zéro. Percer dans ce milieu exigeait bien plus que du talent. Il fallait une énergie et une détermination sans faille. La soif de réussir.

S'il avait éprouvé ce sentiment autrefois, aujourd'hui seule une lassitude infinie l'habitait.

Qu'importe ce que Chance espérait, c'était trop pour lui. Jouer du piano passait encore, mais composer… Se produire en public… Pour l'amour du ciel, ce n'était pas du tout pareil. Cela appartenait au passé, à une vie qui n'était plus la sienne.

— Oublie-moi sur ce coup, pesta-t-il en se rendant compte qu'il ne battait plus la mesure sur sa jambe.

Il resta là, les bras ballants. Count Basie avait plongé dans le silence.

— Dis-moi au moins que tu y réfléchiras, soupira Chance.

— Mais c'est tout réfléchi !

Julian criait presque désormais, et on le regardait de travers dans le hall bondé. Il s'en moquait. Il voulait simplement mettre un terme aux manigances de son ami une bonne fois pour toutes.

— C'est bon, j'ai accepté ce poste pour la troupe. Je me remets doucement. Tu peux me lâcher maintenant, tu as payé ta dette.

— Ma dette ? répéta Chance d'une voix amère. Tu crois que je t'aide à cause de l'accident ?

— Ose prétendre le contraire. Pourquoi aurais-tu fait tout ça pour moi ces deux dernières années ? Les visites, ce boulot, et maintenant ça, fulmina Julian en désignant la devanture du club.

Les lettres dorées sur l'enseigne semblaient sortir tout droit de *Gatsby le Magnifique*.

— Mais par amitié, bon sang.

Chance se campa devant Julian. En viendraient-ils aux mains ? Allaient-ils vraiment se battre en plein milieu de l'hôtel comme Francis Scott Fitzgerald en son temps ?

Peut-être.

Peut-être pas. Coller son poing dans la figure de son ami un peu trop envahissant lui aurait procuré un soulagement infini, mais Julian se serait senti comme le roi des imbéciles.

— Tu n'as pas à culpabiliser, Chance, murmura Julian. Ce n'était pas ta faute. C'est toi qui conduisais, mais ça aurait pu être moi. Nous sommes quittes. Tu ne me dois rien.

Chance sembla oublier sa tension d'un battement de cils. Julian n'avait pas réalisé à quel point son ami tenait à l'idée de le voir jouer dans ce club, même si, dans le fond, il refusait de l'écouter.

— Pour ta gouverne, je ne me suis jamais senti coupable. Je n'aime pas te savoir dans cet état, voilà tout.

— Alors, laisse-moi tranquille, lui intima Julian, les poings serrés.

Il devait s'en aller, s'éloigner de Chance et de ses espoirs mal placés. Il supportait ses encouragements subtils depuis sa sortie de l'hôpital. S'il détestait cela, il ne s'était pas formalisé, pensant que ce syndrome du survivant lui passerait. Julian n'était pas mort après tout.

Toutefois, Chance s'accrochait et devenait même de plus en plus insistant. Il poussait Julian à se remettre à la composition, à remonter sur scène. Pas devant une bande de danseurs qui le considéraient comme un élément du décor, mais pour un public qui payerait pour le voir lui.

Et puis quoi encore ?

À ce rythme-là, il allait le forcer à admettre son attirance pour Tessa. Non, cela n'arriverait pas non plus. Hors de question de donner raison à Chance.

Et tu n'as pas mieux comme excuse ?

Si. Julian disposait de tas d'autres raisons. La première était que les relations menaient à des attentes et à une pression toujours plus forte, ce dont il n'avait pas besoin en ce moment.

La deuxième se voulait aussi évidente que la cicatrice sur son visage.

Son corps avait subi des séquelles. Les secours avaient extrait Chance de la voiture avant l'apparition des flammes. Julian, lui, avait souffert de brûlures au troisième degré sur le flanc gauche, depuis la joue jusqu'à la cuisse.

— Je m'en vais.

Julian se détourna puis s'arrêta net avant même de pouvoir sortir de l'ombre de l'horloge massive. Elle était là.

Tessa.

Tessa, en chair et en os, comme s'il avait réussi à l'invoquer par la simple pensée.

Elle passa le tourniquet doré, tout droit sortie d'un rêve dans sa robe jaune éclatant. Le petit chien au poil soyeux du métro la suivait gaiement, attaché à une laisse.

Julian laissa son regard remonter vers le poignet si gracile de la danseuse et errer jusqu'à son adorable visage d'ange... Des yeux d'émeraude, des pommettes délicates, des lèvres envoûtantes et pulpeuses.

Quelque chose s'éveilla en lui.

Par tous les saints, elle était sublime ! Il le savait déjà, mais ce cadre si élégant transcendait sa beauté au point qu'il en ressentit une douleur lancinante. Il s'agissait cependant d'une agréable souffrance, comme dans la chanson *Feeling Good* de Nina Simone.

Quand elle croisa son regard, elle s'illumina. Julian se renfrogna.

Que se passait-il ? Chance lui avait-il tendu une embuscade amoureuse ? Dans ce cas-là, il allait trop loin, bien trop loin.

Mais lorsque le sourire de Tessa s'estompa, un type tiré à quatre épingles fondit sur elle pour lui donner un baiser sur la joue. La jeune femme arracha son regard à celui de Julian, passa les bras autour de l'inconnu et l'enlaça. Julian serra les dents sans le vouloir.

Elle a un rendez-vous galant. Fantastique.

— Qu'y a-t-il ? demanda Chance en s'approchant de Julian. Mais, c'est Tessa ? Mais oui ! Oh ! mince, elle est magnifique !

Merci de me le rappeler.

— Allons-nous-en, dit Julian tandis que son corps refusait de bouger pour quelque absurde raison.

— J'ai l'impression que tu n'es pas si pressé de partir désormais, mon ami, ricana Chance.

Quand Zander lui donna l'accolade, Tessa jeta un œil par-dessus son épaule, espérant apercevoir encore un peu cet homme au charme phénoménal qu'elle semblait avoir hypnotisé. Cet homme au magnétisme on ne peut plus familier.

C'était lui. Le pianiste. Elle aurait reconnu cet air renfrogné entre mille.

Elle en eut le cœur net lorsque son frère relâcha son étreinte. Ces yeux bleus ténébreux. Cette mâchoire virile à outrance.

Ces papillons dans son ventre.

— Tessa, s'inquiéta Zander en lui empoignant le bras gentiment.

Elle se tourna vers lui.

— Pardon, j'étais distraite.

Par le prince charmant si talentueux juste là.

Le prince charmant ? Peut-être pas. Plutôt le prince des ténèbres. Pourquoi la dévisageait-il ainsi ? Leur dernier échange lui avait laissé un bon souvenir… En quelque sorte. Que faisait-il au Bennington ? Son frère dirigeait l'hôtel depuis trois ans déjà, et elle ne l'avait jamais croisé auparavant. Ni lui ni Chance Gabel.

— Toutes mes félicitations ! s'exclama Zander en ponctuant ses paroles des signes correspondants.

Tessa s'efforça de saisir le son de sa voix, en vain. Le hall d'entrée la bombardait de trop de bruits intempestifs. Le vacarme de la rue se glissant à travers la porte, les téléphones, les bribes de conversation des personnes aux vêtements chics tout autour, la sonnerie de l'ascenseur. Tout se fondait toujours en un seul ronronnement permanent.

— Merci, fit-elle en forçant un sourire et en acquiesçant. Et merci pour la soirée.

Elle aurait préféré se reposer dans un océan de silence avant sa première journée en tant que première ballerine, mais dans sa famille on ne remettait jamais les célébrations au lendemain. Sa seule échappatoire aurait consisté à leur avouer la vérité, ce qui demeurait hors de question.

— Nous sommes tous heureux pour toi, Tessa. J'ai toujours cru en toi, tu sais.

Zander lui passa un bras autour de l'épaule et sembla enfin remarquer l'échange tacite entre elle et le pianiste.

Elle tressaillit. Elle avait l'impression de participer à un concours de séduction, et cette chaleur entre les reins lui indiquait sa défaite assurée.

Elle se détourna de façon très délibérée.

— Tu le connais ? demanda son frère.

— Oui, admit-elle tout en secouant la tête. Enfin, non.

— Décide-toi, reprit Zander, un sourcil arqué. Oui ou non ?

— Non.

Après tout, elle ne savait rien de lui. Pas vraiment. Par ailleurs, il se donnait un mal fou pour rester anonyme aux yeux de tous.

La plupart du temps, du moins. Elle avait saisi un éclat de tendresse chez lui quand il l'observait parfois, ce qui l'avait mystérieusement laissée pantoise.

Elle avait la bouche sèche.

Alors, comme si cela ne suffisait pas, Bolchoï dévoila toute la vérité en se jetant vers le pianiste avec une telle énergie que Tessa lâcha sa laisse.

Oh ! mon Dieu !

— Bolchoï ! Viens là !

Horrifiée, Tessa ne put empêcher son chien de foncer vers cet homme énigmatique. Elle le rappela plusieurs fois, mais l'animal, si obéissant d'habitude, ne daigna même pas réagir. Son engouement pour lui restait un mystère. Et cela s'avérait gênant, tellement gênant.

Zander lui toucha le bras encore une fois, soustrayant son attention à la catastrophe à venir. Il lui adressa un sourire moqueur.

— Tu ne le connais peut-être pas, mais ton chien, lui, l'aime beaucoup.

Tessa se lança après Bolchoï en soupirant, talonnée par son frère... Forcément. Elle ne pouvait pas lui en vouloir.

Elle n'avait ressenti d'attirance pour personne depuis son accident. Si elle était venue au monde sourde, alors peut-être ne se serait-elle pas sentie si isolée. Il existait un dédale de silence dans lequel la plupart des hommes ne se seraient même pas aventurés. Et le fait que Tessa avait déjà passé un temps infini à explorer sa nouvelle réalité n'avait pas aidé.

De toute évidence, Zander tirait des conclusions hâtives. Hormis ce trouble insaisissable, il ne se passait rien entre elle et le musicien. De plus, elle était au point culminant de sa carrière, elle avait bien trop à faire.

De plus, il travaillait avec la troupe de danse, elle ne pouvait absolument pas le fréquenter et encore moins – oh malheur ! – coucher avec lui. Elle ne connaissait même pas son nom.

Parfaitement. Alors pourquoi as-tu toutes ces images en tête ?

Elle ferma les yeux. Le plus fort possible. Pourtant, elle ne put échapper à ces visions de leurs deux corps nus dans un des lits majestueux de l'hôtel.

Mais enfin, que lui arrivait-il ?

— Désolée, lâcha-t-elle en soulevant son chien.

En se relevant, elle se retrouva nez à nez avec son prince ronchon. Il lança un bref regard à Zander, l'espace d'une seconde à peine, puis revint vers elle, avec cette même expression sur le visage. Cette barrière. Alors il leva la main et la salua.

« Bonjour. »

Les papillons prirent leur envol par millions. Tessa s'étonna de ne pas s'élever dans les airs.

— Bonjour.

Zander et Chance les dévisageaient. Tessa eut l'impression de se trouver sur scène pour un duo complètement improvisé.

Elle s'éclaircit la voix.

— Bonjour, intervint Zander en tendant la main. Apparemment, ma sœur ne daignera pas s'occuper des présentations. Zander Wilde.

— Julian Shine, dit le pianiste en lui serrant la main.

Tessa se concentra au maximum sur ses lèvres afin de ne pas manquer une miette de son nom. Julian Shine. Cela lui disait quelque chose. Elle avait dû le lire quelque part sur le site de la troupe en s'inscrivant aux auditions.

Elle ne savait plus. Tout comme elle ne savait pas si Julian avait vraiment eu l'air soulagé de voir que Zander n'était pas son petit ami ou si elle cherchait trop à interpréter sa posture plus sereine tout à coup. Elle tenta de ne pas trop y penser tandis que son frère et Chance plaisantaient, et que Bolchoï se tortillait entre ses bras.

— Julian Shine, reprit Zander une fois les présentations faites. Vous êtes *le* Julian Shine ?

La grimace du pianiste le trahit.

— Le seul, l'unique, répondit Chance à sa place.

— C'est un honneur, s'extasia Zander en se tournant vers l'entrée du club. Et un heureux hasard. Nous ouvrons une salle de jazz bientôt.

— Julian et moi en discutions justement, continua Chance.

Le musicien marmonna dans sa barbe, mais le danseur l'ignora.

— Nous devrions en parler plus avant, alors, proposa Zander.

À quoi jouait-il ?

N'avait-il pas remarqué le désintérêt total de Julian ? Un aveugle aurait perçu son dégoût.

— Euh, je ne crois pas que..., intervint-elle.

— La grande salle accueille un orchestre un dimanche soir par mois, continua Zander sans prêter attention à Tessa. Le prochain aura lieu dans deux semaines. N'hésitez pas à venir, je vous offrirai à dîner et une chambre.

— C'est très gentil, le remercia Julian, mais je ne joue plus.

— Mais si, s'étonna Tessa.

— Oui, je joue du piano, admit-il. Mais par défaut.

Par défaut ? Elle ne comprenait pas tout. Et pourquoi tant d'engouement de la part de son frère ?

— Aucun problème, le rassura Zander en lui tendant une carte de visite. Vous n'êtes pas obligé de participer. Vous pouvez simplement apprécier l'ambiance.

— Merci. Je verrai.

Julian prit la carte, mais sembla plus enclin à se faire arracher une dent.

Puis, il caressa Bolchoï, salua Tessa d'un geste et s'éclipsa avant que Zander insistât trop.

— Il viendra, j'y veillerai personnellement, leur garantit Chance avant de filer derrière son ami.

Zander et son chien les regardèrent quitter l'hôtel. Tessa semblait ne pas être la seule sous le charme de l'acariâtre Julian Shine.

C'est alors qu'apparurent la mère de Tessa, sa cousine et son insaisissable sœur dans le hall.

Avant qu'elles puissent les entendre, Tessa donna un coup à son frère.

— Qu'est-ce que tu fabriques ?

— Pardon ? dit-il en fronçant les sourcils et en réajustant un de ses boutons de manchette.

— Julian... Pourquoi lui parler du club et l'inviter au concert ? Tu essayes de me piéger ?

Elle assistait toujours à ces représentations, devant l'insistance de sa famille.

— Quoi ? Mais non, absolument pas, se défendit Zander en secouant la tête pour marquer sa sincérité. C'est un virtuose, ou en tout cas il l'était avant son accident.

Le cœur de la jeune femme s'emballa.

— Comment sais-tu tout cela ? Et de quel accident parles-tu ?

Elle serra son chien contre elle. Le souvenir persistant d'une sirène d'ambulance hurlait dans son esprit. Le dernier son qu'elle avait entendu.

Puis avait surgi la musique de Julian.

— Julian Shine fait partie des meilleurs musiciens de tous les temps. Il marche à côté de Miles Davis et de Wynton Marsalis.

Enfin, depuis son grave accident de voiture, il vit en reclus. Quel dommage ! Ce type est une vraie légende, je t'assure.

Une légende à la fin de carrière aussi abrupte que la sienne. Cela expliquait son attitude. Tout devint limpide à cet instant...

Tout sauf ce sentiment qui l'habitait quand ces yeux sombres la fixaient. Le sentiment de se sentir vivante. Unique.

Comme si personne ne l'avait jamais regardée auparavant.

6

Il s'avéra que la surdité de Tessa et sa fascination évidente pour Julian Shine constituaient les cadets de ses soucis le premier jour de répétition.

Il fallait s'y attendre, Ivanov avait inclus un porté dans sa chorégraphie. Ce mouvement se voulait presque incontournable lors d'un duo. Pourtant, il se situait la plupart du temps vers le milieu ou la fin du pas de deux, aussi pensait-elle disposer d'un ou deux jours supplémentaires pour s'acclimater au rôle avant de s'élever dans les airs.

Hélas ! elle s'était complètement fourvoyée. Le porté marquait le début du mouvement. D'ailleurs, il s'agissait d'un saut de l'ange, le saut le plus risqué.

C'était durant un tel saut qu'elle avait chuté.

Bien sûr, Alexei Ivanov ignorait tout de cela, et elle ne le lui avouerait pas. Les danseurs de la troupe, presque tous anciens élèves de l'école Wilde, savaient pour sa surdité, mais avaient dû garder le secret. Mme Daria en avait peut-être eu vent, mais cette femme autoritaire n'aurait montré aucune souplesse envers Tessa, ce qui l'arrangeait en fin de compte.

Elle avait hésité à en toucher un mot à Ivanov comme sa mère le lui avait conseillé plus d'une fois la veille au soir. Tessa l'avait plus ou moins ignorée, trop obnubilée par Julian pour lire sur ses lèvres. Tant pis, elle avait décidé de se taire.

Elle ne voulait pas risquer de perdre le rôle pour peu qu'on la traitât en femme fragile. Au vu des circonstances, dire à Ivanov qu'elle n'entendait rien équivalait à mentir. Il la renverrait sur-le-champ s'il découvrait ses problèmes de santé récents.

Selon elle, la meilleure solution restait encore de tout donner pour mériter sa place en tant que première ballerine de la plus grande troupe de New York. Son rêve se réalisait, on allait enfin la considérer comme toutes les autres danseuses.

Le drame commença au moment où Chance la saisit par les hanches. Jusque-là, les rares fois où elle s'était remémoré sa chute s'étaient résumées à un enchaînement d'images fugaces, un film muet aux couleurs fanées et aux mouvements ralentis.

Elle rapprochait vaguement ce souvenir d'une expérience extracorporelle et le revivait avec un certain détachement, comme si c'était arrivé à une autre. À une jeune ballerine rêveuse aux beaux pieds cambrés, au dos souple, droit, et aux yeux pleins d'étoiles.

Cette fille ressemblait si peu à son reflet dans les miroirs que Tessa assistait à son drame avec un désintérêt marqué. On aurait dit qu'elle n'avait jamais dansé sur le parquet caoutchouté gris du studio ce jour-là, ni senti ses cheveux flotter au vent quand elle s'était envolée dans les airs. Elle avait l'impression de se tenir dans les rues enneigées de Manhattan, le visage collé contre la fenêtre, son souffle embuant la vitre tandis qu'elle voyait avec horreur le garçon perdre l'équilibre et la jolie ballerine s'écraser.

Lorsque Chance la toucha, quand elle sentit la chaleur de ses mains à travers son justaucorps, tout rejaillit d'un coup. Elle fut assaillie de détails oubliés avec le temps. Les tremblements d'Owen durant leur promenade d'ouverture, le parfum de lessive fraîche de son T-shirt blanc. Tout lui revint en mémoire, depuis son sourire peu assuré quand elle se jeta entre ses bras jusqu'au son effroyable qui suivit sa chute... Le craquement écœurant de son crâne percutant le sol du studio.

Tessa faillit se plaquer les mains contre les oreilles pour ne plus l'entendre, mais la troupe entière l'observait. Mme Daria. Violet. Toutes les autres ballerines à qui le rôle avait échappé, feignant le désintérêt, les bras croisés, à attendre de la voir commettre une erreur fatale.

Et Julian derrière son piano.

Il la fixait avec une telle intensité qu'une chaleur insoutenable lui envahit le creux des reins. Elle ignorait ce qui l'attirait en lui. Elle ne pouvait pas se laisser séduire. Absolument pas. Il se montrait si désagréable la plupart du temps.

Malgré tout, elle le comprenait, peut-être plus que la plupart des gens. Et son chien, pourtant si difficile, l'appréciait beaucoup étonnamment. Cependant, cela n'expliquait en rien l'émoi que ses regards éveillaient en elle.

Julian avait appris quelques signes pour elle. Il lui avait parlé avec les mains ; il était entré volontairement dans son univers silencieux. Aucun homme ne s'était donné cette peine auparavant. Pas même celui qui lui avait promis de l'épouser.

Même si Julian n'excellait absolument pas en la matière, ses efforts signifiaient d'autant plus à ses yeux. Elle aimait le voir lui parler avec ses belles mains d'artiste. Elle s'imagina les sensations que lui procureraient ces doigts agiles, poétiques. Elle se sentirait comme un trésor ; un instrument rare, un Stradivarius.

Elle lui adressa un sourire nerveux depuis le centre de la salle de répétition. Il lui sourit en retour.

Seigneur, mais que faisait-elle ? Ce n'était pas le moment idéal pour flirter. *Concentre-toi.*

Chance lui pressa la hanche pour regagner son attention.

— Prête ? murmura-t-il.

Non. Pas du tout.

— Oui, acquiesça-t-elle, l'air grave.

Il recula de quelques pas.

Tessa prit une profonde inspiration, bloqua sa respiration et trouva son appui au moment où Julian joua le premier accord. Elle laissa la mélodie couler en elle et la porter pour se lancer dans une arabesque. Quand Chance la souleva, elle se cambra et se confia aux mains de son partenaire. Il la leva haut, toujours plus haut, et ses bras flottèrent au-dessus d'elle telles les ailes d'un ange.

Le temps d'un souffle, Tessa eut l'impression de s'envoler. Elle devint un oiseau, libre, légère, évanescente. Une comète. Pour la première fois depuis des lustres, elle éprouva un sentiment de plénitude. Ses angoisses lui parurent tellement ridicules. Puis, elle baissa les yeux, à la recherche de Julian.

Erreur fatale.

Le sol se transforma en un gouffre ouvert sous elle. Elle céda à la panique face à cet abîme affamé.

Elle ignorait pourquoi elle avait de nouveau cherché Julian. Elle savait qu'elle commettait un impair, mais s'était laissé guider par la musique et l'instant. Et sans raison, elle avait voulu voir son visage quand il la découvrirait comme elle était avant. Audacieuse, intacte, accomplie.

À peine eut-elle détourné son attention qu'elle perdit l'équilibre. Légèrement. Son centre de gravité se décala un peu trop en avant et, au lieu d'attendre que Chance ajuste sa position, elle baissa les bras. Ce changement trop soudain cassa le porté. Elle s'agrippa aux épaules de son partenaire et serra le coton de son T-shirt blanc, se crispant tel un enfant apeuré se cramponne à ses draps.

Puis, le silence régna cette fois-ci aussi. Son pire cauchemar sembla s'être réalisé, la musique s'arrêta comme si elle ne l'avait qu'imaginée.

Elle rouvrit les paupières pour trouver Julian, pâle, assis à son piano. Il avait cessé de jouer pour les fixer, elle et Chance.

Elle regarda le sol qui tournoyait et crut vomir. Chance tituba, et elle cria, persuadée de revivre son accident.

Elle allait tomber.

Là, devant toute la troupe.

Même si Julian avait conscience des touches sous ses doigts, il ne parvenait pas à bouger. Le souffle lui manquait, et son cœur s'arrêta, comme la nuit de l'accident.

Elle va tomber.

Tessa allait s'écraser au sol, et il ne pouvait pas l'aider.

Un calme inquiétant pesait sur la salle. Le monde tournait

au ralenti. Alors, aussi brusquement qu'il s'était installé, le silence prit fin.

Des cris retentirent de partout. Chance essaya de dire à Tessa de se pencher plus en avant.

Madame Daria tapait des mains et hurlait.

— Tessa ! Soulève ton bassin. Soulève-le !

Le Russe, lui, avait bondi de son siège et vociférait de plus belle.

— Tenez bon. Gardez la position. Retrouvez l'équilibre. Tenez !

Bien sûr, Tessa ne l'entendit pas. Il était déjà trop tard de toute manière.

Tessa se dégagea de Chance comme un animal apeuré descend d'un arbre. Il vacilla légèrement, les doigts plantés autour des hanches de Tessa pour la reposer. En douceur. Délibérément. Il semblait vouloir prouver quelque chose.

Il ne lui arriverait rien.

Chance bénéficiait d'assez d'années d'expérience, Julian le savait, et Tessa ne risquait rien. Cependant, ce porté lui avait laissé un tout autre sentiment, sans doute partagé par la danseuse.

Julian baissa les yeux sur ses mains. Il serrait les poings contre ses cuisses. Pris de panique, il avait cessé de jouer. Les paroles de son ami retentirent en boucle dans son esprit.

« Un accident il y a environ un an... C'était pendant une répétition. Son partenaire l'a fait tomber, elle s'est cogné la tête. »

Elle devait être terrifiée.

Ce prétentieux de Russe s'époumonait encore, et Julian dut lutter pour ne pas se jeter sur lui et lui tordre le cou. Chance le foudroya du regard pour l'avertir de ne pas s'en mêler.

Tessa, elle, fixait le sol, les mains toujours crispées sur le T-shirt de son partenaire.

Reste en dehors de ça.

Cela ne le concernait pas. Elle et lui avaient échangé quelques mots tout au plus. Pour autant, il gardait cette impression d'avoir partagé des moments forts avec elle. Un lien ténu.

Il la désirait.

Pourquoi se le cacher ?

Depuis l'instant où il l'avait rencontrée. Avant même de la

voir danser, sa force fragile, sa gentillesse, l'avaient attiré. Elle représentait tout son opposé, l'autre face d'une seule et unique pièce. C'était probablement pour cela qu'elle éveillait quelque chose en lui, qu'elle le touchait au plus profond de son âme... Il avait retrouvé quelque chose de perdu.

S'il préférait ignorer son attirance pour elle envers et contre tout, il devait pourtant bien avouer que la voir avec un autre homme au Bennington ne l'avait pas laissé de marbre.

Peu importe, les relations amoureuses ne lui réussissaient pas. Pourquoi les choses changeraient-elles aujourd'hui ? Même Chance allait bientôt se lasser de lui s'il refusait d'entendre les arguments de Zander à propos de son club. Julian se montra alors presque reconnaissant que sa fascination pour Tessa ne s'avérât pas réciproque.

Mais, à l'instant où elle céda à la panique, il aurait juré qu'elle avait cherché sa présence. Lorsque leurs regards s'étaient ancrés l'un à l'autre, la joie dans ses iris d'émeraude l'avait porté aux nues. Il n'avait jamais rien vu d'aussi beau.

Il ne savait plus quoi penser.

— C'était quoi, ça ? cria Ivanov, les bras en l'air, en s'approchant de Tessa. Vous pouviez facilement rattraper ce porté. Il fallait m'écouter, bloquer votre respiration, vous raidir et trouver votre équilibre. Vous n'avez même pas essayé. Pourquoi n'avez-vous pas fait ce que j'ai dit ?

Elle resta muette. Elle ne réagit même pas, n'entendant manifestement pas les remarques du chorégraphe.

Julian se sentit presque soulagé. Elle n'avait pas besoin de cela. Ivanov, lui, ne se rendit compte de rien. Ou plutôt, il ne s'en soucia pas. Chance avait raconté à Julian tellement d'histoires effarantes au sujet de directeurs artistiques tyranniques. Il savait à quoi s'en tenir, le monde de la danse n'avait rien d'une sinécure. Il le comprenait. Il n'appréciait pas, mais il comprenait.

Mais alors, Ivanov dépassa les bornes.

— C'est quoi votre problème ? hurla-t-il dans le dos de la ballerine.

Puis, quand elle se tourna enfin vers lui, il poussa un long soupir exaspéré.

— Vous êtes sourde ou quoi ?

Elle resta bouche bée, livide.

Les autres danseurs baissèrent les yeux, y compris Chance. Même Daria. Personne n'osa prendre la défense de Tessa. Absolument personne.

Julian, animé d'une rage incontrôlable, sentit son sang bouillonner. Bon Dieu, mais qu'est-ce qui n'allait pas chez eux ?

Il se leva d'un bond, renversant la banquette du piano qui tomba avec fracas. Tout le monde se tourna dans sa direction, même Tessa.

Chance lui fit non de la tête. Le message restait clair. « Ne t'en mêle pas. »

Seulement, Julian ne l'entendait pas ainsi. Pas cette fois.

Il n'éleva pas la voix. Il ne s'emporta pas non plus. Il se contenta de soutenir le regard d'Ivanov.

— Pour tout vous dire, oui, elle est sourde. Vous pourriez donc faire preuve d'un tant soit peu d'indulgence.

Chance soupira si fort que Julian l'entendit à l'autre bout de la pièce.

— Monsieur Shine ! le fustigea Daria d'un ton qui devait signifier la fin de son contrat.

Tant mieux. Trois jours dans ce cirque suffiraient à rendre n'importe qui fou à lier. Il fallait un vrai miracle pour tenir aussi longtemps.

Seulement, s'il était revenu jour après jour, ce n'était pas en raison d'un miracle, mais pour Tessa.

Il la regarda, voyant enfin sa gêne, les tremblements infimes de sa lèvre inférieure. Il comprit alors la gravité de son geste. Une douleur vive lui déchira les entrailles. Il venait de la mettre dans une posture délicate. Il n'avait fait qu'envenimer la situation.

Comme toujours.

— Mais qu'est-ce que vous racontez ? demanda Ivanov.

Julian se racla la gorge. Il n'allait pas s'excuser pour autant. Ivanov devait comprendre qu'il existait des limites au sadisme.

Puisque personne ne s'en donnait la peine, Julian fut ravi d'avoir ce privilège.

— Vous lui avez demandé si elle est sourde. La réponse est oui. Des excuses sont peut-être de circonstance, non ?

Ivanov fit face à Tessa.

— Est-ce vrai ?

Elle releva le menton et se raidit.

— Oui, mais...

— Mais vous avez préféré attendre que votre petit copain me l'apprenne après les sélections, la coupa le chorégraphe d'un signe de tête vers Julian en croisant les bras.

— Il n'est pas mon petit ami, le corrigea Tessa en semblant s'efforcer de ne pas prêter attention au pianiste. En fait, je le connais à peine.

Julian ramassa la banquette, la remit en place avec violence et réorganisa ses partitions. Il plaignit sincèrement la personne qui le remplacerait.

— Vous vous connaissez à peine ? demanda Ivanov en passant de l'un à l'autre avant de revenir à Tessa. Eh bien, tout va très vite changer. Puisque M. Shine semble tellement se soucier de votre santé, mademoiselle Wilde, et puisque vous semblez garder des secrets qui nécessitent un entraînement plus rigoureux, vous répéterez deux heures de plus chaque soir tous les deux. Suis-je bien clair ?

— Quoi ? Non..., souffla Julian en levant les yeux des feuilles entre ses mains.

Tessa secoua la tête avec véhémence.

— Je ne crois pas que...

— Je ne vous demande pas votre avis, les interrompit le chorégraphe d'un geste. Soit vous acceptez tous les deux, soit je me trouve un autre pianiste. Et une autre danseuse pour le rôle principal. À vous de voir.

Julian n'en revint pas. Il n'avait jamais aimé recevoir d'ordres et ne comptait pas s'y mettre aujourd'hui. Encore moins s'il devait obéir à un pauvre sadique.

Tessa, elle, semblait ne pas partager ce sentiment.

— Très bien, acquiesça-t-elle.

7

Cela ne dérangeait pas vraiment Tessa de rester plus longtemps au studio. Comme elle voulait se préparer le mieux possible à son tout premier rôle de soliste, elle avait déjà prévu de s'exercer le soir.

Ces réprimandes devant toute la troupe la tracassaient en revanche, d'autant plus quand elle les devait entièrement à Julian.

Elle préféra éviter son regard le reste de la journée. Elle se focalisa sur la chorégraphie et tenta d'occulter les bruits intempestifs de la salle par-dessus la musique. Cela s'avéra plus difficile que prévu, même en prenant en compte les avertissements du Dr Spencer.

Le studio croulait sous un vacarme constant : le fort accent d'Ivanov et ses indications ; les pas étouffés des chaussons ; les halètements des danseurs. Chaque fois que Tessa saisissait la mélodie, quelque chose d'autre venait la perturber. Elle sentait la musique lui filer entre les doigts, mais ne voulait plus se mouvoir dans le silence.

Elle n'en pouvait plus de compter les temps. Elle ne souhaitait que danser, danser sans retenue.

Ses séances privées avec le pianiste lui convenaient en somme. Cela lui permettrait de mieux se concentrer. Sauf que le musicien constituait sa plus grande distraction. Et sa colère à son égard n'arrangeait en rien la situation.

Julian l'avait mise dans l'embarras.

Il se trouvait déjà à son poste quand elle entra dans la petite pièce de répétition. Il ne lui prêta pas attention, se contentant de jouer jusqu'au moment où elle piétina vers lui pour lancer lourdement son sac sur le piano.

La musique s'arrêta net. Julian se plaqua les mains sur les cuisses et fixa le sac.

— On ne pose rien sur un Steinway.

Quel homme insupportable !

— Arrêtez un peu, vous vous moquez de tout, je le sais, le provoqua-t-elle en croisant les bras. Ce piano n'est même pas à vous.

Et puis, n'avait-il pas dénigré cet instrument le soir d'avant ? Si. Tessa s'en rappelait.

« Oui, je joue du piano, mais par défaut. »

— Non, je ne m'en moque pas. La musique, c'est important à mes yeux, et il s'agit d'un bon piano.

Soit, mais devait-il se montrer si autoritaire ?

— Eh bien, ce ballet est important pour moi, et vous avez failli me faire perdre ma place. Qu'avez-vous à répondre à cela, monsieur grincheux ?

Il esquissa l'ombre d'un sourire sans le vouloir. Puis, se rendant compte de sa réaction, se braqua de nouveau.

— Monsieur grincheux ? Vous n'avez rien trouvé de mieux ?

— C'est assez approprié, non ? ajouta-t-elle, un sourcil arqué.

Ils se fixèrent un long moment, puis elle posa son sac par terre.

Elle n'allait cependant pas le laisser s'en tirer si facilement.

— Vous ne m'avez toujours pas répondu.

— À propos de ce qu'il s'est passé tout à l'heure ? demanda-t-il en plissant ses yeux bleus si expressifs.

Si Tessa avait pu discerner ses paroles sans avoir à lire sur ses lèvres, elle se serait détournée. Cet homme, il était bien trop séduisant.

— Ce n'est pas la peine de me remercier.

— Vous croyez vraiment que j'en avais l'intention ? s'exclama-t-elle, sidérée.

— Peu importe, dit-il d'un haussement d'épaules avant de se relancer dans sa mélodie.

En se concentrant assez, Tessa entendait chaque note et parvenait à identifier cet air. Il ne jouait pas du Debussy, mais quelque chose de plus fluide. Du jazz. Elle ressentit l'envie de battre la mesure.

— Écoutez, reprit-elle après s'être éclairci la voix. Ne recommencez plus, s'il vous plaît. Promettez-le-moi.

— Je ne peux pas vous le promettre, répondit-il en la fixant, les doigts toujours agités sur le piano. Désolé, mais ce type est un idiot de première. Et apparemment, on ne lui dit pas assez souvent.

Tessa resta bouche bée. Elle ne savait pas vraiment pourquoi elle s'était attendue à des excuses au vu de l'attitude si revêche de Julian.

Elle secoua la tête.

— Si vous voulez vous disputer avec le chorégraphe, c'est votre problème. Mais laissez-moi en dehors de vos histoires. Je me donne assez de mal pour ne pas me faire remarquer. Vous n'imaginez sans doute pas l'effort que cela représente.

Alors il lui parla lentement, articulant bien chaque mot. Tessa ne dut même pas lire sur ses lèvres.

— À mon avis, je vous comprends bien mieux que vous ne le croyez, princesse.

« Princesse. »

Ce seul mot l'ébranla, elle dut bien l'admettre, et elle rougit sur-le-champ.

Elle déglutit et osa un regard sur sa cicatrice. Elle ressentit le désir soudain et incontrôlable de la caresser, de laisser ses doigts s'aventurer sur la peau en saillie et de remonter sa piste cahoteuse jusqu'à sa bouche. Qu'éprouvait-il quand le monde entier voyait ses blessures en pleine lumière ? Tessa ne voulut même pas tenter de l'imaginer. Elle luttait depuis trop longtemps afin de dissimuler les siennes.

Peut-être comprenait-il. Rien qu'un peu.

Julian s'arrêta de jouer et lui adressa un mot en langue des signes : « Pourquoi ? »

Il s'améliorait. S'était-il entraîné ? Et pourquoi s'émerveillait-elle autant de le voir apprendre ce langage ?

Tu es sur ton lieu de travail. Et tu lui en veux toujours, n'oublie pas.

— Pourquoi quoi ?

— Pourquoi la danse est-elle si importante ? Pourquoi vouloir danser pour Ivanov ?

— Je ne danse pas pour lui. Je danse pour moi.

Elle devait encore s'habituer au son de sa propre voix, mais elle semblait plus éraillée. Cassée.

— Cela vous convient-il ?

— Parfaitement, conclut-il, impassible.

Pourtant, au plus profond de sa mélancolie, Tessa perçut l'éclat d'un sourire.

Dès l'instant où Tessa eut fini de lacer ses rubans autour de ses mollets, Julian s'avoua ne pas tant abhorrer ces heures supplémentaires.

Il ne se lassait pas de la voir danser et désormais, en raison de sa bêtise comme le souligna gentiment la jeune femme, il se trouvait aux premières loges pour la moindre arabesque et chacun de ses époustouflants tourbillons.

Il tenta de ne pas la regarder. Il lutta corps et âme.

Même sans Daria pour le surveiller, il culpabilisait. Il ne pouvait s'en empêcher. Au début de chaque morceau, il fixait les touches, mais avant la moitié de la chorégraphie, il se laissait prendre.

Sa manière de flotter au-dessus du sol dégageait une telle pureté. Cette sincérité blessée touchait Julian, notamment au cours des adages. Les compositions de Debussy, empreintes de retenue éclatante et de tons non traditionnels, portaient Tessa au firmament. Julian avait beau aimer la musique plus que tout, il avait beau l'avoir vécue et respirée la majeure partie de sa vie, Tessa la reléguait au rang de fond sonore. Il ne l'entendait même plus parfois. Elle semblait s'être éteinte dans les vers du conte que la ballerine dessinait avec ses bras poétiques et les tourbillons envoûtants de ses chaussons délicats.

Elle voulait tant se fondre dans la masse des autres danseuses. Jamais elle n'y parviendrait. Selon lui, voilà ce qui la rendait unique. Il ne pouvait oublier ses paroles.

« Je ne danse pas pour lui. Je danse pour moi. »

Julian ne put s'empêcher de se demander si elle dansait pour communiquer dans un monde devenu silence du jour au lendemain. Dans ce cas, en dépit de tous ses efforts, il se trouvait sous le charme.

Alors quelque chose le tira de sa rêverie. Sans le métronome, il serait passé à côté.

— Pourquoi vous servir de cela ? demanda Tessa en le voyant sortir l'objet de son sac pour l'installer sur le piano. Vous vous promenez toujours avec un métronome sur vous ?

— Bien sûr, ironisa-t-il.

Il avait passé près d'une heure à le chercher chez lui après avoir lu cet article sur les repères non auditifs. Un métronome des plus ordinaires, un Wittner. Cela suffisait amplement.

— Je pensais que ça serait utile, dit-il en remontant le mécanisme.

Tessa observa les va-et-vient de l'aiguille quand il le reposa sur le piano.

— Vous vous êtes donné cette peine ?

— Il se pourrait que j'aie lu quelque chose sur les danseurs comme vous.

Elle ancra les yeux dans les siens le temps de six battements du métronome avant de briser le silence.

— C'est très gentil à vous, Julian.

Il se détourna pour jouer un air mélancolique en mi mineur. Si Tessa s'exprimait par la danse, Julian parlait avec sa musique. Ils partageaient plus que ce qu'elle s'imaginait.

Il releva la tête. Elle le fixait trop intensément. Et elle s'attardait trop souvent sur sa cicatrice… Mais elle lisait peut-être sur ses lèvres. Difficile à dire.

— Ce n'est rien, lui assura-t-il. Prête ?

Elle acquiesça et resserra le nœud de son cache-cœur par-dessus son justaucorps en retournant vers le centre de la salle.

Julian attendit de la voir prendre position pour entamer le morceau. Il appliqua un soin méticuleux à chaque mouvement de la mélodie, en parfaite harmonie avec le métronome.

Tessa y jetait un œil tous les deux temps et semblait réprimer un sourire. Julian fut heureux de l'absence de Chance ; il aurait interprété la situation à sa manière.

Y a-t-il quelque chose à interpréter ?

Julian grinça des dents. Non. Il l'aidait sous la contrainte, rien de plus. Ni elle ni lui ne s'en réjouissaient.

Alors, au milieu du solo, il percuta.

Julian se prit à regarder Tessa au lieu de se concentrer sur la musique. Encore. Il maugréa en silence, mais durant le court instant où il réalisa son erreur, il vit qu'elle avait perdu le rythme. Elle allait trop vite. Elle devait avoir une demi-seconde d'avance sur le métronome, ce qui aurait paru normal si Julian n'avait pas été en décalage lui non plus.

Il avait joué trop rapidement, trop obnubilé par la jeune femme. Son manque de pratique n'avait pas dû aider, mais cela importait peu à ce moment.

Lorsqu'il ralentit, Tessa l'imita. Quand il changeait le tempo, elle le suivait. Note après note. Temps après temps.

Elle m'entend.

Non. Comment cela se pouvait-il ? Tessa était sourde. Il ne pouvait s'agir que d'une coïncidence. Il devait bien exister une explication logique. Peut-être sentait-elle les vibrations du piano dans le sol. Il ne voyait pas d'autre explication. Seulement, il effleurait les touches, et le volume restait trop bas, laissant l'adage durer et le silence s'exprimer lui aussi.

Ils évoluèrent en une synchronisation parfaite sous les balancements inutiles du métronome.

Petit à petit, Julian finit par se remémorer le porté raté, les remontrances d'Ivanov.

« Vous êtes sourde ou quoi ? »

Le simple fait d'y penser l'agita. Bien sûr, il était intervenu.

Il l'avait fallu. Mais avant cela, il avait fait tomber sa banquette dans un fracas ahurissant, et tout à coup il n'avait plus été l'homme invisible. Tout le monde s'était tourné vers lui sous l'effet de la surprise.

Tout le monde, dont Tessa.

L'avait-elle entendu à cet instant ?

Et entendait-elle sa musique maintenant ?

La logique lui disait que oui.

Cependant, il ne comprenait pas. Tessa n'aurait pas pu feindre une telle blessure si longtemps.

Il devait se tromper. S'il avait effectué quelques recherches, il n'en était pas devenu un expert pour autant, loin de là.

Or, Julian connaissait bien la musique, les harmonies, la mélodie et le rythme. Il connaissait le son. Et malgré sa fragilité mystérieuse, Tessa avait tout d'une femme qui entendait.

Lorsqu'elle eut passé en revue tous les mouvements, deux heures s'étaient écoulées, assez de temps pour satisfaire Ivanov. Entre les échauffements, les répétitions et cette séance avec Tessa, Julian avait dû jouer une dizaine d'heures entrecoupées de pauses çà et là. Mentalement, il n'en pouvait plus, mais sur le plan physique il se sentait très bien. Détendu. Fluide. Il n'avait pas connu cette plénitude depuis une éternité.

Il continua de caresser les touches tandis que Tessa dénouait les rubans à ses chevilles et ôtait ses chaussons. Un peu de free-jazz. Puis, il passa doucement à une chanson qu'il jouait autrefois à la trompette : la reprise de *La Vie en rose* de Louis Armstrong.

Les collants et les ballerines de Tessa lui avaient évoqué cet air. Comment faire autrement ? Cette couleur l'entourait depuis trois jours. Puis, dès la fin du prélude, les paroles lui revinrent.

Armstrong chantait pour une femme, pour tout ce qu'on éprouvait en l'étreignant, en l'embrassant à en faire soupirer les étoiles. Jusqu'à peindre la vie en rose.

Julian s'arrêta net.

Il se passa une main tremblante dans les cheveux et commença à ranger ses affaires pour se changer les idées.

— Merci d'être resté, dit-elle en se levant pour réduire la

distance entre eux. Je pense que c'était utile. Je connais mieux la chorégraphie.

— Très bien, acquiesça-t-il brièvement. Parfait.

Il n'avait pas vraiment eu le choix de toute manière.

Il voulait s'en aller désormais, mais hors de question de laisser Tessa seule ici, aussi la suivit-il jusque dans le couloir sombre.

Elle s'arrêta près de la porte du grand studio de répétition.

— J'ai oublié mon manteau.

L'automne berçait New York petit à petit. Les feuilles virevoltaient déjà dans l'air, bordant Central Park d'un drap rouge et or. Tessa mourrait de froid si elle ne se couvrait pas.

Quand Julian lui ouvrit la porte, elle se glissa dans la pièce, et il dut s'efforcer d'ignorer la tension soudaine dans son corps au moment où ses épaules se frottèrent à son torse. Ce contact infime avait suffi.

C'en était déjà trop.

Il mit sa libido exacerbée sur le compte de sa vie d'ermite des deux dernières années.

Il n'avait pas toujours vécu en solitaire, il avait connu des femmes avant son accident. Des tas de femmes. Parfois plus d'une par nuit dans ses périodes les moins élégantes.

Julian aurait préféré oublier tout cela. Pas seulement les conquêtes, mais tout le reste... Les fêtes, les tournées interminables, l'argent. Tout cet argent.

Il avait atteint les plus hauts sommets de son art, avait détrôné les plus grands trompettistes du pays, même de la planète.

Il aurait tout donné pour remonter le temps. Ne revivre qu'un seul jour uniquement consacré à sa musique.

Son accident ne constituait pas le cœur de sa colère. Cela n'avait jamais été le cas. Non, s'il en voulait tant au monde entier, c'était parce qu'il l'avait bien mérité. Il avait oublié le plus important dans sa vie, la musique. Il lui avait tourné le dos après être tombé dans les pires pièges de la célébrité. Il avait tenté le diable et en avait payé le prix.

Avec Tessa, tout changeait, et il ne savait pas pourquoi. Même après tout ce temps en sa compagnie, il ne voyait aucune explication à ses sentiments envers une parfaite inconnue. Une femme qu'il préférait ne pas connaître. Une femme qu'il ne connaîtrait pas.

Il rampait dans l'ombre.

Elle fendait la lumière.

Malgré tout, il la désirait.

Julian toussa, et se tourna de sa silhouette si élégante, si fine. Elle se déplaçait avec une telle éloquence, même quand elle ne dansait pas. Dans ce studio couvert de miroirs du sol au plafond, son regard ne pouvait que le trahir.

Tessa se trouvait partout.

Il prit une longue inspiration et saisit un éclat jaune du coin de l'œil. Un manteau pendu à la barre.

Il alla le chercher. Cette couleur seyait parfaitement à Tessa. Un magnolia, un soleil.

— Je crois que je l'ai.

— Ah ! merci ! dit-elle.

Soit elle l'avait entendu soit elle avait laissé ses yeux errer sur son reflet. Sur sa bouche plus précisément. Cette perspective ne calma en rien ses ardeurs.

Il lui tendit son manteau ouvert, autant pour se couvrir d'elle que pour l'aider à le passer. Lorsque Tessa glissa les bras dans les manches, Julian perçut les lignes délicates de sa nuque.

Qu'elle était belle ! Un joyau parfait, fragile. Sa chevelure encore relevée en chignon étincelait de mille feux cuivrés sous les rayons de lune filtrant à travers les hautes fenêtres. Une mèche rebelle tombée sur son épaule d'albâtre ensorcela Julian.

Tessa inclina la tête en avant pour boutonner sa veste. Julian savait qu'il aurait dû s'éloigner d'elle, mais ses jambes refusèrent d'obéir. Au contraire, il se rapprocha encore, captif des sortilèges de la jeune femme.

Il comprit qu'il pouvait bien lui dire n'importe quoi. Lui avouer ses plus ignobles péchés, ses plus noirs secrets. Elle ne l'entendrait pas.

À moins qu'il n'eût raison.

Il voulait savoir. Il devait savoir. Un simple murmure suffirait. Un seul mot. Une épreuve en quelque sorte.

Arrête.

La raison le tiraillait, la tentation se mua en une soif irrépressible, mais les enjeux semblaient le dépasser. Il se pencha un peu plus pour lui susurrer la première chose qui lui traversa l'esprit… Les mots contre lesquels il avait lutté des jours durant.

— Embrasse-moi, Tessa.

8

« Embrasse-moi, Tessa. »

Elle avait bien entendu, juste par-dessus son épaule droite. Ce désir enfiévré chez Julian, elle ne pouvait pas se tromper. Son esprit ne lui jouait pas de tour, elle savait encore distinguer ses fantasmes de la réalité. Cette ardeur si sombre, si délicieuse.

Elle se retourna sans s'en rendre compte.

Julian ne parut même pas étonné. Il la dévorait d'un regard trop intense. Un sourcil arqué et un sourire à peine perceptible, il semblait satisfait en vérité.

Il savait pour sa guérison. Mais depuis quand ? Alors son regard se perdit sur sa bouche, et elle vit autre chose dans les ténèbres de ses yeux si perspicaces.

Sa sincérité.

« Embrasse-moi, Tessa. »

Il ne se répéta pas. C'était inutile. Ses mots flottaient autour d'eux. Tessa les entendait encore papillonner à l'image d'un air entêtant. Ils retentissaient en une mélodie exprimant tout ce que son cœur trop timide, trop apeuré, voulait crier.

La tension entre eux lui donna des idées inavouables. Elle n'avait plus ressenti cela depuis longtemps, peut-être même jamais. Cela ne lui déplaisait pas. Bien au contraire.

Elle s'avança, se mit sur la pointe des pieds, mais avant de pouvoir lui céder, Julian souda les lèvres aux siennes.

Trop de sensations la submergèrent d'un coup. Le contact rugueux de la barre de ballet contre ses reins quand Julian s'appuya contre elle, les battements sauvages de son cœur jusque dans ses tympans, l'appétit insatiable de cet homme... Le goût de sa langue, merveilleux, chaleureux, un vrai brasero un soir d'hiver.

Tessa n'avait jamais connu de baiser si fougueux. Jamais. Elle perdit la tête, se laissant aller à des gestes encore inédits, des choses qu'elle n'aurait pas imaginées. Elle gémit langoureusement et griffa le dos de Julian, les poings crispés sur le tissu de sa chemise.

Julian lui passa soudain la main dans les cheveux pour les détacher, et son corps... intrépide, si dur... se collait au sien pour mieux la rendre captive. Dans le tréfonds de son esprit, dans les volutes délirantes de cette pulsion, elle sentit quelque chose se briser. Un verrou s'ouvrir.

Depuis son accident, elle vivait hors du monde. Elle pouvait encore communiquer, certes, mais le silence omniprésent s'imposait entre elle et les autres.

Elle l'avait maudit au départ puis Owen avait donné forme à ses plus terribles angoisses en la quittant, car il ne savait plus comment l'atteindre. Ensuite, elle avait embrassé le silence, s'en servant pour ne plus être blessée, pour ne plus tomber.

Mais tandis que Julian intensifiait leur baiser de ses lèvres audacieuses et frottait le bassin au sien, Tessa eut le sentiment de reprendre part à sa vie. Elle redevint le centre de son univers. De l'univers entier. Le cœur de toute existence.

Les mains de Tessa glissèrent plus bas, toujours plus bas, jusque sur les hanches du musicien pour le sentir plus fort contre elle. Maintenant que les verrous avaient cédé, il lui en fallait plus. Plus de sons, plus de sensations, plus de vie. Plus de lui, cet homme si incroyable et si mystérieux qui avait su percer ses défenses.

— Julian, gémit-elle lorsqu'il se mit à lui embrasser le haut de la poitrine.

Sans la confusion qui l'habitait à ce moment-là, elle aurait été gênée. Il sentait à coup sûr les pulsations de son cœur. Il devait même se délecter de l'effet qu'il lui faisait.

Mais à quoi bon se retenir ? Il savait… sans doute depuis leur première rencontre dans le métro. Il semblait tout connaître d'elle, autant ne plus porter de masque.

Elle n'en pouvait plus de se cacher, encore moins de lui ni du désir qui déferlait en elle, provoquant des frissons dans son corps tout entier.

— Oui, princesse ? murmura-t-il.

Bonté divine, ces sons graves, sa voix. Une vraie caresse. Ou presque…

— Je suis toute à toi, dit-elle en laissant tomber son manteau de ses épaules avant de saisir le nœud de son cache-cœur.

Ses mains tremblaient tellement qu'elle ne parvint pas à le défaire. Julian lui souleva le menton pour lui donner un baiser, doux et tendre cette fois-ci, tout en la libérant de son haut et de son justaucorps, laissant l'air frais effleurer sa peau nue.

Julian savoura son corps frémissant puis ancra les yeux dans les siens avant de faire glisser la main devant sa bouche. Il sourit dans la pénombre.

Il venait de lui dire qu'elle était belle.

Un nœud dans la gorge, elle s'avança pour prendre son visage en coupe et effleurer sa cicatrice. À ce simple toucher, il lui saisit le poignet et lui reposa la main sur la barre. Puis, il fit de même avec l'autre main, la menottant de ses doigts si lestes.

Il se mit à l'embrasser dans le cou, sur les épaules, descendit sur sa poitrine où il emporta ce frisson si soudain par la flamme torride de ses lèvres habiles et les bravades de sa langue.

Oh ! Seigneur !

Tessa ferma les paupières. Tout ce qu'elle vit avant de s'abandonner à Julian fut son propre reflet dans le miroir… Cambrée lascivement contre la barre, le corps chavirant, à bout de souffle tandis que Julian la comblait.

Elle ne se reconnaissait pas dans cette image si provocante. Elle ne parviendrait jamais à en chasser le souvenir. Celui-ci reviendrait l'assaillir chaque fois qu'elle se tiendrait là pour ses exercices de danse quotidiens.

Plié, élevé, dégagé.

Elle eut l'impression de parler en langue des signes. À l'instar de toutes les ballerines, elle voyait son corps comme un moyen d'expression, mais elle découvrit des milliards de nouveaux horizons ce soir-là.

Tout se mit à tourner dans une brume de halètements et de palpitations frénétiques. Les mains de Julian exploraient tout d'elle, Tessa crut s'enflammer, fondre, partir en fumée.

Lorsque ses jambes vacillèrent, Julian l'allongea au sol. Elle sentit à peine le bois du plancher. Chaque millimètre de sa peau s'offrait à Julian dans l'espoir d'accueillir ses caresses, ses baisers... Tout son être.

Elle tira sur sa chemise. Ses bras étaient si engourdis qu'elle n'arriva à rien. Il prit ses mains entre les siennes et lui plaqua au-dessus de la tête pour continuer de la déshabiller avec lenteur. Elle se retrouva complètement nue, ici, dans le studio de danse. Quelle idée ridicule, elle n'aurait jamais cru cela possible.

Elle préféra ne plus penser à rien afin de mieux partager cette passion. Pour une fois dans sa vie, elle voulut se lier à quelqu'un. Comment avait-elle pu s'en passer si longtemps ?

— Regarde-moi, Tessa, lui murmura-t-il à l'oreille.

Elle sentit tout autant qu'elle entendit le léger grattement de sa voix.

Elle rouvrit les yeux. Julian se penchait sur elle, les mains plantées près de son visage.

— Tu es magnifique, dit-il à voix haute cette fois-ci.

Tessa observa bien chaque syllabe, fascinée par les courbes de ses lèvres et la cicatrice en saillie ; la plus belle bouche qu'elle n'eût jamais vue. Mystérieuse, secrète.

— Toi aussi, répondit-elle le plus sincèrement du monde.

Le regard de Julian s'assombrit, deux saphirs. Il s'inclina, et sa langue ensorcelante traça un chemin sans détour vers le bas de son ventre, partant de sa gorge avec lenteur pour sillonner sa poitrine, sa barbe de quelques jours chatouillant sa peau douce.

Tessa prit une brève inspiration frissonnante quand elle sentit ses doigts remonter le long de ses cuisses. Elle en voulait plus, il allait exaucer ses vœux. Cependant, c'en était presque trop.

Elle ne parvenait pas à reprendre son souffle, et cette fournaise entre ses jambes atteignit son paroxysme.

Ses hanches se soulevèrent, incapables de résister, et Julian continua de la taquiner des plus intimes baisers imaginables.

Elle passa les mains dans les cheveux de son amant, à peine consciente de se tortiller contre lui en criant son nom.

Là, songea-t-elle, *voilà ce que cela signifie d'entrer en phase avec quelqu'un*. Elle avait voulu créer un lien avec lui, et au moment où elle comprit qu'il partageait ce sentiment, elle aurait pu en mourir. Elle ne s'était simplement pas attendue à un tel déluge de plaisir. Une félicité absolue. Une vulnérabilité si exquise.

— Oui, gémit-elle.

Julian accéléra, l'embrassant, se délectant d'elle, puis, quand elle crut ne plus tenir, il glissa un doigt en elle, et elle se laissa aller.

Tessa s'abandonna à un orgasme si puissant, si rapide qu'elle eut l'impression d'éclore, de prendre vie entre les mains de Julian. Malgré cela, il continua de la caresser, de lui embrasser l'intérieur des jambes tout en la cajolant de ses doigts magiques pour mieux prolonger son extase, jusqu'à ce qu'elle n'eût plus rien à donner.

Une mélodie errant lentement vers le calme après les fanfares.

Un simple baiser. Un innocent baiser. Il n'avait pas voulu aller plus loin.

Cependant, dès l'instant où il se pencha sur Tessa, Julian sentit poindre le danger. Elle semblait si réactive, si pleine de désir. Il oublia toute raison afin de mieux abdiquer face à sa douceur, à l'excitation de partager un peu de sa lumière.

Il voulait lui faire du bien. Il souhaitait lui faire ressentir quelque chose, n'importe quoi, qu'elle se laissât aller comme jamais auparavant.

Il n'avait jamais rien vu d'aussi époustouflant. Tandis qu'elle remuait encore contre sa main, il observa son visage, mais ce ne fut pas ce si charmant interstice entre ses lèvres ni ses yeux fermés qui le poussèrent au bord du gouffre.

Non, ce fut cet air ébahi. Il crut sentir son cœur passer sous un marteau-pilon. Elle s'était offerte à lui, s'était dévoilée dans ses retranchements les plus secrets ; une part d'elle si vulnérable qu'elle acheva Julian.

Alors, il commit l'erreur de se détourner d'elle… une fraction de seconde. Un instant suffisant pour saisir son reflet dans les miroirs du studio, assez long pour voir la cicatrice sur son visage et se rappeler.

— J'ai envie de toi, Julian, lui murmura Tessa en se mettant à genoux et en posant la main sur la bosse de son pantalon.

La lumière des étoiles perçait par les fenêtres, baignant ses courbes délicates d'un halo pâle, fragile. Elle paraissait trop belle pour être vraie. Son sexe palpita sous la tentation. Il n'avait qu'à lui faire l'amour ici, sans plus attendre. Il se serait damné pour pouvoir l'embrasser rien qu'une fois de plus.

Cependant, le charme n'opérait plus. Julian avait changé, et son visage n'était pas la seule chose qui l'effrayait.

Peut-être aurait-il pu la combler sans son reflet omniprésent. Or, il n'arrivait pas à ignorer cette cicatrice.

« J'ai envie de toi, Julian. »

Elle ne se rendait pas compte.

— Tessa, on ne… On ne peut pas. Je ne peux pas. Pas ici.

La jeune femme l'embrassa sans lui laisser le temps de finir sa phrase. L'espace d'un instant, il oublia presque. Il gémit quand elle le titilla à travers son pantalon. Il n'en pouvait plus. Il ne pourrait pas s'arrêter maintenant. Pas quand elle se trouvait juste là, entre ses bras, pleine d'amour, totalement nue.

Son corps parfait aux courbes élancées soulignait une féminité empreinte de force et de souplesse. On aurait dit l'incarnation d'une statue de Michel-Ange.

Ce fut cette perfection qui le ramena à la raison. La main de Tessa passa de sa braguette à sa chemise, défit le premier bouton puis s'attaqua au suivant. Julian baissa les yeux sur la délicieuse poitrine de Tessa, ses tétons fragiles, doux et satinés comme des chaussons de danse, et il lui saisit les poignets pour l'arrêter.

S'il s'était écouté, il l'aurait prise sans même se déshabiller.

En vérité, cette pensée le hantait depuis des jours. Mais cela ne lui semblait pas correct. Ils étaient déjà allés trop loin. Tessa le regarda d'un air inquisiteur, plein de questions auxquelles il ne voulait pas répondre.

— Non, fit-il en secouant la tête.

Le trouble de la jeune femme se mua en quelque chose d'autre, et Julian eut l'impression d'être devenu ce monstre qu'il s'imaginait. Elle semblait blessée, au bord des larmes.

— Non ? murmura-t-elle avant de répéter plus fort, toujours incrédule. Non ?

Un calme soudain s'empara de Julian, écrasant cette pulsion si incontrôlable quelques secondes plus tôt. Tout cela, c'était sa faute... Ce regard, la gêne dans la voix de Tessa... Tout.

Il leva les mains pour s'avouer vaincu.

— Tessa.

Mais il était trop tard.

— Arrête, le coupa-t-elle.

Elle avait parlé en langue des signes pour mieux appuyer sa frustration.

Julian comprit tout de suite le sens de ses gestes. Il avait commis une erreur trop grosse pour leur relation encore trop ténue.

Tessa sembla se rappeler sa nudité et rougit dans l'obscurité. Elle se leva pour ramasser ses vêtements. Julian tenta de l'aider, mais elle l'en empêcha. Il ne put qu'attendre là à l'observer se rhabiller le dos tourné.

— Je suis désolé, dit-il avant de répéter plus fort quand elle l'ignora.

Tessa se plaqua les mains contre les oreilles.

Elle l'avait bien entendu.

Elle ne voulait simplement pas l'écouter.

9

À son réveil le lendemain matin, la honte de la nuit précédente fondit sur Tessa en une seconde.

Jamais elle n'avait éprouvé un tel embarras de toute sa vie.

Julian lui avait montré qu'il connaissait son secret en exigeant un baiser. Et elle, idiote, lui avait obéi sans la moindre explication. En un instant à peine, elle s'était retrouvée dans le plus simple appareil au milieu de la salle de répétition, à frémir de son tout premier orgasme.

Pour couronner le tout, elle l'avait imploré de coucher avec elle, mais il avait refusé. Il l'avait rejetée. Après avoir joué avec son corps comme avec un instrument de musique, il s'était lassé. Terminé. Sans se justifier, presque sans un mot.

Il avait dit non, rien de plus.

Elle s'était retrouvée nue, et lui n'avait même pas enlevé sa chemise. Sa cravate à la Sinatra avait à peine bougé. Quant à Tessa, elle avait dû se rhabiller avec maladresse sous ses yeux.

Elle aurait pu mourir à cet instant.

Ce simple souvenir la mortifia encore une fois. Puis elle éprouva l'envie d'attraper Julian par sa jolie petite cravate verte à pois blancs pour l'étrangler avec.

Elle souffla. Un long soupir las. Comment faire pour la répétition d'aujourd'hui ? Comment pourrait-elle se tenir à l'endroit exact où ils avaient partagé ces baisers éperdus quand lui jouerait ses accords au piano dans son coin ?

Mais surtout, comment allait-elle survivre à leurs séances privées ?

— Bolchoï, murmura-t-elle. J'ai commis une grave erreur. La pire de toute.

Au son de sa voix, son chien leva la tête puis lui lécha le visage. D'habitude, il se couchait toujours au pied du lit, mais il avait dû sentir son désarroi, car il était venu caler son petit corps si doux contre son cou.

Cela avait beau venir d'une bonne intention, Tessa avait mal dormi. En plus de sa fierté bafouée, elle se retrouvait avec un torticolis. Elle se redressa et s'étira la nuque, grimaçant de douleur.

Elle se levait à peine, et sa journée s'annonçait déjà désastreuse. Parfait.

Elle rejeta les draps, se saisit d'un justaucorps et de collants dans son armoire puis les enfila. Elle s'efforça de ne pas penser à la dernière fois où elle avait suivi ce rituel, en vain. Les plus infimes détails de la nuit d'avant étaient gravés dans sa mémoire. Elle ne l'oublierait jamais.

Pourtant, ce n'était pas faute d'essayer.

— J'assurerai le premier cours de la journée, dit-elle en entrant dans la cuisine avant de se verser un café.

Emily leva son regard de la table où s'empilaient des factures, un livre de comptes ainsi que plusieurs feuilles de calcul.

— Bonjour. Tu es sûre ? Tu n'as pas répétition aujourd'hui ?

Tessa sirota son café. Elle lut sur les lèvres de sa mère par réflexe même si, dans la cuisine paisible, elle l'entendit sans problème.

Sa voix semblait différente d'avant l'accident. Plus lasse. Sa chute avait blessé toute sa famille.

Le remords rongea Tessa. Elle détestait ne pas pouvoir avouer à ses proches qu'elle recouvrait peut-être l'ouïe. Seulement, Emily insisterait pour voir le Dr Spencer et, Tessa se retrouverait à batailler contre elles deux dans l'espoir de garder son rôle dans le ballet.

Elle leur dirait tout après la première. Il restait trois semaines à peine. Tout irait mieux alors.

— On ne commence pas avant 10 heures. Je m'occupe du premier cours. La danse classique pour adultes débutants, c'est ça ? Ce sera amusant.

Elle exagérait un brin, mais cela lui offrirait une distraction bienvenue.

Elle ne pouvait pas fermer les yeux sans voir les iris couleur saphir de Julian ou ce geste de sa main.

« Belle. »

— Est-ce que tout va bien ? s'inquiéta sa mère, les sourcils froncés. Tu es toute rouge.

— Oui, oui, prétendit-elle en s'éclaircissant la voix.

— Tu es rentrée très tard hier soir. Combien d'heures Ivanov te fait-il travailler ?

— Je devais encore apprendre quelques enchaînements. Ce soir aussi, je pense.

Tessa força un sourire. Elle prévoyait déjà d'éviter du mieux possible les répétitions en duo. Du moins, elle s'arrangerait pour ne pas se retrouver seule avec Julian. Cela ne devait pas se reproduire.

Elle ne devait plus l'embrasser. Plus jamais. Et garder ses vêtements...

Un frisson la parcourut, très vite suivi de regrets. Il l'avait vue plus vulnérable que jamais, il l'avait touchée là où nul autre ne l'avait fait auparavant. Savait-il au moins à quel point c'était difficile pour elle de baisser sa garde de la sorte ?

Manifestement pas.

Elle avait retenu la leçon, elle ne commettrait plus la même erreur.

Elle avala encore un peu de café, saluant la légère brûlure sur sa langue. Noir et amer, comme son humeur. Elle voulait garder cette colère le plus longtemps possible pour ne pas céder au désarroi. Il l'avait repoussée après tout.

Mais pourquoi ? Que lui arrivait-il ?

Sa gorge se noua. Malgré la honte, elle ne put s'empêcher de penser que Julian avait refusé pour des raisons très personnelles.

Il la désirait. Elle ne s'était pas trompée à ce sujet. Elle avait vu la passion en lui quand elle s'était retournée.

« Embrasse-moi, Tessa. »

Il dégageait une telle sensualité... Dans chacun de ses regards insistants, chaque caresse, chaque mouvement de ses doigts taquins. Et quelle ardeur !

Pour elle.

— Tessa, je me fais du souci pour toi, reprit sa mère en se levant, les bras croisés. Tu me garantis que danser dans cette troupe ne te demande pas trop d'efforts ?

Maintenant qu'elle avait intégré le ballet, Tessa resongeait à vivre toute seule. Cet immeuble à trois étages de Brooklyn où elle habitait avant son accident équivalait à un coin de paradis. Son petit nid douillet dans la Grande Pomme. Puis, quand elle avait eu besoin d'aide, elle était revenue chez sa mère, un havre de paix qui appartenait aux Wilde depuis trois générations. Le bâtiment d'avant-guerre en grès rouge orné de colonnes de calcaire et de granit trônait au cœur de Riverside Drive et jouissait d'une vue imprenable sur l'Hudson. Même Zander, après avoir obtenu le poste de directeur du Bennington et emménagé dans l'appartement-terrasse de l'hôtel, y passait encore le plus clair de son temps.

Une autre gorgée de café. Avant de songer à un nouveau logement, Tessa devait déjà tenir jusqu'à la première.

— Maman, je n'ai jamais rien souhaité d'autre, alors essaye d'être heureuse pour moi.

Jadis, sa mère avait rêvé d'une carrière de danseuse professionnelle elle aussi. Cependant, après seulement un an dans un corps de ballet, Emily était tombée enceinte de Zander. Elle avait quitté ce monde pour ne plus jamais y revenir. L'école de danse Wilde avait vu le jour peu après son fils.

Tessa n'avait jamais ressenti d'amertume chez sa mère. Celle-ci adorait s'occuper de ses enfants et prenait plaisir à gérer son affaire. Puis, à la mort de leur père des suites d'une déficience cardiaque congénitale, la tragédie sembla confirmer à Emily le bien-fondé de son choix. Si elle avait repris sa carrière pour voyager à travers le monde en permanence, elle n'aurait sans doute pas pu conduire son mari à l'hôpital.

Tessa comprenait bien tout cela, mais il existait une différence majeure entre elle et sa mère : Emily avait décidé d'arrêter. Tessa, elle, n'avait pas eu cette chance.

— Je suis très contente pour toi, ma chérie. Et tu le sais.

Tessa acquiesça, se demandant tout de même si sa mère lui disait la vérité.

— Oui, maman. Et je suis sérieuse pour le cours de ce matin. Je vois bien que tu manques de professeurs depuis que je travaille avec la troupe.

— Comme tu veux, lui répondit sa mère avec un grand sourire. Merci, ma chérie. Tu sais que tu seras toujours la bienvenue à l'école.

— Je sais, oui.

Tessa se remplit une thermos de café puis attacha Bolchoï en laisse.

— Toujours, insista Emily tandis que sa fille passait la porte.

Comme si Tessa pouvait oublier cette merveilleuse échappatoire.

Elle aurait dû apprécier sa chance. Elle ne vivait pas dans la rue, sa famille l'aimait, et un emploi lui tendrait les bras si le ballet ne se déroulait pas comme prévu. Sans compter son éventuel miracle médical.

Pourtant, elle voulait danser. Que ce fût judicieux ou non, elle ne désirait rien d'autre.

Il lui en fallait plus.

Comme la nuit dernière avec Julian... quand tout avait viré au désastre.

Julian s'en voulait d'avoir laissé la situation dégénérer autant. Dans sa rage, il avait pensé ne plus se montrer aux répétitions, mais il ne pouvait pas agir en lâche.

À dix heures pile, il se trouvait à son poste, à chatouiller les touches en attendant les danseurs. Cela ne lui donnait pas l'impression de faire preuve de courage pour autant. Il était trop tard. En vérité, il ne pouvait tout simplement pas s'éclipser. Il ne voulait pas fuir le chaos dont il était responsable ni Tessa.

Elle entendait.

Dans la fièvre endiablée de cette révélation, ils n'en avaient pas discuté. Pas du tout.

La curiosité le consumait. Comment ? Quand ? Qui d'autre savait ? Sans doute personne, mais pourquoi tant de mystère ?

Ces questions le tiraillaient tandis qu'il jouait de façon inconsciente. Un accord en ré suivi d'un deuxième en mi bémol, puis en fa, en sol, en la, en si et en do pour revenir à un ré. Un jazz classique sur un mode dorien. Il improvisa même un peu de la main droite. Quelques danseurs le regardaient faire, y compris Chance.

Son ami hocha la tête et lui sourit, probablement persuadé que Julian composait pour le futur club de Zander Wilde.

Le pianiste préféra penser à autre chose.

Il s'amusait, rien de plus. Par ailleurs, si par miracle il rejouait dans un club de jazz, il n'écrirait rien à l'avance. Il agirait en musicien digne de ce nom. De par son essence, le jazz puisait sa force dans l'improvisation, pas dans la composition. Voilà ce que Julian adorait tant dans ce style musical, ce typhon de créativité inédit à chaque fois. Un poème instinctif.

Non pas qu'il songeât au Cercle. Non. Au contraire, il se gardait bien d'y penser.

À cet égard, son écart de la veille lui rendait presque service. Cela l'empêchait de s'imaginer assis au grand piano rutilant de l'hôtel Bennington. Toutes ses pensées se tournaient vers Tessa, ses lèvres, son corps athlétique, les mouvements de son bassin sous ses caresses, sa passion… son désir toujours plus intense.

Elle avait envie de lui.

Pris d'un frisson, Julian fit une fausse note assourdissante. Tessa arriva dans la pièce à cet instant précis.

Il l'observa traverser le studio. Elle marchait le dos bien droit, le menton relevé. Elle s'arrêta à sa place habituelle à la barre, là où ils s'étaient embrassés, où elle l'avait laissé la déshabiller pour s'offrir à lui. « Je suis toute à toi. »

Tessa marqua une pause puis redressa les épaules avant de se poster ailleurs, à l'autre bout de la salle. Elle n'accorda aucune attention à Julian. Pas une seule fois.

Message reçu.

Ils agiraient comme si de rien n'était. Le souvenir de leur nuit d'amour inachevée disparaîtrait sous peu. La vie suivrait son cours.

Julian martela un nouvel accord. Parfait.

Seulement, lui n'oublierait pas.

— Nous allons commencer, s'exclama Daria au milieu des danseurs en tapant des mains.

Le silence s'installa au moment où tous se tournèrent dans la même direction, une main posée avec délicatesse sur la barre, les pieds dans leur position de départ. Quand Daria lui adressa un signe de tête, Julian se lança dans une mélodie classique, un rythme régulier adapté aux échauffements.

Bien sûr, régulier équivalait à un ennui mortel selon lui. Il avait beau s'efforcer de ne pas penser au Cercle ni à Tessa, il ne put s'empêcher de l'observer, de chercher à voir si elle l'entendait.

Les indices restaient subtils, à la limite de l'imperceptible, mais Julian les décela. S'il les voyait, alors tout le monde le pouvait. Elle devait se montrer prudente, car la vérité finirait par éclater.

Pas ton problème.

C'était vrai. Cela ne concernait que Tessa. Ce fil de soie qui les avait plus ou moins unis n'existait plus par sa faute.

Aussi aurait-il dû apprécier de voir Chance les rejoindre dans le petit studio à la fin de la journée. Il aurait dû s'extasier même, sauter de joie comme un enfant hystérique.

Attention à ce que tu souhaites.

La colère s'empara de lui. Il jeta son sac par terre puis croisa le regard de Chance dans le miroir.

— Qu'est-ce que tu fabriques ici ?

— Pardon ? s'offusqua son ami en se tournant vers lui, les mains sur les hanches.

— Désolé, dit Julian en se raclant la gorge. Je ne pensais pas te trouver ici, c'est tout. Je croyais que tu refusais les heures supplémentaires.

— C'est vrai, admit-il en haussant les épaules. C'est Tessa qui m'a demandé de venir.

— Ah vraiment ? Intéressant.

— Nous sommes partenaires, tu t'en souviens ?

— Comme si j'allais l'oublier, commenta Julian d'un ton délibérément sarcastique.

Dans le fond, il avait espéré se retrouver seul avec Tessa, il dut bien l'admettre. Même si elle l'exécrait désormais, il pensait pouvoir se faire pardonner une fois en tête à tête avec elle. Ou au moins la pousser à lui accorder un peu d'attention.

Avec Chance, elle n'avait aucune raison de s'occuper de lui.

Arrête ton cirque. Tu l'as bien cherché.

— Quelque chose ne va pas ? demanda Chance.

Alors la porte s'ouvrit, laissant place à Tessa.

Julian fit un signe à son ami pour le rassurer. Il n'en discuterait pas devant elle. Or, Chance n'avait pas pour habitude d'abandonner si facilement.

Tessa les salua, se rendit près de la barre puis fouilla dans son sac. Elle s'assit en tournant le dos à Julian et se lança dans le long processus d'enfiler ses chaussons et de nouer les interminables rubans roses à ses chevilles fines.

Chance s'avança vers le piano, hors du champ de vision de la jeune femme.

— Si tout va bien, alors pourquoi tu me regardes comme ça ?

Tessa s'immobilisa.

Chance leva les mains en gage de paix.

— C'est chasse gardée, j'ai bien compris. Tu sais que je préférerais ne pas être là.

Mince !

— Tais-toi un peu, pesta Julian.

— Ne t'inquiète pas, elle est sourde de toute façon.

Seulement, les soubresauts de ses mains indiquaient qu'elle avait tout entendu.

— Je ne sais même pas pourquoi tu t'énerves. C'est toi qui m'as demandé de l'aider avec tes repères non auditifs. Si je suis là, c'est pour toi.

Tessa croisa le regard de Julian dans le miroir.

Il avala sa salive pour revenir à Chance.

— Très bien. Ne perdons plus de temps.

Son ami laissa alors échapper un long soupir ennuyé.

Julian, lui, se mit à jouer quelques notes afin d'accélérer les choses. Tessa n'avait pas encore fini de se préparer, et Chance affichait le même air malicieux qu'à l'hôtel le jour où la jeune femme avait achevé de ravir le cœur de Julian.

— Demande-lui son numéro. Tu en meurs d'envie.

Chance se tenait tout près du piano et parlait à voix basse désormais. Julian ignorait si elle les entendait, mais si l'autre continuait, il allait sûrement lui coller son poing dans la figure.

— C'est à cause des cicatrices ? Elles ne sont pas si vilaines que tu le crois, je t'assure. Personne ne s'enfuira en courant si tu te déshabilles.

Et voilà.

Chance n'avait jamais abordé le sujet de façon si brusque. Pas depuis la guérison totale de Julian. Il avait tourné autour du pot un certain temps et aujourd'hui s'était enfin décidé à jouer franc-jeu.

Là, devant Tessa.

Julian ferma les paupières. Si sur le plan physique tout allait parfaitement bien, il se trouvait encore loin d'une guérison complète. Chance ne cherchait qu'à l'aider, mais cette fois-ci il avait dépassé les bornes.

Julian espérait seulement que Tessa n'eût rien entendu. Il avait la bouche sèche. Il voulait dire quelque chose. N'importe quoi. Les mots se figèrent dans son esprit. Il ne parvint même pas à avaler sa salive.

Elle n'a rien entendu. Rien du tout.

Puis, lorsqu'il rouvrit les yeux, son visage lui suffit. Si les larmes discrètes de Tessa lui avaient crevé le cœur la veille, il y avait une chose qu'il ne supporterait pas. L'expression qu'il décela chez elle dans le grand miroir.

De la pitié.

10

— Je n'arrive pas à joindre Julian Shine.

La frustration de Zander était palpable. Il arqua un sourcil et croisa les bras, exhibant ses boutons de manchette certainement plus onéreux que ce que gagnait Tessa en un mois. Peut-être même en un an.

Tessa aimait son frère et éprouvait une immense fierté à son égard. À moins de trente ans, il comptait parmi les plus jeunes milliardaires de Manhattan… S'il en existait d'autres de son âge. Mais la plupart du temps, il la rendait folle.

Comme aujourd'hui.

— Et tu n'as rien trouvé de mieux à faire que venir ici pour m'ennuyer avec ton club ? lui demanda-t-elle en vérifiant l'heure. À 8 h 30.

Elle n'avait même pas encore bu son café. Ce fut à peine si elle avait eu le temps d'ouvrir les portes de l'école et d'allumer la lumière avant que Zander lui demande son aide.

Plus exactement, en bon mâle alpha, il ne lui avait rien demandé. Il avait énoncé son problème pour laisser Tessa y remédier.

— C'est important. Et si je viens plus tard, tu ne seras plus disponible. Maman m'a dit que tu répètes du matin au soir.

Il soupira en caressant Bolchoï.

— Elle s'inquiète pour toi, tu sais.

— Oui, je sais, mais tout va bien, à la perfection même. J'ai obtenu un premier rôle si tu t'en souviens bien. C'était mon rêve.

La vérité ne s'avérait pas si rose. Tout se compliquait d'heure en heure. Elle n'avait pas du tout besoin de discuter de Julian avec son frère.

Curieusement, Tessa n'éprouvait pas le désir irrépressible de parler de l'homme avec qui elle avait failli coucher une semaine plus tôt. D'ailleurs, elle lui avait à peine adressé la parole depuis cet incident à la fois si fâcheux et si délicieux.

Elle ne lui en voulait plus. Pas entièrement. Grâce à la conversation entre Julian et Chance, elle avait fini par comprendre.

Les cicatrices.

Tessa ne pouvait s'empêcher d'y penser, de penser à lui.

Elle souhaitait lui parler, lui dire qu'elle n'avait pas peur, peu importe ce qu'il tentait de cacher. Et même si ses brûlures s'avéraient immondes, alors tant pis. Elle connaissait trop bien le sentiment de devenir quelqu'un d'autre en un battement de cils. Les drames affectaient les gens, inutile de lui rappeler.

Cependant, Julian l'avait plus ou moins ignorée depuis. Ah ! comme tout avait changé !

— Ce rôle implique beaucoup de responsabilités, reprit-elle d'un haussement d'épaules. Je dois simplement faire des heures supplémentaires.

Ces séances tardives représentaient sa croix. Elle se donnait tant de mal à se concentrer sur Chance et leur pas de deux au lieu de chercher le reflet de Julian dans la glace. Combien de fois l'avait-elle surpris en train de la regarder ? Cependant, à la fin, il s'en allait toujours sans perdre de temps.

— Et tu donnes encore des cours ici, lui fit remarquer Zander en se levant et en désignant les locaux.

Bolchoï trottina jusqu'à son panier, fit trois tours sur lui-même puis s'affala en boule.

Les enfants Wilde avaient grandi dans l'école. Tous, des cousins de Tessa à son frère et sa sœur. Même son chien. Zander aussi avait suivi des cours à une époque. S'il se mariait un jour, sa danse d'ouverture en marquerait plus d'un. Cependant, son allure trahissait tant son amour pour le célibat qu'il valait mieux espérer un miracle. Il habitait dans l'appartement-terrasse d'un hôtel... Qui pouvait se permettre une vie pareille ?

— Je n'ai pas le choix. Maman a besoin d'aide.

— Elle devrait peut-être penser à engager quelqu'un alors.

— Elle n'est pas prête.

Cela équivalait à dire adieu à Tessa pour de bon. Emily Wilde ne pouvait s'y résoudre. Et malgré ses belles paroles, Tessa ne se sentait pas prête non plus. La première aurait lieu dans deux semaines. Que lui arriverait-il si elle échouait lamentablement ?

Elle s'habituait peu à peu à entendre de nouveau. Elle s'était même améliorée dans son art grâce à cela. Cependant, la musique avait beau couler en elle de la tête aux pieds, ses assauts l'étourdissaient encore. Chaque soir, Tessa s'écroulait dans son lit et fermait les yeux pour apprécier un long silence.

— J'imagine que c'est entre vous. Mais puisque tu passes tellement de temps au studio..., commença Zander en lui adressant un sourire enjôleur très équivoque. Tu pourrais toucher un mot de ma part à l'énigmatique M. Shine.

Bingo !

— Non, dit Tessa en secouant la tête.

— Non ?

Zander en resta abasourdi, on aurait cru qu'il avait oublié le sens de ce mot.

— Non, insista-t-elle en utilisant les signes pour bien appuyer sa détermination.

Avec tout ce qu'elle désirait dire à Julian, elle ne comptait certainement pas lui demander d'appeler son frère.

— Mais pourquoi ?

Zander n'abandonnerait pas si facilement.

— Premièrement, je le connais à peine.

Quel mensonge éhonté ! Leurs ébats prouvaient le contraire. La façon dont ses mains avaient exploré son corps lui paraissait si naturelle... Comme une promesse espérée toute sa vie. Si elle réalisait bien le ridicule de la situation, elle n'arrivait pas ignorer son attirance pour lui dès qu'ils se retrouvaient dans la même pièce.

Et en l'espace d'un peu plus d'une semaine à peine, elle avait l'impression que Julian avait mieux appris à la connaître que quiconque. Elle n'avait même pas eu besoin de lui dire pour sa guérison, il l'avait deviné.

Il la voyait et, en dépit de tous ses efforts, elle le voyait aussi.

Elle le comprenait d'ailleurs assez bien pour savoir qu'il possédait une bonne raison de ne pas rappeler son frère.

— Julian refuse de jouer en public. Que veux-tu que j'y fasse ?

— J'ai bien une idée, plaisanta Zander d'un sourire décidément trop équivoque à son goût.

— C'est-à-dire ? demanda-t-elle, les joues soudain toutes rouges.

— J'ai vu la façon dont il te dévore des yeux. Et j'ai vu comment tu le regardes. Il se passe quelque chose entre vous.

Oui, mais tout était terminé.

— Tu te fais des idées.

— Tu diras ce que tu voudras, mais les étincelles entre Julian et toi suffiraient à éclairer la planète entière.

— Je dois me préparer pour le premier rôle dans un ballet. C'est ce que j'attendais depuis toute petite, je n'ai pas le temps pour ce genre de distraction. Et puis… Je ne peux pas.

— Attends, je sais ce qu'Owen t'a dit il y a un an. Il n'est qu'un imbécile. Il n'y a rien de brisé en toi, Tessa. Cela n'a jamais été le cas. Tu es parfaite telle que tu es.

Telle que je suis. Mais qui suis-je ?

Elle n'en savait plus rien. Sans appartenir au monde du silence, elle y baignait encore. Cet étrange entre-deux lui laissait le sentiment d'être plus perdue et plus morcelée que jamais.

Encore plus que lors de sa rupture avec Owen quelques semaines après son accident. À l'époque, ils sortaient ensemble depuis un an, elle imaginait son avenir avec lui, mais il ne l'avait même pas supportée un mois.

« Je ne me sens plus en phase avec toi. C'est trop difficile de communiquer. Peut-être que s'il existait un traitement… »

On ne lui avait jamais rien dit d'aussi cruel. Elle aurait pu hurler.

« Je ne suis pas cassée. Je suis toujours la même. »

Ces mots étaient restés coincés au fond de sa gorge, probablement par peur de se mentir à elle-même.

— Merci, mais je vais bien, je t'assure, affirma-t-elle en se forçant à sourire malgré son envie de pleurer.

— Oui, si tu le dis. Alors ? Est-ce que tu vas parler à Julian Shine ?

Elle leva les yeux au ciel.

— Bien tenté, mais je n'ai pas dit oui.

— Invite-le à la Nuit du Jazz. C'est tout ce que je te demande. Quand il verra de quoi nous sommes capables au Bennington, il changera d'avis.

Zander Wilde, éternel optimiste. Surtout quand il s'agissait d'obtenir ce qu'il voulait.

Tessa, elle, en doutait fortement.

— Tu lui as déjà proposé, et si je m'en souviens bien, il a refusé.

— On ne sait jamais, insista Zander en se raclant la gorge. Et puis, tu seras là, toi aussi.

Bien sûr qu'elle viendrait. Ce grand concert mensuel lui tenait à cœur. Il s'agissait du bébé de son frère, et cela avait transformé le Bennington en l'endroit le plus couru de Manhattan.

Autant se l'avouer, l'idée de voir Julian en dehors du studio émoustillait Tessa en des parties de son corps qu'elle s'efforçait d'ignorer...

— Tu te trompes, je te dis.

— Demande-lui au moins. Si tu fais cela pour moi, je te promets de ne plus jamais prononcer son nom. D'accord ?

Zander lui tendit la main.

La porte s'ouvrit, deux élèves de Tessa se faufilèrent à l'intérieur, accompagnées d'un tourbillon de feuilles multicolores. Elle n'avait plus le temps de se chamailler avec son frère. De plus, son latte à la citrouille refroidissait.

Tessa soupira. Elle pouvait toujours mentir et lui promettre d'en toucher un mot à Julian. Zander n'en saurait jamais rien.

Quoique... Le connaissant, il lui suffirait d'une seconde pour voir qu'elle s'était débinée. Il possédait cette manie agaçante de lire en elle comme dans un livre ouvert en matière d'amour.

Elle devait à tout prix apprendre à rester plus impassible.

Une autre élève arriva. La moitié de la classe se trouvait là désormais. Chacune retirait son manteau afin d'enfiler des jambières et des ballerines roses.

— Très bien, soupira-t-elle. Je lui demanderai.

— Merci, petite sœur ! s'exclama Zander, tout sourire, en lui serrant la main.

Une nuée d'images voletèrent dans l'esprit de Tessa, des images qu'elle préférait occulter : Julian dans la grande salle de réception du Bennington, sous le plafond style Belle Époque évoquant un ciel étoilé ; Julian l'invitant à danser.

Ses yeux bleus si vifs, ancrés à sa bouche pour lui répéter ces mots, encore. Ces paroles qu'elle entendait chaque fois qu'elle fermait les paupières.

« Embrasse-moi, Tessa. »

— Mais ne te fais pas d'illusions, reprit-elle. Il n'acceptera pas.

Ce ne fut que plus tard, en plein milieu d'un exercice de barre, que Tessa se demanda si ces paroles valaient pour son frère ou pour elle.

Julian s'arrêta sur le seuil du grand studio. Les répétitions commençaient dix minutes plus tard, aussi la plupart des danseurs s'étiraient au sol dans des positions impossibles. Une poignée de ballerines cousaient des rubans à leurs chaussons au centre de la pièce.

Tessa, elle, ne faisait ni l'un ni l'autre. Pour quelque étrange raison, elle s'était installée au piano, à attendre.

Une guerre éclata dans le corps de Julian. Ses mâchoires se crispèrent dans un réflexe défensif, mais le simple fait de la voir risquait de le mettre à terre à tout moment. Ils s'étaient gentiment évités toute la semaine, et il s'était assuré de quitter les lieux sans avoir à passer le moindre instant seul avec elle.

Il se connaissait trop bien, il aurait cédé.

Aujourd'hui pourtant, il ne pouvait pas rester planté dans l'entrée. Et puis, il n'allait sûrement pas la plaquer contre un mur pour l'embrasser sauvagement devant toute la troupe.

Quoique.

Il se raidit et s'avança.

Ça promet.

— Bonjour, la salua-t-il en posant son sac, espérant qu'elle se levât.

Elle resta immobile. Julian n'eut pas le choix, il se glissa à côté d'elle, et son parfum l'enivra tout de suite ; ensorcelant, fleuri, ponctué de fines touches fruitées. Une bouchée de pomme écarlate.

— Bonjour, répondit-elle d'un sourire nerveux.

Elle avait déjà attaché ses cheveux en chignon. Julian voyait les épingles maintenant ses boucles cuivrées en place. Cela raviva le souvenir trop intense de ses mains dans sa chevelure, du cliquetis des épingles tombées au sol. Ces épaisses mèches rousses entre ses doigts, douces comme la soie.

Il se détourna.

Tessa s'éclaircit la voix.

— J'ai quelque chose à te demander.

— Est-ce que tu comptes un jour me parler du fait que tu entends ? la coupa-t-il.

— Euh...

Elle tourna légèrement la tête vers Ivanov et Daria, en pleine conversation devant tout le monde.

— Je ne dirai rien, mais ça m'intrigue, lui assura-t-il un sourcil arqué. Tu ne peux pas m'en vouloir.

— Oui, enfin non, balbutia-t-elle... Ce n'est pas de cela que je voulais te parler.

— Qui d'autre est au courant ? demanda-t-il en plissant les yeux.

— Tu es intenable. Nous en parlerons plus tard, lui indiqua-t-elle en jetant un bref coup d'œil à sa cicatrice. Mais pour faire court, non, personne d'autre n'est au courant. Tu es le seul. Satisfait ?

Il l'était en vérité. Elle connaissait son secret, et il partageait le sien. Cela lui parut équitable.

— De quoi tu voulais parler ?

— J'ai promis à mon frère de te transmettre son invitation à son concert de jazz mensuel. Il t'a déjà proposé.

Son regard erra partout, depuis les partitions jusqu'au parquet lisse, mais jamais sur lui.

— Oui, je me rappelle, acquiesça-t-il.

Il n'avait rien oublié de ce soir-là, l'écriteau étincelant où était inscrit le nom du club, la robe jaune de Tessa. Son souvenir le plus vif restait ce soulagement en apprenant que Zander n'était pas son petit ami.

Tessa le fixa un moment dans l'attente d'une vraie réponse, mais il se tut. Elle hocha donc la tête, et le papillon de ses lèvres se mua en un sourire trop grand, trop vivant.

— Très bien, je lui ai dit que tu refuserais. Mais comme je lui avais promis de te transmettre le message...

Julian sentit son ventre se vriller. *Surtout, n'accepte pas.*

— Si tu ne veux pas que je vienne...

— Non, ce n'est pas ce que j'ai dit.

— D'accord. En fait, tu veux me voir, plaisanta-t-il en lui faisant un clin d'œil.

Et voilà qu'il flirtait avec elle. De mieux en mieux.

Il n'avait donc pas pu s'en empêcher.

— Au risque de me répéter, tu es intenable, s'amusa-t-elle en le poussant de l'épaule. Vraiment intenable.

La poitrine de Julian se serra, il eut du mal à respirer.

Elle riait. Après tout ce temps à l'ignorer, elle se tenait près de lui, à plaisanter et à le taquiner.

Passer au Bennington serait une erreur, il le savait. Parler avec elle était une chose, mais rencontrer toute sa famille, c'était très différent.

Son frère lui demanderait de jouer du piano. Julian avait beau être rouillé en matière de sociabilité, il n'en demeurait pas idiot pour autant. Si Zander avait insisté auprès de sa sœur, ce n'était sûrement pas pour la conversation brillante du musicien. Il courait après une chose en particulier.

La musique.

Zander voulait voir le légendaire Julian Shine inaugurer son nouveau club de jazz. Ce pauvre imbécile avait dû oublier que cet homme-là n'existait plus.

— Votre attention à tous, les interrompit Daria en jetant un œil pesant dans leur direction. Prenez vos places à la barre. La répétition va commencer.

— Je dois y aller.

Malgré cela, elle resta un peu près de lui, sa cuisse mince collée à la sienne.

Il mourait d'envie de la toucher de nouveau. Sans retenue.

Chaque fois qu'il s'imaginait cela encore possible, il se rappelait le visage de Tessa quand Chance avait abordé ses brûlures. Il ne supporterait pas ce regard. Seulement, si elle le déshabillait, si ce rêve de se trouver à côté d'elle dans le plus simple appareil se réalisait, alors...

Il se languissait de ses baisers, de ses caresses, de son abandon. Il désirait sa lumière.

Pas sa pitié.

— C'est d'accord, dit-il sans s'en rendre compte.

Non. Oh ! que non, tu n'iras pas !

Trop tard. Tessa lui souriait déjà comme s'il lui avait décroché la lune.

Julian en retrouva presque son souffle.

— Dis à Zander que je viendrai.

11

Le troisième dimanche du mois, la salle surnommée la Palmeraie de l'hôtel Bennington délaissait ses atours de banal hall de réception raffiné pour se parer d'une opulence rappelant les années 1940. Une transformation sidérante.

On y érigeait une scène où les musiciens reprenaient Duke Ellington et Benny Goodman entre autres tandis que les couples dansaient toute la nuit sous l'impressionnant lustre en cristal. On installait de grandes tables rondes couvertes de nappes en velours rubis tout autour de la piste, chacune ornée de plumes d'autruche et de gouttes de verre au centre.

Dans ce décor époustouflant, Tessa s'attendait presque toujours à voir Humphrey Bogart et Ingrid Bergman se joindre aux convives. Pas ce soir.

Non, elle n'arrêtait pas de surveiller l'entrée dans l'attente d'un certain pianiste bougon. Elle ne tenait pas en place à la table réservée pour sa famille et avait préféré se poster près du bar en compagnie de Zander, lui aussi impatient de voir Julian.

— Il t'a vraiment dit qu'il viendrait ? demanda-t-il en attrapant deux flûtes de champagne sur un plateau de passage.

Tessa se préparait pour des auditions le plus clair de son temps et buvait donc rarement. À une semaine de la première, elle aurait sans doute dû s'abstenir, mais il lui fallait se distraire de l'absence de Julian.

Elle trempa les lèvres dans sa flûte. Les bulles lui chatouillèrent le bout du nez.

— Sûre et certaine. Il doit être en retard. Ou peut-être qu'il a changé d'avis.

Ses doutes grandissaient de minute en minute. Il allait être 22 heures, et le groupe, un ensemble jazz complet avec une batterie et une rangée de cuivres rutilants, entamait déjà sa deuxième session.

Il ne viendra pas, songea-t-elle en avalant une plus grande gorgée de champagne, occupation sympathique, mais ô combien risquée !

Quelle importance après tout ? Julian n'avait accepté que pour mettre un terme à cette conversation désagréable, pensant ne pas venir dès le départ.

Quelle idiote d'avoir cru qu'il tiendrait parole !

Elle s'était même acheté une nouvelle robe en satin couleur jonquille, longue, à épaulettes larges sans manches, à la taille cintrée et soulignée de perles. En passant le seuil de l'hôtel, elle s'était vue dans les portes rutilantes de l'ascenseur et s'était prise pour la réincarnation de Rita Hayworth. Mais là, elle se sentit ridicule.

Elle n'aurait jamais dû croire à un rendez-vous.

Quand elle voulut boire une nouvelle gorgée, sa flûte était déjà vide. Elle fronça les sourcils, dubitative.

— Tu as soif on dirait, se moqua Zander. Et je te trouve particulièrement belle ce soir, petite sœur. Si je ne te connaissais pas, je dirais que tu es plus impatiente que moi de voir M. Shine.

— Si tu savais à quel point tu te trompes, le corrigea-t-elle en levant les yeux au ciel tandis que son cœur battait la chamade.

— Je prends note, dit-il en dissimulant un sourire. Tu veux un autre verre ?

Surtout pas.

— Avec plaisir.

Zander lui prit sa flûte vide pour lui en tendre une nouvelle.

Elle but et avala de travers en repensant à Julian. Sa raison lui dictait de l'oublier, lui et ses trop nombreux démons.

Mais encore une fois, elle aussi portait un lourd passé.

— Ah ! regarde qui voilà enfin ! lui indiqua Zander en pointant la porte du doigt. Ton petit chéri. Tu n'auras donc pas acheté cette jolie robe pour rien.

Si Tessa n'avait pas été foudroyée sur place, elle aurait frappé son frère. Julian n'était pas son petit chéri. Et elle n'était plus une enfant, mais une femme. En vérité, Julian s'approchait plus d'un curieux mélange entre son amant et un parfait inconnu.

Et depuis quand Zander prêtait-il attention à ses vêtements ?

Tessa resta figée à la vue de Julian. Elle se demanda même comment elle parvint à ne pas lâcher sa flûte de champagne.

Il se tenait sous l'arche dorée de l'entrée, l'air mal à l'aise. Du moins, Tessa crut reconnaître Julian. Hormis sa sempiternelle mine renfrognée, il ressemblait à une tout autre personne.

Il avait troqué son habituel costume noir classique pour quelque chose de très éloigné des dernières tendances, un veston cintré d'un bleu marine éclatant. Il avait même pensé à mettre une fine cravate de soie bleu nuit dotée d'un cœur entouré d'un motif blanc en zigzag.

Un cœur. Tessa n'en revint pas. Julian Shine, le ténébreux, le pensif, affichait un symbole de ce genre sur son torse. Ce dessin se distinguait à peine, mais son caractère si optimiste sidéra Tessa.

Elle ravala sa salive, ses mains se mirent à trembler. Elle renversa un peu de champagne.

Tessa ne sut pas quoi faire de ce nouveau Julian. Elle sourcilla, encore et encore. Portait-il des Richelieus type jazz ? Mais oui. Il ressemblait à un mélange de Don Draper et de Fred Astaire. Propre sur lui. Charmeur. Et à peine assez négligé pour la faire frissonner.

Elle resta immobile tandis que Julian scrutait la pièce. Sa respiration s'accéléra. Chaque cellule de son corps s'électrisa d'impatience. La mémoire naissait d'un processus à la fois mental et physique, elle l'avait appris des années auparavant. Les souvenirs vivaient parfois dans la chair et le sang. Les danseurs appelaient ce phénomène la mémoire musculaire. Sa peau se rappelait encore ses caresses, la douceur de ses doigts, la chaleur de ses baisers. Elle les sentit à cet instant, comme s'il avait traversé la salle pour venir l'embrasser, soulever les pans de sa robe et lui effleurer l'intérieur des cuisses.

Tant d'excitation pour si peu. Elle ne comprit pas. Il ne l'avait même pas encore vue.

Alors son frère leva le bras et l'appela. Julian se tourna, hocha la tête, et ses yeux se rivèrent à ceux de Tessa.

Elle avala une nouvelle gorgée de champagne en serrant les jambes. L'alcool l'étourdissait. Satané Zander et ses caisses entières de dom Pérignon !

— Monsieur Shine, ravi de vous accueillir parmi nous ! s'exclama un Zander radieux en saluant le musicien.

— Content de vous revoir, affirma Julian en osant un regard à Tessa avant de revenir à Zander.

Le ventre de Tessa se noua et, lorsqu'il se pencha pour lui donner un baiser sur la joue, elle comprit pourquoi.

Cela ressemblait de plus en plus à un rendez-vous galant. Elle avait beau savoir que non, ce sentiment la hantait.

Il n'avait pas invité Chance après tout.

Tessa prit une longue inspiration quand son frère expliqua le principe de ce grand concert mensuel, depuis l'idée de base aux raisons pour lesquelles il avait pensé que cela redorerait le blason de l'hôtel. Nostalgique du glamour de la Belle Époque, Zander avait voulu rendre hommage au bâtiment et à des musiciens tels que Lawrence Welk ou Guy Lombardo, célèbres pour avoir joué dans ce type d'hôtels. Et la gloire ne se fit pas attendre. Un succès si phénoménal qu'un dimanche par mois, le Bennington devenait le lieu le plus couru de tout Manhattan.

Julian sourit et acquiesça une ou deux fois pendant le monologue. Il sembla impressionné. Il ne pouvait s'empêcher de lancer des œillades à Tessa qui sentait son corps tout entier vibrer d'une passion infinie.

— J'aimerais pousser le concept encore plus loin pour vraiment réunir les fans, continua Zander. Du jazz pur aux accords altérés, aux harmonies modales, avec des progressions... Ce genre de choses.

— Du free-jazz, commenta Julian.

— Tout à fait.

Tessa savait où il voulait en venir. Julian aussi à en croire sa raideur soudaine.

Il allait proposer un poste à Julian, mais celui-ci refuserait de toute manière.

Elle dut résister à l'envie incontrôlable d'étrangler Zander. Elle ne voulait pas qu'il gâche une si belle soirée avec une offre d'emploi qui ne servirait qu'à rappeler à Julian sa gloire passée.

Elle devait intervenir.

Zander afficha un sourire plus large.

— Je crois que vous seriez parf...

— Allons danser, l'interrompit Tessa en attrapant Julian par la main.

Ses doigts chauds et robustes se replièrent sur les siens. Elle les imagina danser sur les touches noires et blanches.

— Nous sommes en train de parler, maugréa son frère.

— Plus maintenant.

Le cœur battant, elle lui donna sa flûte vide et se pencha sur Julian comme pour un pas de deux. Cependant, tout était si différent alors. Elle n'avait jamais le souffle court ni ne ressentait cette étincelle avec Chance ou un autre.

— Allons-y.

Julian ne put s'empêcher de fixer les hanches graciles de la jeune femme qui le menait vers la piste de danse. Si la pièce s'était effondrée dans un fracas de feuilles d'or et de velours écarlate, il n'aurait rien remarqué. Sa robe se fendait jusqu'au-dessus de ses reins, et la vue de sa peau de porcelaine l'hypnotisait. Si fine, si élégante. Elle le subjuguait.

Elle le tentait aussi.

Il n'aurait pas dû venir, passer le bras autour de Tessa, poser les doigts sur son dos nu, la tirer vers lui pour sentir sa chaleur à travers sa robe de satin diaphane.

Et pourtant.

— Excuse mon frère.

Tessa le regardait derrière ses cils interminables.

Julian sentit quelque chose changer en lui, un rouage enfin à sa place. Il aurait souhaité mettre cette sensation sous le coup de l'alcool, toutefois il n'avait pas eu le temps de boire.

— Ce n'est rien, dit-il en se raclant la gorge.

— Si. Est-ce que tu as aussi des frères et sœurs qui te tapent sur les nerfs ?

Julian resta muet. Il préférait éviter de parler de sa famille. Pas ici. Pour le moment, il désirait profiter de la soirée. Son cœur lui disait qu'il avait voulu danser avec elle dès l'instant où elle s'était mise à virevolter dans le studio.

Il décida malgré tout de s'ouvrir à elle. Il poussa un soupir et se détourna de son visage plein d'empathie.

— Je n'ai pas vraiment de famille. Ma mère est morte quand j'avais dix-neuf ans, et mon père nous a abandonnés quand j'étais petit. Il a essayé de revenir dans ma vie, mais après mon accident, il s'est volatilisé encore une fois.

Après mon accident...

Il n'en avait jamais parlé à Tessa... Ni à personne d'autre à vrai dire. Sa voix semblait si éraillée à cet instant, mais ces paroles flottaient là, nuages sombres.

— Ni frère ni sœur ? ajouta Tessa à mi-voix.

— Non, même si Chance assure bien ce rôle. On se connaît depuis l'adolescence, et c'est vrai qu'il me tape souvent sur le système.

Tessa se mit à rayonner. Il la pressa un peu plus contre lui quand les musiciens enchaînèrent sur une nouvelle chanson.

— Monsieur Grincheux s'essayerait-il à l'humour ?

Il faillit oser une autre plaisanterie et la menacer de lui donner une fessée devant tout le monde si elle continuait de l'appeler ainsi.

— J'ai aussi de bons côtés, admit-il en se contenant.

Elle se fendit d'un sourire évocateur.

— Je le sais.

Tout à coup, Julian se rappela la clé que le maître d'hôtel lui avait remise à son arrivée.

« Avec les compliments de M. Wilde. »

Zander le tentait. Et pas qu'un peu. Julian restait même convaincu qu'il ne s'était pas imaginé un seul instant que sa sœur pourrait finir dans cette chambre... Dans son lit.

Julian ne voulait pas y penser non plus, car cela n'arriverait pas.

Cependant, face à cette attitude si équivoque, il ne put s'empêcher de songer à cette clé dans la poche de son veston. Il avait l'impression de cacher un bâton de dynamite.

— Vous avez l'air très proches avec ton frère, fit-il pour se changer les idées.

Malgré tous ses efforts, les paroles du maître d'hôtel lui glissant la clé sur le comptoir de marbre résonnaient encore dans son esprit.

« La suite Duke Ellington, monsieur. Avec sa baie vitrée et sa vue ahurissante sur Central Park, et son petit piano à queue. »

— Oui, c'est le cas... Tu sais, moi aussi j'ai eu un accident. Je suis tombée.

Ses cheveux cuivrés brillaient à la lumière du lustre.

— Je sais, confirma-t-il d'une voix de nouveau rauque.

Prétendre le contraire aurait été malhonnête. Elle n'avait pas fait semblant d'ignorer son passé, il devait lui rendre la pareille.

— Depuis, Zander se montre très protecteur avec moi. Toute ma famille en fait. Parfois, c'est un peu...

— Étouffant ?

— Voilà. C'est pourquoi je ne leur ai pas dit que j'entends...

Elle se mordit la lèvre inférieure. Julian dut fournir un effort surhumain pour ne pas succomber.

— Enfin, pas comme avant.

— Comment ça ?

— Je n'entends que de l'oreille droite. C'est arrivé il y a quelque temps, pendant les auditions.

Cela expliquait son ébahissement soudain et ses mouvements si libres. Julian se rappela avoir pensé qu'elle dansait comme si elle n'avait jamais entendu de musique auparavant. Il n'était pas loin de la vérité.

— Tes proches seraient sûrement contents.

Eux paraissaient honnêtes contrairement au père de Julian, réapparu dans sa vie seulement après l'obtention de son premier disque d'or. Malgré tout, il avait voulu croire en sa sincérité. Puis, après son accident et la fin de sa carrière, son père s'était envolé.

— C'était différent avant. Là, tout est distordu, trop agressif. Je ne sais même pas si ça durera. Le médecin m'a conseillé de ne pas sortir pendant un mois afin de m'y habituer.

Il comprenait enfin.

— Mais tu devrais abandonner la danse.

— Exactement. Je ne peux pas. Je refuse. Ma mère... et Zander... Ils m'y obligeraient. Cela part d'un bon sentiment, et je ne leur en voudrais pas, mais ils en font trop parfois. J'ai attendu si longtemps ces instants merveilleux, je ne saurais pas attendre plus.

Elle ne parlait plus de danse.

L'étincelle dans les pupilles de Tessa la trahit. Revivait-elle cette étreinte interrompue ? Il y pensait lui aussi. La moindre caresse, le moindre baiser, le moindre soupir. Julian se rappelait tout. Il ne pouvait plus se trouver en sa présence sans vouloir saisir cette magie qui les avait unis dans le studio désert. Il la désirait, jour et nuit.

Non, il ne s'agissait plus de désir... Il avait besoin d'elle.

— Je dois vivre ma vie, lâcha-t-elle dans un murmure étouffé.

Elle baissa les yeux sur ses lèvres avec lenteur, avec une telle sensualité.

Il sentit son corps se raidir.

Sans sa famille à quelques mètres de là, il l'aurait embrassée sans retenue. Elle et lui tournoyaient désormais au rythme d'un autre âge dans cette salle de bal portant les souvenirs de générations entières de joie et de chagrins intenses. Peut-être à cause de ces lieux magiques, peut-être en raison de sa tenue, souvenir d'un concert, Julian eut l'impression de voyager dans le temps. À une époque où il n'aurait pas hésité à conduire Tessa dans son lit, à l'étendre sur le drap frais, à se fondre en elle jusqu'aux premiers rayons de soleil sur Central Park.

« Je dois vivre ma vie... »

Julian s'était cloîtré dans son appartement, au grand dam de Chance qui le harcelait depuis des mois pour qu'il sorte. Il avait raison, Julian avait arrêté de vivre pour se contenter d'être.

Il s'en était accommodé un temps.

Mais plus aujourd'hui.

Il le réalisait enfin. Il l'avait sans doute toujours su, mais sa rencontre avec Tessa et cette passion entre eux lui avaient rappelé le goût de vivre.

S'il avait pu revenir en arrière, il aurait agi différemment. Il l'aurait laissée le voir. Sans rien lui cacher. Il se serait concentré sur elle et rien d'autre. Il se serait offert à elle en envoyant ses cicatrices au diable.

On ne changeait pas le passé, il le savait, mais les lèvres entrouvertes et les iris de Tessa semblaient le contredire. Ce regard eut raison de lui...

Elle avait envie de lui.

Il devait partir au plus vite avant de commettre une erreur irréparable. Si les miroirs l'en avaient empêché la dernière fois, il ne pourrait pas se contrôler ici, dans cet hôtel de luxe où le champagne coulait à flots et où la musique lui faisait oublier qui il était vraiment. Il se crut dans un rêve enfiévré, trop riche en détails saisissants.

Quand les notes moururent, les cuivres se lancèrent dans une intro audacieuse. Julian reconnut l'air avant le début des paroles. *Dance, Ballerina, Dance*. Une chanson un brin obscure, interprétée tout d'abord par Vaughn Monroe puis par les plus grands noms du jazz. La version de Nat King Cole occupait une place particulière dans le cœur de Julian.

Sa gorge se noua. La ballerine. L'univers cherchait-il à lui transmettre un message ?

Le chanteur entonna le refrain : « Danse, ballerine, danse... »

Tessa écarquilla les yeux, sa bouche rouge cerise s'étirant en un sourire malicieux.

— Quelle est cette chanson ?

Julian la serra contre lui et pencha la tête pour lui effleurer l'oreille du bout des lèvres.

— Attention, tu n'es pas censée entendre. Ne va pas dévoiler ton secret.

Il lui donna un tendre baiser innocent sous le lobe de l'oreille afin de faire diversion et ne pas révéler qu'il lui parlait. Cependant, ce simple geste se mua en quelque chose d'autre. Un prélude, une promesse.

Sans même s'en rendre compte, sa bouche erra dans le cou si doux de Tessa. Un vrai baiser cette fois-ci, endiablé, charnel. Il se perdit là assez longtemps pour sentir les pulsations de ses veines et le frisson dans son corps frêle.

Julian se recula pour la regarder. Elle rougissait, ses pupilles dilatées lui donnaient un charme fou. Elle sembla vaciller un instant comme si elle allait s'évanouir.

La chanson continuait : « Vole, ballerine, vole… »

— Allons-nous-en, murmura-t-elle. Rien que toi et moi. Je t'en prie, Julian. Je te veux pour moi seule.

Ils ne dansaient plus. Les couples tournoyaient autour d'eux, se balançaient en rythme, mais Julian les remarquait à peine. Tout devint flou. Tout sauf Tessa. Il ne se concentrait plus que sur ses mots.

Il ne voulut plus rien entendre d'autre.

— Tu ne sais plus ce que tu racontes, dit-il après avoir réfléchi quelques secondes.

Alors qu'elle s'offrait à lui dans toute sa grâce et tout son être, il voulut lui faire promettre de ne pas fuir devant ses cicatrices.

Mais comment oserait-il lui demander cela ?

Il savait que s'il refusait encore une fois, il en mourrait.

— Je sais très bien ce que je dis, lui assura-t-elle, tremblante comme une feuille sans pour autant le quitter des yeux. Je te dis que je veux te voir. Je veux te toucher. Et je te veux toi. Ce soir… Tout de suite.

Julian ne pouvait pas imaginer la force qu'il lui avait fallu pour s'ouvrir ainsi après tant de frustration. Il ne méritait rien de tout cela. Il ne la méritait pas elle. De toute manière, en dépit de ses efforts, il ne pourrait lui dire non désormais. Ils le savaient très bien tous les deux.

— Tessa.

Sa voix se mourut, et quelque chose en lui sembla s'éteindre au même moment.

Elle posa la main sur son torse, à plat sur le cœur de sa cravate.

— J'ai envie de toi, Julian.

Sans un mot de plus, elle le reprit par la main. Cette fois-ci, elle l'entraîna vers la sortie. Elle l'emmena loin des paillettes, des éclats de rire, des couples inconnus et du plafond étoilé.

Là où ils pourraient danser sans retenue.

Vis, ballerine, vis.

12

Une vague de panique déferla sur Tessa. Elle n'avait jamais agi de la sorte. Avec personne. Elle n'avait même jamais avoué à un homme qu'elle avait envie de lui de façon si directe. Encore moins un homme qui l'avait éconduite par le passé.

Malgré cet affolement, elle ressentit également un sentiment d'invincibilité. Les mots avaient bouillonné dans sa gorge. Elle n'aurait pas pu les retenir.

Julian connaissait déjà tout de son corps. Il l'avait vue, touchée, embrassée. Pourtant, Tessa ne s'était jamais sentie aussi nue qu'en prononçant ces paroles.

Elle les avait gardées enfouies trop longtemps, à lutter contre son attirance pour lui, à tenter de se dompter. Elle devint si légère tout à coup. S'abandonner ainsi représenta un réel soulagement, elle pouvait vivre sans retenue, sans se soucier des jours, des semaines ou des mois prochains. Tessa savait trop bien à quel point l'avenir restait incertain.

Cette nuit allait tout changer entre eux, peu importe l'issue. Elle ne voulut même pas s'imaginer à quoi ressembleraient les répétitions après cela, mais tant pis. Elle s'en soucierait plus tard. Le changement avait du bon, non ? Même un changement des plus inattendus.

Elle s'était convaincue que sa vie avait pris un terme un an plus tôt. Elle s'était trompée, il lui restait la danse. Depuis, elle s'efforçait de ne plus tomber, mais elle était fatiguée de ne pas vivre. Elle le regretterait peut-être le lendemain, et Julian lui ferait peut-être subir une autre humiliation, mais tant pis.

À cet instant, elle ne voulait que lui.

Les doigts entrelacés aux siens, la tête haute, elle se dirigea vers la sortie. Zander, en pleine discussion à une des tables près de la piste, ne la remarqua pas. Tant mieux. Il l'aurait harcelée de questions sinon, autant éviter un obstacle de plus. S'ils s'arrêtaient, Julian pourrait changer d'avis, et dans ce cas elle ne trouverait plus jamais le courage de lui dévoiler ses sentiments.

Elle n'avait rencontré personne depuis Owen. Pas un seul rencard, pas une seule nuit sans attaches. Elle s'était trop raccrochée aux paroles de son ex, qui, malgré leur cruauté, détenaient une part de vérité : Tessa s'isolait.

Elle ne participait pas aux conversations, et la présence des gens l'angoissait. Elle luttait pour comprendre de quoi on parlait ; ne pas essayer demeurait donc plus simple.

Elle avait plongé de plus en plus loin dans le silence. Même aux côtés d'Owen elle se sentait si seule parfois, au point de suffoquer.

Après leur rupture, Tessa ne pensa pas pouvoir trouver un homme, ou n'importe qui, capable de vraiment la connaître. Elle ignorait si elle avait raison... Mais pour la première fois depuis longtemps, depuis sa rencontre avec Julian, elle voulait y croire. Ces yeux de saphir lui avaient fait l'effet d'une caresse, ils l'avaient fait chavirer en la perçant à jour. Cette étreinte fantôme l'avait délivrée.

Et voilà qu'elle entrait dans le calme du hall en sa compagnie. Le silence se dressa autour d'eux. De nombreux sentiments assaillirent Tessa à cet instant, mais pas la solitude. Elle sentait son sang lui tambouriner dans les oreilles avec trop de véhémence, et la douce lumière argentée du lustre reflétée sur le sol de marbre lui paraissait trop intense. Une vraie pluie d'étoiles.

Elle se tourna vers Julian, inquiète de l'entendre lui ordonner de rejoindre sa famille sans lui. *Non, pas ça. Par pitié, pas ça.*

— Doit-on faire venir ta voiture ? demanda-t-elle d'une voix chevrotante d'impatience.

— Inutile, répondit Julian en lui serrant la main plus fort. J'ai une suite.

Alors, il prit les commandes cette fois-ci et se mit à la guider. Il traversa le hall à grandes enjambées. Elle le suivit, les pans de sa robe jaune virevoltant derrière elle.

Elle avait l'impression d'être une princesse. Belle, attirante. Puis, lorsque les portes de l'ascenseur se refermèrent sur eux, elle se sentit encore plus désirée.

Les lèvres de Julian trouvèrent les siennes avant les premiers soubresauts de la cabine. Elle ne sut pas trop s'il s'agissait d'un rêve ou si elle se berçait d'illusions, mais ce baiser lui parut différent, plus important. Il lui laissa l'impression d'une rédemption tardive.

Seulement, dès l'instant où les doigts de Julian se faufilèrent dans sa chevelure pour intensifier leur étreinte, Tessa se souvint à quel point elle se sentait bien avec lui. Fougueuse. Délicieuse. Légère. Avec du miel dans les veines.

Lorsqu'elle gémit, il l'imita puis s'appuya contre elle et lui cala le dos contre le miroir. Le froid sur sa peau la poussa encore plus contre lui, et il s'inclina pour lui dévorer le cou de baisers.

Ses jambes flageolèrent. Sans la paroi derrière elle, elle serait tombée à ses pieds. Elle sentait son érection contre son nombril. Il paraissait plus excité que sur la piste de danse à cet instant. Beaucoup plus excité.

Et imposant. Bien plus qu'elle ne l'avait imaginé.

Avait-il raison ? Peut-être ignorait-elle dans quoi elle s'aventurait, mais ses cicatrices ne l'effrayaient pas. Il l'avait vue dans toute sa vulnérabilité, aussi se sentait-elle prête à affronter sa vérité, ses défauts, tout. Ses brûlures marquaient une part de lui-même restée dans l'ombre trop longtemps. Tessa souhaitait devenir la première à dévoiler ce mystère. Elle voulait le toucher et l'embrasser... partout... pour qu'il se sentît aussi beau qu'elle quand il la regardait.

Toutefois, elle se rendit compte peu à peu qu'elle n'était pas prête pour des ébats si intenses avec Julian. Ils se trouvaient encore dans l'ascenseur qu'elle cédait déjà sous cette passion sauvage. Cela l'effraya presque.

Julian la touchait différemment d'Owen, mais ce dernier l'avait à peine caressée, la considérant comme une pauvre chose chétive, trop fragile pour un vrai baiser.

Elle aurait dû savoir qu'avec Julian tout deviendrait mille fois plus ahurissant. Leur soirée au studio le lui avait prouvé. Elle en rougissait encore. Son assurance d'alors, semblable à un rêve sublime, l'étonnait d'autant plus. Puis la peine et les remords dans les yeux de Julian l'avaient rappelée trop vite à la réalité. Une telle humiliation restait indicible.

Ce soir, ce sera différent.

Elle n'aurait aucun regret. Aucune pulsion inassouvie. Elle ne se réveillerait pas seule, en larmes, à se demander pourquoi il l'avait laissée dans sa frustration sans un mot.

Ils allaient finir ce qu'ils avaient commencé.

Julian plaqua les mains contre la glace. Elle se retrouva un instant face à son torse viril et ce cœur rouge vif sur sa cravate. Sa gorge se noua.

Ce cœur représente beaucoup. Tout comme lui.

Julian se pencha sur sa poitrine, il lui mordilla un téton à travers sa robe. Tessa poussa un soupir et ferma les paupières.

Trop impétueux. Trop excitant. Trop tout.

Que se passait-il ? Tiendraient-ils au moins jusqu'à la chambre ?

Elle reprit ses esprits quand l'ascenseur sonna.

Julian la fixait avec une intensité sans nom. Il semblait vouloir la soulever, la porter jusqu'à sa suite et la jeter sur son lit. Une vague de chaleur d'une douceur divine lui envahit les reins à cette idée.

— Tu es sûre que tu ne changeras pas d'avis, Tessa ? demanda-t-il, un peu crispé.

Sans un mot, elle caressa sa virilité tendue à travers son pantalon.

Elle ne regretterait rien.

Julian laissa échapper un soupir. Réaction purement animale. Il aurait juré n'avoir jamais rien ressenti de tel de sa vie.

Il ne comprenait pas. Il allait la prendre ici, maintenant... dans l'ascenseur de l'hôtel dirigé par son frère.

— Pas ici, murmura-t-il en lui saisissant le poignet.

Elle acquiesça et s'humecta les lèvres. Il lui fallut un effort herculéen pour ne pas bloquer les portes de l'ascenseur. Il la suivit dans le couloir et, une fois devant la chambre, il prononça une prière silencieuse à la plaque gravée de lettres noires.

Suite Duke Ellington.

— Nous y voilà.

Il n'avait pas parlé assez fort, car elle ne réagit pas. Elle continua d'avancer. Julian la laissa aller quelques secondes, le temps de se délecter de son magnifique dos nu sans devoir se soucier des réprimandes d'une maîtresse de ballet.

Il ne se lassait pas de la voir bouger. Cette grâce féline achevait toute raison en lui.

Julian avait adoré la musique depuis l'instant où il avait été assez grand pour en avoir conscience. Il ne se contentait pas d'écouter les chansons, il les vivait. Miles Davis l'électrisait jusqu'à la moelle. L'album où Clifford Brown accompagnait Sarah Vaughan, un an avant la mort du trompettiste à vingt-cinq ans, comptait tant de promesses bouleversantes qu'il poussait Julian au bord des larmes. D'aussi loin qu'il s'en souvînt, il devait toutes ses émotions à la musique. Encore aujourd'hui, après tant d'années.

Dans ce couloir, à observer Tessa, il comprit. La voir bouger le libérait de quelque chose. Lorsqu'elle dansait, il le sentait au plus profond de son cœur, elle l'émouvait. Depuis une folle arabesque jusqu'au moindre geste du poignet lors d'un adage, Julian voyait Tessa comme une chanson.

Sa chanson à lui.

Cette idée le troubla. Elle ne lui appartenait pas. Elle ne lui appartiendrait jamais. Il ignorait s'il parviendrait à lui faire l'amour ce soir, sans même penser à ce qu'il se passerait ensuite.

Elle changera assez vite d'avis.

Si Julian en restait persuadé, il ne voulait pas y songer. Il ne pouvait pas. Il avait dépassé le stade du rationnel entre eux.

— C'est là, princesse, dit-il plus haut cette fois-ci.

Il la rattrapa pour glisser les doigts le long de son bras et lui prendre la main.

Quand elle s'arrêta, il lui embrassa le dos de la main, et elle lui adressa un sourire mutin.

Il la saisit par la taille afin de la conduire à la suite. Leurs regards se croisèrent tandis qu'il glissait la carte dans le verrou. Quand la porte s'ouvrit, ils se jetèrent l'un sur l'autre pour un baiser fougueux.

Son sang le brûlait. Il lui en fallait plus. Tellement plus. Il voulait tout d'elle.

Il la souleva et l'amena sur le lit, contournant le piano au cœur de la pièce. Les lumières de la ville vacillaient tout autour derrière la grande baie vitrée. Ils dansaient au-dessus du monde. Seuls. Selon les désirs de Tessa.

Quand elle lui déboutonna sa chemise, Julian serra les poings. Le réflexe de l'en empêcher s'intensifia au point de lui donner mal au crâne.

Tu en as envie.

C'était vrai. Il avait envie d'elle. Il voulait disparaître dans son corps merveilleux. Il voulait la voir s'exalter encore une fois. Rien qu'une nuit, il désirait oublier la laideur du passé, du présent, le reflet de cet homme et retrouver le souvenir d'appartenir à quelque chose de plus important que sa seule personne. S'unir à quelqu'un.

Il avait besoin d'elle.

Elle était devenue son unique souffle de vie.

Ces pulsions lui entravant le cœur et le ventre le tiraillaient depuis des jours et des jours, mais les caresses de Tessa les libérèrent. Tous ces sentiments réduits au silence jusque-là hurlaient désormais en une fanfare impossible à ignorer plus longtemps.

Tessa défit un deuxième bouton puis un troisième. Elle frissonnait, mais ne se détourna pas un instant. Pas un seul. Julian avait besoin de sa sincérité, et elle n'avait pas menti. Ses yeux pétillaient, preuve qu'elle ne tremblait pas de peur, mais bel et bien d'excitation.

Elle s'arrêta pour écarter les pans de sa chemise et embrasser sa peau nue. Un baiser tendre tout d'abord. Doux. Prévenant. Ensuite, lorsque Julian desserra les poings, Tessa le gâta d'assauts bien plus sensuels.

Elle le poussa pour le chevaucher tandis que sa langue s'aventurait sur son torse dévoilé. Les plis de sa robe s'enroulèrent autour de lui, et le bas de son ventre se frotta au sexe de Julian à travers son pantalon. Elle lui offrait sa lumière, sa chaleur, et Julian s'y noyait volontiers, plus troublé que jamais. Au cœur de cette mer de satin jaune, il l'attrapa par les hanches dans un gémissement. Les mains bien serrées sous sa taille, il lui fit remuer le bassin tandis que la bouche de Tessa s'aventurait toujours plus bas, à le mordiller, à le lécher, à le titiller.

C'était le soleil qui l'embrasait. Il perdait la tête, il allait exploser, puis il s'aperçut que Tessa s'attelait aux derniers boutons de sa chemise avec dextérité.

Son esprit lui hurlait de l'arrêter. Il ordonna à ses mains de l'empêcher d'effleurer les cicatrices sinuant le long de ses côtes. Son corps lui désobéit délibérément, et ses doigts préférèrent se ruer sur le dos de la jeune femme pour se glisser sous le tissu de sa robe et lui cajoler le bas des reins.

Il ne contrôlait absolument plus rien, mais s'en moquait éperdument. C'était bon de baisser sa garde. Dangereusement bon. Il sourcilla à peine quand Tessa lui retira sa chemise. Sa bouche flattait la sienne, et elle s'était mise à bouger les hanches d'elle-même. Face à tant d'excitation, à cette envie de se débarrasser de ses vêtements pour lui faire l'amour, il en oublia presque qu'il n'avait laissé personne le toucher en deux ans.

— Est-ce que ça va ? haleta Tessa d'un souffle chaud contre son oreille tout en posant la main sur sa chair meurtrie.

Il ne sentit rien tout d'abord. Les terminaisons nerveuses avaient presque toutes fini calcinées, mais lorsqu'elle le caressa, les sensations l'assaillirent soudain, loin sous l'épiderme. Il en resta abasourdi.

Un tremblement le saisit.

Tout allait bien.

Julian acquiesça. Il préférait se taire, car Tessa ne l'entendrait peut-être pas, mais la vérité s'avérait plus complexe. Il ne savait pas trop comment lui répondre.

Il ignorait si cette sensibilité accrue venait d'un réel réflexe physique ou de son imagination, aussi voulut-il se focaliser sur cette intensité folle. Il vivait une expérience si extraordinaire... S'il avait tenté de parler, il n'aurait pas trouvé les mots. Les mains d'une femme sur son corps, cela libéra un torrent d'émotions, chacune le submergeant d'un coup. La douleur, le plaisir, le désir, l'amour.

Non, songea-t-il, *pas l'amour.*

Il n'était pas amoureux de Tessa. Ils se connaissaient à peine. Après des mois d'isolement volontaire, il réagissait simplement à leurs ébats. Son corps débordait d'hormones propres à l'attachement et à l'intimité. Il ne s'agissait pas d'amour, mais de biologie.

— Allonge-toi, lui murmura Tessa en le poussant en arrière pour qu'il s'appuie contre les oreillers.

Il laissa échapper un soupir grave. La tête lui tournait. Ses pensées s'emmêlèrent. Il ne devint rien d'autre que sensations. Tessa, toujours à califourchon sur lui, baissa les yeux sur ses brûlures, et il sentit son regard aussi fermement qu'une caresse.

Elle le découvrait sous son jour le plus noir. Cette chair rouge boursouflée à la texture cireuse. Des saillies irrégulières à la douceur si peu naturelle et si grasses au toucher. Quand il les avait vues pour la première fois après avoir retiré les bandages, il avait eu des haut-le-cœur. Il avait beau ne plus ressentir la douleur ou s'y être habitué, il savait à quel point elles restaient répugnantes. Les seules femmes à les avoir vues étaient des médecins, elles les avaient donc considérées de façon professionnelle ou, pis encore, avec trop d'empathie.

Tessa ne montra rien de tout cela en l'embrassant si ce ne fut ce désir partagé et insatiable reflété dans ses iris d'émeraude.

— Ça ne te dérange pas ? demanda-t-il avec inquiétude sans pouvoir s'en empêcher.

— Franchement ?

— Oui, insista-t-il, la gorge nouée. Ne me mens pas.

Ce soir parmi tant d'autres, il redoutait la vérité, il la refusait. Surtout si elle devait le blesser.

— Pas du tout. Elles font partie de toi, comme tes yeux, tes jambes, tes mains, affirma-t-elle en mêlant les doigts aux siens. Je t'ai déjà dit à quel point j'aime tes mains. La musique qui en émane. J'aime la façon dont elles me parlent. J'aime les sentir sur mon corps.

Il prit ses seins en coupe et caressa ses tétons à travers le tissu.

— Qu'est-ce que tu aimes d'autre ?

Aimer.

Encore ce mot.

Le souffle lui manquait.

— J'aime ton corps, Julian. Des pieds à la tête.

Elle se pencha pour l'embrasser. Sur la bouche puis plus bas, dans le cou, les épaules, le torse. Ses lèvres se posèrent sur chaque millimètre de peau brûlée avec lenteur et révérence, et ses mains s'occupèrent de sa ceinture.

Julian ne put réprimer un soupir.

Pouvait-il la croire ? Il ignorait si elle mentait. Il s'en moquait. Tant pis si elle se jouait de lui, il se raccrocherait à cette illusion jusqu'au matin. Sous les rayons de lune et les mille feux des toits de Manhattan, il s'octroya le droit de croire qu'il la méritait. Il se vouerait à ce désir réciproque.

Il y croirait assez pour lui faire crier son nom en se fondant en elle.

Tessa le libéra de ses vêtements tout en continuant de l'embrasser toujours plus bas. Alors, sans lui laisser le temps de réagir, elle le prit entre ses lèvres, si bien qu'il dut fermer les yeux, car il n'aurait pas supporté de la voir ainsi dans la lumière argentée.

— Tessa, gémit-il en engouffrant les doigts dans sa chevelure.

Le plaisir devenait insoutenable, trop intense. Il ne tiendrait pas à ce rythme. Cependant, il se laissa choir, s'abandonnant à un rêve pur de tout mensonge, de toute vérité, de tout souvenir douloureux... Seule l'extase évoluait ici aux côtés de la grâce et de la douceur cuivrée de ses cheveux... L'exquise ferveur de sa langue. Il aurait souhaité figer le temps, à tout jamais.

— Princesse, attends un peu, lui intima-t-il en rouvrant les paupières.

Elle s'arrêta, le fixant de derrière ces cils interminables. Une bretelle de sa robe glissa le long de son bras. Julian n'osait plus bouger et retenait sa respiration de peur de ne plus pouvoir se contrôler. Elle l'hypnotisait. Ses épaules immaculées, les lignes élégantes de son cou... et ses lèvres rouge vif encore coupables de ce qu'elle venait de lui faire.

À tout jamais.

Ces paroles l'entêtèrent telle une ritournelle.

Tessa ouvrit sa robe qui cascada sur les draps. D'un geste rapide, Julian se redressa sur les coudes et la renversa sous lui. Il allait enfin prendre le contrôle.

Voilà ce qu'il se dit en se penchant pour mordiller un de ses adorables seins et en glissant un doigt en elle. Cependant, ses pulsations quand elle se cambra contre lui ne transcrivaient rien de contrôlé. Il l'avait à peine touchée que son corps palpitait déjà, prêt pour l'orgasme. Prêt pour lui.

Il se munit d'un préservatif dans une poche de son pantalon non loin de là puis revint entre ses jambes. Il s'invita en elle d'un seul coup. Quelque part au loin, Julian pensa entendre de la musique, une chanson si adorable, si exquise qu'il faillit pleurer. Il s'imaginait des choses, il le savait. Il s'agissait d'une illusion, comme tant d'autres détails de cette nuit.

Mais alors Tessa se redressa pour l'accueillir sans retenue, lui et ses blessures, et un rythme pur et haut en couleur lui étreignit le cœur.

Quelle exquise douleur !

13

Au beau milieu de la nuit, Tessa se réveilla, seule.

Les yeux fermés, les membres encore engourdis, elle s'étira d'un geste félin et chercha Julian de la main, mais ne le trouva pas entre les draps froids.

Il est parti.

Elle n'en revint pas. Il l'avait laissée. Après tant de tendresse, il s'était esquivé à la faveur de la nuit. Une pointe lui vrilla l'estomac.

Elle se redressa, la couverture serrée contre elle, pour jeter un œil à la pièce assombrie. Dans la lumière lunaire, elle se rendit compte qu'elle n'était pas seule en vérité. Julian s'était installé au splendide piano.

Elle s'emmitoufla dans le drap et le rejoignit, le tissu luxueux traînant derrière elle comme une robe trop longue. Sa gorge se noua quand elle vit qu'il avait enfilé sa chemise sans la boutonner, et qu'il ne portait absolument rien d'autre. Quelle vision inattendue !

— Salut, dit-il.

Il se fendait d'un grand sourire assez inhabituel de sa part. Elle se détendit un peu.

Tout va bien.

Bien entendu, tout allait même très bien. Il s'était ouvert à elle, ce sentiment effroyable qui la tiraillait ne tenait donc à rien de sensé.

Julian n'avait pas fui. Il était assis là, à taquiner les touches du piano joyeusement.

— Désolé si je t'ai réveillée. J'ai un air en tête. Je voulais le retenir avant qu'il m'échappe.

— Non, ce n'est rien, lui assura-t-elle en ravalant sa salive. Tu ne m'as pas réveillée.

— Viens par-là, beauté, ajouta-t-il en lui tendant la main.

Son cœur s'emballa quand elle s'avança. Il pivota sur la banquette pour lui faire face, nouer les doigts aux siens et l'attirer vers un baiser qui ébranla tout son être.

Il lui prit le visage en coupe et ancra les yeux aux siens.

— À mon tour de te voir.

Un frisson lui agita tout le corps, mais elle lâcha le drap. Julian se dressait déjà dans toute sa splendeur. Avait-il attendu son réveil pour la ravir une nouvelle fois ? Cette simple idée suscita une poussée brûlante au creux de ses reins.

Elle le désirait elle aussi. Pour une étreinte tendre, douce et extrêmement lente cette fois-ci. Elle voulait faire durer l'instant.

Encore et toujours.

Julian lui traça un cœur sur le ventre du bout de l'index. Tessa en resta étourdie comme après plusieurs séries de pirouettes. Elle avait souhaité revivre cette passion de leur première nuit inachevée, et il avait comblé ce manque insoutenable qu'il avait laissé. Mais cela...

Cette gentillesse dépassait tous ses espoirs. Une vulnérabilité si brute, elle n'en avait jamais ressenti de telle. Elle avait l'impression de s'accrocher du bout des ongles à un rêve qui lui échapperait sans cesse.

— Julian, le supplia-t-elle.

Il lui embrassa les seins et laissa les mains courir à l'arrière de ses cuisses pour l'attirer sur ses genoux. Il se munit d'un préservatif dans la poche de sa chemise puis l'attrapa par les hanches, et elle descendit sur son érection en un halètement.

Comment pouvait-elle encore éprouver tant de plaisir ? Ces sensations lui sembleraient-elles toujours aussi naturelles ?

Elle ferma les yeux pour se cambrer, s'abandonnant à leur union. Quel délice ! Julian frôlait le divin en tout point.

Les brûlures ne la gênaient pas. Elle ne mentait pas en lui disant qu'elles faisaient partie de lui.

Le corps de Julian, capable d'offrir de si belles mélodies, le complexait, le trahissait. S'il vivait encore pour la musique, il ne pouvait plus jouer de la trompette et semblait voir un parfait inconnu face à son reflet.

Tessa le comprenait tant. Elle avait dû souffrir sa propre guerre corporelle, appréciant ses courbes fines et ses pieds cambrés tout en souhaitant devenir une autre. Elle avait souvent espéré voir son attrait pour la danse s'étioler à petit feu. Tout se serait avéré plus simple. Elle n'avait plus connu la plénitude depuis son accident, et Julian non plus à son avis.

Tout pourrait changer désormais.

Pour eux deux.

Ils referaient l'amour. D'autres nuits similaires leur tendaient les bras. Il le fallait. Elle en éprouvait un besoin irrépressible.

Elle lui caressa les cheveux et s'agrippa à lui quand il accéléra. Tous ses membres se contractèrent tandis qu'elle se laissait de plus en plus aller. La tension s'accumula encore et encore au point qu'elle faillit pleurer.

Et pourtant, au cœur de cette tornade charnelle, quelque chose clochait. Tessa avait beau le savoir, elle s'était trop engouffrée dans l'extase pour y songer. Puis, elle fut saisie d'un spasme incroyable et cria le nom de Julian, en larmes.

Alors, quand il lui essuya les joues, la vérité lui sauta au visage.

Ses mains. Julian effleurait les touches du piano quand elle s'était réveillée. Il jouait une chanson.

Seulement, elle n'avait pas entendu la moindre note.

Le Dr Spencer ne mâchait pas ses mots, et Tessa l'appréciait pour cela. Aujourd'hui pourtant, elle aurait préféré un peu plus d'empathie.

— Je crains de ne pas avoir de bonnes nouvelles, Tessa.

Bolchoï tremblait sur ses genoux. La jeune femme le rassura en luttant pour ne pas sombrer dans le désespoir.

Ce n'était pas le moment de pleurer. Son rendez-vous en urgence la mettrait déjà en retard à ses répétitions. Arriver au studio les joues rouges, les yeux gonflés, n'arrangerait rien. De plus, les larmes l'empêcheraient de lire les lèvres du médecin. Hélas ! elle devait de nouveau se reposer là-dessus.

Elle prit une grande inspiration. *Ne pleure pas.*

— Je ne comprends pas. J'entends depuis des semaines. C'était étrange au départ, mais j'ai réussi à m'y faire. Je commençais même à m'y fier.

— À vous y fier ? s'étonna l'autre femme en se rembrunissant ? C'est-à-dire ?

— Pour la danse, admit Tessa, prête pour un sermon.

— Vous avez dansé ? Je pensais vous avoir prescrit de rester à la maison afin d'éviter les stimuli inutiles.

La ballerine rougit. Entre le manque de sommeil, les répétitions, les cours et ses écarts avec Julian, elle n'avait pas du tout respecté les conseils du Dr Spencer.

Les mots « stimuli inutiles » retentirent dans son esprit en boucle.

Non.

Elle refusa de les reléguer au rang d'inutile. La nuit dernière s'était avérée plus que nécessaire, et sans sa perte d'audition soudaine elle se serait encore trouvée avec lui. Au lieu de cela, elle s'était éclipsée dès les premières lueurs de l'aube sous prétexte d'un cours à assurer.

Elle aurait pu tout lui avouer, certes, mais avait préféré ne pas briser cet instant magique. Du moins, c'est ainsi qu'elle se le justifia même si elle savait la vérité plus dévastatrice à bien des égards.

Elle avait peur. Une terreur innommable lui glaçait le sang.

Tout révéler à Julian équivalait à reconnaître les faits, ce qu'elle ne pouvait accepter. Elle voulait encore l'entendre jouer du piano. Elle désirait entendre son nom s'envoler de ses lèvres ou ses gémissements graves quand il l'embrassait. Elle voulait danser sur de la vraie musique. Il devait y avoir une explication, une solution à son malheur.

Cependant, elle devait se bercer d'illusions à en croire le Dr Spencer.

— Vous vous souvenez de cette audition dont je vous ai parlé ? J'ai obtenu le premier rôle et j'ai réussi à intégrer la troupe. Je ne pouvais pas abandonner.

Cela aurait-il changé quelque chose ?

— Félicitations, acquiesça le médecin sans vraiment sourire. Vous avez donc répété plusieurs semaines sans vous accorder le temps de vous réadapter à ces changements soudains ?

— Je n'ai pas pu, répondit Tessa, luttant pour ne pas contester, trop consciente de ses torts. La première aura lieu ce week-end, dans quatre jours.

Sans musique, elle devrait réapprendre la chorégraphie du début à la fin. Cela lui demanderait des semaines d'entraînement. Elle allait perdre le rôle, sans même parler de sa place dans la troupe. Cela anéantirait tous ses efforts.

— Tessa, la dernière fois, vous étiez bouleversée et disiez préférer ne plus entendre.

Tessa ne put supporter tant de compassion. Elle voulut lui hurler de la guérir, la supplier de trouver un remède, mais elle avait passé un an à espérer. Certaines choses restaient brisées. Elle aurait dû le savoir depuis le temps.

— J'ai changé d'avis.

En vérité, tout avait changé. Sans s'en rendre compte, sa vie avait pris un tournant dès l'instant où elle avait recouvré l'ouïe. Elle avait rejoint une troupe de ballet. Elle avait séduit Julian. Elle réalisait même être tombée amoureuse...

Mais voilà qu'elle devait revenir en arrière.

Le médecin serra le poing, le posa contre sa poitrine et traça un cercle. « Je suis navrée. »

Tessa sentit son cœur s'émietter.

Tout allait recommencer. Le silence l'engloutirait de plus belle. Elle lirait sur les lèvres et lutterait pour suivre la moindre conversation.

Elle ne tarderait pas à replonger dans la solitude.

— Y a-t-il un espoir ? demanda-t-elle en serrant son chien.

— Tout est possible. Je vous l'ai dit, les traumatismes crâniens sont imprévisibles. Les examens de ce matin indiquent une perte totale d'audition dans les deux oreilles, comme avant. Ces dernières semaines pourraient bien rester au rang d'énigme, ou de signe avant-coureur. Pour le moment, nous ne pouvons qu'attendre. Seul le temps nous le dira.

Tessa demeura immobile un instant puis hocha la tête. Intérieurement, elle criait de toute son âme. Le temps… Elle ne jouissait pas d'un tel luxe.

— Bien, fit le Dr Spencer en se levant pour indiquer la fin du rendez-vous. N'hésitez pas à revenir me voir. Vous savez où me trouver.

Tessa la salua, attacha Bolchoï à sa laisse et le suivit dehors. Un parfum de marrons grillés et de cidre chaud envahissait l'air. La brise détacha son chignon. Le froid lui mordit l'échine, l'hiver semblait pressé cette année.

En arpentant les rues de Manhattan et les milliers de bruits dont elle devrait se priver désormais, les klaxons des taxis, les hurlements des sirènes, l'écho du métro, la musique urbaine, Tessa se mit à pleurer.

Elle ne put se retenir et se laissa emporter par un torrent de larmes.

À son grand désarroi, Julian trouva Zander Wilde sur son chemin en quittant le Bennington.

Il aurait préféré voir un autre membre de la famille, celle qui avait fui la chambre aux aurores. Tessa lui avait paru soucieuse ce matin-là, silencieuse. Le temps qu'elle s'habille, il s'était installé au piano, à l'endroit même où ils avaient fait l'amour, pour lui jouer *Dance, Ballerina, Dance*, mais elle n'avait pas réagi.

Il préféra ne pas trop se formaliser de cette attitude si soudaine. Elle n'avait laissé paraître aucun indice que ses sentiments envers lui avaient changé, dans la mesure où elle en aurait eu. Elle devait assurer un cours. Adieu la grasse matinée, le petit déjeuner au lit et les câlins. Elle avait des responsabilités. Lui aussi d'ailleurs. Le monde ne s'était pas arrêté de tourner sous prétexte d'avoir vu se former un nouveau couple.

Quand bien même, il gardait un étrange pressentiment. Il détestait cela. À tel point qu'au moment où il croisa Zander dans l'entrée, Julian sentit une migraine lui marteler les tempes.

— Monsieur Shine, j'espère que vous avez apprécié votre séjour.

Au vu de son grand sourire sincère, Zander ne devait pas savoir où sa sœur avait passé la nuit.

— Un vrai régal, lui assura le pianiste, préférant ne pas le lui révéler.

— Parfait. Avez-vous quelques minutes à m'accorder avant votre départ ? lui demanda Zander en jetant un œil à la grande horloge suspendue.

Il était à peine 8 heures, les répétitions ne commençaient pas avant deux heures. Julian n'aurait pas été étonné que Zander connût l'emploi du temps de Tessa sur le bout des doigts.

— Oui, pourquoi pas ? dit le musicien, se sentant plus ou moins pris au piège.

— Merveilleux. Si vous voulez bien me suivre, je vais nous faire porter deux cafés.

Il escorta Julian jusqu'à deux grands fauteuils en velours vert dans un petit salon près du bar. Comme par hasard, l'écriteau du Cercle était bien en vue.

— Avez-vous une préférence ?

— Un expresso, s'il vous plaît. Double.

Il aurait dû en demander un triple. Il manquait de sommeil et allait devoir refuser les offres de Zander alors que son esprit ne cessait de revenir à Tessa et au mystère de son départ si hâtif.

Son estomac se noua. Il ne se trompait pas. Elle n'avait pas hésité un instant en déboutonnant sa chemise et en découvrant ses cicatrices. Elle l'avait accepté. Elle l'avait aimé. Il se rappelait ses paroles chaque fois qu'il fermait les yeux.

« J'aime ton corps, Julian. Des pieds à la tête. »

Zander posa une bouteille de San Pellegrino ainsi qu'une petite tasse sur la table basse entre les deux fauteuils. Julian avala une grande gorgée d'eau suivie d'une autre de café, et son hôte se lança dans une énième explication passionnée de ses projets pour son nouveau club.

Il fallait bien l'avouer, il agissait en vrai fan de jazz. Non content de bien connaître ses classiques, il avait également investi une somme rondelette dans cet endroit. Des vinyles originaux de Hank Mobley, Tubby Hayes et Rosemary Squires ornaient les murs. Il s'était même arrangé pour dénicher le piano sur lequel Thelonious Monk avait joué au Carnegie Hall lors d'une de ses rares apparitions dans les années 1970.

— Impressionnant, dit Julian en reposant sa tasse dans la soucoupe.

— Aimeriez-vous l'essayer ? le tenta Zander en désignant le club de la main.

Oh que oui ! Mais pas s'il devait faire une promesse en l'air.

— Désolé de vous décevoir, Zander, mais le jazz, c'est terminé pour moi.

S'il acceptait, la rumeur enflammerait tout New York à coup sûr. Alors, chaque critique des États environnants se montrerait dans l'espoir d'assister à un concert de Julian Shine.

Seulement, Julian ne possédait pas le même talent au piano qu'à la trompette. Ce simple fait restait assez douloureux, autant ne pas en plus en entendre parler dans le *New York Times*.

— Tessa m'avait prévenu, acquiesça Zander.

À l'évocation de son nom, la libido du musicien atteignit son paroxysme. Il vida alors son expresso d'un trait.

— Ma sœur semble tout particulièrement attachée à vous, vous savez. Ce n'est pas évident pour elle, encore moins après tout ce qu'elle a subi.

— Son accident. Oui, je sais.

Julian répondit poliment, mais n'appréciait pas la tournure soudaine de cette conversation. Il n'aimait pas trop parler de Tessa en son absence.

— Oui, mais également ce qu'il s'est passé ensuite. Perdre l'ouïe l'a dévastée, mais en plus Owen l'a quittée quand elle avait le plus besoin de lui.

— Owen ? demanda Julian en se rappelant vaguement ce prénom. Son partenaire de danse ?

— Oui, soupira Zander. Ils sortaient ensemble en fait. À mon avis, il culpabilisait pour la chute de Tessa et s'est enfui. Quelle ordure ! Il a vraiment fait du mal à ma sœur et, depuis, elle ne pense plus mériter le bonheur.

Julian en eut l'estomac vrillé. Il comprenait mieux pourquoi elle ne faisait confiance à personne. L'envie soudaine de trouver ce méprisable Owen pour le passer à tabac le tirailla.

— Tessa est unique, admit-il tandis qu'un poids lui écrasait la poitrine. Je ne la blesserai pas, je vous l'assure.

— Parfait, se réjouit Zander en jetant un œil à l'horloge. Je pensais la voir se joindre à nous. Elle vient souvent le lundi matin avant les répétitions, mais elle doit être occupée.

Cette sensation dans la poitrine de Julian s'intensifia, et un étau se resserra sur son cœur. Il s'éclaircit la voix.

— Je croyais qu'elle devait donner un cours. Elle m'en a parlé hier soir.

Ou plutôt ce matin.

— Non, le studio est fermé le lundi. Depuis toujours. Je pensais que vous le saviez. Toute mon enfance orbitait autour de l'école de danse Wilde.

— Bien évidemment, concéda Julian d'un sourire lugubre. J'ai dû me tromper.

Les ombres se remirent à virevolter autour de lui, aussi étouffantes que la nuit.

Il ne supportait plus cet endroit. Il ne pouvait plus rester assis à discuter de tout et de rien avec Zander. Son esprit s'embrumait de millions de scénarios possibles, tous plus humiliants les uns que les autres. Tessa n'était pas la seule à ne pas savoir accorder sa confiance.

Elle lui avait menti. Pourquoi ?

Il devait y avoir une explication. Elle n'avait montré aucune résistance. Il n'avait pas rêvé, elle vacillait bien au moindre regard. Elle avait atteint l'extase au moment où il s'était glissé en elle. Il sentait presque encore ses palpitations contre lui. On ne simulait pas une telle passion.

— Je dois y aller. Merci encore pour votre hospitalité.

Julian se leva. Il lui fallait des réponses, et il n'allait pas les trouver ici.

— Mais de rien, répondit Zander en lui serrant la main. Réfléchissez à mon offre, et si vous changez d'avis, je vous promets que le Cercle ne vous décevra pas.

Changer d'avis ?

Certainement pas.

Plus maintenant.

14

Chance s'appuya contre le piano de la salle de répétition et tapota dessus avec la ferme intention d'attirer l'attention de Julian.

Ce dernier l'ignora pour continuer ses gammes. Il ne souhaitait pas discuter. Il ne savait même pas s'il voulait parler à Tessa. Pas ici en tout cas. Il voulait simplement terminer sa journée, toucher son chèque et s'en aller au plus vite.

Seulement, son ami de toujours ne l'entendrait pas ainsi.

— Je sais que tu me vois, fit-il en lui agitant la main devant le visage de la même manière que lorsqu'ils étaient adolescents et qu'il se lassait d'entendre Julian jouer de la trompette.

Julian soupira et releva la tête sans lâcher les touches. Accord en ré, mi mineur, fa, sol.

— Quoi ?

— Ta chérie n'est pas là.

Le piano se tut. Julian ne s'embêta pas à le corriger cette fois-ci. *Elle n'est pas ma chérie.*

— Qu'est-ce que tu racontes ?

— Tessa n'est pas là. Elle aurait dû arriver il y a une heure déjà pour essayer le costume. Ivanov va faire un carnage. Ce tutu est brodé d'un demi-million de dollars en diamants. Je pensais que tu aurais pu nous aider.

Quand la voix furieuse du Russe retentit depuis le couloir, Chance leva les yeux au ciel.

— Dis-moi que tu sais où la trouver, ou nous allons vraiment passer une sale journée.

Mince ! Mais que fait-elle ?

— Je n'en sais rien.

Julian se passa une main dans les cheveux. Il y avait un problème. Un gros problème.

— Super. Quand est-ce que tu l'as vue pour la dernière fois ?

Julian resta muet.

— Tu me caches quelque chose, insista Chance en se rembrunissant.

D'une part, Julian n'avait pas du tout envie de partager les événements de la veille. D'autre part, non seulement cela ne concernait pas son ami, mais en plus il ignorait lui-même à quoi s'en tenir en raison de sa discussion avec Zander.

Cependant, l'inquiétude le gagnait peu à peu. Tessa n'oublierait jamais un essayage. Encore moins celui-ci. Elle était toujours arrivée à l'heure depuis le début des répétitions.

— Je l'ai vue ce matin.

— Intéressant, le taquina Chance, un sourcil arqué. Qu'est-ce que je dois en conclure ?

Bonne question.

— Que je me fais du souci pour elle. Rien de plus. A-t-on essayé de l'appeler ?

— Elle n'envoie que des SMS à cause de... Tu sais bien, répondit Chance en tendant le doigt vers son oreille. Je lui ai écrit, mais elle n'a pas donné signe de vie.

Un sentiment de terreur sinua dans tout le corps de Julian. Il sortit son téléphone de sa poche avec la carte que Zander lui avait remise plus tôt. Il ne voulait pas contacter son frère, mais à situation désespérée, mesure désespérée.

— Julian ! s'exclama Zander en reconnaissant sa voix. Ravi que vous rappeliez si tôt. J'espère que vous avez de bonnes nouvelles.

— Désolé, mais non. En fait, je me demandais si...

Avant de finir sa phrase, il vit Tessa se ruer dans la pièce, les joues rouges, les yeux gonflés et Bolchoï sous le bras. Elle se dirigea droit vers sa place habituelle, sortit ses pointes et commença à les lacer autour de ses mollets tandis que le chien la regardait, assis.

Julian serra les dents. Après tout, Tessa ne lui appartenait pas, il ne devait pas tout savoir de sa vie. Ils avaient passé une seule nuit ensemble.

Une nuit importante néanmoins, impossible à résumer à un simple acte sexuel. Non, cette nuit revêtait une signification particulière parce qu'il se souciait d'elle, il devait bien l'admettre. Il se pouvait même qu'il fût tombé amoureux.

— Allô, Julian ? s'inquiéta Zander à l'autre bout du fil.

— Pardon, je me suis trompé de numéro.

Il raccrocha sans attendre puis se leva pour rejoindre Tessa.

Chance marmonna dans son dos, mais il l'ignora. Il ne pouvait pas rester à jouer ses gammes en la voyant si bouleversée.

Une danseuse l'avait devancé. Violet, lui semblait-il. Elle s'était blottie contre elle et lui posait des questions quand il se posta à leurs pieds.

— Tessa, dit-il.

Elle ne répondit pas. Pas même un battement de cils. Julian eut le sentiment de revenir en arrière, à ce premier jour où il avait voulu l'aborder dans le métro. Un frisson lui courut le long de l'échine, le glaçant jusqu'à la moelle. Il repensa à la chanson qu'il lui avait jouée quelques heures plus tôt et à cette déception incommensurable lorsqu'elle ne s'était pas souvenue de son sens si particulier pour eux. Il maugréa en silence. *Elle ne m'entend pas.*

Comment avait-il pu ne pas s'en rendre compte encore une fois ?

Bolchoï donna un coup de patte à sa maîtresse. Elle remarqua Julian et lui sourit, mais se mit à pleurer aussitôt.

— Bonjour, Julian.

Violet lui adressa un œil inquisiteur.

— Je dois te parler, affirma-t-il, souhaitant de toute son âme parvenir à lui apporter un tant soit peu de réconfort.

L'envie de la serrer contre lui devint si forte qu'il dut croiser les bras pour se retenir.

— Elle ne peut pas, intervint Violet en le toisant. Elle a déjà raté les essayages, et les répétitions vont commencer.

— Elle est assez grande pour se débrouiller sans toi, pesta

Julian en défiant la froideur agacée de Violet avant de revenir à Tessa. Tu as un instant ?

Il glissa la main vers le bas contre sa joue, paume vers elle. « S'il te plaît. »

— Oui, mais pas ici, acquiesça Tessa. Allons dans les vestiaires.

— Mais qu'est-ce que tu fais ? les interrompit l'autre ballerine en lui saisissant le poignet. Tu as vu Ivanov ? Il va déclencher l'apocalypse.

— Il attendra, répondit Tessa en prenant son chien sous le bras. J'arrive tout de suite.

Violet la dévisagea, ébahie, avant de signifier son dédain absolu à Julian. Apparemment, il ruinait aussi la carrière de Tessa maintenant. De mieux en mieux.

Il la suivit dans le couloir vers les vestiaires. Bolchoï le fixait par-dessus son épaule, les oreilles en avant et ses yeux pétillants posés sur lui. L'animal l'appréciait. C'était toujours cela de pris.

— Où est-elle ? Est-ce qu'elle est arrivée ? hurla Ivanov depuis une pièce non loin de là.

Julian hésita à se jeter sur lui et à le remettre à sa place. Il se demandait comment il avait fait pour ne pas déjà l'avoir étranglé.

— Voilà, dit Tessa en l'invitant dans la loge réservée à la première ballerine. Entre.

Julian s'exécuta et referma derrière lui. Il avait imaginé la pièce plus grande. Un petit sofa affaissé, un bureau équipé d'un miroir et une chaise assortie se disputaient le peu d'espace disponible. Le mur se parait d'une seule affiche de danseuse qui éveilla en lui un souvenir d'enfance. De grands yeux, des membres félins. Elle lui rappela Tessa, sans cette flamme solaire ni le charme de ses gestes ou cette musique qu'il entendait quand il la voyait danser.

Il se frotta les tempes pour se remettre les idées en place.

Tessa posa Bolchoï sur la banquette et se tourna vers Julian. Il voulait la toucher, mais se retint à cause de ses larmes.

— Quand ? demanda-t-il, d'une voix brisée malgré sa détermination à se montrer fort, à lui prouver qu'elle pouvait compter sur lui.

— Je ne suis pas sûre de savoir de quoi tu parles, répondit-elle en tentant un sourire trahi par le faible tremblement de ses lèvres. Quand quoi ?

— Ne fais pas semblant avec moi, Tessa. Tu n'entends plus.

Pensait-elle qu'il s'en soucierait ? Il se moquait bien de la manière dont ils communiqueraient tant qu'ils y parvenaient.

— Quand ? Quand est-ce arrivé ?

Un autre sourire triste. Elle haussa les épaules.

— Je ne sais pas. Cette nuit. Le médecin ne comprend pas. Elle m'avait dit que ça ne durerait peut-être pas, et elle avait raison. Quand je me suis réveillée et que tu jouais du piano, je sentais que quelque chose n'allait pas, mais je ne parvenais pas à mettre le doigt dessus. J'ai sombré dans le silence de façon si douce, si naturelle, que je ne m'en suis pas rendu compte tout de suite. Et maintenant...

Elle posa la main sur la joue et secoua la tête.

Julian sentit son cœur s'arracher dans sa poitrine en attendant la fin de sa phrase.

— Et maintenant tout a changé, conclut-elle après un long soupir. C'est terminé.

— Rien n'a changé, Tessa. Tu es la même qu'hier soir, la rassura-t-il tandis que la douleur lui bourgeonnait dans les tempes en une fleur abominable.

Quelle hypocrisie de sa part ! Combien de fois Chance lui avait-il tenu le même discours pour se faire envoyer sur les roses sans cesse ? Et aujourd'hui, Julian se permettait de dire à Tessa que son handicap ne changeait rien à rien.

Or, il y croyait dur comme fer.

— Je ne suis plus la même, Julian. Hier encore, je me préparais pour mon premier grand rôle dans un ballet. Et voilà que je reviens au stade d'aspirante ballerine sourde. Ne comprends-tu donc pas ? Je vais devoir démissionner.

Ces paroles lui firent l'effet d'une gifle.

— Mais qu'est-ce que tu racontes ? Les autres ne savaient rien de ta guérison, et ils s'en fichent. Même Ivanov. Ça ne change rien.

— Si, Julian. Si j'ai obtenu ce rôle, c'est bien parce que

j'entendais. Je n'arriverai plus à suivre désormais. Avec un peu plus de temps peut-être... Mais la première est dans quatre jours.

Elle prit une longue inspiration. Un calme inquiétant s'empara d'elle soudain. Cela effraya Julian au plus haut point, il connaissait trop ce sentiment.

La résignation.

— Tu ne peux pas abandonner, reprit-il sans ambages.

Il l'en empêcherait. Si elle laissait tomber, elle n'obtiendrait plus jamais une chance pareille. Elle s'en sortirait. Si elle ne croyait pas assez en elle aujourd'hui, alors elle ne croirait jamais en elle du tout.

— C'est ma décision, pas la tienne, fulmina-t-elle.

La colère. Bien. Julian préférait de loin cela au désespoir. Il encaisserait même toute sa rage dans le seul but de ne plus la voir se flageller autant.

— C'est vrai, je ne peux pas te forcer, mais je ne supporterais pas de te laisser commettre une erreur que tu regretteras plus tard.

Dis-lui, imbécile. Je tiens à toi, Tessa.

Une fraction de seconde, elle sembla perdre son sang-froid... Un infime instant, Julian revit la femme qui l'avait pris par la main pour l'entraîner loin de la salle de bal. Les yeux rivés aux siens, il saisit en elle le souvenir de chaque instant d'abandon dans cette chambre d'hôtel. Chaque baiser, chaque frisson, chaque soupir.

Il lui prit le visage en coupe. Alors un sentiment pur et primaire le foudroya.

L'amour.

Il l'aimait. Jamais il n'avait éprouvé une telle certitude.

Tessa s'éclaircit la voix et recula. Dans cette minuscule pièce, elle se trouvait encore si près et, pourtant, semblait à des lieues de lui.

— C'est gentil, mais...

— Mais tu ne me crois pas, la coupa-t-il.

Elle baissa la tête.

— Les répétitions vont commencer. Je dois parler à Ivanov et Mme Daria.

C'était maintenant ou jamais. S'il la laissait partir, il n'aurait plus l'occasion de lui dévoiler ses sentiments, de gagner sa confiance. Il resta immobile, à attendre qu'elle relevât les yeux pour s'ouvrir à elle.

Les plus longs instants de sa vie.

Regarde-moi, bon sang.

Enfin, quand il ne tint plus, il lui saisit le menton et lui leva le visage gentiment afin qu'elle puisse lire sur ses lèvres.

— Je comprends ce que tu ressens, princesse. Je t'assure. C'est injuste de devoir endurer ça encore une fois, mais cette fois-ci tu ne seras pas seule. Je te le promets.

Tessa frissonna et inspira en haletant. Elle ressemblait à un animal apeuré.

Puis, de sa voix la plus douce, Julian lui dit.

— Épouse-moi.

— Pardon ? demanda-t-elle, incrédule.

Bolchoï se leva sur le sofa pour aboyer une fois. Parfait. Même son chien trouvait l'idée saugrenue.

Cela dit, Julian comprenait. Lui-même y croyait à peine. Pourtant, dès l'instant où il prononça ces paroles, un sentiment oublié depuis longtemps l'enveloppa tel un sublime drap étincelant.

La sérénité.

Après tant de mois passés dans le ressentiment, il ne reconnut presque pas cette sensation. Sans Tessa, il ne s'en serait jamais souvenu. Quand elle l'avait accepté dans son cœur et son corps, son univers s'était remis en marche. Aujourd'hui, il voulait rester avec elle. À tout jamais.

— Julian, tu ne sais pas ce que tu dis, lança Tessa en faisant non de la tête. Tu es devenu fou ?

— Non, bien au contraire.

— Ce n'est pas drôle, insista-t-elle, hésitante.

— Je sais. Je ne plaisante pas. Je suis on ne peut plus sérieux.

Il lui prit la main et passa le pouce sur son annulaire.

Elle fixa leurs mains enlacées un instant, puis son regard s'adoucit.

— Alors, dans ce cas, j'ai deux questions à te poser.

— Je t'écoute.

— Mon frère t'a-t-il de nouveau proposé de jouer dans son club ce matin ?

Julian se rembrunit. De toutes les questions imaginables, il ne s'attendait pas à celle-là. Quel rapport avec ce club de jazz ?

— Oui.

La jeune femme l'observa trop longtemps à son goût. Julian connaissait déjà la prochaine question.

— Et as-tu accepté ?

— Tu sais bien que non.

Elle dégagea sa main. Il venait d'échouer.

— Tu refuses de m'épouser parce que j'ai dit non à ton frère ? demanda-t-il, incrédule.

— Non. Je ne t'épouserai pas parce que rien n'a changé. Comment peux-tu croire en moi quand tu ne crois pas en toi-même ?

Julian resta muet, sans doute parce qu'elle marquait un point. Il laissa échapper un long soupir, agacé.

— Ne fais pas ça, Tessa. Si tu ne m'épouses pas, très bien. Je suis un grand garçon, je m'en remettrai. Mais ne démissionne pas. Ne renonce pas.

L'un d'eux devait trouver le courage de vivre. Elle venait de le lui prouver, il ne s'agirait pas de lui. Il n'en avait jamais été question, et rien ne changerait. Cependant, dès le premier jour, il avait toujours cru en Tessa. Il ne pouvait la laisser se résigner, il savait trop bien à quoi cela menait.

— Promets-le-moi.

— Je ne peux pas, murmura-t-elle.

Ainsi, il réagit de la façon la plus sensée sur le moment. Il lui tourna le dos et partit. Bolchoï jaillit du sofa pour lui sauter sur les jambes, en vain. Julian passa le studio de répétition et continua jusque dans la rue, loin des ballerines. Loin de Daria ou d'Ivanov. Des partitions sur un piano négligé.

Si Tessa laissait tomber, alors lui aussi.

15

Tessa mit trois jours à s'habituer à l'idée de ne pas voir Julian au ballet.

Leur conversation l'avait tant ébranlée qu'elle avait regagné le studio en silence, trop absorbée par ses pensées pour prêter attention à Ivanov. Par ailleurs, elle avait d'abord dû courir après son chien qui s'était vainement lancé à la poursuite de Julian.

Elle n'en revenait pas, elle avait failli accepter sa demande en mariage.

Elle avait pris la bonne décision néanmoins. Il n'aurait rien gagné à l'épouser. Pas vraiment. Pas quand sa vie sombrait dans le chaos absolu.

Tout avait semblé si facile pourtant. Tout… Même le spectacle. Mais qu'en savait-il ? Il voulait la forcer à se ridiculiser quand lui-même ne prendrait pas ce risque-là.

Elle n'aurait jamais imaginé le voir s'en aller, elle qui l'avait cru quand il lui disait qu'elle ne serait plus seule dans le silence. Ce ne fut qu'au moment de son départ qu'elle réalisa à quel point elle lui faisait confiance.

Tu n'as que ce que tu mérites, admets-le.

— Prête pour la répétition en costume de ce soir, ma chérie ? demanda Emily Wilde par gestes rapides des mains pour mieux attirer son attention.

Sa mère lui avait sans doute posé la question une ou deux fois. Tessa avait beau se trouver juste en face d'elle à la table de la cuisine, son esprit vagabondait vers l'inconnu. Cela semblait devenir une habitude ces derniers jours.

— Pour être franche, maman, non.

Elle reposa sa fourchette. Elle avait perdu l'appétit. Ainsi que l'envie de danser. Si elle s'était accrochée si longtemps malgré les remarques incessantes d'Ivanov, ses faux pas et toutes les fois où elle avait failli démissionner, c'était parce qu'elle revoyait toujours le visage de Julian qui la suppliait de continuer.

« Ne renonce pas. Promets-le-moi. »

Même après qu'elle l'avait rejeté et avait cruellement retourné ses paroles contre lui, il croyait en elle.

Tout comme il l'avait juré.

— Non ? se renfrogna la mère de Tessa. Mais tu as travaillé si dur.

— À vrai dire, j'ignore si j'en suis capable. J'ai des problèmes avec mes oreilles. Je me demande s'il ne vaudrait pas mieux laisser la place à la première ballerine du groupe B.

Tessa soupira sans s'en rendre compte. Elle s'adossa en espérant recevoir l'aval de sa mère, mais sa réponse la déstabilisa au plus haut point.

— Ne sois pas ridicule.

— Je pensais que tu comprendrais, se défendit Tessa, incrédule.

— Et pourquoi croirais-tu cela ? Cela fait des semaines que tu travailles jour et nuit en donnant tout ce que tu as pour ce rôle. Tu le mérites, ma chérie.

Tessa fronça les sourcils. Qui était cette personne ? Qu'avait-elle fait de sa mère ?

— Tu ne me demandes même pas de quels problèmes je parlais ?

— Inutile, tu as traversé un épisode de guérison partielle.

— Tu es allée voir le Dr Spencer ?

Tessa n'en revint pas. N'était-elle pas liée par le secret professionnel ?

— Non. Tu es adulte. J'aurais beau la supplier, elle ne m'aurait rien dit. Crois-moi, j'ai déjà essayé une ou deux fois.

Sans cette terrible envie de pleurer, Tessa aurait ri. Elle retrouvait là la Emily Wilde qu'elle connaissait et aimait.

— Comment le sais-tu alors ?

— Tu es ma fille. Je te connaissais avant ta naissance. J'ai vu certains signes. C'est pour ça que je m'inquiétais tant à ton sujet. Je me disais que ce serait préférable si tu te reposais.

Tessa dut réprimer une nouvelle montée de larmes.

— Je pensais que tu m'encourageais à enseigner à plein temps parce que tu ne croyais pas en moi.

— Si tu veux mon avis, tu réussiras tout ce que tu entreprendras, ma chérie, dit sa mère en lui prenant la main. La première a lieu demain soir, tu ne peux pas abandonner maintenant. Pas quand tu as parcouru tant de chemin. Comment vont tes oreilles ? Tu as des vertiges ?

— Non, rien de tout cela, commença-t-elle, la gorge nouée. Mais c'est terminé. Au départ, c'était perturbant puis… Puis, c'est devenu magnifique. Mais je n'entends de nouveau plus rien.

— Je suis désolée, répondit sa mère, manifestement sur le point de pleurer elle aussi.

— Tout va bien.

À son grand étonnement, Tessa y croyait presque.

— Salut, il y a quelqu'un ?

La porte d'entrée claqua, et Zander apparut sur le seuil de la cuisine, leur lançant des regards interrogateurs.

— Que se passe-t-il ici ? Est-ce que j'interromps une crise de larmes mère-fille ?

— Ne t'inquiète pas, répondit Emily en caressant la main de Tessa.

— Oui, ça va, confirma Tessa.

Elle se sentait mieux malgré son cœur brisé, cause perdue de toute manière. Julian devait sans doute la mépriser. Son absence en disait long.

— Et de quoi as-tu besoin aujourd'hui, Zander ? s'étonna sa mère, un sourcil arqué. Les hôtels de luxe ne servent plus le petit déjeuner ?

— Je viens récupérer mes places pour la première. La nuit

promet d'être mouvementée demain au Bennington, donc je crains de vous rejoindre au Lincoln Center avec un peu de retard.

Emily se leva.

— Zander Wilde, je te conseille de ne pas rater le grand soir de ta sœur.

— Ne t'inquiète pas, fit-il en agitant les mains. Je te promets de venir. Tu peux me chercher mes places, s'il te plaît ?

— J'y vais.

Sa mère voulut lui donner une petite tape en sortant, mais il esquiva de justesse.

— Tu amènes une de tes nombreuses conquêtes, demain soir ? lui demanda Tessa.

Zander haussa les épaules.

— Pas vraiment.

Il enchaînait les rencontres, aussi Tessa ne se souciait plus de retenir leurs prénoms.

— En parlant de conquêtes, osa Zander d'un air étrange. As-tu discuté avec Julian dernièrement ?

Elle sentit son cœur se serrer à l'évocation si innocente de ce nom dans sa cuisine. Elle s'éclaircit la voix.

— Non, pas du tout. *Pas depuis qu'il m'a demandée en mariage et que je l'ai froidement rejeté.*

— Tu devrais peut-être.

— C'est-à-dire ?

Tessa ramassa son assiette et sa tasse pour aller les mettre dans l'évier. Elle devait arriver au studio à temps pour s'échauffer avant la répétition finale. Par ailleurs, elle ne se sentait pas encore prête pour une conversation à propos de Julian. Cela ne changerait probablement jamais. Ce simple nom la faisait souffrir, presque autant que penser à lui.

Malheureusement, elle semblait incapable de l'oublier.

Zander la suivit et la força à le regarder pour qu'elle lise sur ses lèvres.

— C'est-à-dire que tu devrais prendre de ses nouvelles.

— Je ne peux pas. Julian ne veut rien à avoir à faire avec moi.

Elle ne lui en voulait même pas. L'embarras l'écrasait encore après la façon dont ils s'étaient quittés.

— Permets-moi d'en douter, lui assura-t-il en faisant non de la tête.

— Tu ne comprends pas…

Julian manquait de confiance en lui, mais il croyait en elle, et elle l'avait rejeté au moment où il se montrait le plus vulnérable. Plus important encore, elle lui avait dit non quand il croyait en eux, mais pas elle.

— … c'est terminé.

Le message parvint à Julien au moment où il s'apprêtait à monter sur scène. S'il n'avait pas laissé son téléphone dans la poche de son veston, il n'aurait pas vu le SMS à temps.

C'est la première. Je veux juste que tu saches que si je danse ce soir, c'est grâce à toi. Je n'ai pas le droit de te le demander, mais viens, s'il te plaît.

Dans les coulisses, il fixa les mots sur l'écran tout le long de l'intro par les autres musiciens. Le groupe formait un trio jazz classique : un contrebassiste, un percussionniste et un pianiste. C'était Zander qui avait imaginé cette formation, Julian devait bien reconnaître son talent.

Il avait rappelé Zander le lendemain de sa discussion fatidique avec Tessa, non pas pour la reconquérir, mais parce qu'elle avait raison.

Il n'avait aucunement le droit de lui donner des conseils. Elle traversait un moment de doute, terrifiée à l'idée d'échouer lors de l'événement le plus important de sa vie, et lui avait pris la fuite sans un mot. Il ne valait pas mieux qu'Owen ou son père. Il se détestait un peu plus chaque fois qu'il repensait à leur rupture. Il aurait dû s'accrocher. Il venait de la demander en mariage, de lui promettre de rester à ses côtés, mais à l'instant où elle lui avait dit ses quatre vérités, il s'était enfui.

S'il avait refusé de remonter sur scène pendant tout ce temps, c'était par peur de ne plus retrouver les mêmes sensations, d'avoir perdu son talent. Or, il n'avait même pas essayé. Quelle importance d'ailleurs, s'il aimait la musique ? N'était-ce pas ce qu'il avait dit à Tessa lorsqu'elle lui avait précisé qu'elle dansait pour elle-même et pas pour Ivanov ?

Il ne devait pas se soucier des critiques ou des magazines. Encore moins de Daria. Il devait jouer dans l'espoir de retrouver un sens à sa vie. S'il échouait, eh bien, soit. Au moins, il aurait donné son maximum.

Il fallait s'y attendre, Zander avait semblé aux anges d'apprendre la nouvelle. Le frère de Tessa avait même émis des tas d'idées afin de rendre son retour le moins pénible possible, d'où le trio. Il ne se trouverait pas seul sur scène. On l'épaulerait. Des années plus tôt, Julian aurait rechigné, préférant se débrouiller. Aujourd'hui, il resterait humble, il n'éprouvait aucune honte à demander de l'aide. Tessa le lui avait enseigné.

Et ce soir-là, il s'apprêtait à affronter le public pour la première fois depuis son accident. Il allait vaincre ses démons ou, dans le pire des cas, leur assener un coup magistral en plein visage. Soudain, le seul endroit où il voulut se trouver fut au creux d'un fauteuil de velours rouge au Lincoln Center afin de voir Tessa danser.

Trop tard.

Il regarda au-delà de la scène, dans le public ; la salle débordait de monde. Il ne salirait pas la réputation du frère de Tessa, pas après avoir accepté d'inaugurer le club le même soir que la première du ballet. Il devait se changer les idées. Autrement, il aurait foncé la voir.

Elle s'était accrochée, elle dansait ce soir, et Julian n'en profiterait pas.

L'intro touchait à sa fin. Ses deux partenaires affichaient déjà un air inquiet. Zander, assis au premier rang, cédait sans doute à la panique peu à peu. Julian devait entrer en scène.

Il rédigea un message rapide et l'envoya.

Je ne peux pas. Désolé.

Il rangea son téléphone dans sa poche et se dirigea vers le piano à grandes enjambées. Les applaudissements éclatèrent dans tout le club sans même lui laisser le temps de s'asseoir. C'était le moment tant redouté, cette seconde où tout le monde retenait son souffle dans l'attente d'une expérience des plus uniques. La perfection. Julian s'était même imaginé s'effriter sous le poids des acclamations.

Rien de cela n'arriva. Il se sentit porté par l'ovation, purifié par une montée d'adrénaline. Ses mains tremblaient un peu quand il les posa sur les touches, aussi dut-il prendre une profonde inspiration et compter jusqu'à 3. Ensuite, il se mit à jouer la chanson parfaite pour son retour. *Dance, Ballerina, Dance*.

Les notes semblaient se déverser de son âme en coulant du bout de ses doigts. Il arriva au refrain puis, au deuxième couplet, la clameur dans le public s'éleva si haut qu'il entendit à peine le son des instruments. La fin du morceau s'envola dans une brume d'accords virevoltants, tourbillonnants, entrecoupés de longues improvisations. Du jazz à l'état pur.

Après les dernières notes, Zander s'avança sur la scène au milieu des applaudissements assourdissants afin de serrer la main de Julian. Il lui dit quelque chose, mais Julian n'entendit pas.

— Quoi ? demanda le pianiste avant de se rendre compte que Zander lui avait remis un bout de papier.

En baissant les yeux, il vit une place pour le ballet dans sa main.

Zander s'approcha plus près pour lui parler.

— Je t'ai dit de te dépêcher d'y aller. Tu pourras toujours jouer plus longtemps demain soir. Sauf si tu préfères rester ici.

— Merci, fit Julian en serrant le poing autour du billet.

— Il n'y a pas de quoi, lui assura Zander d'un haussement d'épaules. Allez, va-t'en si tu veux arriver à l'heure.

La salle de spectacle se trouvait à quinze minutes en voiture depuis l'hôtel en semaine, mais les embouteillages envahissaient les rues ce soir-là. Julian prit la limousine du Bennington, cadeau de Zander, mais à l'heure du début du ballet, il n'avait pas dépassé Central Park.

Il n'y arriverait pas. Le solo de Tessa avait lieu dans la première moitié du programme, tout comme son pas de deux avec Chance et le redoutable saut de l'ange.

— Garez-vous, intima-t-il au chauffeur.

— Mais, monsieur, s'étonna le conducteur, nous sommes encore loin.

— Pas grave. Je marcherai.

Mais Julian ne marcha pas.

Il courut.

Comme si sa vie en dépendait.

Il prit place à l'instant où Tessa monta sur scène. Il perçut vaguement la présence de Zander dans le fauteuil voisin à un moment. La mère et la sœur de Tessa se trouvaient un peu plus loin dans la rangée, ou du moins vit-il deux femmes lui ressemblant. Il ne put se concentrer sur personne d'autre qu'elle.

Elle était merveilleuse.

Il resta assis dans le théâtre un long moment après la fin de la représentation, durant toute l'ovation et les trois rappels. Même lorsque le public autour de lui regagna les allées pour atteindre le grand hall et son spectaculaire lustre de cristal, Julian resta dans son fauteuil, immobile.

Il ne parvint pas à se lever. Ni même à bouger. Avait-il applaudi quand le rideau était retombé ? Avait-il crié bravo quand Tessa s'était inclinée en une basse révérence au centre de la scène, ou était-ce l'homme derrière lui ? Il ne savait pas. Il avait sombré dans une sorte de transe.

Seigneur, quel régal !

Julian avait reconnu son talent. Il avait vu comment la musique animait son corps d'une grâce vibrante, vitale. Avant même de la connaître, avant même de l'aimer, il avait senti son génie dès le premier instant. Avant de savoir pour le silence.

Avant...

Ce soir, elle s'était muée en une créature onirique. Il n'avait jamais rien vu d'aussi beau.

Peut-être valait-il mieux la laisser lui échapper. Il ne méritait pas une femme comme Tessa. Cela n'avait jamais été le cas et ne changerait pas. Cette nuit devait marquer un nouveau départ pour eux deux. Elle l'avait contacté, mais il l'avait laissée tomber, lui disant ne pas pouvoir venir.

L'avait-elle vu ? Il n'aurait pas dû lui envoyer ce message.

Le remords s'abattit sur lui tel un rideau de velours noir. Alors un bruit sourd à droite de la scène attira son attention. Une porte venait de se fermer d'un grand coup.

Quand il se tourna, son cœur s'arrêta.

Tessa.

Elle traversa l'allée en courant, encore vêtue de tulle rouge rubis et de diamants étincelants, coiffée d'une incroyable tiare épinglée à sa chevelure relevée. Il voulait lui ôter, passer les mains dans ses épaisses mèches cuivrées et l'embrasser pour lui montrer à quel point elle lui avait manqué.

Elle s'arrêta près de lui, presque hors d'atteinte.

— Julian.

Il se leva, elle le regardait de ses yeux encore plus grands que dans ses souvenirs, et il ne put refréner un sourire.

— Tu es là, dit-il.

Il n'était peut-être pas arrivé trop tard après tout.

Il était peut-être même arrivé juste à temps.

Elle aurait dû se trouver dans sa loge à se débarrasser de ses faux cils et de son maquillage, à enlever son tutu chatoyant pour enfiler une robe de satin rose clair. Ivanov pouvait bien attendre, tout comme Chance et les spectateurs espérant une photo, un autographe ou un simple geste de la ballerine sourde, la vedette de la soirée. Elle vivait un conte de fées. On écrirait des articles à son sujet le lendemain. Son visage apparaîtrait même en une des magazines. Dès la semaine suivante, tout New York connaîtrait son nom.

Elle avait réussi, grâce à Julian.

Il était venu. Après des jours de silence, des nuits à se languir d'un simple regard sur ses doigts graciles ou ses yeux bleus tristes, elle l'avait vu, juste là, au premier rang. Elle l'avait tout de suite remarqué en montant sur scène.

Elle devait le voir, lui parler. Les autres attendraient. Ainsi, ils se retrouvèrent seuls. Enfin. Des brochures jonchaient le sol du théâtre désert.

Tessa dut étouffer un sanglot. Cela devait bien être la plus belle nuit de sa vie. Tout lui souriait finalement. Après tout ce temps, toutes ces épreuves. Elle n'aurait pas dû se trouver au centre de la scène, seule sous les projecteurs. Elle le savait. Elle aurait sans doute dû se mettre à genoux pour remercier qui voudrait bien l'entendre, ou au moins sourire et poser pour les amateurs de ballet venus la retrouver en coulisses.

Quelque part, tout cela lui importait peu sans Julian dans le tableau.

Au moment où elle le vit, elle oublia toutes ses obligations. Les souvenirs assaillirent ses sens, hurlant si fort qu'elle ne put les ignorer : Julian qui lui parlait en langue des signes, la douceur de ses lèvres poétiques et cette intenable félicité au moment de l'extase. Rien d'autre n'importait.

Sa gorge se noua. Elle l'aimait. Plus que la danse, plus que la musique qu'elle n'entendrait peut-être plus jamais, plus que cette certitude d'avoir été victime d'un philtre d'amour. Elle s'en rendit compte à cet instant. Elle l'aimait depuis le premier jour.

— Je n'aurais raté ça pour rien au monde. Tu étais magnifique, Tessa. Désolé pour le message, j'étais...

— Ce n'est pas grave. Tu es là, maintenant, le rassura-t-elle, à bout de souffle.

Elle voulait le serrer contre elle, sentir sa peau, embrasser ses lèvres relevées en une petite moue joyeuse.

— Tu n'as pas à t'excuser.

— Si, répondit-il d'un sourire plus grand encore. Je jouais chez Zander ce soir.

— Oh ! mon Dieu, c'est merveilleux !

Elle ne s'y attendait pas du tout. Comment était-ce possible ? Voilà pourquoi Zander lui avait posé des questions au sujet de Julian.

Il pensait probablement que ce n'était pas à lui de lui apprendre et tentait de les forcer à se parler. Malgré tout, elle allait le tuer. Mais avant, elle devait s'occuper de quelque chose de plus important.

Elle prit une profonde inspiration dans l'espoir de ne pas pleurer. Elle s'était juré de partager ses sentiments avec Julian si elle le revoyait un jour. Elle n'avait pas saisi sa chance plus tôt, elle ne reproduirait pas ses erreurs passées.

— Je t'aime, Julian, dit-elle, en larmes. Tu veux bien me reposer la question, s'il te plaît ?

Il la dévisagea un long moment, de la même manière que sur la piste de danse de l'hôtel quand elle s'était offerte à lui. Son cœur semblait vouloir s'arracher de sa poitrine. Dans ce silence intenable, elle pensa recevoir la même réponse. « Tu ne sais plus ce que tu racontes. »

Elle savait pourtant. Elle réalisait bien ses sentiments pour lui. Pour le reste, ils verraient au fur et à mesure. Ils pourraient improviser, comme une chanson.

Quand il réagit enfin, il se servit de ses mains. Il lui fit sa demande dans des signes parfaits.

« Veux-tu m'épouser ? »

Elle joignit le pouce et l'index, le signe pour oui. Puis, elle se jeta à son cou pour le lui susurrer à l'oreille.

— Oui, je le veux.

L'espace d'un instant, elle aurait entendu le son de sa voix. Et même si elle resta persuadée qu'il ne s'agissait que de son imagination, peut-être que certains mots résonnaient avec tant de puissance qu'ils perçaient même le silence.

TERI WILSON

Retrouvailles sous tension

IDYLLES À NEW YORK
VOLUME 1

Traduction française de
LAURENCE LENGLET

SAGAS
HARLEQUIN

Titre original :
HOW TO ROMANCE A RUNAWAY BRIDE

Ce roman a déjà été publié en 2019.

1

Zander Wilde avait des visions. C'était la seule explication. Il hallucinait. Ou il faisait un malaise. Ou n'importe quoi d'autre. Car la femme en robe de mariée blanche vaporeuse qui venait de faire irruption à sa fête d'anniversaire à l'hôtel Bennington ne pouvait pas être réelle. C'était le portrait craché d'Allegra tel qu'il s'en souvenait, il y a des années de cela.

— Faisons un marché. Si on est encore célibataires à trente ans, alors on se mariera ensemble, avait dit Zander. D'accord ?

— D'accord, avait répondu Allegra.

La gorge de Zander se serra à ce souvenir. Il n'avait pas pensé à cette promesse depuis longtemps. Très longtemps. Sauf, peut-être, la semaine dernière… Mais c'était normal de se souvenir de ce genre de choses vu les circonstances, pas vrai ? Il venait d'avoir trente ans, n'était toujours pas marié, et ce petit arrangement était un souvenir d'enfance. Rien de plus. Rien de moins. Cela ne voulait rien dire.

Sauf qu'Allegra était là, des années plus tard, toute vêtue de blanc nuptial.

Personne d'autre ne semblait avoir remarqué cette apparition soudaine, alors sans doute était-elle bien le fruit de son imagination. Ou bien les invités avaient-ils été distraits par l'arrivée de son énorme gâteau d'anniversaire. Avec un peu de chance, ce serait la première option.

Il détourna le regard et se concentra sur le gâteau posé devant lui sur la table. Les flammes des trente bougies lui donnaient mal aux yeux. Quelqu'un entonna « Joyeux Anniversaire », peut-être une de ses sœurs ou un autre membre de la famille Wilde. Il n'en avait aucune idée. Il n'arrivait pas à se concentrer sur les invités et les réjouissances bien réelles qui se déroulaient autour de lui.

Il jeta un regard par-dessus son épaule. Elle était toujours là, la femme en blanc, ressemblant plus que jamais à Allegra. Mêmes cheveux couleur miel cascadant sur les épaules. Même silhouette menue. Elle pressa une main sur son ventre et prit quelques inspirations profondes, comme elle le faisait toujours en coulisses avant un concours de danse quand elle était adolescente. Zander avait assisté à ce petit rituel à de nombreuses reprises. Mais jamais alors qu'elle semblait être descendue du sommet d'un gâteau de mariage.

Il cligna des yeux. De toutes ses forces. Décidément, la vision était tenace.

Il s'éclaircit la gorge et fixa de nouveau son attention sur les bougies qui commençaient à dégouliner sur l'épais glaçage de la création chocolatée qui était l'œuvre du chef pâtissier de l'hôtel. Ce dernier avait vraiment tout donné. Ce n'était qu'un des avantages d'être le P-DG d'un des hôtels les plus légendaires de New York, supposait Zander. Il se força à sourire et se rendit compte que les invités s'étaient arrêtés de chanter.

— Alors tu les souffles, ces bougies ? lui lança son cousin, Ryan Wilde. Et n'oublie pas ton vœu.

Tout le monde autour de la table regardait Zander. Sa sœur Tessa et son fiancé, Julian. Sa mère, Emily, ainsi qu'une quarantaine d'autres invités. Tous ses collaborateurs et ses amis les plus proches, y compris la jeune femme avec qui il entretenait une vague liaison et dont il peinait à se souvenir du prénom.

Susan. Ou Stacy. Quelque chose qui commençait par S. Cette liaison n'était pas sérieuse, à l'évidence. Ses liaisons ne l'étaient jamais.

Et maintenant, il voyait des mariées imaginaires.

Il perdait la tête.

Non. Absolument pas. Il était au contraire en pleine possession de ses moyens. Au sommet de sa carrière. Deux mois plus tôt, le magazine *GQ* l'avait classé parmi les trente célibataires de moins de trente ans les plus en vue de New York. Et il avait bien l'intention de le rester.

L'ancien marché passé avec Allegra lui jouait des tours, voilà tout. Ce qui était profondément irritant. Sans parler du fait que c'était absurde à tous les niveaux. Quatorze ans auparavant, Allegra Clark avait quitté Manhattan sans même lui dire au revoir et ne lui avait jamais donné de nouvelles depuis. Sans doute n'avait-elle jamais plus pensé à lui !

Assez de souvenirs ! Il valait mieux oublier certaines choses, et tout ce qui ne s'était pas passé entre Allegra et lui était mort et enterré.

Une fois de plus, il ferma les yeux, prit une profonde inspiration et se prépara à souffler les bougies. Dans la seconde qui précéda son expiration, il entendit une voix venue de son passé, aussi douce et veloutée que dans son souvenir, s'exclamer :

— Oh mon Dieu !

Il leva les yeux.

— Apparemment, j'interromps quelque chose, poursuivit la jeune femme en blanc adossée contre la porte de la salle de réception avec un sourire confus. Je suis désolée.

Allegra Clark. Ce n'était pas le fruit de son imagination débordante, mais bel et bien réel. Aussi réelle que sa robe de mariée et le bouquet de roses qu'elle tenait à la main.

Zander ouvrit la bouche pour dire quelque chose mais fut incapable de former des mots. Que lui arrivait-il, bon sang ?

— Ce n'est rien. Juste une petite fête d'anniversaire, répondit Emily, sa mère.

Elle lui jeta un regard interrogateur, auquel il fut tout aussi incapable de répondre, et s'éclaircit la gorge avant de poursuivre :

— Entre. Plus on est de fous, plus on rit, n'est-ce pas ?

Elle se leva de sa chaise et, s'approchant d'Allegra, la serra affectueusement dans ses bras en guise de bienvenue.

Zander ne bougea pas.

Sa sœur Chloe rejoignit les deux femmes, et Zander se

demanda si quelqu'un allait mentionner la tenue inhabituelle d'Allegra ou si tout le monde allait continuer à faire comme si ce scénario était on ne peut plus normal.

— Merci, répondit Allegra.

Elle jeta un regard paniqué à la porte fermée derrière elle. Puis son menton se mit à trembler, ce qui provoqua une douleur soudaine et intense dans la poitrine de Zander.

Il regarda la porte à son tour, espérant de toutes ses forces qu'un marié se trouvait quelque part dans les parages. C'était sûrement le cas.

Mais non. Il n'y avait pas de marié, apparemment.

Un sentiment de panique grandissant le submergea, aussitôt remplacé par de la colère. Comment ça ! Il avait à lui seul rendu à l'hôtel Bennington sa gloire d'autrefois. Il était l'un des P-DG les plus puissants de la ville. Il lui aurait suffi de claquer des doigts pour qu'en un instant une équipe d'agents de sécurité arrive et escorte discrètement Allegra vers la sortie. Et il ne faisait rien. Il était en train de perdre les pédales à la vue d'une femme vêtue d'une robe de mariée.

Sauf que ce n'était pas n'importe quelle femme.

— Hé..., murmura soudain Tessa en fronçant les sourcils. Ce ne serait pas par hasard...

— Si. C'est elle.

Comme Tessa était malentendante suite à un accident survenu quelques années auparavant, Zander signa les mots tout en les prononçant d'un ton plus furieux qu'il ne l'aurait souhaité.

Il n'avait pas réalisé qu'il était aussi en colère. Surpris ? Oui. Confus ? Tout à fait. Mais en colère ? Contre Allegra ? Il n'aurait jamais pu le concevoir, à l'époque. Pourtant c'était le cas aujourd'hui. En réalité, il lui en voulait probablement depuis très longtemps.

— Allegra Clark. Incroyable, marmonna Tessa. Après tout ce temps...

— Oui, dit Zander en vidant son verre de Veuve Clicquot.

Il aurait probablement dû faire quelque chose. Au moins tenter de lui parler. Mais il était complètement perdu. Il resta assis comme un idiot, fixant Chloe et sa mère qui, ravies, entraînaient Allegra vers le bar.

— Allons te chercher quelque chose à boire, ma chérie. Un cognac, peut-être. Tu as l'air secouée, fit remarquer sa mère.

Chloe adressa un grand sourire à Allegra.

— Regarde-moi cette robe ! Tu es magnifique !

C'était vrai. Elle était belle. Plus belle encore que dans les souvenirs de Zander, ce qui était un choc. Même lorsqu'ils se disputaient autrefois, la beauté d'Allegra ne manquait jamais de lui couper le souffle.

Il se souvenait avec une parfaite clarté de la première fois où il s'en était rendu compte...

C'était une soirée d'été frémissante du début du mois d'août. Allegra et lui n'avaient pas plus de dix ou onze ans. Le père d'Allegra siégeait au conseil d'administration du Musée d'histoire naturelle, et ils en avaient profité pour passer la journée parmi les dinosaures dans la fraîcheur du bâtiment climatisé. Allegra courait devant lui, comme elle le faisait toujours. Puis elle s'était arrêtée brusquement pour se retourner et lui dire quelque chose. Il n'avait gardé aucun souvenir de ce qu'elle lui avait dit, mais il se souvenait de tout le reste : la poussière d'étoiles à travers les fenêtres au-dessus de sa tête, le squelette massif du T. Rex qui se dressait dans l'obscurité, étrange et beau.

Surtout, il se souvenait de la façon dont son cœur s'était arrêté quand Allegra lui avait souri. C'était comme s'il la voyait pour la toute première fois, cette fille qu'il connaissait depuis toujours.

Allegra est jolie, avait-il pensé. Cette découverte l'avait frappé avec une force inattendue. Il avait tressailli, portant vivement la main à sa poitrine, un peu comme quand il avait reçu un ballon de basket dans le dos qui lui avait coupé le souffle.

Mais ils étaient des enfants à l'époque. La femme qui venait d'interrompre sa fête d'anniversaire était adulte et, à son grand désarroi, c'était probablement la femme la plus ravissante qu'il lui ait jamais été donné de voir. Elle avait des lèvres pulpeuses, des yeux saphir incroyablement scintillants, et l'inflexion de son sourcil gauche donnait l'impression qu'elle avait accumulé plus que son lot de secrets, au cours des années qui venaient de s'écouler.

— Que fait-elle ici, à ton avis ? reprit Tessa en se tournant vers lui.

Il toussota et détacha son regard de la rangée de petits boutons blancs qui couvraient toute la longueur du dos d'Allegra, s'arrêtant juste au-dessus de la courbe de son joli derrière.

— Comment veux-tu que je le sache ?

Tessa le dévisagea intensément.

— Dis, tu ne lui avais pas demandé de t'épouser, une fois ?

Il serra la mâchoire.

— Non.

C'était vrai. Il ne l'avait pas fait. Du moins, pas vraiment. Ils avaient juste conclu un marché. Un marché stupide comme seuls les adolescents pouvaient le faire. Ils étaient inséparables, à l'époque. Et Allegra aurait pu tout aussi bien lui faire la même suggestion.

Sauf que c'était lui qui l'avait faite.

Allegra prit le verre que lui tendait la jeune femme et s'éclaircit la gorge.

— Merci, euh…

Les deux femmes qui la regardaient lui semblaient familières, mais elle fut incapable de mettre un nom sur leur visage. Elle était même incapable, à cet instant précis, de savoir comment elle s'appelait, elle !

Elle prit une gorgée de liquide ambré et faillit s'étouffer. Elle ne buvait jamais d'alcool fort. Mais c'était la première fois qu'elle s'enfuyait d'un mariage. C'était la journée des premières, apparemment. Elle regarda son verre.

— C'est quoi ?

— Du cognac, répondit la femme la plus âgée.

— Très bien.

Allegra leva les yeux au ciel. Très bien ? Quelle blague ! Sa situation n'avait rien de bien. Elle était même totalement catastrophique !

Elle prit une autre gorgée, plus petite, cette fois. La tête lui tournait légèrement. Elle sentit son bouquet de mariée lui glisser des mains ; il tomba au sol avec un bruit mat.

L'aînée des deux femmes se pencha pour le ramasser, et quand Allegra vit la grâce fluide de ses mouvements, la réalité se fit jour.

— Madame Wilde ?

— Oui, ma chérie.

Allegra cligna des yeux, refoulant ses larmes.

Emily Wilde avait été sa professeure de danse dans son enfance. Plus que cela, en fait. C'était la mère de Zander. Allegra passait alors plus de temps chez les Wilde que chez elle.

Elle se tourna alors vers la jeune femme qui se tenait à côté d'Emily.

— Chloe, c'est toi ?

— Mais oui ! répondit Chloe avec un sourire. Quelle joie de te revoir, Allegra.

Que se passait-il ? Elle n'avait pas vu les Wilde depuis des années, depuis qu'elle avait quitté New York, en fait. Et pourtant, ils étaient là, à son mariage.

Non. Tu as fui ton mariage, tu te souviens ?

Elle n'aurait probablement pas dû boire l'estomac vide. Emily et Chloe n'étaient pas à son mariage. Elles assistaient à une fête d'anniversaire dans une salle voisine.

Allegra laissa errer son regard d'un bout à l'autre de l'éblouissante salle de réception. Il y avait des gens partout. Dans sa hâte d'échapper à son mariage, elle avait ouvert la première porte venue. Une autre salle de réception, apparemment.

Elle s'était incrustée à une fête. En robe de mariée. Génial !

Elle ferma les yeux et prit une autre gorgée de cognac. Non loin d'elle, quelqu'un s'éclaircit la gorge.

Elle ouvrit les yeux et découvrit un homme très séduisant vêtu d'un costume impeccablement coupé. Fendant la foule, il fonçait droit sur elle, pas vraiment souriant, nota-t-elle. Tout chez cet homme respirait la force et l'assurance, des revers de sa veste à ses cheveux plaqués en arrière, en passant par l'impressionnant nœud Windsor de sa cravate. Toutefois, sous cette arrogance, il y avait chez lui quelque chose d'indéniablement familier...

Oh mon Dieu !

Elle sentit ses genoux se mettre à trembler.

Zander. Zander Wilde. *Son* Zander.

Non, il n'avait jamais été à elle. Ils n'étaient jamais sortis ensemble, et il ne l'avait jamais emmenée aux bals de fin d'année. Ils étaient juste amis. Meilleurs amis. Et pourtant, elle s'était toujours sentie plus proche de lui que si elle avait été sa petite amie. Zander et elle se connaissaient sur le bout des doigts.

Seulement c'était avant, il y a bien longtemps. Et il s'était passé tellement de choses, depuis...

Elle le regarda s'avancer vers elle, se demandant pourquoi il portait un costume trois-pièces qui ressemblait à ceux que portait son père autrefois. Elle n'arrivait pas à se faire à l'idée. Pas du tout. Et il avait l'air si... si... sérieux. Non. Pas sérieux : plutôt furieux.

Elle regarda derrière elle à la recherche de l'objet de sa colère, mais il n'y avait personne. Elle se retourna pour faire face à Zander et dut se rendre à l'évidence : son regard était bien fixé sur elle.

Son rythme cardiaque s'accéléra. Et son ventre se mit à fourmiller étrangement. Ce n'était pas de la panique. Non, c'était différent. Rien à voir avec une crise de panique. En fait, c'était presque... agréable.

Bizarre.

Et malvenu. Vraiment très malvenu. C'était Zander. Son ami. Ou du moins, son ancien ami. Maintenant, il n'était... rien. Et elle portait toujours la robe qu'elle avait choisie pour son mariage. Avec un autre homme. Elle n'avait donc strictement aucune raison d'avoir des papillons dans le ventre.

Elle déglutit et décida que ce n'était pas des papillons. Elle était bouleversée, voilà tout. Elle avait passé une rude journée.

Une boule se forma dans sa gorge, et elle dut soudain cligner des yeux pour refouler ses larmes.

Zander s'arrêta juste devant elle, les mâchoires serrées. Des mâchoires carrées, si viriles… Zander Wilde avait beaucoup changé, depuis la dernière fois qu'elle l'avait vu.

— Allegra, dit-il avec un hochement de tête, comme si c'était une inconnue.

Pourquoi diable agissait-il de façon si ridicule ?

— Zander !

Elle s'élança vers lui et l'étreignit avec force. C'était peut-être un peu présomptueux étant donné qu'ils ne s'étaient pas vus depuis autant d'années. Mais bon sang, que c'était bon de le revoir ! Meilleur encore qu'elle ne l'aurait jamais imaginé. La boule tripla de volume dans sa gorge.

Zander se raidit et la repoussa vivement.

— Tout le monde pourrait-il s'écarter une minute et nous laisser discuter un instant, s'il vous plaît ? En privé, précisa-t-il.

Chloe sourit à Allegra puis s'éloigna. Emily, cependant, ne bougea pas.

— Toi aussi, maman, ajouta Zander.

Elle secoua la tête.

— Zander, tu devrais peut-être…

— Maman, je t'en prie. C'est entre Allegra et moi.

L'espace d'un instant, son regard d'acier s'adoucit et Allegra reconnut brièvement le garçon qu'elle connaissait autrefois. Mais avant même qu'elle ait le temps de lui sourire, il avait repris son masque imperturbable.

— Et personne d'autre, décréta-t-il.

— Bien, mon fils, murmura Emily.

Elle se tourna vers Allegra, lui sourit et ajouta :

— C'est si bon de te revoir, ma chérie. Tu es magnifique. Une si belle mariée, murmura-t-elle en s'éloignant.

Allegra se décomposa.

Mariée. Oh seigneur…

Elle était tellement surprise de revoir Zander qu'elle en avait oublié son mariage. Pas Zander, manifestement. On aurait dit qu'il n'avait jamais vu de mariée de sa vie.

— Que se passe-t-il ? demanda-t-elle en jetant un coup d'œil au personnel de l'hôtel, qui tournoyait nerveusement à quelques mètres de là. Ce sont tes larbins ? Tu vas me faire escorter hors de l'hôtel ?

Elle se mit à rire.

Pas Zander. Vraiment pas.

— Ce sont mes employés. Je suis le P-DG de cet hôtel. Personne ne t'escortera hors de cet établissement, mais enfin, Allegra… Tu n'es pas sérieuse, là. Qu'est-ce que tu fais ici ? Et pourquoi diable es-tu habillée comme ça ?

Il examina sa robe comme s'il ne voulait pas la regarder directement.

Cela devenait de plus en plus agaçant. Limite insultant. Elle n'avait pas besoin de ça, à cet instant. Elle venait de fuir son mariage. Elle était épuisée mentalement, émotionnellement et physiquement. Elle avait besoin d'une sieste et de pleurer longtemps. Pas d'une dispute. Surtout d'une dispute dont elle ignorait la cause. Et surtout avec Zander.

— Je te dirai pourquoi je porte cette robe dès que tu m'auras expliqué pourquoi tu es si ridicule. Tu étais sympa, *avant*.

En fait, elle n'avait aucune intention de se confier à lui. Franchement, elle ne pouvait imaginer une idée plus humiliante. Et elle ne voulait pas pleurer devant lui, mais des larmes amères lui piquaient déjà les yeux. Un sanglot gonfla au fond de sa gorge.

Elle aurait dû être mariée maintenant, mais elle était là. Seule. Comme toujours.

Et son meilleur ami – tout au moins son *ancien* meilleur ami – la fusillait du regard et semblait prêt à la jeter dehors.

Comment les choses avaient-elles pu aussi mal tourner ? À quel moment sa vie avait-elle dérapé et pris cette route aussi absurde ?

Elle regarda Zander de haut en bas, de ses cheveux parfaitement coiffés à la pointe de ses chaussures italiennes. Elle aurait préféré qu'il ne soit pas si beau. Cela rendait son comportement arrogant beaucoup plus agaçant.

— Que se passe-t-il exactement ici ? demanda-t-elle.

Zander fronça les sourcils. Il croisa les bras sur sa poitrine, et elle fit semblant de ne pas remarquer à quel point celle-ci s'était étoffée depuis l'école primaire...

— Il se passe que c'est mon anniversaire. Mon trentième anniversaire, répondit-il sur un ton qui laissait entendre qu'elle aurait dû le savoir.

Il y a dix ans, peut-être même cinq, elle l'aurait su. Mais elle avait passé tellement de temps à tenter d'oublier les mauvais souvenirs que les meilleurs étaient passés à la trappe. Les mauvais restaient toujours.

Elle regarda l'imposant gâteau d'anniversaire posé sur une table au centre de la pièce. Elle s'était enfuie de son mariage et s'était invitée à l'anniversaire de son plus vieil ami, tout cela le même jour. Et si la jeune femme qui se tenait à côté du gâteau avait l'air un peu triste, cela voulait dire qu'elle avait aussi interrompu Zander en plein rendez-vous galant.

— Je suis désolée d'avoir gâché ta fête, murmura-t-elle d'un air penaud. Joyeux anniversaire, ajouta-t-elle en lui souriant.

Il semblait toujours aussi crispé et ne lui rendit pas son sourire. Quelque chose n'allait pas. Pourquoi Zander, qui était clairement devenu un homme adulte, était-il si contrarié par sa fête d'anniversaire ?

Cela dit, elle s'en moquait totalement. Elle avait d'autres préoccupations bien plus graves, comme de ramasser les morceaux brisés de sa vie. Une fois de plus.

Rassemblant les pans de sa volumineuse robe, elle se dirigea vers les grandes portes doubles de la salle de réception. Avec un peu de chance, elle pourrait atteindre la réception de l'hôtel sans croiser aucun de ses invités. Ou, pire, des journalistes.

— Je vais juste prendre une chambre, marmonna-t-elle, et...

— Arrête, Allegra. Ce n'est pas possible.

— Qu'est-ce qui n'est pas possible ?

L'hôtel était complet ? Monsieur le P-DG tiré à quatre épingles ne pouvait-il pas user de son influence pour lui obtenir une chambre ?

Elle n'avait pas vraiment envie de lui demander une faveur, surtout quand il la regardait comme s'il avait l'intention de la jeter à la rue. Mais il y avait des journalistes, dehors. Elle avait besoin d'une chambre. Et surtout, elle avait vraiment, vraiment besoin d'enlever cette robe et d'enfiler autre chose. N'importe quoi ! Et vite !

— Ça. Toi. Moi, répondit Zander en s'efforçant de garder son calme avant de lever enfin les yeux vers elle et de la regarder vraiment pour la première fois.

Allegra faillit le regretter en réalisant combien ce regard, autrefois plein d'innocence et d'espoir, avait changé depuis leur enfance. Elle ne connaissait pas l'homme qui la regardait avec autant de... colère ?

— Je ne veux pas t'épouser, Allegra. Ni maintenant. Ni jamais.

2

Zander croisa les bras et se dit qu'il n'avait absolument rien fait de mal, malgré le regard noir que lui lançait sa mère en cet instant. Il se ferait probablement remonter les bretelles plus tard. Emily Wilde n'avait pas la langue dans sa poche, et ses mots atteignaient toujours leur cible avec justesse. C'était une femme de caractère qui avait tendance à se mêler de tout. Et maintenant que Tessa, la jeune sœur de Zander, était fiancée et faisait partie d'une prestigieuse compagnie de danse, Emily ne ressentait plus le besoin de la surveiller et s'était trouvé une autre mission : lui.

Oh ! Joie !

Elle voulait qu'il se marie. Elle voulait des petits-enfants, de préférence un garçon, pour assurer la transmission du nom. À cause d'elle, Zander en était arrivé à maudire son statut de seul mâle de la fratrie. Il aurait mille fois préféré abandonner ce privilège à son frère. Sauf qu'il n'avait pas de frère. Il était le seul garçon. Une réalité d'autant plus évidente et douloureuse, en cet instant, qu'il était face à une mariée.

« Je ne veux pas t'épouser, Allegra. Ni maintenant. Ni jamais. »

Certes, il avait dû paraître un peu dur, mais il n'avait fait que dire ce qu'il fallait, rien de plus. Sa mère l'accuserait sans doute d'avoir fait un scandale, ce qui était absurde. Si quelqu'un ici faisait un scandale, c'était Allegra.

Elle s'était incrustée à sa fête d'anniversaire en robe de mariée ! S'attendait-elle honnêtement à ce qu'il s'enfuie avec elle à la nuit tombée pour l'épouser ? Était-elle devenue folle, depuis qu'elle avait quitté New York ?

Elle le regarda, ses lèvres pulpeuses pressées l'une contre l'autre. Une adorable petite ride s'était formée sur son front. Elle n'avait pas l'air folle. Elle avait l'air perdue. Perdue et incroyablement belle. Pour une raison que Zander n'aurait pu expliquer, le simple fait de plonger dans ses yeux bleus lumineux lui faisait mal. Il se concentra sur le lustre étincelant suspendu au-dessus de sa tête. Cette robe, ces yeux, c'était trop.

— *M'épouser* ? répéta-t-elle d'un ton incrédule mais aussi, il l'aurait juré, passablement amusé.

Il haussa un sourcil. *C'est toi qui portes une robe de mariée, non ?*

— Tu es sérieux ? ajouta-t-elle, impassible.

Il ne répondit pas mais soutint son regard. Il avait dit ce qu'il avait à dire. Personne ne le forcerait à tenir une promesse stupide qu'il avait faite quand il était adolescent. Maintenant, il ne lui restait plus qu'à retourner d'où elle venait avant de se ridiculiser davantage.

Sauf qu'elle ne bougea pas et continua à le fixer. Elle fronça les sourcils, comme si elle essayait de sonder ses pensées. Puis ses jolies lèvres roses esquissèrent un sourire. Elle souriait ?

Peut-être était-elle vraiment perturbée, la pauvre.

Zander lui prit la main. Grave erreur !

Un jour, il avait lu un article qui prétendait que la peau d'un individu pouvait emmagasiner des souvenirs, une théorie qu'il avait trouvée ridiculement sentimentale. Les souvenirs étaient du ressort de l'esprit. Ils étaient constitués de pensées, d'images et d'émotions. Comment la peau d'une personne aurait-elle pu être capable de telles complexités ?

Mais au moment précis où ses doigts effleurèrent ceux d'Allegra, une chose étrange se produisit. Tout à coup, ses membres se détendirent et son esprit s'éclaira. C'était exactement ce qu'il ressentait quand il tenait Allegra dans ses bras et la faisait virevolter sur la piste de danse ou sur la patinoire de Central Park. Les images et les sensations se bousculèrent dans son esprit : les flocons de neige qui couvraient les cheveux d'Allegra, son cœur d'adolescent qui battait la chamade dans le grand musée obscur. Il avait l'impression de revisiter son passé, comme s'il se réveillait dans une autre dimension après un coup violent reçu à la tête.

Il lui lâcha vivement la main et recroisa les bras. Revisiter le passé ne faisait pas partie de ses priorités. Mais Allegra avait besoin d'aide, c'était une évidence. Il aurait dû appeler quelqu'un, mais qui ? Elle n'avait plus de famille à New York.

Avait-elle encore de la famille quelque part ?

— Écoute, Allegra...

— Tu penses sérieusement que je suis ici parce que je veux t'épouser ?

Elle laissa échapper un petit rire qu'elle tenta de réprimer. En vain. Un autre rire fusa, plus sonore cette fois, puis se mua en franche hilarité.

Le rire d'Allegra n'avait pas changé. Autrefois, c'était l'un des sons préférés de Zander. Plus maintenant.

— Tu trouves l'idée de m'épouser amusante, n'est-ce pas ? répliqua-t-il sèchement.

— En fait...

Elle s'éclaircit la gorge et réussit à retrouver son sérieux. Ou presque. Son hilarité était encore trop visible au goût de Zander.

— Oui.

— *Oui* ? répéta-t-il, haussant un sourcil. Tu dis ça comme si tu étais devant l'autel.

Sa remarque la calma tout à fait.

— Voyons, Zander. Je ne t'ai pas vu depuis treize ans.

En fait, c'était plutôt quatorze. Mais il se garda bien de corriger ce détail. Et pourtant, il les avait bien comptées, ces années, depuis le départ de son amie...

Le sourire d'Allegra s'était évanoui.

— Tu penses vraiment que je suis venue ici après tout ce temps pour te traîner devant l'autel ? Dis-moi, monsieur Propre-Sur-Lui, quel genre de preuves as-tu pour affirmer une chose pareille ?

M. Propre-Sur-Lui ?

Elle avait dit cela avec un tel mépris... Il aurait dû s'y attendre, mais il fut pris de court. Décidément, ce qui se passait durant cette soirée dépassait l'entendement. Il s'en souviendrait, de son trentième anniversaire !

— Autre que la tenue que tu portes ? répliqua-t-il en se forçant une fois de plus à ne pas regarder la robe.

Peine perdue. Son regard accrocha la délicate rangée de minuscules cristaux chatoyants qui couraient le long des courbes de ses épaules...

— Preuve circonstancielle, répondit-elle en digne fille d'avocat qu'elle était. Tu vas devoir faire mieux que ça. Qui te dit que ma tenue a quoi que ce soit à voir avec toi ?

Elle haussa les épaules, et les cristaux scintillèrent sous la douce lumière du lustre.

— Nous avons échangé une promesse, Allegra. Toi et moi. Il y a quatorze ans.

Il s'attendait à ce que son expression trahisse un doute, à ce qu'un souvenir de ce qui s'était passé entre eux il y a si longtemps vienne perturber au moins un peu ce visage de porcelaine. Ils s'étaient aimés, autrefois. Pas d'amour romantique. Non, c'était complètement différent. Quelque chose de plus profond.

C'était du moins ce qu'il pensait.

Mais elle cligna des yeux et continua à le regarder comme si c'était lui qui agissait comme un fou.

— Je ne vois pas de quoi tu parles, rétorqua-t-elle.

Il devait lui reconnaître ce mérite, elle était douée pour feindre l'innocence. Vraiment douée.

Il avança d'un pas. Il ne voulait pas l'humilier devant l'élite de Manhattan. Il voulait juste mettre un terme à cette scène. Pour être tout à fait honnête, il voulait aussi qu'elle parte. Le plus tôt serait le mieux.

Il s'était habitué à vivre sans elle. Les choses étaient plus simples, maintenant. Rationnelles. Prévisibles. Bien sûr, cela avait été dur, au début. Il y avait eu des moments où rien qu'en fermant les yeux il revoyait sa magnifique chevelure et ses jambes interminables lorsqu'elle prenait une pose de danse de salon... Et peut-être l'odeur vanillée de son parfum s'était-elle attardée quelque temps sur son sweat-shirt préféré après son départ... Mais finalement elle s'était évanouie. Comme tout le reste.

Comme toutes les questions qui l'avaient taraudé.

Pourquoi était-elle partie sans lui dire au revoir ? Pourquoi n'était-elle jamais revenue, même pour une visite ? Pourquoi ne lui avait-elle plus jamais donné de nouvelles ? Pas une carte. Pas un coup de fil. Rien.

Lui avait-il manqué autant qu'elle lui avait manqué ?

Il ne voulait plus se poser ces questions, mais si Allegra restait trop longtemps, il ne pourrait s'empêcher de demander. C'était une certitude. Et il n'était pas sûr d'aimer les réponses.

Après l'accident, elle était partie vivre chez sa tante à Cambridge. Ça, il le savait. Mais Boston n'était qu'à quelques heures de train. Jamais il n'avait cru un seul instant qu'elle était partie pour de bon.

Il baissa la voix et reprit :

— Arrête de faire semblant, Allegra. Nous connaissons tous les deux la vérité. Tu es ici à cause de notre promesse.

Elle fronça les sourcils.

— Quelle promesse ?

Si Zander ne la connaissait pas, il aurait pu croire qu'elle avait oublié. Mais c'était impossible.

Bien sûr que c'était impossible.

Pourtant, ses talents d'actrice s'étaient améliorés depuis la désastreuse audition qu'elle avait passée pour une pièce de théâtre au collège. Elle avait pleuré pendant des heures dans les bras de Zander après l'école, ce jour-là.

— Quand nous avons promis de nous marier si nous étions encore célibataires à trente ans, répondit-il.

— Oh ! fit-elle en secouant la tête. C'est bizarre, mais je ne m'en souviens pas du tout.

Zander la dévisagea, interdit. Si, en cet instant, un orchestre de jazz au grand complet était sorti de nulle part pour entonner « Joyeux Anniversaire », il aurait été moins surpris. Allegra n'était pas là, devant lui, en robe de mariée, à cause de leur accord. Elle ne s'en souvenait même pas !

Incroyable.

— Tu es sûr que tu n'avais pas conclu cet arrangement avec quelqu'un d'autre ? Gretchen Williams, peut-être ? demanda-t-elle.

— Gretchen Williams ?

Elle ne pouvait pas être sérieuse. Il était sorti avec Gretchen exactement trois fois, et c'était trois fois de trop. De plus, aux dernières nouvelles, Gretchen avait déménagé dans le Connecticut avec ses cinq enfants. Elle n'avait jamais eu besoin d'un mariage de secours.

— Absolument pas, rétorqua-t-il, quelque peu vexé qu'elle ait oublié. C'était avec toi.

Les tempes de Zander palpitaient. Il avait besoin de prendre l'air.

Mais c'était son lieu de travail. Et, à cet instant, la salle de réception de *son* anniversaire. S'enfuir n'était pas envisageable.

— Je vois…, murmura soudain Allegra d'une voix douce avant de le dévisager sans rien dire.

Curieusement, ce silence parut beaucoup plus authentique que tout ce qu'ils auraient pu avoir à se dire.

Zander eut soudain envie de la prendre dans ses bras et de l'accueillir comme il aurait dû le faire lorsqu'elle avait franchi la porte. Quand elle était partie, son absence avait failli le tuer. Elle lui avait manqué, bon sang ! Elle lui manquait toujours, même après tout ce temps.

À cet instant, Ryan apparut à ses côtés, affichant un sourire professionnel en sa qualité de directeur financier de l'établissement.

– Désolé de t'interrompre, Zander. Mais on a un problème. Un *gros* problème.

— Très bien, répondit Zander en hochant la tête, sans savoir s'il devait maudire l'interruption ou s'en féliciter. Ça m'a fait plaisir de te revoir, ajouta-t-il en se tournant vers Allegra. Toutes mes excuses pour ce malentendu.

Puis il s'éloigna sans attendre une explication ou même un au revoir. Après tout, les adieux n'avaient jamais été leur point fort.

Allegra se sentit soudain très lasse, et ses jambes se mirent à flageoler, comme si elle allait s'effondrer. Prenant une profonde inspiration, elle compta jusqu'à 10 en regardant Zander s'éloigner. Il passa devant le gâteau intact sans un regard pour qui que ce soit et disparut par les doubles portes dorées de la salle de réception.

Il avait quitté sa propre fête d'anniversaire sans une excuse. Ou même une explication.

Oh oui, il avait bien changé...

Allegra se souvint alors de ses propres fêtes d'anniversaire. Jusqu'à ses seize ans, évidemment. Pour son seizième anniversaire, elle aurait donné n'importe quoi pour que son père passe l'embrasser avant de retourner à ses urgences professionnelles.

Sa gorge se serra, et la douleur toujours présente lui gonfla le cœur. Elle redressa les épaules, sortit de la salle et se dirigea vers la réception d'un pas décidé.

Aujourd'hui, elle avait réussi à fuir son propre mariage sans verser une larme. Elle ne laisserait pas une brève rencontre avec Zander Wilde la réduire à néant.

De toute façon, elle allait parfaitement bien. Elle avait certes été secouée de le revoir après tant d'années, ce qui était tout à fait normal. Elle n'avait aucun regret à avoir en ce qui concernait Zander.

Sauf qu'il pensait qu'elle était revenue pour l'épouser...

— Puis-je vous aider ? lui demanda le réceptionniste, tout sourire. Laissez-moi deviner, vous avez réservé la suite nuptiale ?

— Euh... Non, répondit-elle en frémissant. Pas du tout.

— Oh ! fit-il en jetant un coup d'œil à sa robe.

Allegra avait hâte de se débarrasser de cette horreur. Elle n'avait plus qu'une seule envie : s'envelopper dans l'un des épais peignoirs en éponge de l'hôtel, se mettre au lit et dormir un moment. Un siècle, peut-être.

— Que puis-je faire pour vous, alors ? reprit le jeune homme.

— J'ai juste besoin d'une chambre. Une simple, pas une double, ajouta-t-elle précipitamment.

Il fronça les sourcils.

— Pour une seule personne ?

Elle soupira.

— Oui.

Il hocha la tête mais parvint quand même à paraître tout à fait imperturbable.

— Puis-je vous demander à quel nom est la réservation ?

— Je n'en ai pas.

— Pas de réservation ? dit-il, ennuyé. Je suis navré, mais nous n'avons pas de chambre simple disponible sans réservation.

Un hôtel aussi luxueux complet ? Décidément, cette journée était pleine de surprises !

— Très bien. Dans ce cas, j'en prendrai une double, murmura-t-elle dans un soupir.

— Je crains que nous n'ayons pas de chambre double non plus.

Le cœur d'Allegra s'emballa. Ce n'était pas possible.

— Ah. Alors je prends la suite nuptiale.

Les situations désespérées exigeaient des mesures désespérées, songea-t-elle en s'efforçant d'offrir au réceptionniste son plus beau sourire.

— Cette chambre est déjà réservée. L'hôtel est complet. Sans réservation, je crains de ne pouvoir vous aider.

— Complet ? Vous n'avez pas une seule chambre libre ? Même une petite ?

Ce n'était pas possible. Où diable allait-elle loger ? Qu'était-elle censée faire ? Retourner à son mariage et demander à son ex-fiancé de la déposer à l'aéroport ? Cette seule idée la fit frémir. Quant à se balader dans les rues de New York dans cette tenue à la recherche d'un autre hôtel, non, c'était au-dessus de ses forces.

Cela dit, même si le réceptionniste avait eu pitié d'elle et lui avait trouvé une chambre, elle n'avait aucun moyen de la payer. Elle avait fui la cérémonie sans rien emporter d'autre que son bouquet de mariée. À cet instant précis, elle ne savait même pas où se trouvaient son sac à main et ses cartes de crédit !

Pourquoi avait-elle accepté de se marier à Manhattan ?

Elle aurait dû insister pour que la cérémonie se déroule à

Cambridge, où Spencer et elle habitaient. Pourquoi s'était-elle laissé convaincre de revenir ici ?

Parce que Spencer était un politicien, voilà pourquoi. Il avait voulu un grand mariage prestigieux, qui ferait bonne impression dans les journaux. Du grand spectacle. Allegra n'avait pas compris qu'elle n'était qu'un accessoire.

Comment avait-elle pu être aussi stupide ?

— Navré, mais nous sommes complets, répéta le réceptionniste avec un sourire compatissant, donnant le coup de grâce à Allegra. Puis-je faire autre chose pour vous ? Appeler un taxi, peut-être ?

— Ce ne sera pas nécessaire, intervint une femme derrière elle.

Allegra se retourna et se retrouva face à la mère de Zander. Emily Wilde n'était pas exactement la première personne avec qui elle avait envie de discuter après ces retrouvailles embarrassantes avec Zander, mais c'était tout de même mieux que de parler à Zander lui-même.

— Madame Wilde, murmura-t-elle.

— Depuis quand m'appelles-tu « Mme Wilde » ? Je suis Emily, tu te souviens ? répliqua la mère de Zander avec un chaleureux sourire. Désolée de m'immiscer dans cet échange, Allegra, mais j'étais sur le point de partir, puisque apparemment la fête est terminée, et j'ai entendu ce que disait le réceptionniste.

— J'essayais de trouver une chambre, mais apparemment l'hôtel est complet.

— L'hiver est toujours une période chargée à New York. Mais bien sûr, tu le sais. Ton anniversaire n'approche-t-il pas à grands pas ? Je me souviens qu'il neigeait, la dernière fois.

Emily avait raison. Dans deux semaines, Allegra aurait trente ans, ce qui voulait dire que si elle avait vraiment passé ce marché avec Zander, il leur restait encore deux semaines pour l'honorer. Cela dit, ils n'avaient probablement jamais conclu un tel arrangement. Et il était le dernier homme qu'elle avait envie d'épouser !

Depuis quand était-il devenu si grincheux ? Et que faisait-il à la tête d'un hôtel ? Le Zander qu'elle connaissait aspirait à diriger l'école de danse familiale, la prestigieuse Wilde School of Dance. Elle aurait été beaucoup moins étonnée de le voir jouer dans une pièce sur Broadway que de se pavaner en costume entouré de sous-fifres.

Elle soupira. La profession de Zander Wilde aurait dû être le cadet de ses soucis, en ce moment. Elle avait déclenché un scandale, elle était à la rue, et le seul vêtement qu'elle possédait était une robe de mariée !

— Allegra, ça n'a pas l'air d'aller, remarqua Emily en lui prenant les mains. Il faut que tu t'allonges, chérie.

Allegra acquiesça. Emily avait raison, ça n'allait pas du tout. Elle était épuisée, elle avait l'impression de courir depuis presque quatorze ans – et d'une certaine façon, c'était ce qu'elle avait fait –, et elle venait de prendre un immeuble sur la tête. Mais elle n'allait tout de même pas s'étendre sur le canapé dans le hall de l'hôtel.

Et pourquoi pas ? À situation désespérée…

Non. Mauvaise idée. Elle aurait probablement des ennuis. Elle serait peut-être même interpellée. Elle laissa échapper un petit rire hystérique. Ne serait-ce pas l'épilogue parfait à cette effroyable journée ? Que Zander la fasse emmener par la police ?

Zander Wilde, qui pensait qu'elle se languissait de lui depuis le jour où elle avait quitté New York. Jamais elle n'avait entendu une chose aussi… surréaliste ?

— Tu logeras chez moi, proposa Emily comme si elle venait de lui offrir un chewing-gum plutôt que de lui sauver la vie.

— Quoi ? Oh non, je ne peux pas…

Mais Emily avait déjà déposé son manteau sur les épaules d'Allegra tout en l'entraînant doucement vers la porte.

— Bien sûr que si. Combien de fois as-tu dormi chez nous après le cours de danse, quand tu étais petite ?

Un nombre incalculable de fois, c'était certain.

— Mais les choses ont changé, expliqua-t-elle, en s'arrêtant à quelques mètres de la porte. Emily, je ne peux pas. J'ai peur que cela contrarie Zander. Nous avons eu un… malentendu, il y a quelques minutes.

— Je sais, j'ai entendu. Tout Manhattan l'a entendu, d'ailleurs. Fabuleux ! Tout simplement fabuleux.

— Peu importe ce que pense Zander, assura Emily en l'étreignant doucement par la taille. Et si je puis me permettre, tu n'as pas l'air d'avoir vraiment le choix.

Ça, c'était certain.

— Allegra, ma chérie. Je ne peux pas te laisser ici toute seule. Je dois à tes parents de veiller sur toi. Allons. Reviens à la maison.

À la mention de ses parents, les dernières bribes de résistance d'Allegra volèrent en éclats. Elle n'avait pas la force de combattre le passé. Pas ce soir.

« Reviens à la maison. »

C'était son plus cher désir. Si seulement elle savait comment en retrouver le chemin...

3

Zander fixa Ryan, assis dans l'un des fauteuils disposés face à son bureau, et essaya de saisir toute la portée de la petite bombe que son cousin venait de lâcher.

— Donc, une journaliste a appelé pour demander si l'hôtel était maudit ?

C'était une première. Zander connaissait la presse à sensation new-yorkaise. Il était pleinement conscient de la brutalité de ses méthodes. Mais une malédiction ? Cela semblait ridicule, même pour un torchon comme le *Post* ou le *Daily News*.

— Elle ne posait pas vraiment la question, rectifia Ryan. Elle va écrire un papier là-dessus.

Zander soupira, agacé. Il n'avait pas besoin de ce genre de complication. En particulier aujourd'hui. Il était encore un peu, non, *franchement* secoué par ses retrouvailles avec Allegra. Elle ne se souvenait même pas de leur pacte de mariage !

Alors pourquoi cette robe de mariée ? Il ne comprenait toujours pas.

— Bien !

Il avait besoin d'un verre. D'un vrai. Pas du champagne. Un whisky, peut-être. Enfin, quelque chose d'assez fort pour effacer le souvenir de la dernière demi-heure de sa vie.

— Un article dans un journal à scandale ne nous tuera pas, même s'il affirme que nous sommes maudits, dit-il. Au moins, il y a un effort d'imagination.

Il attendit que les traits de Ryan se détendent un peu à son humour, mais rien ne se produisit. Au contraire, le pli entre les sourcils de son cousin se creusa davantage.

— Ce n'est pas un journal à scandale, répondit Ryan. C'est le *Times*.

Ces trois derniers mots furent assez puissants pour extirper de l'esprit de Zander la vision d'Allegra Clark vêtue de tulle blanc.

Ce devait être une mauvaise blague. Le *New York Times* avait remporté plus de prix Pulitzer que n'importe quel autre journal dans le monde.

— Elle est bien bonne ! s'exclama-t-il en riant. Tu as bien failli m'avoir. Le *Times* est une institution, à New York. Une publication sérieuse. Jamais il ne publierait un article sur un hôtel maudit.

— Tu oublies leur *Bulletin Mondain*, expliqua Ryan d'un ton sardonique.

Zander cessa de rire. Apparemment, les choses étaient pires que prévu.

Le *Times*, bon sang ! Juste le *Bulletin Mondain*, mais quand même...

Mais cela ne s'arrêtait pas là, comme Zander ne tarda pas à s'en rendre compte.

Ryan prit une profonde inspiration avant d'asséner le coup de grâce.

— Et plus précisément, la *Rubrique Mariages*.

Zander sentit un nœud se former dans son estomac.

— La *Rubrique Mariages* ? Dans l'édition du dimanche ?

— La seule et l'unique, confirma Ryan.

Il aurait mieux valu que l'hôtel soit lapidé à la une du journal plutôt que dans la *Rubrique Mariages*. Les gens du monde entier lisaient les avis de mariage publiés dans l'édition du dimanche du *Times*. Et comme tous les autres hôtels de luxe de Manhattan, le Bennington réalisait une bonne part de son chiffre d'affaires grâce à l'industrie du mariage.

Il secoua la tête. Ce n'était pas possible. Lui qui avait travaillé si dur pour redonner au Bennington sa gloire d'antan... Et quelques malheureuses lignes dans un journal allaient tout anéantir ?

— Je ne comprends pas d'où ça sort, marmonna-t-il. Pourquoi une journaliste de la *Rubrique Mariages* penserait-elle que nous sommes maudits ?

Ryan fronça les sourcils.

— Tu poses vraiment la question ? demanda-t-il.

— Oui.

À l'instant où il prononça le mot, il se souvint qu'Allegra l'avait prononcé également alors qu'elle se tenait devant lui tout de blanc vêtue, comme si elle sortait d'un conte de fées.

Il s'était moqué d'elle. « Tu parles même comme une mariée. »

Tout à coup, la réalité lui apparut dans toute son horrible clarté.

Oh non...

— Une autre de nos mariées s'est enfuie en pleine cérémonie, c'est ça ? murmura-t-il.

— Bingo, répondit Ryan avec un demi-sourire. Celle qui a fait irruption à ton anniversaire est la dernière en date. Et toi, tu as cru qu'elle voulait te forcer à l'épouser.

— C'est bon, c'est bon, j'ai compris.

Zander soupira. Pas étonnant qu'Allegra lui ait ri au nez ! Elle n'était pas venue pour honorer leur promesse. Elle avait fui son propre mariage pour échapper à un autre homme.

Il n'aurait peut-être pas dû tirer de conclusions hâtives. Surtout aussi ridicules. Simplement, cela lui avait paru parfaitement crédible, sur le coup. Ce qui ne signifiait pas qu'il avait voulu croire qu'elle était revenue pour lui.

Tu en es vraiment sûr ?

Il serra les poings. Évidemment qu'il en était sûr !

Ryan le dévisagea.

— Qu'est-ce que c'est que cette histoire, si je peux me permettre ? Vous étiez fiancés, tous les deux ?

— Pas du tout ! répondit Zander un peu vivement. Ce n'était pas ça.

Ryan le regarda fixement, attendant qu'il en dise plus.

Mais il n'était pas d'humeur à s'épancher.

— Bon, revenons à nos moutons, reprit-il. Nous avions deux mariages, ce week-end. Lequel des deux a capoté ?

Il ne s'occupait pas personnellement de la planification des mariages, mais comme pour tout ce qui se passait sous le toit du légendaire hôtel, il supervisait les choses d'un œil vigilant. C'était son travail de savoir ce qui se déroulait entre ses murs. Comment avait-il pu ne pas remarquer le nom d'Allegra Clark sur les registres ?

Ryan mit beaucoup trop de temps à répondre, pour sa tranquillité d'esprit.

— Le gros. Le mariage Warren.

Zander jura. Le mariage Warren, c'est-à-dire celui de Spencer Warren, conseiller municipal et candidat à la mairie de Cambridge, Massachusetts. Pas étonnant que le *Times* ait réagi si vite.

La liste de l'hôtel indiquait que la mariée s'appelait Ali Clark. Donc, Allegra se faisait appeler « Ali » maintenant. Et pourquoi donc ?

Il ne savait pas ce qu'il y avait de plus surprenant : qu'Allegra ait changé de nom ou qu'elle ait failli épouser un politicien.

Il était temps de regarder les choses en face. Il ne connaissait plus Allegra ; elle était une étrangère, à présent. Elle ne s'appelait même plus Allegra, et elle ne voulait pas l'épouser. Au moins, ils étaient d'accord sur ce point. Il était temps de laisser le passé derrière lui.

Il y avait des questions beaucoup plus urgentes à régler.

— C'est donc notre troisième mariée en fuite en l'espace d'un mois, dit-il.

Ryan hocha la tête.

— Il y en a eu une autre il y a environ trois mois, précisa-t-il.

Pas étonnant que le *Times* pense que le Bennington était maudit !

— Lorsque l'article paraîtra dans la *Rubrique Mariages*, plus personne ne voudra se marier ici.

— On est fichus, marmonna Ryan.

— Absolument pas, répliqua Zander en secouant résolument la tête. Nous devrons juste leur prouver qu'ils ont tort.

Et même si c'était vrai, il n'allait pas capituler sans se battre.

Il avait mis toute son énergie à redresser cet hôtel, et ce n'était pas une mariée fugueuse qui lui ferait poser le genou à terre !

Même s'il avait été assez bête pour l'aimer.

Allegra fut réveillée le lendemain matin par les doux rayons du soleil qui perçaient à travers les rideaux de la chambre d'amis d'Emily Wilde. Regardant autour d'elle, elle remarqua à quel point cet espace aménagé sous les combles était joli, avec son plafond blanc voûté et son lavabo ancien dans un coin. Elle réalisa également qu'il y avait bien longtemps qu'elle n'avait pas si bien dormi.

Ce qui défiait toute logique. Elle était à la rue, coincée à New York sans affaires, sans travail et sans fiancé. Elle n'avait aucun plan B. Pourtant, c'était la première fois depuis des mois qu'elle se sentait presque en paix. Peut-être avait-elle fait ce qu'il fallait, pour une fois. Elle avait fait le bon choix en revenant… *à la maison*.

Sauf que ce n'était pas chez elle. C'était l'appartement de la mère de Zander. Sa chambre, aussi. Même le pyjama en flanelle gris pâle qu'elle portait n'était pas le sien. Il était au moins trois fois trop grand pour elle. Peut-être avait-il appartenu au père de Zander.

Pourtant, c'était agréable ici. Paisible.

Elle écarta le rideau et regarda les flocons de neige qui tourbillonnaient. Lentement, doucement, comme des plumes d'un oreiller que l'on aurait secoué. En bas, un minuscule chaton noir traversa prudemment la couche de neige qui couvrait le trottoir. Tout était si pittoresque que le cœur d'Allegra se serra.

— Ne t'y habitue pas. Tu ne peux pas rester ici, murmura-t-elle.

Non, elle ne pouvait pas. Mais où pourrait-elle aller ? Elle avait cru qu'elle trouverait une solution après avoir dormi un peu. Mais rien n'avait changé. Pas vraiment. L'hôtel Bennington était complet. Même si elle avait pu réserver une chambre et réussi à récupérer son sac à main, sa carte de crédit n'aurait fonctionné que pour deux ou trois nuits. Quatre, tout au plus.

Son mariage de rêve avait eu raison de ses économies. Il y avait eu le traiteur, le quatuor à cordes, les fleurs...

Une vision de son bouquet de mariée hors de prix tombant par terre dans la salle de réception du Bennington traversa son esprit. Elle ferma les yeux.

Tout va bien se passer. Promis.

Mais quand elle rouvrit les yeux, son regard se posa sur un amas de tulle blanc au pied du lit. Sa robe de mariée. Ou ce qu'il en restait.

Tout n'allait pas bien.

Elle repoussa les draps, sortit du lit et, descendant l'escalier de style victorien, se dirigea vers la cuisine. Elle avait besoin de café. De plusieurs litres de café, si possible.

— Bonjour, ma chérie. Tu as bien dormi ?

Assise à la table, Emily leva les yeux de l'exemplaire du *New York Times* qu'elle tenait devant elle.

Allegra jeta un coup d'œil à la une. Elle vit le nom de Spencer dans un titre situé juste sous le pli et détourna le regard.

— Très bien, merci.

Elle regarda la cuisine, avec son papier peint bleu et blanc et ses étagères garnies de tasses à thé en porcelaine dépareillées. Rien n'avait changé depuis la dernière fois qu'elle était venue ici... Une bouffée de nostalgie la saisit, qu'elle s'efforça de refouler. Il n'était pas question qu'elle commence sa journée en pleurant !

— Viens t'asseoir, dit Emily en fermant le journal. J'ai mis ton petit déjeuner au chaud dans le four.

— Vous n'auriez pas dû, madame Wilde. Honnêtement, vous en avez assez fait.

— Allons donc.

Emily se leva et l'entraîna vers la table.

— Et arrête de m'appeler « Mme Wilde ». On n'est pas en cours de danse. De plus, quand j'ai fait ta connaissance, tu étais si petite que ta tête n'atteignait même pas la barre du studio.

Allegra s'assit et regarda Emily sortir du four une assiette contenant une omelette assez grande pour nourrir une armée. Allegra se dit qu'elle devait avoir l'air bien affamée.

— Vas-y. Mange. Je vais te préparer un café, dit Emily en glissant l'assiette devant elle.

Cela faisait bien longtemps qu'on ne lui avait préparé son petit déjeuner, songea Allegra. Ou n'importe quel autre repas, d'ailleurs. Elle pourrait s'habituer à ce genre de traitement royal si elle restait ici un certain temps…

Mais c'était impossible.

— Merci beaucoup. Pour tout. Je ne sais pas ce que j'aurais fait, hier soir, si vous ne m'aviez pas proposé votre chambre d'amis.

— Tu étais un peu dans le pétrin, non ? fit remarquer Emily.

L'euphémisme du siècle !

L'estomac d'Allegra ne noua. Elle posa sa fourchette et soutint le regard pénétrant d'Emily.

— Tu as envie d'en parler ? demanda celle-ci.

Peut-être.

Non, en fait. Elle n'en avait pas envie. Pas pour l'instant. C'était trop tôt et beaucoup trop humiliant. Elle devait toutefois quelques explications à la mère de Zander, c'était la moindre des choses.

— Il s'appelle Spencer Warren, murmura-t-elle. Mais je suppose que vous le savez, maintenant.

Elle jeta un coup d'œil au journal plié sur la table et sa gorge se serra. Ses mains se mirent à trembler, et elle dut se souvenir de respirer.

Pas une autre crise de panique. Pas maintenant.

— J'ai tout fichu en l'air, chuchota-t-elle.

— Je suis sûre que tu as fait ce qu'il fallait, la rassura Emily. Tu peux rester ici aussi longtemps que tu le souhaites.

— C'est impossible.

C'était trop gênant. Que dirait Zander quand il découvrirait qu'elle logeait chez sa mère ? Il le prendrait probablement mal. Très mal.

— Bien sûr que non, rétorqua Emily. Je serais ravie de m'occuper de quelqu'un.

— Mais je dois mettre de l'ordre dans ma vie.

Tout d'abord en trouvant un travail. Et un logement.

— Ma vie est un désastre, Emily, ajouta-t-elle.

— Vois cela comme une mauvaise passe, comme tout le monde en connaît. Tu as juste besoin d'un peu de temps pour retomber sur tes pieds. Tu peux rester un mois, si tu veux.

— *Un mois* ?

Combien de fois croiserait-elle Zander si elle vivait chez sa mère pendant *trente* jours ? Beaucoup trop ! Il n'en était pas question.

Emily haussa les épaules.

— Une semaine, alors. Allegra, je suis navrée de te le dire, mais tu ne peux pas te réinventer en un jour.

Elle n'avait pas tort.

Une semaine serait peut-être supportable. Combien de fois par semaine Zander pouvait-il bien passer chez sa mère ? Il était P-DG, à présent. Il passait sans doute presque tout son temps dans son hôtel de luxe. Il travaillait même le jour de sa fête d'anniversaire, ce qui montrait bien qu'il n'avait pas le temps de rendre visite à sa mère. De plus, ces sept jours lui donneraient le temps d'élaborer un plan.

Pourtant, quelque chose la dérangeait quand même.

Mais... Elle n'avait pas vraiment le choix. Donc...

Elle prit une profonde inspiration.

— Je resterai une semaine, si vous êtes sûre que cela ne dérange personne.

Emily écarta la remarque d'un geste de la main.

— Pourquoi est-ce que cela dérangerait qui que ce soit ?

— Parce que j'ai mis votre fils mal à l'aise, hier soir. Il avait l'air... contrarié.

Encore un euphémisme.

Emily haussa les épaules et but une gorgée de café.

— Il l'a probablement cherché, répliqua-t-elle.

C'était vrai. Le malentendu était entièrement de sa faute à lui. Il pensait qu'elle était venue en robe de mariée dans l'intention de l'épouser ! Après tout ce temps. Comment avait-il pu en arriver à une conclusion aussi stupide ?

À croire qu'il devait être vraiment égocentrique. Et pathologiquement arrogant.

À cet instant, l'égocentrique en question entra dans la cuisine, des flocons de neige plein les cheveux… et elle faillit s'étouffer avec son omelette.

— Zander…, murmura-t-elle.

Il la regarda comme s'il ne l'avait jamais vue auparavant. Un frisson la parcourut.

— Allegra ? Qu'est-ce que tu fais ici ?

Il avait les yeux et les joues rougis par le froid. Il semblait être tombé du lit et portait encore son costume de la veille. Manifestement, il n'avait pas fermé l'œil depuis qu'il avait quitté sa fête d'anniversaire.

Allegra fut saisie d'un vertige. Jamais elle n'avait vu un homme à la fois si épuisé et si beau. Ses épaules semblaient encore plus larges que la veille. C'était déconcertant. Et exaspérant. Elle baissa les yeux et se concentra sur son assiette.

— Elle loge ici, répondit Emily.

Zander laissa échapper un rire amer.

— Très drôle !

— Je ne plaisante pas, mon chéri. Allons, sois poli avec notre invitée.

Allegra cligna des yeux. *Notre* invitée ? Qu'est-ce que cela signifiait ?

Alors elle songea à la taille de l'omelette. Et au pyjama.

Sa fourchette lui échappa des doigts et tomba bruyamment sur la table. Elle l'ignora et se concentra sur Zander, s'attendant au pire.

— Attends une minute, dit-elle. Et toi, qu'est-ce que tu fais ici ?

— Zander habite ici, expliqua Emily beaucoup trop gentiment. Aurais-je oublié de le préciser, ma chérie ?

4

Pour la seconde fois en moins de douze heures, Zander avait l'impression d'avoir des visions.

Il ferma les yeux de toutes ses forces.

Mais cela ne changea rien. Quand il les rouvrit, Allegra était toujours assise à la table de la cuisine, sur *sa* chaise, les cheveux attachés en chignon, le regardant droit dans les yeux. La tasse à café frappée des armoiries de l'université de Princeton qu'elle tenait à la main – *sa* tasse, également – s'arrêta à quelques centimètres de ses lèvres pulpeuses.

Plus elle le dévisageait, plus la tasse s'inclinait dangereusement. Avec un soupir, Zander la lui prit des mains avant qu'elle renverse du café sur le pyjama, parce que oui, c'était aussi le sien.

Le frôlement de ses doigts contre les siens lorsqu'il prit la tasse sembla arracher Allegra à sa transe. Les yeux écarquillés, elle se tourna vers Emily.

— Emily, je... En effet, vous ne m'aviez pas dit que Zander habitait ici.

Ce n'était pas un oubli innocent, Zander le savait, principalement parce que sa mère évitait soigneusement de le regarder dans les yeux.

Comme s'il n'avait pas déjà assez de problèmes comme ça dans sa vie sans que sa mère joue les entremetteuses. Merveilleux !

Il prit une gorgée de café, oubliant que c'était celui d'Allegra, jusqu'au moment où celle-ci lui adressa un signe de tête. Devant ses yeux écarquillés, il reprit délibérément une autre gorgée de café.

Sa maison, son pyjama, sa tasse, *son* café.

Allegra haussa un sourcil.

— Tu vis toujours chez ta mère ?

Techniquement, c'était l'inverse. Trois ans plus tôt, il lui avait racheté l'immeuble, lorsque l'école de danse avait commencé à avoir des problèmes financiers. Mais Allegra pouvait croire ce qu'elle voulait. Il ne voulait pas partager avec elle les affaires personnelles de sa famille, pas plus qu'il ne désirait partager son pyjama.

Il haussa les épaules.

— Étonnant, non ?

Sur ce, il vida le café d'un trait et reposa bruyamment la tasse sur le comptoir.

Le regard d'Allegra se posa sur la tasse puis de nouveau sur lui, les joues roses d'agacement.

— C'est le même costume qu'hier soir, non ? lança-t-elle. Tu as découché ?

Il haussa les épaules sans répondre. Il avait passé la nuit à essayer de trouver un moyen de couper l'herbe sous le pied à la journaliste de la *Rubrique Mariages*. Mais encore une fois, Allegra pouvait croire ce qu'elle voulait. Cela dit, il avait perçu une pointe de jalousie dans sa question. Amusant.

Non. Dangereux. Il ne voulait pas qu'Allegra soit attirée par lui. Toutefois il ne détestait pas particulièrement cette idée non plus, en particulier après la bourde qu'il avait faite la veille.

Il croisa les bras et la défia du regard.

— Je ne peux m'empêcher de me demander pourquoi tu trouves cette idée si désagréable, dit-il.

Elle leva les yeux au ciel, mais il n'y croyait pas. Pas cette fois.

— Je suis surprise, c'est tout, répondit-elle. D'autant plus que la dernière fois que je t'ai vu, tu ne parlais que de m'épouser.

Emily laissa échapper un petit rire.

Zander aimait sa mère. De tout son cœur. Mais en cet instant, elle l'agaçait au moins autant que la journaliste de la *Rubrique Mariages* !

Il la foudroya du regard.

Emily s'éclaircit la gorge.

— Allegra, ma chérie, tu fais erreur. En fait...

— En fait, je dors la plupart du temps à l'hôtel, l'interrompit Zander.

Il n'avait aucune envie que sa mère soit plus impliquée dans cette situation qu'elle ne l'était déjà. Il avait des problèmes beaucoup plus graves à régler que les élucubrations d'Allegra sur sa routine ou sa vie sexuelle. Sujet qu'il ne tenait absolument pas à aborder devant sa mère, qui plus est. Cette conversation était déjà assez embarrassante comme ça.

Il toussota.

— Le Bennington est complet en ce moment, expliqua-t-il, comme si cette information allait tout résoudre.

— À ce qu'il paraît, murmura Allegra.

— Elle n'avait nulle part où aller, Zander, intervint sa mère.

Il ne dit rien. Il avait mieux à faire que de se disputer, et, au fond, il ne le souhaitait pas. Il tenait trop à Allegra pour la jeter à la rue.

Mais comment s'était-elle retrouvée si seule ?

Ce n'est pas ton problème. Tu en as déjà assez comme ça, tu te rappelles ?

Il s'éclaircit la gorge et changea de sujet.

— Quelles sont les nouvelles, ce matin ?

Sa mère suivit son regard avant de fixer, elle aussi, l'exemplaire du *New York Times* plié sur la table.

— Donc, tu l'as vu, murmura-t-elle.

— Vu quoi ? demanda Allegra.

Emily secoua la tête.

— Ce n'est rien, ma chérie.

— Ce n'est pas rien, répliqua Zander, décidant d'ignorer le fait que sa mère semblait avoir choisi le camp d'Allegra.

Il feuilleta le journal jusqu'à la *Rubrique Mariages*. Son sang ne fit qu'un tour en lisant le titre. Il l'avait déjà vu, bien sûr.

Ryan et lui étaient restés éveillés toute la nuit en attendant la publication de l'édition du matin, histoire de se faire une idée de l'étendue des dégâts.

Qui étaient considérables.

Familiers ou pas, les mots qui s'étalaient sous le titre de la rubrique étaient toujours aussi accablants.

L'Hôtel Bennington est-il maudit ?

Il ouvrit le journal à côté d'Allegra.

— Ton hôtel est maudit ? s'exclama-t-elle.

Elle cligna des yeux et, pour la première fois depuis qu'il l'avait trouvée assise dans sa cuisine et installée chez lui, il se permit de la regarder. De la regarder vraiment.

Elle était très belle, d'une manière à la fois étrange et familière. D'un côté, c'était comme si elle n'avait jamais quitté cette cuisine, qu'elle avait fréquentée assidûment dans son enfance. Et pourtant, malgré cette familiarité, quatorze années de silence les séparaient irrémédiablement. Mais Zander avait beau être épuisé, il ne pouvait s'empêcher d'avoir envie de s'asseoir et de discuter avec elle. Comme autrefois...

Or c'était impossible, même s'il ne savait pas très bien pourquoi. Peut-être parce que l'apparition soudaine d'Allegra dans sa vie faisait aussi du tort à ses affaires. Ou peut-être parce qu'il ne pouvait empêcher son regard de caresser les courbes séduisantes de la jeune femme... Quoi qu'il en soit, ils ne pouvaient pas reprendre là où ils s'étaient arrêtés. Ils n'étaient plus des enfants.

— Mon hôtel n'est pas maudit, décréta-t-il, les dents serrées.

— Bien sûr que non, renchérit Emily, avec un geste dédaigneux de la main. C'est une évidence. Je ne vois pas comment le *New York Times* peut affirmer une telle chose. Ils ont perdu la tête ou quoi ?

— Je te suggère de lire le premier paragraphe, dit Zander en poussant le journal vers Allegra.

Il se servit une autre tasse de café. Il n'y aurait pas assez de café dans ce monde pour régler les problèmes qui s'accumulaient dans sa vie.

Quand il se retourna et vit Allegra devenir blanche comme un linge en lisant l'article, la culpabilité le rattrapa. Il n'aurait jamais dû lui conseiller de lire ce fichu article.

Elle le dévisagea de son regard bleu scintillant.

— Je n'avais pas réalisé qu'autant de mariées avaient fui leur mariage au Bennington, dernièrement, murmura-t-elle.

— C'est bizarre, en effet, mais appeler cela une malédiction ne m'a jamais traversé l'esprit, répliqua-t-il. Probablement parce que je suis quelqu'un de rationnel.

Allegra toussota, sceptique. Zander lui jeta un regard furieux.

— Je suis très rationnel.

— Oh ! mais j'en suis sûre, rétorqua-t-elle, ironique. Dis-moi, tu as cru que les autres mariées aussi voulaient t'épouser ? Ou seulement moi ?

Il serra les poings pour ne pas la prendre dans ses bras et aller la déposer sur la congère la plus proche.

— Quatre mariées qui s'enfuient de leur mariage en l'espace de quelques mois, c'est quand même étrange, intervint Emily.

Super ! Si sa propre mère croyait aux absurdités de la presse, quelles chances avait-il de s'en sortir ?

— Jusqu'à hier soir, personne ne semblait s'en soucier, marmonna-t-il. Apparemment, trois mariées en fuite sont acceptables. Mais pas quatre. La quatrième signifie que c'est une malédiction, conclut-il en regardant attentivement Allegra.

Cette dernière fronça les sourcils, mais Zander ne put s'empêcher de remarquer qu'elle ne le regardait plus vraiment dans les yeux.

— C'est la chose la plus stupide que j'aie jamais entendue, murmura-t-elle. C'est complètement arbitraire.

— Le fait que ton futur mari soit très en vue n'a pas aidé, lui fit-il remarquer. Quand un politicien reste en plan devant l'autel, les gens ont tendance à le remarquer.

Il comprit qu'il était allé trop loin dès que les mots eurent franchi ses lèvres. Allegra n'était pas responsable de cet article. Pas entièrement, en tout cas. Il n'avait pas le droit d'ironiser sur l'échec de son mariage. Aucun droit, d'autant plus qu'il avait été lui-même à deux doigts de se passer la corde au cou.

Il ne savait pas pourquoi il se comportait aussi bêtement.

Si, il savait exactement pourquoi.

Allegra fixa le journal.

Regarde-moi, bon sang ! Regarde-moi et dis-moi encore que tu ne te souviens de rien.

— Je suis sûre que toutes ces mariées avaient une raison parfaitement légitime de s'enfuir, dit-elle.

Elle parlait d'un ton plus calme, mais Zander remarqua qu'elle se tordait les mains sous la table.

Il avait beau s'en vouloir, la curiosité fut la plus forte. Il voulait savoir. Il avait besoin de savoir.

— Justement, j'aimerais savoir quelles étaient ces raisons, répliqua-t-il. Sérieusement, je suis tout ouïe.

Ce n'était ni le lieu, ni le moment pour une confession à cœur ouvert. Il était épuisé, la robe de mariée d'Allegra devait probablement encore traîner dans un coin de la maison et ils n'étaient même pas seuls. Mais il était incapable de réfléchir quand elle était assise là, comme ça.

Si belle. Si tentante. Si perdue.

— Assez, dit sa mère en se levant. Zander, tu ferais mieux d'aller dormir un peu. Tu fais peur à voir. Et Allegra n'est pas armée pour faire face à ce genre d'humour, actuellement. Et puis, il est temps de se mettre au travail.

Allegra redressa brusquement la tête.

— Au travail ? Emily, je ne vois pas très bien ce que vous voulez dire.

— Le studio de danse, ma chérie. Tu t'en souviens sûrement.

Zander se dirigea vers la porte. Il en avait assez entendu. Allegra était de retour à New York. De retour dans sa vie. C'était logique qu'elle revienne aussi à la Wilde School of Dance.

C'était sa place, même après tout ce temps. Autrefois, lui aussi y avait sa place.

Mais cette époque était révolue.

En pénétrant dans la Wilde School of Dance, Allegra fut assaillie par un vertigineux sentiment de nostalgie. Rien n'avait changé au bout de toutes ces années. Même parquet de bois lisse usé, mêmes murs tapissés de miroirs, même vieux tourne-disque bleu posé sur l'étagère à l'intérieur du studio où elle avait passé la majeure partie de son enfance.

Jamais elle n'avait imaginé qu'elle reviendrait ici un jour. Jamais. Cela dit, elle n'avait pas vraiment eu le choix. Mieux valait accompagner Emily au studio que de rester à l'appartement avec Zander. Toutefois, elle tourna délibérément le dos à la collection de photos de récitals qui ornaient le mur de l'entrée et prit une profonde inspiration.

— Et si tu choisissais de la musique pour le cours de danse adultes ? Tu sais, les exercices à la barre ? suggéra Emily en ôtant son manteau et en allumant l'ordinateur de la réception. Tu te souviens où sont les disques, n'est-ce pas ?

— Bien sûr.

Allegra n'en revenait pas que l'école d'Emily n'ait pas de playlists toutes faites, mais elle se réjouit d'avoir quelque chose de concret à faire. C'était mieux que de repenser sans fin à la dernière fois qu'elle était venue dans cet endroit.

Les disques étaient alignés sous la platine, exactement comme autrefois. En les passant en revue, elle repéra plusieurs de ses morceaux préférés – la musique qui composait la bande-son insouciante d'une époque où sa principale préoccupation était de savoir si elle se souviendrait des pas pour le prochain concours de danse.

Elle aurait tout donné pour revenir à cette époque...

C'était impossible, évidemment. Elle avait réalisé à quel point quand elle avait vu Zander la dévisager, effaré, lorsqu'elle avait fait irruption dans la salle de réception du Bennington.

Sa gorge se serra. Pourquoi n'arrêtait-elle pas de penser à lui ?

Peut-être parce qu'elle portait son manteau.

Effectivement. Et il sentait merveilleusement bon, un mélange de cèdre et de santal. Quelque chose d'intrinsèquement masculin.

Elle s'en débarrassa, le jetant aussi loin d'elle que possible.

Il atterrit sur une chaise, se drapant sur le dossier comme si Zander lui-même l'avait laissé glisser de ses larges épaules.

Allegra se sentit rougir. Une fois de plus.

Assez pensé à Zander Wilde ! Ce n'était pas parce qu'elle avait porté son pyjama la nuit dernière qu'il occupait une place dans ses pensées. Aucun homme n'occupait cette place. Elle repartait de zéro. Elle était seule.

Elle sortit un album de sa pochette, le plaça sur le plateau et abaissa le saphir avec précaution. Les craquements familiers du saphir sur le disque emplirent le studio. Sans y penser, Allegra pointa le pied et commença à le faire glisser contre le sol en érable poli, exécutant un rond de jambe impeccable.

— Tu as toujours eu la plus belle ouverture, dit Emily.

Allegra reprit une position normale et croisa les bras.

— Je ne vous avais pas entendue entrer. Je m'amusais, c'est tout.

— Assez joliment, je trouve. Tu n'as rien perdu de ta technique, précisa Emily avec un clin d'œil. Ça se voit.

Allegra se mit à rire.

— Ça se voit à un seul rond de jambe ?

— Je le savais avant même que tu mettes les pieds dans ce studio. Je l'ai su dès que je t'ai vue. Tu as un port de ballerine, ma chérie.

Percée à jour.

Cela dit, se voir qualifier de ballerine alors qu'elle n'avait pas dansé depuis près de six mois était un peu exagéré.

— J'ai dansé quelques années au Boston Ballet, expliqua-t-elle. Dans le corps de ballet, uniquement. J'étais loin d'être une étoile.

Emily secoua la tête.

— Ne te sous-estime pas. Tu as vraiment du talent. Tu en as toujours eu. Simplement, j'ai toujours cru que tu deviendrais danseuse de salon.

Allegra eut un coup au cœur.

— Hélas, non. Je n'ai pas pratiqué la danse de salon depuis longtemps. Depuis...

Elle fut incapable de terminer sa phrase. Mais ce n'était pas nécessaire. Emily avait compris. Quatorze ans plus tôt, c'était elle qui avait annoncé l'horrible nouvelle à Allegra en cet après-midi new-yorkais pluvieux.

« Il y a eu un accident, ma chérie. Je suis navrée. Vraiment, vraiment navrée. »

Ces mots résonnaient encore dans la mémoire d'Allegra. Comme si Emily les avait prononcés la veille. Elle se souvenait du tremblement de sa voix, du regard dévasté de sa professeure de danse. Elle se souvenait aussi d'avoir passé les heures qui avaient suivi dans des bras qui ne l'avaient pas lâchée un seul instant.

Les yeux d'Allegra s'emplirent de larmes. La voix dont elle se souvenait si bien était celle d'Emily, mais les bras qui la tenaient... étaient ceux de Zander.

— Il a arrêté de danser à ce moment-là, lui aussi, tu sais, dit doucement Emily.

Allegra l'ignorait. À présent, elle comprenait mieux pourquoi il s'était lancé dans l'hôtellerie.

— Il n'a pas voulu recommencer avec une autre partenaire ?

— C'est à peu près ça, répondit Emily avec un pâle sourire.

Allegra comprenait. Il fallait du temps pour que des partenaires de danse s'habituent l'un à l'autre. Des mois. Parfois des années. Zander et elle avaient toujours dansé ensemble, et ce depuis leur enfance. C'était comme si leurs deux corps ne faisaient plus qu'un.

Lorsque Allegra avait déménagé à Cambridge pour vivre chez sa tante, elle n'avait jamais imaginé danser avec un autre partenaire. Alors elle avait rangé ses chaussures de danse et s'était jetée à corps perdu dans le ballet.

Son regard balaya les photos des concours de danse accrochées dans des cadres dorés.

Ne regarde pas. Surtout pas.

Son regard bondit d'une photo à l'autre jusqu'à ce qu'il tombe sur Zander et elle, lovés l'un contre l'autre, dans une figure de tango caractéristique. L'une des jambes d'Allegra était accrochée à la hanche de Zander, et la main de celui-ci enserrait sa cuisse. Elle fixait l'objectif d'un regard sensuel, mais Zander était concentré uniquement sur elle.

Quelque chose dans l'expression de Zander la fit frémir de la tête aux pieds. La tension de sa mâchoire et l'intensité de son regard ressemblaient étrangement à la façon dont il la regardait depuis hier soir…

Ils jouaient un rôle à l'époque. Ils n'étaient que des adolescents qui s'amusaient à se déguiser en adultes. Les mouvements sexy et les regards incandescents étaient pour le spectacle. Tout cela faisait partie d'un numéro.

Du moins, c'est ce qu'elle se disait à l'époque.

Elle s'éclaircit la gorge, détourna le regard et vit qu'Emily la regardait intensément.

— Alors, c'est réglé. Tu feras cours ce matin, décréta Emily.

Allegra cligna des yeux.

— Quoi ? Non…

Emily haussa les épaules.

— Pourquoi pas ? Tu as d'autres projets aujourd'hui ?

Elle n'en avait aucun, hormis celui, urgent, de mettre de l'ordre dans sa vie. Ce qui lui sembla soudain une entreprise vouée à l'échec.

— Emily, je n'ai jamais enseigné la danse classique de ma vie.

Elle n'avait même pas de chaussons. Même si le cache-cœur et les leggings qu'Emily lui avait prêtés pour la journée prenaient soudain tout leur sens.

— Ces élèves sont des débutantes, ma chérie. Tout ce que tu as à faire c'est trente minutes d'exercices à la barre, suivis d'un adage très simple au centre. Ajoute une grande révérence à la fin, et le tour est joué. Maintenant que j'y pense, tu pourrais aussi t'occuper des fillettes débutantes.

Allegra secoua la tête. Elle vivait déjà chez les Wilde. Elle n'allait quand même pas travailler pour eux aussi.

— C'est une mauvaise idée, marmonna-t-elle.

— Ça m'aiderait énormément. C'était Tessa qui donnait ce cours, mais maintenant qu'elle a été promue étoile au Manhattan Ballet, elle n'a plus le temps. Nous dispensons six cours par jour ici, et je crains de ne plus pouvoir tous les assurer moi-même.

Emily enseignait toujours ? *Six* cours par jour ?

Allegra avait supposé qu'elle avait pris sa retraite. Elle en parlait déjà à l'époque où Allegra était élève. Les sœurs de Zander, Tessa et Chloe, devaient prendre en charge les cours tandis qu'Emily gérerait l'école.

Apparemment, cela ne s'était pas passé comme ça. Tessa se consacrait aujourd'hui entièrement au Manhattan Ballet, et Chloe faisait partie de la compagnie des Rockettes. Elles n'avaient tout simplement plus de temps à consacrer à l'école familiale.

Quant à Zander, il avait clairement tourné la page.

Ce qui voulait dire qu'il ne devait pas venir très souvent au studio. Tant mieux. Dans ces conditions, Allegra pourrait peut-être dépanner Emily. Jusqu'à ce qu'elle trouve quelque chose de permanent, évidemment.

— Ce ne serait que temporaire, Emily. Vous en êtes consciente, n'est-ce pas ?

Elle s'était engagée à rester une semaine sous le toit d'Emily. Si elle enseignait tous les jours, elle pourrait peut-être économiser assez d'argent pour prendre un nouveau départ.

C'était un début, de toute façon. Juste avant son mariage, elle avait déménagé toutes ses affaires du petit appartement qu'elle partageait à Cambridge avec Talia Simms, l'une de ses amies ballerines. À présent, elle n'avait plus de vie. Elle était sans abri et sans emploi.

Elle devait bien commencer quelque part.

— Essaie et tu verras, répondit Emily. Qui sait ? Tu pourrais y prendre goût.

Peut-être. Elle avait toujours voulu enseigner, mais elle ne pouvait pas en faire sa profession. Pas ici. New York était l'une des plus grandes villes du monde. *Si* elle décidait d'y rester – ce qui était loin d'être certain –, il y avait beaucoup d'autres endroits où elle pourrait enseigner la danse classique. Elle avait besoin de prendre un nouveau départ, certes, mais pas de ressusciter le passé.

Aussi tentante que puisse paraître cette idée.

Son regard se posa sur la photo de Zander et elle. Un autre frisson la parcourut, qu'elle attribua aux flocons de neige qui tourbillonnaient parmi les taxis jaunes derrière les vitres du studio.

Rien à voir avec Zander Wilde. Plus maintenant.

— Mes chaussons sont à Cambridge, dit-elle d'une voix tremblante.

— Pas de problème. Nous en vendons. J'ai peut-être même ton vieux sac de danse, quelque part par ici.

Allegra soupira.

Elle avait passé les quatorze dernières années à refuser de regarder en arrière, et elle n'était pas prête à commencer aujourd'hui. Même s'il y avait beaucoup plus de souvenirs qui méritaient d'être ressuscités qu'elle ne voulait l'admettre.

5

Zander n'avait pas prévu de retourner à son bureau avant d'avoir dormi au moins quelques heures, mais il dut y renoncer rapidement.

Chaque fois qu'il fermait les yeux, il voyait Allegra installée aussi confortablement qu'elle pouvait l'être dans sa cuisine. Dans ses vêtements. Dans sa vie.

C'était troublant. Plus troublant encore que de la voir en robe de mariée, en fait. Probablement parce que, quelque part au fond de lui, cela lui avait fait plaisir de la trouver chez lui. Pendant une fraction de seconde, il s'était même permis de croire... qu'elle l'attendait.

Puis la réalité s'était fait jour.

Elle n'était pas plus ravie de le voir qu'il ne l'avait été de la retrouver à sa fête d'anniversaire. C'était parfaitement compréhensible, vu la façon dont s'étaient déroulées leurs retrouvailles.

Toutefois, les regrets que lui avait inspirés son comportement avaient disparu dès qu'il avait entendu parler de la *Rubrique Mariages* du *Times*. La réapparition soudaine d'Allegra l'avait plongé dans une spirale infernale à de multiples niveaux.

Et maintenant, ils étaient colocataires !

— Zander, tu as une minute ?

À en juger par la lassitude qu'affichait Ryan lorsqu'il apparut à la porte du bureau, il était clair qu'il ne devait pas s'être beaucoup reposé non plus.

— Bien sûr.

Zander lui fit signe d'entrer, même s'il était presque certain qu'il n'avait aucune envie d'entendre ce que Ryan avait à lui dire.

Ses doutes se confirmèrent lorsque Ryan lui tendit un expresso avant de s'asseoir.

— Crois-moi, tu en redemanderas quand je te raconterai la dernière, lui dit son cousin en faisant un geste vers la tasse en porcelaine blanche.

Zander prit une gorgée, savourant le goût du breuvage riche et sombre. Amer, comme son humeur.

— Alors ?

Quelle autre catastrophe Ryan pouvait-il avoir en réserve ?

— Le téléphone ne sonne plus, annonça ce dernier en se laissant tomber sur une chaise, face au bureau de Zander.

Il avait raison. Zander avait vraiment besoin d'un café. Ou plutôt de plusieurs.

— Laisse-moi deviner. Plus personne n'appelle pour réserver de salle pour un mariage.

— Pas du tout. Les gens appellent pour annuler.

— Pour *annuler*...

C'était bien pire que ce à quoi il s'attendait.

Il s'était préparé à un coup dur, il n'était pas idiot. Il savait que ce serait plus difficile de convaincre les couples de se marier à l'hôtel maintenant que celui-ci était censé être maudit. Mais il avait cru pouvoir tenir l'agenda prévu. Si les mariages se poursuivaient, tout finirait par rentrer dans l'ordre.

Bien sûr, ce plan reposait sur le fait que les mariages déjà réservés se déroulent comme prévu.

— Tu veux dire que les gens croient tellement à cette malédiction qu'ils préfèrent se marier ailleurs ? C'est incroyable.

Ryan soupira.

— Au point qu'ils sont prêts à renoncer à leur acompte, marmonna-t-il. La *Rubrique Mariages* est très influente.

— C'est bien le nœud du problème. C'est là-dessus qu'il faudrait agir.

Zander sentit poindre la migraine. Qu'était-il censé faire ? Aller traîner dans les mairies et convaincre les couples de se marier chez lui en leur proposant une pièce montée gratuite ? Ridicule ! Le Bennington ne s'abaisserait jamais à un tel procédé.

— Dis-moi que le planning n'est pas vide.

— Je voudrais bien, répondit Ryan en croisant les bras. Pour l'instant, il n'y a aucun mariage de prévu avant juin.

Dans *cinq* mois. Il serait en faillite, d'ici là.

— Inacceptable.

— Il est peut-être temps de réduire nos tarifs, suggéra Ryan.

Zander secoua la tête.

— Pas question.

Le Bennington était l'un des hôtels les plus luxueux de la ville. Si l'on apprenait qu'il baissait ses tarifs, sa réputation en souffrirait. Ce serait aussi un signe certain qu'il admettait sa défaite.

— Il n'y a qu'une seule solution possible, reprit-il.

Ryan haussa les sourcils.

— Et ce serait ?

— La journaliste de la *Rubrique Mariages* doit publier un démenti.

Il avait retourné toutes les solutions dans sa tête, et un démenti était le seul moyen de mettre un terme définitif à ces rumeurs de malédiction.

— Ce serait l'idéal, reconnut Ryan. Mais comment faire ?

— Tu as déjà discuté avec cette journaliste. Vous vous connaissez, tous les deux. Pourquoi ne pas l'inviter à dîner ? Ça vaudrait le coup d'essayer.

Certes, Zander aurait pu le faire lui-même. Après tout, il figurait dans la liste des célibataires les plus en vue de New York et il était rompu à ce genre d'exercice qui se situait entre badinage et mondanité.

Mais pour une raison qui lui échappait, il n'en supportait pas l'idée. Il se dit que cela n'avait rien à voir avec le commentaire d'Allegra sur le fait qu'il avait *découché*. En fait, cela lui servirait de leçon de le voir dans le *Bulletin mondain* bras dessus bras dessous avec une autre femme.

Mais qu'est-ce qu'il racontait ? Il voulait rendre Allegra Clark jalouse, maintenant ?

— Tu n'es pas sérieux, répondit sèchement Ryan.

Zander s'éclaircit la gorge. Il devait arrêter de penser à Allegra. Elle n'avait rien à voir là-dedans...

Mais quand même... Elle avait fui son mariage, non ?

— Tu veux que je sorte avec cette journaliste ? s'écria Ryan. Désolé, cousin, mais ça ne correspond pas exactement à ma fiche de poste. Je ne suis que directeur financier.

— Je n'ai pas dit que tu devais sortir avec elle. Invite-la à dîner à l'hôtel et demande-lui poliment de reconsidérer son histoire de malédiction.

Cette journaliste était-elle déjà venue au Bennington ? Peut-être qu'une petite invitation s'imposait.

Ryan soupira.

— Je ne sais pas. Tu crois vraiment que ça peut marcher ?

— Je pense que ça vaut le coup d'essayer.

Principalement parce que c'était leur seule option pour l'instant.

— Très bien. Je vais organiser ce petit dîner ici, à l'hôtel. Mais d'abord, réponds à une question.

Zander haussa les épaules.

— Vas-y.

— Pourquoi moi ?

Le regard de Zander se posa sur sa tasse à café vide.

— Qui d'autre pourrait s'en charger ? Le groom ?

— Tu sais très bien que ce n'est pas ce que je veux dire. Pourquoi ne pas inviter cette journaliste toi-même ? demanda Ryan avec un sourire ironique. Tu te défiles ?

— Je ne me défile pas.

Et pourtant c'était précisément ce qu'il faisait. Et Ryan l'avait bien compris.

— C'est à cause de la femme qui devait épouser Warren, n'est-ce pas ?

La mâchoire de Zander se crispa.

— Absolument pas. Et ne l'appelle pas comme ça. Elle s'appelle Allegra. Allegra Clark.

— Je sais, je sais. C'était un test, et tu as échoué, remarqua Ryan en ricanant.

— Tu n'as pas un coup de fil à passer au *Times* ?

Zander prit son stylo Montblanc, le fit tourner entre ses doigts et le reposa.

— Qu'est-ce que c'est que cette histoire ? reprit Ryan. Vous étiez fiancés, elle et toi, il y a longtemps ?

— Non, nous n'étions pas fiancés.

Pas exactement, puisque Allegra ne se souvenait même pas de leur pacte.

Ryan fronça les sourcils.

— C'est celle qui t'a laissé tomber devant l'autel ?

Zander reprit son stylo et le serra de toutes ses forces.

— Non, ça c'était Laura, et elle ne m'a pas *laissé tomber* devant l'autel. Nous étions d'accord sur le fait que ce mariage était une erreur. C'était une décision commune.

Bien sûr il aurait préféré que cette conversation fatidique n'ait pas eu lieu sous le porche de l'église quelques minutes seulement avant le début de la cérémonie. C'était pourtant ce qui s'était passé.

Ils n'étaient pas amoureux. Pas vraiment. Et Laura avait eu raison de vouloir faire le point sur leur engagement. Au dernier moment, certes, mais cela avait empêché un divorce qui n'aurait pas manqué de se profiler rapidement à l'horizon.

— Si ma mémoire est bonne, Laura a fui l'église en robe de mariée, reprit Ryan en secouant la tête. Pas étonnant que nos mariées fugueuses te traumatisent tant.

— Je ne suis pas traumatisé, répliqua Zander en jetant son stylo sur son bureau, où il rebondit plusieurs fois avant de s'immobiliser sous le regard ironique de Ryan. Je m'inquiète pour l'hôtel. C'est tout.

— Et pourtant, tu veux que j'invite cette journaliste à dîner à ta place. Et cette décision n'a rien à voir avec le fait qu'Allegra Clark loge chez toi ?

Zander était resté discret sur ce nouveau développement, mais évidemment Ryan en avait entendu parler. La discrétion n'était pas vraiment une qualité répandue chez les Wilde.

— D'accord, oublie. J'inviterai cette journaliste moi-même, marmonna-t-il en haussant les épaules.

— Tu en es sûr ?

Non.

— Je vais l'inviter à dîner, pas la demander en mariage. Je sais comment faire et c'est mon boulot. Tu as raison. Donc, je vais m'en occuper. Tu es tiré d'affaire, cousin.

Ryan se leva.

— Si tu le dis. C'est toi le patron.

Effectivement. Il était le patron. Celui qui menait la barque et donnait des ordres. Alors pourquoi avait-il l'impression de s'être fait manipuler ?

Allegra prit tant de plaisir à donner le cours de danse classique qu'elle enchaîna avec Mouvements créatifs pour les tout-petits puis Pré-ballet pour les cinq-six ans.

À présent, c'était la pause déjeuner, et elle décida d'aller acheter de la soupe et une miche de pain français croustillant pour Emily et elle.

Le snack qui faisait le coin de la rue la replongea aussitôt dans ses années de lycée...

L'endroit n'avait absolument pas changé depuis l'époque où elle venait y faire ses devoirs avec Zander après les cours de danse. Même le bar était identique, jusqu'à la petite déchirure d'un des tabourets en vinyle rouge. Lorsque Allegra la remarqua, elle sentit une boule se former dans sa gorge. Préférant ne pas s'attarder sur les raisons de cette émotion malvenue, elle détourna le regard et se glissa dans la file en attendant sa commande.

Peut-être pouvait-elle en profiter pour appeler la secrétaire de Spencer ?

Elle avait besoin de ses affaires. Tout au moins de son sac à main et de son téléphone.

Max, le propriétaire du snack, la reconnut et la laissa gentiment utiliser la ligne fixe de l'établissement. Elle composa le numéro tant qu'elle avait un peu de courage.

— Allegra, ça va ? Personne n'a eu de tes nouvelles depuis que... Euh...

La secrétaire toussota.

Depuis que je me suis enfuie de mon mariage en abandonnant ton patron devant l'autel ?

— Ça va. Je suis chez un ami d'enfance, à Manhattan, expliqua-t-elle d'un ton aussi joyeux et détaché que possible. J'ai laissé quelques affaires à l'hôtel, et je me demandais si tu pourrais me les envoyer.

Elle se prépara à une réponse glaciale ou, pire, à un refus catégorique.

— Bien sûr ! Elles sont juste à côté de moi. J'espérais que tu m'appellerais avant que l'on quitte l'hôtel. J'ai essayé de te joindre, mais tu es... Enfin ton téléphone était dans ton sac.

La gentillesse de la jeune femme lui fit beaucoup plus mal qu'une fin de non-recevoir car elle ne pouvait vouloir dire qu'une seule chose : la secrétaire de Spencer savait parfaitement pourquoi Allegra avait fui. Seigneur ! Est-ce que tout le monde savait ?

— Merci.

Allegra débita l'adresse de l'école de danse à toute allure et raccrocha au moment précis où la première larme commençait à couler sur sa joue.

— Voilà pour toi, dit Max en lui tendant un sac en papier. Ça fait plaisir de te revoir. Tu te réinstalles à New York ?

— Je suis de passage, c'est tout.

C'était vrai. Comme si cette plongée dans le passé n'était rien d'autre que des vacances fabuleuses au lieu de... de ce qu'elle était vraiment : une plongée dans le néant.

— Où est ton jeune homme ? Il est là, lui aussi ?

Allegra cligna des yeux. Max parlait évidemment de Zander, et elle ne savait pas comment répondre à la question.

— Bah, ne t'occupe pas de moi. Je ne suis qu'un vieux fouineur. Reviens nous voir, si tu en as l'occasion.

— Promis, répondit Allegra en lui offrant un pâle sourire.

Elle sortit du snack aussi vite qu'elle le put. Elle se sentait transparente, comme si Max l'avait percée à jour. Comme s'il savait que la dernière fois qu'elle était venue dans son établissement avec Zander, elle était vraiment elle-même et qu'elle ne l'était plus aujourd'hui. Ce en quoi il n'avait pas tort. Qui était-elle, aujourd'hui ?

Elle cligna des yeux, luttant contre les bourrasques de neige tout en regagnant le studio. Les larmes lui piquaient les yeux, et elle se demanda si elles étaient dues au vent glacial ou à l'humiliation ressentie suite à la conversation avec la secrétaire de Spencer.

Est-ce que tout le monde savait ?

La question se mit à tourner en boucle dans son esprit, comme le refrain d'une chanson horripilante.

Qu'est-ce que ça changeait, finalement ? Était-ce vraiment important que la secrétaire de Spencer – et tout le reste de l'équipe – sachent qu'il la trompait depuis le début ?

Ces gens n'étaient pas ses amis. La grande, la vraie question était beaucoup plus troublante.

Le savait-elle, elle, ou n'avait-elle jamais voulu le savoir ?

La vérité lui avait sauté au visage quelques minutes avant d'entrer dans l'église, lorsqu'elle avait vu son fiancé plonger la langue dans le décolleté de l'organisatrice du mariage. Même un politicien plein de bagout n'aurait pu se sortir d'un tel faux pas.

Il avait essayé, bien sûr. Et puis, il l'avait suppliée. Il avait juste besoin d'elle pour le mariage, et ils régleraient le problème de son infidélité plus tard. Les élections avaient lieu dans moins de trois mois. Il avait besoin d'articles positifs dans la presse. De la mariée rougissante. Du conte de fées.

Même si rien de tout cela n'était vrai.

Elle avait failli lui donner ce qu'il voulait. Et puis, alors qu'elle avançait vers l'autel, elle s'était sentie suffoquer. Elle s'était immobilisée, le regard fixé sur le tapis ivoire parsemé de pétales de roses. Elle était incapable de bouger. De penser. Et puis son cœur s'était mis à battre dans sa gorge, elle avait cru qu'elle allait mourir là, dans sa robe de mariée, étouffée par la peur.

Cela faisait des années qu'elle n'avait pas eu de crise de panique. Depuis qu'elle avait intégré le Boston Ballet. Cela devait vouloir dire quelque chose. Et lorsqu'elle s'était élancée hors de la salle de réception du Bennington, elle s'était convaincue que c'était un signe. Son inconscient lui envoyait un message : elle ne devait pas tomber dans ce piège. Elle ne pouvait pas épouser un homme qui ne l'aimait pas.

Mais à présent, pétrifiée sur le seuil de l'école de danse, le cœur battant à tout rompre, elle se rendait compte qu'elle s'était trompée. L'idée d'épouser Spencer n'était pas ce qui avait causé la crise, car elle avait toujours su, au fond, quel genre d'homme il était vraiment.

Et ce depuis le début.

Elle l'avait toujours su, mais elle n'y avait jamais vraiment prêté attention parce qu'elle n'était pas amoureuse de lui. Pourtant, elle avait décidé de l'épouser quand même. Parce que cela la rassurait de penser qu'en épousant un homme qu'elle n'aimait pas vraiment, elle n'aurait jamais plus le cœur brisé.

Elle avait tout perdu le jour où sa mère, son père et sa petite sœur étaient morts en se rendant à son récital de danse. Elle avait touché le fond. Elle ne s'exposerait pas à un tel chagrin une seconde fois. Et quelle meilleure façon de se protéger que de vivre sans vraiment aimer ? Sans vraiment... vivre ?

Oh mon Dieu !

Les pièces du puzzle s'assemblaient à présent avec une clarté terrifiante. Depuis combien de temps se mentait-elle à elle-même ? Des semaines. Des mois. Des années.

Le sac en papier du snack lui glissa des doigts et tomba sur le trottoir enneigé. Elle essaya de se baisser pour le ramasser, mais elle en fut incapable. Elle était de nouveau paralysée. Elle suffoquait. Elle porta la main à sa gorge. Tout ce qui l'entourait, la circulation, les piétons, les lampadaires recouverts de givre, s'estompait.

Elle était en train de perdre la tête.

Elle ferma les yeux de toutes ses forces et s'efforça de combattre le malaise. En vain. La peur l'étouffait, et elle tomba.

Elle tomba à quatre pattes, à peine consciente du trottoir glacial et des graviers qui s'enfonçaient dans ses paumes. La soupe avait glissé du sac et se répandait sur le trottoir. Elle tenta désespérément de reprendre son souffle. Le riche parfum de tomate et de basilic lui donna la nausée.

Elle allait vomir.

Seule cette horrible perspective l'empêcha de se mettre en position fœtale au beau milieu de Manhattan.

— Allegra ?

Quelque part au-delà du brouillard qui enveloppait son esprit, elle était vaguement consciente que quelqu'un l'appelait. Un homme.

— Allegra ! Mon Dieu, qu'est-ce qui t'arrive ?

Elle se força à ouvrir les yeux. Zander. Il était là. Comment ? Depuis quand ? De toute sa vie, elle n'avait été aussi heureuse de voir un visage familier. Elle essaya de prononcer son nom mais aucun son ne sortit.

Il s'accroupit et la regarda dans les yeux. Et l'inquiétude qu'elle lut dans son regard l'ébranla jusqu'au tréfonds de son être. Trop réelle. Trop familière.

Elle s'agrippa aux revers de sa veste.

Aide-moi.

— Écoute-moi, mon ange. Ça va aller. Tu as une crise de panique, mais tout va bien se passer.

Il la prit dans ses bras et la remit sur pied.

Ses genoux flanchèrent et elle s'effondra sur lui, enfouissant le visage contre son épaule.

— Tu m'entends ? murmura-t-il. Hoche la tête si tu m'entends.

Elle hocha la tête contre sa poitrine, à peine consciente de la soie douce de sa cravate contre sa joue.

— Je suis là. Je suis là, et je te tiens, murmura-t-il en lui caressant le dos. Respire, Allegra. Respire, c'est tout.

Cela semblait impossible, mais ainsi cajolée, elle réussit à inspirer fébrilement.

— C'est bien, mon ange. Encore. Respire encore.

Elle obéit.

Son cœur battait encore si fort que sa poitrine la brûlait comme si elle venait de courir un marathon, mais le brouillard dans sa tête commençait à se dissiper.

— Viens avec moi, dit Zander. Rentrons à la maison.

À la maison…

Le cœur d'Allegra manqua un battement.

Des larmes se mirent à ruisseler sur son visage. Elle sanglotait, et elle ne savait pas si c'était à cause de la panique qui l'avait saisie ou du soulagement.

C'était le Zander dont elle se souvenait, le Zander qui l'avait prise dans ses bras le jour où sa vie s'était écroulée. Il la ramenait à la maison.

Un tel endroit semblait presque possible.

Presque.

6

Onze minutes seulement s'écoulèrent entre le moment où Zander appela le chauffeur du Bennington et l'arrivée d'une élégante limousine frappée du logo de l'hôtel. Onze minutes durant lesquelles il vieillit d'au moins cinq ans tandis qu'Allegra s'agrippait à lui comme un petit animal blessé.

Il avait tout de suite compris qu'elle faisait une crise de panique. Lorsqu'il n'était encore que directeur de l'hôtel, un client avait été victime d'un malaise similaire dans l'une des salles de réception. Cela datait de plusieurs années, mais il avait été pétrifié par la terreur qu'il avait vue dans les yeux du jeune homme ; jamais il ne s'était senti aussi impuissant face à la souffrance.

À présent, il voyait cette même peur dans les profondeurs du regard d'Allegra et se sentait tout aussi paniqué.

En attendant la voiture, il l'avait tenue dans ses bras et lui avait parlé aussi calmement que possible, s'efforçant de lui dire des paroles rassurantes comme il l'avait fait le jour de l'accident qui avait coûté la vie à sa famille.

— Où allons-nous, monsieur Wilde ? demanda le chauffeur en croisant son regard dans le rétroviseur alors que la cloison de séparation se refermait. À l'hôtel ?

— Non, répondit Zander d'un ton plus brusque que prévu.

Mais Allegra ne sembla pas s'en rendre compte.

Il s'éclaircit la gorge et précisa :

— À la maison, s'il vous plaît, Tony.

Ce n'était toutefois pas ce qu'il avait prévu.

Il avait passé la majeure partie de la journée à essayer de trouver un moyen d'expulser Allegra de chez lui. Après avoir épluché le registre des réservations, il lui avait trouvé une chambre disponible au onzième étage.

Le fait que Spencer Warren et ses invités aient quitté l'hôtel avait facilité les choses, mais il n'avait pas l'intention de partager cette information avec Allegra. Il n'était venu à l'école de danse que pour lui remettre la clé de sa chambre.

Un sentiment de honte l'étreignit soudain. Il s'était senti si charitable, alors qu'en réalité lui offrir un séjour gratuit de sept nuits dans son hôtel ne faisait que lui simplifier la vie... À lui.

Il voulait simplement qu'elle soit aussi loin de sa vue que possible. Et maintenant, la clé de la chambre, qui était dans la poche de sa chemise, juste sous la joue baignée de larmes d'Allegra, le brûlait presque.

— Nous serons à la maison dans une minute, murmura-t-il dans ses cheveux, s'imprégnant de son doux parfum vanillé.

Il ferma les yeux. Le parfum d'Allegra n'avait pas changé. Pas plus que l'émotion de la sentir ainsi blottie contre lui.

Elle était toujours la même, et pourtant différente. Différente... et encore plus séduisante. Plus tentante. Juste... *plus*. À quoi pensait-il en l'amenant chez lui ?

C'était une très mauvaise idée.

Il en était bien conscient, maintenant qu'elle était blottie contre lui avec un naturel désarmant. Comme si elle avait toujours eu sa place auprès de son cœur.

Oui, c'était une très mauvaise idée qu'il venait d'avoir.

Seulement il n'était pas question de la laisser seule. Pas dans cet état.

— Ta mère, bredouilla Allegra, levant la tête, les yeux écarquillés, mais restant blottie contre lui. Elle m'attend au studio. Je lui ai dit que j'assurerai les cours de l'après-midi. Elle doit se demander où je suis.

— Ne t'inquiète pas. Je l'ai prévenue que je te ramenais à la maison.

Il avait envoyé un texto à sa mère dès qu'il avait appelé la limousine puis réglé son téléphone sur vibreur. Depuis, l'appareil n'avait cessé de bourdonner dans la poche de sa veste. Il avait fini par l'éteindre complètement.

Les textos et les appels attendraient.

— Merci.

La voix d'Allegra n'était qu'un murmure rauque, et elle lui adressa un sourire tremblant. Une larme glissa sur sa joue.

Zander l'essuya du bout du pouce et, inexplicablement, laissa ses doigts glisser sur la courbe délicate de son menton.

Arrête de la toucher.

La crise de panique était presque terminée. Allegra respirait mieux, mais son regard était perdu dans le vague et encore trop torturé au goût de Zander. Il ne pouvait pas la lâcher. Pas encore.

— Ça dure depuis combien de temps, mon ange ?

Mon ange. Une fois de plus. Dans son esprit, des signaux d'alarme retentirent.

— Depuis un moment.

Le sourire d'Allegra s'estompa, attirant l'attention de Zander sur sa bouche. Tous les muscles de son corps se contractèrent.

— Ça a commencé quand j'ai déménagé, après...

Il hocha la tête. Après l'accident. Il n'allait pas la forcer à le dire.

— Ensuite, les crises de panique ont cessé. Pendant des années, poursuivit-elle, avant de fixer ses genoux. Jusqu'à l'autre soir.

Intéressant.

— Le soir du mariage ? s'enquit-il.

Elle hocha la tête. D'une façon ou d'une autre, cet aveu en disait trop et pas assez. À cet instant, une pensée horrible traversa l'esprit de Zander...

— Il te frappait ? Parce que si c'est à cause de ça...

Elle cligna des yeux, surprise.

— Quoi ? Non ! Ce n'était pas ça.

Il la dévisagea. C'était quoi, alors ? La question planait entre eux, muette mais omniprésente. Allegra poussa un soupir.

— Il me trompait, avoua-t-elle. Je l'ai découvert quelques minutes avant la cérémonie.

Zander serra les poings, et ce n'est qu'à cet instant qu'il réalisa qu'il la touchait encore, lui caressait toujours la joue.

— Quel salaud ! s'exclama-t-il.

Elle leva les yeux au ciel, mais Zander ne put s'empêcher de remarquer le petit sourire qui s'était formé sur ses lèvres. Enfin, il s'autorisa à se détendre.

Elle allait mieux.

— Je sais que tu es en mode héros en ce moment, mais tu peux réduire la testostérone d'un cran ou deux, dit-elle. C'est plus compliqué que ça en a l'air.

Elle était de retour, l'impertinente mariée qui s'était invitée à sa fête d'anniversaire, songea-t-il, rassuré.

Une impertinence qui lui avait manqué beaucoup plus qu'il ne l'aurait imaginé. Mais il ne voulait pas la pousser à parler. Après tout, il venait de la trouver prostrée sur un trottoir de Manhattan, incapable de respirer.

— On n'a pas besoin d'en parler maintenant.

— Tant mieux, murmura-t-elle.

Elle ferma les yeux et laissa retomber la tête contre son torse.

Les doigts de Zander dévièrent lentement vers son cou. Son pouce allait et venait, traçant les mêmes cercles tendres que sur sa joue. Si ça avait été quelqu'un d'autre, cela aurait été bizarre. Et peut-être même gênant. Mais ils avaient été amis et partenaires de danse. Cela avait créé des liens.

Quand ils étaient adolescents, ils passaient tellement de temps à s'entraîner, tous les deux, qu'il avait l'impression que le corps d'Allegra était un prolongement du sien. Maintenant que la glace avait commencé à fondre entre eux, c'était logique de retomber dans ces vieux schémas.

Ce n'était que la mémoire du corps. Rien d'autre.

Juste son corps qui se souvenait du sien. De l'arc de son dos sous sa paume, de l'ajustement parfait de sa main dans la sienne. Autrefois, toutes ces choses étaient familières. Naturelles.

Innocentes.

Toutefois, l'innocence qui se manifestait jadis en touchant Allegra était aujourd'hui passablement absente. C'était la différence, du moins de son côté. Ils n'étaient plus des enfants mais des adultes.

Il prit une respiration mesurée et se concentra sur les tourbillons de neige qui s'écrasaient contre la vitre, s'efforçant d'oublier la femme nichée au creux de ses bras.

Au bout de quelques minutes, elle s'endormit, s'abandonnant complètement contre lui. Il fit de son mieux pour se concentrer sur des questions pratiques. Des détails banals, comme le fait qu'il devrait retourner à l'école de danse pour récupérer sa voiture, qu'il avait laissée garée sur le trottoir, mais aussi la pile de paperasse qui s'entassait sur son bureau. Mais tout cela n'était guère passionnant, et bientôt, il ne put s'empêcher de regarder Allegra dormir. Le petit sillon qu'elle avait entre les sourcils avait disparu. Tout son corps semblait détendu, et pour la première fois depuis qu'il l'avait trouvée recroquevillée sur le trottoir, elle semblait presque en paix. Comblée.

Lorsque la voiture tourna dans Riverside Drive et que la rivière Hudson apparut à travers la brume, il la secoua doucement.

— Allegra, on est presque arrivés.

Elle ouvrit les yeux. Ils se dévisagèrent une seconde de trop, et le désir que Zander avait refoulé tout au long du trajet lui apparut avec une clarté indéniable. Pour la première fois depuis des années, il était seul avec Allegra. Le chauffeur se trouvait de l'autre côté de la cloison, à quelques mètres de là. Autant dire à des kilomètres.

Il écarta une mèche de cheveux de son visage et sentit son regard bleu scintillant lui transpercer la poitrine.

— Tu te sens mieux ? demanda-t-il.

Elle hocha la tête.

— Merci encore. Je suis un peu gênée…

— Je t'en prie. Ce n'était rien, murmura-t-il.

Il mentait, et ils le savaient tous les deux. La trouver dans cet état, prendre soin d'elle, la mettre en sécurité, c'était *vraiment* quelque chose. Ça l'était pour lui, en tout cas.

— Je le pense vraiment. J'étais heureuse que tu sois là, reprit-elle en s'humectant les lèvres, ce qui attira une fois de plus le regard de Zander sur sa bouche. Je suis heureuse que tu sois là maintenant.

Puis elle déposa un baiser d'une douceur infinie au coin de ses lèvres. Leurs visages étaient si proches qu'elle n'avait eu qu'à lever la tête de quelques millimètres, mais Zander l'avait quand même vue venir. Il aurait pu changer ce qui allait se passer.

Un homme meilleur l'aurait fait.

Sauf qu'il ne voulait pas être un homme meilleur. Pas en cet instant.

Il avait attendu une éternité pour embrasser Allegra Clark.

Elle rêvait.

Allegra avait oublié à quel point elle se sentait toujours épuisée après une crise de panique ; elle aurait pu dormir pendant des jours. Ça lui était arrivé, parfois, surtout dans les semaines et les mois qui avaient suivi son arrivée à Cambridge. Au cours des six premiers mois où elle avait vécu chez sa tante, elle avait manqué vingt-sept jours de classe. Qu'elle avait passé presque entièrement au lit. Le reste du temps, elle s'était employée à développer des techniques d'adaptation, comme apprendre à respirer, réapprendre à vivre. Lorsqu'elle avait repris la danse, sa vie était devenue plus simple. Pas la danse de salon, évidemment. Danser avec quelqu'un d'autre que Zander était hors de question.

Le ballet, en revanche, était parfait. Elle aimait ses racines classiques qui remontaient au XIXe siècle. Le ballet était imprégné de traditions. C'était prévisible. C'était exigeant, bien sûr, mais c'était une routine. Elle savait exactement à quoi s'attendre lorsqu'elle venait en cours chaque jour : trente minutes d'exercices à la barre, une combinaison au centre, un adagio gracieux, un allegro rapide et, à la fin, une révérence.

La prévisibilité était un baume. La danse classique l'avait aidée à guérir. C'était du moins ce qu'elle avait cru.

Or la crise de panique dont elle avait été victime cet après-midi était l'une des pires qu'elle avait jamais connue. Pas étonnant qu'elle puisse à peine garder les yeux ouverts.

Mais le rêve semblait si réel. Si palpable.

Zander était là et sa bouche était sur la sienne. Il l'embrassait. La goûtait.

En fait, c'est *elle* qui l'avait embrassé. Une simple pression de ses lèvres au coin des siennes. Ensuite, sans qu'elle sache pourquoi, elle avait poussé un petit grognement et... Et sa langue glissait à présent contre la sienne. Le baiser se transforma rapidement en tout autre chose, en quelque chose de tout à fait décadent, délicieux et parfait. Comme si c'était inévitable. Comme si c'était ce qu'elle attendait depuis le début.

C'est ainsi qu'elle comprit que c'était un rêve. Les vrais baisers ne ressemblaient pas à ça. Et encore moins les baisers entre amis. Or c'est exactement ce qu'était Zander, un ami. C'est ce qu'il avait toujours été.

Pourtant le soulagement qui l'avait submergée lorsqu'il l'avait ramassée sur le trottoir avait été bien trop fort pour être tout à fait honnête. Et quand il l'avait appelée « mon ange », cela avait libéré quelque chose en elle. Quelque chose qu'elle s'était toujours efforcée de contenir.

Tout cela devait être réel. Ce baiser pouvait-il n'être qu'un rêve ? Un rêve tout à fait merveilleux, tout à fait perturbant ?

— Monsieur Wilde, nous sommes arrivés.

La voix venait de quelque part au-dessus de sa tête et la fit sursauter. Elle revint à elle, se forçant à ouvrir les yeux. Tout semblait bouger au ralenti. Son corps était chaud. Liquide et sucré, comme du miel fondu.

Mais lorsque le visage de Zander apparut à quelques centimètres du sien, elle se figea.

Ce n'était pas un rêve.

Seigneur ! Qu'est-ce qu'elle avait fait ?

Ils se regardèrent pendant un long moment. Zander semblait tout aussi stupéfait qu'elle par la tournure soudaine des événements. Peut-être plus encore, à en croire la façon dont il secouait la tête.

— Je n'aurais pas dû laisser faire ça, murmura-t-il d'une voix rauque, son regard se posant un instant sur sa bouche avant de revenir tout aussi vite vers ses yeux. Tu es perturbée, et j'ai...

Elle déglutit. Hocha la tête. Même si elle ne savait pas vraiment avec quoi elle était d'accord.

Si elle était perturbée, qu'est-ce qu'il était, lui, exactement ? Elle devait l'interroger avant qu'ils sortent de la voiture et fassent comme si rien ne s'était passé.

Parce que c'était vraiment l'intention de Zander. Il avait la mâchoire serrée, et son regard, sombre et tourmenté quelques secondes auparavant, était maintenant animé d'une détermination implacable.

— Monsieur Wilde, dit le chauffeur.

Zander tendit le bras pour appuyer sur un bouton incrusté dans le plafond de la voiture.

— Oui, Tony. Mlle Clark et moi sommes prêts.

Allegra secoua la tête. Elle n'était pas prête. Du tout ! Si elle essayait de se lever maintenant, ses jambes ne la porteraient probablement pas.

Qu'est-ce qui n'allait pas chez elle ? Elle n'était plus paniquée. Plutôt le contraire, en fait.

Elle devrait pouvoir marcher.

L'expression « avoir les jambes en coton » lui vint soudain à l'esprit. Elle secoua de nouveau la tête.

Non. Juste... Non. Elle ne pouvait pas être attirée par Zander Wilde. Elle travaillait à l'école de danse de sa mère. Elle logeait chez lui. La veille, elle avait failli épouser un autre homme.

Mais Zander pensait qu'elle portait cette robe de mariée pour lui. Alors il...

Elle cligna des yeux.

Zander s'était glissé jusqu'à l'extrémité de la banquette, laissant un énorme espace entre eux. Comme si ce n'était pas assez symbolique, il évitait de la regarder dans les yeux. Il resserra sa cravate, s'éclaircit la gorge et resserra sa cravate, une fois de plus.

— Zander, je...

La portière de son côté s'ouvrit, et elle vit un homme portant un manteau et un chapeau qui lui tendait la main. Le chauffeur, probablement.

Quelque part à la périphérie, elle vit passer une petite boule de fourrure noire. Le chaton qu'elle avait vu ce matin par la fenêtre.

— Vas-y, dit Zander.

Elle se retourna pour lui faire face à nouveau.

— Mais...

Mais quoi ? Elle venait de l'embrasser. Hélas, oui.

Elle a pris une longue inspiration.

– Ne t'inquiète pas, lui dit Zander. Tu ne seras pas seule. Je serai à l'intérieur dans quelques minutes. Je dois d'abord passer un coup de fil.

Il sortit un iPhone de sa poche, appuya sur la touche mais l'écran resta sombre. Le téléphone n'était même pas allumé.

— Tu devrais monter te reposer. Je suis sûr que tu es épuisée, dit-il en rangeant son téléphone.

Lorsqu'il la regarda de nouveau, il affichait son masque de P-DG, impassible et professionnel, au point d'avoir l'air complètement indifférent.

Mais ses yeux le trahissaient. Les iris verts dont elle connaissait les moindres nuances étaient tout sauf neutres.

Elle hocha la tête et comprit soudain.

En réalité, Zander se comportait en parfait gentleman. Il lui offrait une chance de faire comme si leur baiser n'avait jamais existé.

Il savait qu'elle était vulnérable. Elle était tellement désorientée qu'elle avait presque cru que le baiser était un rêve.

Sinon, elle ne l'aurait jamais embrassé. Peut-être. Probablement. Mais alors qu'elle posait la main dans celle du chauffeur pour sortir de la voiture, laissant Zander derrière elle, elle ne se sentait plus aussi perdue. Dans sa tête, le brouillard s'était dissipé. Son pouls était régulier et fort. Dans l'ensemble, elle avait retrouvé son état normal, était redevenue elle-même.

Et pourtant, elle était indéniablement déçue.

7

Zander aurait dû se douter qu'un désastre s'était produit dès qu'il franchit la porte tambour du Bennington, le lendemain matin. Pour une personne extérieure, tout aurait sans doute paru parfaitement normal. Des fleurs fraîches ornaient toutes les surfaces disponibles, l'horloge dorée suspendue au plafond du hall sonnait en temps et en heure et les lustres brillaient de tous leurs feux.

Mais il n'était pas une personne extérieure.

Il connaissait le Bennington sur le bout des doigts. Il savait que les grooms couraient en tous sens non parce qu'ils étaient plus occupés que d'habitude, mais parce qu'ils évitaient son regard. Il savait que le sourire du directeur était un peu trop crispé pour être naturel. Et il savait très bien que la pile de journaux de l'espace café du personnel était un peu moins haute que d'habitude.

Parce qu'il y manquait quelque chose.

Le *New York Times*.

Il s'arrêta pour se servir un double expresso et se rendit directement chez Ryan.

— Bonjour.

Il s'appuya contre le chambranle de la porte et se mit à siroter son café, espérant se tromper. Peut-être que tout était parfaitement en ordre. Peut-être se faisait-il des idées. Peut-être que la livraison du *Times* était en retard. Après tout, c'était déjà arrivé.

Il n'avait aucune envie de désamorcer une nouvelle crise

ce matin. Pas après ce qui s'était passé la veille. Pas après le baiser qu'Allegra et lui faisaient toujours semblant de ne pas avoir échangé.

Ryan leva les yeux de son écran et le regarda.

— Tu es vivant, dit-il simplement.

— Il semblerait, oui. Vivant et en pleine forme, répondit Zander avant de déboutonner sa veste et de s'asseoir.

Vivant et en pleine forme.

Le deuxième élément était discutable, en dépit du congé qu'il avait pris la veille, le premier depuis des lustres.

Il avait tenu promesse et était resté auprès d'Allegra pendant qu'elle dormait. Il aurait été inutile au Bennington, de toute façon. La crise de panique d'Allegra l'avait secoué plus qu'il n'oserait l'avouer.

Le baiser qui l'avait suivie l'avait presque tué.

Ryan le gratifia d'un regard noir.

— Tu es parti hier faire une mystérieuse course et tu n'es jamais revenu. Que s'est-il passé ? s'enquit-il.

Beaucoup de choses. Trop de choses. Mais il n'avait aucune intention de s'en ouvrir à son cousin.

— Quelque chose, répondit-il, évasif.

— C'est tout ? répliqua Ryan, exaspéré. J'espère que c'était important, parce que le *Times* nous a embrochés, ce matin.

Bon sang ! Que leur reprochait-on encore ?

— Ça n'a pas de sens, dit-il. La *Rubrique Mariages* ne sort que le week-end. Ne me dis pas que la rubrique *Actualités* s'intéresse à notre prétendue malédiction.

C'était impossible.

Il sentit un filet de sueur froide couler le long de son dos. Ryan ne se serait jamais permis de plaisanter sur un sujet aussi sérieux.

— Effectivement, ça ne fait pas la une, mais le cahier local en fait ses choux gras, lui expliqua son cousin.

Ryan pivota sur sa chaise et prit un journal sur sa crédence avant de le jeter sur le bureau.

Zander scanna la page du regard. Si le quotidien continuait à dénigrer publiquement l'hôtel, il devrait porter plainte. Cela ne pouvait pas continuer. Il se demanda qui, cette fois, était à l'origine du scandale.

Puis son regard se posa sur un gros titre dans le coin inférieur gauche, révélant l'identité du responsable.

Lui-même...

ABSENT À UN DÎNER OÙ IL DEVAIT S'EXPLIQUER,
LE P-DG DU BENNINGTON LAISSE
LE TOUT MANHATTAN DANS L'EXPECTATIVE :
LA MALÉDICTION NUPTIALE EST-ELLE RÉELLE ?

Zander sentit son estomac se nouer. Il avait complètement oublié le dîner avec la journaliste ! Pas étonnant que Ryan ait cru qu'il était mort.

Quel fiasco !

Ryan s'éclaircit la gorge. Ses mains étaient soigneusement croisées devant lui. Il semblait imperturbable, un peu comme le sol en marbre poli du hall de l'hôtel. Il n'eut pas besoin d'expliquer les choses à Zander.

Ils étaient bel et bien dans la panade.

— Quelque chose m'aurait-il échappé ? reprit Ryan. Je croyais qu'on était d'accord pour que tu t'occupes de la journaliste.

Zander hocha la tête et parvint à arracher son regard de l'effroyable gros titre.

— Absolument, murmura-t-il.

— Alors pourquoi n'es-tu pas venu ? lança Ryan, visiblement très en colère.

En qualité de P-DG, Zander était techniquement le patron de Ryan, mais le poste de directeur financier était assez haut placé dans l'entreprise. De plus, Zander et son cousin avaient toujours fonctionné en équipe, et Zander préférait ce genre de relation ; il avait une confiance aveugle en Ryan et vice versa. Sans oublier qu'ils étaient de la même famille.

Mais pour la première fois de sa vie professionnelle, Zander lui avait fait faux bond. Il déglutit.

— J'ai oublié, marmonna-t-il.

— Tu as *oublié* ?

Zander hocha la tête. C'était une excuse minable, mais c'était la vérité.

— Pourquoi personne ne m'a appelé quand elle est arrivée ? s'enquit-il. Je serais venu tout de suite. J'aurais été en retard, mais cela aurait été mieux que de lui poser un lapin.

Il se raccrochait aux branches, et ils le savaient tous les deux. Le fiasco du dîner était de sa responsabilité, et de personne d'autre.

Comment avait-il pu faire une chose pareille ?

Il ferma les yeux. Une migraine prenait naissance à la base de son crâne, sans doute parce qu'il savait exactement pourquoi il avait oublié son rendez-vous avec Celestia Lane, la journaliste de la *Rubrique Mariages*.

Allegra.

— Plusieurs membres du personnel t'ont appelé, répondit Ryan. Plusieurs fois. Puis ils m'ont prévenu qu'ils ne parvenaient pas à te joindre, et je t'ai appelé pendant des heures. Voyant que tu ne répondais pas, je suis allé au rendez-vous à ta place, mais Celestia Lane était déjà rentrée chez elle.

Où elle avait manifestement passé la soirée à écrire un autre article sur la prétendue malédiction au lieu d'être cajolée par lui autour d'un bon dîner, songea Zander, se rendant brusquement compte de son erreur. Le cahier local s'était fait une joie de publier la suite du feuilleton.

Il prit son téléphone et se rendit compte qu'il ne l'avait même pas rallumé après avoir trouvé Allegra affalée sur le trottoir. Il l'alluma et des dizaines de signaux sonores retentirent à mesure que les notifications de messages s'affichaient sur l'écran.

Trop tard.

— Tu peux me dire ce qui se passe ? demanda Ryan. Cela ne te ressemble pas d'être aussi distrait. Ceci dit, j'ai l'impression de déjà connaître la réponse. C'est la mariée en fuite, n'est-ce pas ?

Zander le dévisagea sans répondre.

— Ne me demande pas de quelle mariée je parle, continua Ryan. On sait très bien, toi et moi, de qui il s'agit.

— Elle a un nom, rétorqua Zander, mâchoires serrées.

Il ne supportait pas l'idée qu'Allegra soit « la mariée en fuite ».

Surtout maintenant qu'il connaissait le fin mot de l'histoire. Et qu'en plus elle l'avait embrassé.

— Je vais prendre ta remarque pour un « oui », dit Ryan.

Zander soupira.

— Très bien. J'étais avec Allegra, hier, mais ce n'est pas ce que tu crois.

Pas entièrement, en tout cas.

— Hier, j'ai réorganisé le planning des réservations de l'hôtel et je lui ai trouvé une chambre, expliqua-t-il. J'ai pensé qu'il vaudrait mieux pour tout le monde qu'elle loge ici plutôt que chez moi. Elle donne des cours à l'école de danse de ma mère, alors je suis allé lui apporter la clé.

Il marqua une pause et avala une gorgée d'expresso, regrettant de ne pas avoir pris quelque chose de plus fort, un manhattan peut-être. Mais il avait déjà assez gâché les choses comme ça. Il n'allait pas, en plus, se mettre à boire en journée.

— Et ? fit Ryan en croisant les bras.

— Et je suis tombé à un mauvais moment.

Ryan méritait une explication, mais lui parler de la crise de panique d'Allegra lui semblait malvenu. Il regarda son cousin dans les yeux et ajouta :

— Je sais que cela va te paraître vague, mais tu vas devoir me faire confiance. C'est possible ?

Après un lourd silence, Ryan hocha la tête.

— Bien sûr. Je ne serais pas là sans toi.

— Merci.

Il ne méritait pas une telle confiance. Surtout après l'erreur qu'il venait de commettre. Mais il en fut tout de même reconnaissant à son cousin.

— Il n'empêche que nous devons faire face aux conséquences, reprit ce dernier en se passant la main sur le visage. Comment vas-tu faire pour amadouer Celestia Lane, maintenant ? Elle t'a dans le collimateur.

— Je pense qu'une approche directe est la meilleure option.

Zander fit défiler les contacts de son téléphone jusqu'au numéro du standard du *Times*.

Ryan le dévisagea, stupéfait.

— Tu crois pouvoir régler ça d'un simple coup de fil ?

— Ça vaut le coup d'essayer.

Zander haussa les épaules, appuya sur Appel et demanda à la secrétaire de lui passer la *Rubrique Mariages*. Une musique d'attente sirupeuse dégoulina dans son oreille tandis qu'il faisait de son mieux pour ignorer le sourire sardonique de son cousin.

— Elle ne va pas te prendre, lui fit remarquer ce dernier. Tu le sais, n'est-ce pas ?

Zander haussa les épaules.

— Bien sûr que si. Elle est journaliste. Elle *doit* me prendre.

— Je commence à croire que tu ne connais rien au journalisme, répondit Ryan avec un sourire de plus en plus agaçant. Ni aux femmes, d'ailleurs.

— J'en sais beaucoup sur les femmes.

— Je ne parle pas de sexe. Je parle des femmes. De leurs émotions. Ce qui les touche, ce genre de choses. Tu sais sûrement que tu as tendance à être un peu froid...

Pour toute réponse, Zander lui lança un regard incrédule. Apparemment, son cousin ne le tenait pas en très haute estime.

Non, il n'était pas froid. Et il en savait plus sur les femmes que le fait de simplement les attirer dans un lit.

Il savait par exemple que les marguerites avaient toujours été les fleurs préférées d'Allegra – c'est pourquoi il avait été surpris qu'il n'y en ait pas dans son bouquet de mariage. Il savait que *Jane Eyre* était son livre préféré depuis qu'elle l'avait lu d'une traite le jour de son quatorzième anniversaire. Et depuis la veille, il savait aussi qu'elle poussait d'adorables petits grognements quand on l'embrassait.

Presque des ronronnements. C'était peut-être le genre de détails dont voulait parler Ryan. Bon, il ne savait peut-être pas tout sur les femmes, mais il en savait assez sur l'une d'entre elles, et cela lui suffisait.

Allegra. La seule qui comptait.

Enfin, autrefois.

Il s'était peut-être passé quelque chose dans la limousine,

mais au fond, rien n'avait changé dans sa relation avec elle. Après quatorze années de silence, ils étaient devenus des étrangers l'un pour l'autre. Ce baiser ne voulait rien dire. Allegra était désorientée. Désorientée et surtout reconnaissante.

Il l'avait secourue. N'importe qui l'aurait fait à sa place. Cela ne faisait pas de lui un héros. Ou un amoureux. Il était redevenu un ami, voilà tout.

Sauf que les amis ne s'embrassaient pas de cette façon...

La secrétaire reprit la communication.

— Désolée, monsieur Wilde, mais Mlle Lane n'est pas disponible pour l'instant.

— Je vois.

La secrétaire lui raccrocha au nez avant qu'il ait pu la remercier.

Ryan se carra dans son fauteuil.

— Je pense que le moment est venu de te faire remarquer que je te l'avais bien dit, réaffirma-t-il.

Zander choisit d'ignorer la pique.

— Ce n'est pas un problème, assura-t-il. Puisque Celestia Lane ne répond pas à mes appels, je vais trouver un autre plan.

— Préviens-moi quand ce sera chose faite.

— Ça marche.

Zander se leva et se dirigea vers la porte. Il préférait réfléchir seul plutôt que de se faire psychanalyser par son cousin.

Surtout au sujet d'Allegra.

Avait-il peur de ce qu'il allait découvrir ?

Peut-être.

Mais encore une fois, peut-être pas. Il était déjà douloureusement conscient du tour chaotique qu'avait pris sa vie depuis qu'Allegra était de retour. Il l'avait d'ailleurs compris dès qu'elle avait fait irruption à sa fête d'anniversaire.

Mais il n'avait pas vraiment anticipé l'ampleur des dégâts avant qu'elle l'embrasse.

Il fallut une bonne partie de la matinée à Allegra pour convaincre Emily qu'elle était suffisamment rétablie pour assurer les cours de danse. Mais elles n'avaient toujours pas quitté la maison, et Allegra n'était pas sûre d'être parvenue à ses fins.

Elle voulait enseigner la danse. Elle en avait besoin. Si elle passait la journée à l'appartement, elle n'aurait rien d'autre à faire... que de penser aux événements de la veille.

Elle l'avait embrassé. Zander. Comme si sa vie n'était pas déjà assez compliquée comme ça... Non seulement elle avait fait une crise de panique sur un trottoir de Manhattan mais elle avait embrassé son meilleur ami !

Correction : son *ancien* meilleur ami.

Cela dit, il avait bel et bien agi comme un ami. Et même plus que ça.

Elle était à l'origine de ce baiser, mais Zander y avait participé activement. Activement et talentueusement.

Où diable avait-il appris à embrasser comme ça ?

Arrête de penser à ça !

— Ce n'était qu'un baiser. J'en fais probablement tout un plat pour rien, n'est-ce pas ? murmura-t-elle en posant un bol de lait tiède dans le hall de l'immeuble, devant le chaton noir qu'elle avait une fois de plus aperçu dans la rue.

Le chaton poussa un miaulement, comme s'il n'était pas d'accord avec ce qu'elle venait de dire.

— Très bien. Je sais que j'ai dit que c'était le meilleur baiser de ma vie, mais tu comprends, je n'étais pas vraiment en état de l'évaluer correctement. J'étais à moitié inconsciente.

C'était un peu exagéré mais le chaton ne lui en tiendrait pas rigueur. Elle s'emmitoufla dans son manteau tout en regardant le chaton laper le lait.

Au moins, elle avait récupéré quelques-unes de ses affaires, c'était toujours ça.

Lorsque Zander l'avait raccompagnée à l'appartement, elle avait dormi jusqu'au matin. À son réveil, elle avait trouvé son sac à main, son téléphone portable et son manteau en cachemire rose pâle empilés sur le canapé à côté de son sac de voyage. Elle pouvait enfin s'habiller avec ses propres vêtements !

Son téléphone portable était déchargé, ce qui n'était pas

une surprise. Elle l'avait mis en charge, se demandant si c'était Zander qui avait si bien plié ses affaires ou si c'était Emily. Puis elle s'était demandé ce que cela pouvait bien faire. Zander n'était même pas à la maison. Il était parti travailler avant qu'elle se lève. Elle ne savait pas très bien ce que cela voulait dire, mais il y avait fort à parier qu'il l'évitait.

Ce qui n'avait pas d'importance, dans le fond. Elle avait tout ce dont elle avait besoin pour le moment. Des vêtements, un peu d'argent, et même un travail. Un travail temporaire, en tout cas. Mais pas de toit à elle.

— Je suppose que l'on a ça en commun, toi et moi, n'est-ce pas ? murmura-t-elle.

Le chaton miaula et s'enroula autour de ses jambes. Puis la porte de l'immeuble s'entrebâilla sous l'effet d'un courant d'air et le petit chat s'échappa.

— Oh ! Allegra, je te cherchais..., dit Emily en descendant l'escalier. Tu parlais avec quelqu'un ?

Oh ! je demandais juste à un chaton errant ce qu'il pensait du fait que j'ai embrassé votre fils hier.

— Non, répondit Allegra, faisant de son mieux pour paraître saine d'esprit. Je veux dire, si. Mais c'était juste un chat, le petit chat noir qui traîne toujours au pied de l'immeuble.

Emily fronça les sourcils.

— Par ce temps ? La pauvre bête doit mourir de froid.

— Je lui ai apporté du lait chaud et il a eu l'air d'aimer ça, mais il a filé quand la porte s'est ouverte.

Allegra jeta un œil dans la rue mais ne vit pas le chaton. L'animal avait disparu quelque part derrière les taxis qui circulaient lentement sur la chaussée glissante.

— Vous ne l'avez jamais vu ici ? s'enquit-elle.

— Non, répondit Emily en ouvrant la porte pour sortir.

— C'est étrange. Moi je le vois à chaque fois que je regarde par la fenêtre.

Sans la soucoupe vide posée à ses pieds, elle aurait pu croire qu'elle avait eu des visions. Ce qui aurait été un symptôme inquiétant après la semaine tumultueuse qu'elle venait de vivre.

Elle soupira et suivit Emily dans la rue. Aujourd'hui, ce serait différent. Il le fallait. Elle le réalisa en voyant qu'Emily s'était immobilisée et la regardait avec inquiétude.

— Tu es sûre que tu es prête à venir au studio aujourd'hui, ma chérie ? Je me débrouillerai autrement si tu as besoin de plus de repos.

— Je vais bien, assura-t-elle avec un sourire un peu forcé. Honnêtement, Emily, j'ai besoin de m'occuper. Hier, j'ai adoré faire cours. Je ne m'y attendais pas. D'ailleurs, j'aimerais travailler au studio quelque temps. Ce serait possible ?

Quelque temps. Elle ne savait même pas ce que cela voulait dire. Quelques jours ? Quelques semaines ?

Heureusement, Emily ne le lui demanda pas.

— Ce serait plus que possible. Ce serait *parfait*. Les élèves t'ont adorée, hier.

— Tant mieux, murmura Allegra, soulagée.

Au moins elle aurait une occupation qu'elle adorait, et un salaire. Quant au reste, eh bien cela arriverait en son temps !

La journée se déroula beaucoup plus paisiblement que la précédente. Emily insista pour aller acheter le déjeuner, ce qui était compréhensible vu qu'Allegra n'était jamais revenue de sa course, la veille.

Pour la première fois, elle se retrouva seule au studio. En tête à tête avec ses souvenirs.

C'était ici qu'elle avait appris à valser avec Zander. Elle se souvenait de la façon dont il la tenait dans ses bras comme si elle était quelque chose d'infiniment précieux. Presque avec vénération.

En y songeant, elle devait bien reconnaître que ce n'était pas la première fois qu'elle avait eu envie d'embrasser Zander. Ça lui était venu à l'esprit une ou deux fois quand ils étaient adolescents. Plus souvent que ça, en fait…

Mais c'était Zander. Son partenaire de danse. Son meilleur ami. Il lui aurait probablement ri au nez si elle l'avait embrassé !

Elle porta les doigts à ses lèvres en se remémorant le baiser qu'ils avaient échangé à l'arrière de la limousine. De la passion qui les avait saisis, comme s'ils attendaient cet instant depuis des années.

Peut-être ne lui aurait-il pas ri au nez, si elle avait osé l'embrasser autrefois...

En tout cas, il n'avait pas ri, la veille. Il lui avait rendu son baiser passionnément, comme si sa vie en dépendait. Puis il l'avait pratiquement poussée hors de la voiture et, depuis, l'évitait.

Elle ne ferait pas deux fois la même erreur. Même si elle refaisait un malaise.

D'ailleurs, elle allait cesser d'y penser dès à présent.

C'était agréable d'être seule au studio, à condition d'ignorer le poids des souvenirs attachés à ce lieu. C'était l'occasion d'enfiler une paire de pointes et de pratiquer quelques enchaînements.

Elle passa en revue la collection d'albums d'Emily et ne tarda pas à mettre la main sur une œuvre qui lui était familière depuis son passage au Boston Ballet. *Giselle.*

Elle posa le saphir au milieu du disque, au tout début du deuxième acte.

En tant que membre du corps de ballet, elle n'avait jamais été danseuse étoile. Elle n'était ni une star ni même une soliste. Les danseuses du corps de ballet se produisaient en groupe. Leur rôle était d'évoluer en parfaite harmonie comme si elles ne formaient qu'un seul corps. Dans la plupart des productions, elles ne servaient qu'à mettre en valeur les danseuses étoiles.

Mais c'était différent dans *Giselle*. Le deuxième acte était ce que l'on appelait un ballet blanc. Les danseuses du corps de ballet étaient toutes vêtues de tulle blanc. Véritables vedettes de l'acte II, elles incarnaient des fantômes de jeunes fiancées au cœur brisé. Elles dansaient toutes ensemble, envoûtant l'assistance par leur beauté irréelle et leur tenue spectrale complétée par un voile de mariée en gaze diaphane.

Allegra comprenait toute l'ironie de cette référence. *Giselle* avait été l'un de ses derniers ballets, curieusement prophétique eu égard à sa situation. Mais comme la plupart des danseuses, elle l'adorait. Danser *Giselle* avait été le sommet de sa carrière. Dès que la musique d'Adolphe Adam résonna dans le studio, les pas lui revinrent aussi naturellement que si elle les avait exécutés deux jours plus tôt, et non deux longues années.

Elle ferma les yeux et exécuta une glissade. Une fois, deux fois, trois fois. Elle enchaîna avec un développé extrêmement lent et contrôlé. Pointant le pied droit, elle le fit remonter lentement le long de son mollet gauche. Lorsqu'il atteignit le genou, elle déplia lentement la jambe et la tendit au-dessus de sa tête.

Elle garda la position, savourant la douleur qui se diffusait dans ses muscles. Cela faisait un bien fou de pratiquer de nouveau ces mouvements. La rigueur de la danse l'avait toujours fortifiée, physiquement et mentalement. Elle l'avait rendue invincible, même dans ses jours les plus sombres.

Elle ouvrit les yeux, cherchant son reflet dans les miroirs qui couvraient les murs, et la première chose qu'elle vit ne fut pas son image mais celle de Zander.

Appuyé négligemment contre le mur, il la regardait danser en silence, les bras croisés.

Elle soutint son regard dans le miroir. Lorsqu'elle baissa les yeux, elle perdit l'équilibre.

Que faisait-il ici ?

Qu'est-ce qui pouvait pousser le P-DG d'un hôtel de luxe à passer et repasser à l'école de danse de sa mère ?

Allegra se dirigea vers la platine, les pointes de ses chaussons résonnant sur le parquet. Lorsqu'elle arrêta la musique, un lourd silence s'abattit sur la salle.

— Zander, dit-elle en se tournant vers lui.

— Allegra, répondit-il en s'approchant.

Il parcourut lentement son corps du regard et s'arrêta sur les rubans roses enroulés autour de ses chevilles. Elle eut soudain envie de se cacher.

Il releva les yeux, où brillait une lueur qui ressemblait à de la vénération.

— Je pensais que tu assurais les cours de danse de salon, fit-il remarquer. Tu ne m'avais pas dit que tu étais ballerine.

Il ne lui avait pas demandé non plus.

— Je l'ai été. Je ne le suis plus, maintenant.

— Tu viens pourtant de démontrer le contraire. C'était charmant, ajouta-t-il d'une voix rauque, qu'elle sentit résonner jusqu'au creux de son ventre.

Il s'éclaircit la gorge avant de reprendre d'un ton normal :

— Je ne m'attendais pas à te trouver ici. Emily a juré qu'elle t'obligerait à rester à la maison aujourd'hui.

Allegra ne put s'empêcher d'être déçue. L'espace d'un instant, elle s'était prise à croire qu'il était venu ici dans l'espoir de la voir… Bien sûr, c'était l'inverse.

Elle se sentit rougir jusqu'à la racine des cheveux. Mais l'agacement se substitua bientôt à la gêne. Elle travaillait au studio. Elle n'allait tout de même pas s'excuser d'être là.

— Tu appelles toujours ta mère par son prénom ?

— Pas toujours. Mais ici, oui. Parfois. Pourquoi cette question ?

Allegra croisa les bras.

— Je ne sais pas. Ça me paraît juste un peu…

— Froid ? suggéra-t-il en haussant un sourcil.

— J'allais dire « étrange ».

Elle s'éclaircit la gorge. Au-dessus de l'épaule de Zander, la photo de leur récital était accrochée au mur du hall. Elle aurait voulu lui demander pourquoi il avait arrêté de danser après son départ, mais elle avait peur de sa réponse.

— Ta mère, je veux dire Emily, devrait être de retour d'ici peu. Je suppose que c'est elle que tu voulais voir ?

— Oui, mais je n'ai pas le temps d'attendre.

Il sortit une enveloppe de sa veste et ajouta :

— Tu veux bien lui donner ceci ?

— Bien sûr, mais comme je l'ai dit, elle ne va pas tarder.

Leurs doigts se touchèrent lorsqu'elle prit l'enveloppe.

Zander fixa brièvement ses lèvres puis détourna le regard. Avant de reculer.

— Je dois retourner à l'hôtel, dit-il.

— Tout de suite ?

Dieu, comme elle était pathétique… Elle avait parlé d'une voix enrouée comme si elle le suppliait de rester. Elle ne voulait même pas qu'il reste. Ou bien…

— Oui, répondit-il avec un bref sourire.
— Il est maudit, tu te souviens ?
— Il paraît.
— À tout à l'heure.
— Ah non. Je suis de sortie, ce soir.
— Alors à un de ces jours, rétorqua-t-elle, fixant la platine, soudain gênée.

Elle le regarda toutefois s'éloigner dans l'immense miroir. Puis elle remit la musique, et bien que sachant que c'était son imagination qui lui jouait des tours, elle se vit soudain, vêtue de son costume de *Giselle*. Avec son tutu en tulle diaphane et son long voile blanc.

Telle une fiancée au cœur brisé, seule pour l'éternité.

8

Allegra se demanda ce que pouvait bien contenir l'enveloppe que Zander lui avait confiée.

Elle était même dévorée par la curiosité.

L'enveloppe était vierge, hormis l'écusson de l'hôtel imprimé dans le coin supérieur droit. Et l'on ne voyait absolument rien à travers l'épais papier couleur crème. Le Bennington ne lésinait apparemment pas sur la qualité de la papeterie.

C'était mieux ainsi, évidemment. Ce qu'il y avait dans ce pli ne la regardait pas, et il y avait peu de chance que ça la concerne.

Elle ne savait même pas pourquoi elle était aussi curieuse, si ce n'est que cette enveloppe contenait peut-être des informations sur le mystérieux Zander Wilde, jeune danseur incroyablement doué devenu P-DG tiré à quatre épingles et expert en baisers. Ce qui, encore une fois, ne la regardait absolument pas.

Qu'est-ce qui n'allait pas chez elle ? Elle n'avait jamais espionné qui que ce soit auparavant. Elle n'avait jamais été l'une de ces filles qui fouillaient le téléphone ou la boîte e-mail de son petit ami. Ce qu'elle aurait dû faire, cela dit. Elle n'aurait pas été surprise par les activités extraconjugales de Spencer à un moment aussi crucial.

Mais peut-être n'avait-elle jamais suffisamment aimé son ex-fiancé pour s'y intéresser.

Allons ! Tout cela était derrière elle, à présent.

Elle soupira et posa l'enveloppe bien en évidence sur le

bureau d'Emily puis s'employa à choisir de la musique pour les cours de l'après-midi.

Toutefois, il s'avéra que le contenu de l'enveloppe avait bel et bien quelque chose à voir avec elle. À la fin de la journée, Emily lui remit son premier chèque de salaire. Elle essaya de le lui rendre. Après tout, elle n'avait effectué qu'une journée et demie de travail. De plus, elle logeait chez Emily. Mais celle-ci refusa catégoriquement et, franchement, Allegra fut soulagée. Elle avait besoin d'argent si elle voulait un jour déménager.

Ce qu'elle était déterminée à faire. Elle avait juste quelques affaires à régler auparavant. Comme de trouver un appartement. Un appartement abordable, surtout.

À New York ?

Elle n'était pas sûre d'être prête à l'envisager dans l'immédiat.

— Merci, Emily.

Elle jeta un coup d'œil au chèque qu'elle tenait à la main et remarqua aussitôt que quelque chose n'allait pas. Tout d'abord, la somme était beaucoup trop importante. Il aurait fallu qu'elle travaille un mois pour gagner autant. Peut-être plus. Puis elle remarqua la signature au bas du chèque et reconnut le nom de Zander.

— Emily, je crois qu'il y a une erreur.

Elle fixa de nouveau le montant. Beaucoup trop de zéros. Puis elle regarda le nom du bénéficiaire. Bien sûr, le chèque ne lui était pas destiné. Il portait le nom d'une société de gestion immobilière.

— Ah bon ? fit Emily.

— Ce n'est pas le bon chèque.

Allegra le tendit à Emily, réalisant qu'elle tenait là le contenu de la mystérieuse enveloppe de Zander.

— Oh Seigneur, tu as raison ! s'exclama Emily. J'ai passé toute la journée à préparer les formulaires d'inscription en ligne pour les cours du semestre prochain. Voilà ce qui arrive quand on fait trop de choses à la fois !

Elle ouvrit un dossier sur son bureau et échangea le chèque contre un autre qui se trouvait à l'intérieur.

— Voilà pour toi, ma chérie.

— Merci.

Allegra jeta un coup d'œil au nouveau chèque. Celui-ci portait bel et bien son nom et affichait un montant bien plus modeste.

— Je suis navrée de ne pas pouvoir te payer plus, expliqua Emily. Mais les temps sont durs. Les écoles de danse fleurissent à tous les coins de rue, de nos jours.

— Ne vous excusez pas, je vous en prie. Vous en avez déjà beaucoup trop fait. Cela dit, je suis navrée d'apprendre que l'école est en difficulté. J'aimerais pouvoir vous aider.

— Ta simple présence ici m'aide énormément. Je cherchais une professeure de danse classique depuis que Tessa a renoncé, faute de temps. Les élèves et les parents apprécient que leur professeure ait travaillé au sein d'une compagnie de danse. D'une certaine façon, tu es un cadeau du ciel, ajouta Emily en lui pressant affectueusement la main. Pas seulement parce que tu fais partie de la famille.

Allegra esquissa un bref sourire, soudain triste.

Elle n'était pas de la famille. Il y avait bien longtemps qu'elle n'en avait plus...

Elle plia plusieurs fois le chèque pour empêcher ses mains de trembler. En quelques instants, il fut pratiquement réduit à l'état d'origami. Elle le glissa à l'intérieur de son sac.

— Excusez ma curiosité, mais l'autre chèque, n'était-ce pas le loyer de l'école ?

Emily soupira.

— En effet. Les loyers atteignent un montant astronomique, de nos jours...

Allegra acquiesça, hésitant à poursuivre. Car ce n'était pas le montant qui l'avait frappée, mais la signature au bas du chèque.

— C'est Zander qui paye le loyer ?

— Oui, répondit Emily avec un sourire quelque peu gêné. Je suppose qu'il ne t'a pas mise au courant de la situation...

Allegra secoua la tête. Avait-elle vraiment posé cette question par trop personnelle à voix haute ? À croire qu'elle n'avait plus aucun filtre...

— Je suis désolée, murmura-t-elle, embarrassée. Je ne devrais pas être si curieuse. Ce ne sont pas mes affaires.

— Il est propriétaire de l'immeuble, maintenant.

Allegra se figea. Zander, propriétaire de l'immeuble ?

Non. C'était impossible. L'immeuble qui abritait un appartement et l'école était un bien familial transmis d'une génération à l'autre depuis des années. Un jour, il reviendrait à Zander, mais aussi à Tessa et Chloe. Que s'était-il passé ?

Elle hésita à poser la question. Cela ne la regardait pas, comme elle venait de le dire à Emily, mais d'un autre côté, les Wilde étaient un peu sa seconde famille...

— Il me l'a acheté il y a trois ans, expliqua Emily. J'étais sur le point de fermer l'école. Cette idée me brisait le cœur mais, financièrement, c'était devenu intenable.

Allegra sentit la tristesse la submerger. Elle ne pouvait pas imaginer le West Village sans l'école de danse.

— Au départ, Zander a proposé de m'aider à payer le loyer, poursuivit Emily. Mais cela ne pouvait pas se prolonger indéfiniment. Alors je lui ai proposé d'acheter l'immeuble. Grâce à l'acompte qu'il a versé, j'ai pu renflouer l'école, et aujourd'hui il rembourse le reste en prenant en charge le loyer.

Le sourire d'Emily était si triste qu'Allegra n'arrivait plus à la regarder dans les yeux.

Elle se laissa tomber sur la chaise disposée face au bureau et se mit à fixer ses genoux.

Ce que disait Emily n'augurait rien de bon pour l'avenir de l'école et, surtout, cela voulait dire autre chose de beaucoup plus troublant.

Zander était le propriétaire d'Emily. Donc, en quelque sorte, le sien aussi...

Cela changeait les choses. Quoi, exactement, elle l'ignorait, mais ce n'était plus la même chose.

— Zander tient beaucoup à l'école, reprit Emily en tournant son regard vers le studio de danse, avec ses murs miroitants et son vieux parquet chargé de souvenirs. Probablement plus que tu ne le crois.

Allegra hocha la tête sans rien dire.

Allegra regagna l'appartement à la fin de la journée, les pieds douloureux et le cœur lourd. Cela faisait des mois qu'elle n'avait pas passé toute une journée en chaussons de danse ! Elle n'avait pas réalisé à quel point ça lui avait manqué.

Certes, enseigner était différent que de faire partie d'une compagnie de danse professionnelle. À bien des égards, c'était mieux. Que le plaisir de la danse, et aucune pression. Elle se voyait bien s'y habituer...

Ne t'emballe pas.

Elle n'avait aucune raison de rester à la Wilde School of Dance, même si elle y pensait beaucoup trop souvent à son goût.

En entrant dans la cuisine, elle fut soulagée de trouver le chaton noir sur le rebord de la fenêtre.

— Salut toi, dit-elle en avançant doucement.

Le chaton ne bougea pas. Elle remarqua qu'il tremblait de tous ses membres. Une fine couche de neige recouvrait son pelage d'ébène.

Elle se mordilla la lèvre.

— Peut-être que je peux te faire entrer. Juste une minute.

Emily avait filé à son club de lecture après la fermeture de l'école. Cela dit, elle avait semblé bien disposée envers le petit animal le matin même. Allegra se convainquit qu'elle l'aurait volontiers laissé entrer chez elle – un chez-elle qui n'était plus le sien, cela dit.

Le chaton semblait faire les cent pas sur le rebord, s'arrêtant de temps à autre pour se frotter contre la vitre.

— Très bien, murmura Allegra. Je te fais entrer. Mais juste le temps de te réchauffer et te sécher. Ça sera notre petit secret, d'accord ?

Elle ouvrit la fenêtre et le chat bondit dans ses bras.

— Tu trembles, dit-elle en embrassant la jolie petite tête du chaton et en le serrant contre elle.

Son doux pelage sentait l'hiver, un mélange de feuilles gelées et de châtaignes grillées.

Allegra l'enveloppa dans le plaid qui recouvrait le canapé du salon puis vérifia son téléphone enfin rechargé. Apparemment, sa boîte vocale était pleine. Ce n'était pas une surprise, vu qu'elle venait de faire l'objet d'un article dans le *New York Times*.

Bien sûr, les messages concernaient essentiellement son mariage raté. La plupart émanaient de journalistes. Elle les effaça immédiatement. De même que ceux des simples connaissances soudain devenues des amis désireux de prendre de ses nouvelles. Lorsqu'elle eut fait le ménage, il ne restait plus que deux messages, tous deux de Talia.

Le premier était mystérieux :

« Appelle-moi. C'est important. »

Allegra supposa qu'elle avait dû oublier quelque chose dans son ancien appartement ou qu'elle devait encore à Talia une partie du loyer, même si elle était presque certaine que tout était en ordre. Mais peut-être son ancienne colocataire voulait-elle aussi lui parler de son non-mariage. Après tout, elle avait vu la scène de ses propres yeux.

Par chance, le second message était plus clair. En fait, ça n'avait rien à voir avec ce qu'Allegra avait imaginé.

« Allegra, c'est encore moi. Talia. L'une des danseuses du corps de ballet s'est fracturé le pied et ne peut plus assurer la tournée. Nous cherchons une remplaçante. Tout le monde ici sait que tu... euh... traverses une mauvaise passe. Je crois que le directeur pourrait penser à toi. C'est un tout petit rôle. Mais si tu veux te remettre à la danse, ce serait l'idéal. Je sais que tu serais parfaite. Appelle-moi ! »

Allegra fixa du regard le téléphone jusqu'au moment où le miaulement du chaton qu'elle tenait dans ses bras la ramena sur Terre.

Elle ne pensait tout de même pas à partir en tournée avec

la compagnie, n'est-ce pas ? Cela faisait des mois qu'elle n'avait pas dansé professionnellement.

Certes, elle en aurait été capable physiquement, mais ce n'était pas tout à fait le genre de projet qu'elle avait en tête, pour le moment. Ce type d'engagement ne durait que le temps de la tournée. Que se passerait-il une fois qu'elle serait terminée ?

Elle reviendrait à la case départ, mais ne pourrait pas revenir chez Zander. Son hébergement actuel, bien que problématique, était un plus, si elle y réfléchissait.

Le chaton miaula de nouveau. Elle le caressa d'un geste machinal.

Ce n'était quand même pas si terrible de loger ici, songea-t-elle.

C'était plutôt... agréable. Si agréable, en fait, qu'elle prit peur.

C'est pourquoi elle ne put se résoudre à effacer les messages de Talia.

Trois jours plus tard, Zander n'était toujours pas parvenu à contacter Celestia Lane, la journaliste de la *Rubrique Mariages*, qui refusait toujours obstinément de prendre ses appels. Ryan avait beau l'avoir prévenu, Zander était surpris d'avoir si peu progressé. La réaction de cette journaliste semblait exagérée, d'autant plus qu'il avait subi ses foudres une seconde fois dans le cahier local du journal le plus lu de New York.

De son point de vue, Celestia Lane et lui étaient quittes. De son point de vue à elle, les hostilités n'avaient pas cessé.

Il avait donc dû mettre en œuvre un plan B. Si cette fichue journaliste refusait de le prendre au téléphone, il devait simplement la contacter autrement. Hélas, les options étaient très limitées.

Il ne pouvait camper devant l'immeuble du *Times*. Il n'avait pas envie de passer pour un harceleur. Et encore moins pour un désespéré. Sans compter que cette Celestia Lane pouvait très bien porter plainte contre lui pour harcèlement, elle en était bien capable ! Et il n'avait pas besoin de ça en plus. Depuis le dernier article, l'hôtel Bennington avait été submergé d'annulations de mariages. Et Zander était, en fait, bel et bien désespéré.

Mais la journaliste n'avait pas besoin de le savoir.

Une rencontre fortuite était la seule option. S'il croisait Celestia Lane dans un contexte social, ils auraient peut-être une conversation normale et agréable, et elle réaliserait qu'il était un type bien, et non une sorte de monstre qui détestait les mariages et dirigeait un hôtel maudit. Après tout, les mariées ne fuyaient pas le Bennington en masse. Alors peut-être pourraient-ils convenir d'une sorte de trêve. Il ne supportait plus d'entendre le mot « malédiction ».

L'idée n'était peut-être pas géniale, mais c'était la seule qu'il avait eue.

La faille la plus évidente de son plan résidait dans le fait qu'il n'avait pas la moindre idée de l'endroit où il pourrait croiser Celestia Lane. Rôder autour du Starbucks situé près de l'immeuble du *Times* aurait pu être une bonne option. Mais encore une fois, il n'avait pas envie de passer pour un désespéré.

La solution était évidente. Il n'y avait qu'un seul endroit où il avait des chances de trouver une journaliste qui consacrait son temps à écrire des articles sur les couples qui se passaient la corde au cou : dans un mariage.

L'idée de passer le peu de temps libre qu'il avait à assister aux noces de parfaits inconnus n'était guère réjouissante, mais, hélas, la situation était désespérée. Et à situation désespérée, mesures désespérées !

Il avait assisté à trois mariages en trois jours. Une dose de bonheur conjugal insoutenable pour n'importe qui.

Le bon côté de ce nouveau passe-temps, c'était qu'il n'avait pas croisé Allegra depuis le jour où il l'avait vue danser à l'école de sa mère. Et c'était une bonne chose. Une *très* bonne chose.

Elle était si belle ce jour-là qu'il en avait oublié de respirer. Dès qu'il était entré dans le studio, il était resté sans voix. Immobile. Submergé par un désir comme il n'en avait jamais connu. Sans la barre d'exercices fixée au mur, il serait tombé à genoux.

Elle était si gracieuse. Si aérienne. Comme dans un rêve. Pourtant, ces courbes n'avaient rien de nouveau pour lui. Combien de fois n'avait-il pas posé les mains au creux de cette taille gracile ou de ces reins ? Oui, il connaissait le corps d'Allegra presque aussi bien que le sien.

La regarder danser avait toujours éveillé en lui un désir qu'il avait réussi à ignorer durant la majeure partie de sa vie d'adulte. Mais en la regardant ce jour-là, il avait eu envie de danser à nouveau. De bouger avec elle, lentement et doucement. Il avait dû serrer les poings pour ne pas la rejoindre et reprendre la place de cavalier qui lui revenait de droit.

L'espoir qu'il caressait d'oublier le baiser qu'ils avaient partagé sur la banquette arrière de la limousine s'était évaporé, cédant la place à une réalité plus que dérangeante : il désirait Allegra.

Il avait envie de sentir ses courbes sous sa main, d'évoluer avec elle sur une piste de danse. De goûter encore ses lèvres, mais aussi, à présent, de sentir ses jambes interminables s'enrouler autour de ses hanches, et de se glisser en elle... Il voulait l'entendre crier son nom et la voir jouir entre ses bras.

Le désir était là depuis le début, il en avait toujours été plus ou moins conscient. Y compris lorsqu'elle avait fait irruption à sa fête d'anniversaire et qu'il s'était mis à la fixer, laissant fondre les bougies sur son gâteau. Il avait perdu la partie lorsqu'il avait caressé du regard la rangée de petits boutons scintillants qui dessinaient la courbe de son dos souple et gracieux. C'était une grave erreur, il en était conscient, mais au moins avait-il réussi à se contrôler.

Sans doute parce qu'il y avait beaucoup trop de passif entre eux. Beaucoup trop de questions restées sans réponse.

Sans parler du fait qu'elle portait des kilomètres de tulle blanc.

Leur baiser avait changé les choses.

Il ne pouvait plus ignorer le désir dévorant qu'il éprouvait pour elle. Plus maintenant. Il ne pouvait plus la regarder sans se rappeler la douceur de ses lèvres contre les siennes. C'était trop tentant. Trop intime. Comme une porte ouverte sur un jardin secret et interdit.

Jamais encore il n'avait réagi de manière aussi viscérale à un baiser.

Mais c'était Allegra.

Quand elle était partie, il avait été trop bête pour lui dire ce qu'il ressentait pour elle, du haut de ses seize ans.

Quand elle l'avait embrassé, dans la limousine, il n'avait rien fait pour l'en empêcher. Or il était un homme, à présent, sachant qu'il commettait une énorme erreur en répondant à ce baiser.

Peut-être était-il un monstre, après tout.

De la distance. C'était ce dont il avait besoin.

Il pouvait remercier les mariages. Même s'ils avaient été une perte de temps colossale jusqu'à présent, puisque Celestia Lane ne s'était présentée à aucun des trois, ils avaient au moins offert une diversion efficace. En général, quand il rentrait à l'appartement après une soirée de lancer de bouquet et de toasts alcoolisés, Allegra était déjà couchée. L'appartement était sombre et silencieux.

La veille, toutefois, il aurait juré avoir entendu un miaulement provenant de la chambre d'Allegra. Il s'était arrêté devant sa porte et avait attendu. Et puis... plus rien.

Il perdait la tête. Il n'avait jamais eu de chat de sa vie. Sa mère non plus. Il pouvait donc maintenant ajouter les hallucinations auditives au nombre de ses problèmes.

Il s'attendait à trouver l'appartement endormi lorsque la limousine du Bennington l'y déposa après le troisième mariage. Mais alors qu'il ôtait son nœud papillon et montait les marches de l'entrée, il faillit trébucher sur quelque chose. Il s'accroupit et réalisa que c'était une soucoupe contenant ce qui ressemblait à des croquettes pour chats.

Intéressant, surtout après le miaulement de la veille.

Il se redressa et aperçut Allegra dans un coin sombre du porche. Elle portait un peignoir de bain étroitement fermé, mettant en valeur sa silhouette élancée. Il plissa les yeux, s'efforçant de s'adapter à l'obscurité. Il n'avait jamais vu ce peignoir rose fluo.

Le vêtement devait être dans le sac de voyage qu'elle avait récupéré. La voir porter autre chose que son pyjama n'aurait pas dû le déranger et pourtant... il eut un petit pincement au cœur.

Il s'éclaircit la gorge et recentra son regard sur son visage, pâle et beau au clair de lune.

— Allegra.

— Zander, dit-elle en jetant un bref regard à la soucoupe à ses pieds. Euh, salut.

Il réprima un sourire.

— Il fait terriblement froid pour une promenade nocturne, tu ne trouves pas ? lui fit-il remarquer.

Elle haussa les épaules.

— Je n'arrivais pas à dormir. J'avais besoin de prendre l'air. Alors ce rendez-vous galant ? ajouta-t-elle avec un regard appuyé à son smoking, visible sous son manteau déboutonné.

— Ce n'était pas un rendez-vous galant.

— Oh. Désolée, je ne voulais pas être indiscrète, marmonna-t-elle en rougissant.

Elle était charmante quand elle était jalouse.

Ce qui était exactement le genre de pensée qu'il n'aurait pas dû avoir.

— Ce n'est pas grave, dit-il. C'était un rendez-vous professionnel.

Il n'avait aucune envie de lui raconter qu'il s'invitait à des mariages dans l'espoir de tomber sur la journaliste qui ruinait la réputation de son hôtel. C'était à la limite du pathétique et, jusqu'à présent, totalement inefficace.

De plus, il n'avait aucune envie de parler boulot. Ou mariages.

— Ah, d'accord, répondit-elle, hochant distraitement la tête et resserrant la ceinture de son peignoir.

Elle ne le croyait pas. Tant pis. Qu'elle pense qu'il courait Manhattan avec une femme différente à chaque bras si ça lui chantait. Était-ce vraiment si important ?

C'était important. Et il le savait très bien.

— Il est tard, reprit-il. On devrait probablement aller se coucher.

« On ». Comme s'ils étaient un couple...

Qu'est-ce qu'il racontait ?

Il commençait à regretter d'avoir bu cette deuxième coupe de champagne au mariage de M. et Mme Robert C. Williams, inconnus notoires.

Il était grand temps de rentrer.

— Attends, dit Allegra en le retenant d'une main tout en tenant fermement son peignoir de l'autre. Je peux te demander quelque chose, s'il te plaît ?

Il s'arrêta, bien trop conscient de la pression de ses doigts juste au-dessus de son poignet, même à travers de multiples couches de vêtements.

— Tu peux tout me demander, Allegra. Tu le sais bien.

— Pourquoi tu ne m'as pas dit que tu étais propriétaire de l'immeuble ?

La question le prit au dépourvu. Il n'aurait su dire à quel genre de question il s'attendait de la part d'Allegra, par une soirée enneigée après minuit, mais ce n'était certainement pas celle-là !

— C'est si important ? demanda-t-il d'une voix étrangement grave.

— Oui. C'est important parce que tu me laisses te taquiner sur le fait que tu vis chez ta mère alors que c'est l'inverse. Elle m'a proposé de m'héberger ici sans t'en parler, et je sais que cette idée ne t'emballait pas spécialement. Je peux très bien comprendre pourquoi, conclut-elle en ôtant la main de son bras et en prenant une profonde inspiration.

Les flocons de neige semblaient tourbillonner au ralenti tout à coup, et Zander eut soudain l'impression qu'il était de retour dans la limousine… à l'instant où Allegra l'avait embrassé. Il pouvait presque sentir la pression de la tête de son amie sur son épaule, sentir la chaleur de son corps contre le sien…

— Allegra, murmura-t-il en secouant la tête.

Ce n'était plus la peine. Cette conversation avait lieu des années trop tard.

— Je suis partie, Zander. Je suis partie, et je n'ai jamais plus donné de mes nouvelles.

Il y avait dans sa voix une vibration qu'il ne pouvait pas tout à fait identifier mais qui le bouleversa.

Donc, ils allaient parler de ça, qu'il le veuille ou non.

Enfin !

— Je sais ce qui s'est passé, répondit-il entre les dents.

Était-il censé faire comme si elle ne lui avait pas manqué ?

Comme s'il ne l'avait pas appelée une dizaine de fois avant de comprendre le message et de renoncer ?

— Et pourtant tu m'as accueillie chez toi, Zander. Pourquoi ?

Il soupira.

— Parce que c'était ce qu'il fallait faire.

— Je vois.

Elle sourit, mais sa lèvre inférieure trembla légèrement. Juste assez pour lui faire regretter de ne pas lui avoir dit la vérité.

Parce que tu as ta place ici. Que tu l'as toujours eue. Et que tu l'auras toujours.

Comment en était-il arrivé là ? Autrefois, il pouvait tout dire à Allegra. Presque tout, en tout cas. Il inspira brièvement et se rappela qu'il avait géré les choses du mieux qu'il avait pu. Ils n'étaient que des enfants, à l'époque. Elle venait de perdre sa famille. Ce n'était pas le moment de lui dire qu'il était amoureux d'elle. Elle était trop vulnérable, trop triste, trop perdue.

Mais depuis qu'elle était revenue, il doutait…

Peut-être aurait-ce été le moment idéal, au contraire, de lui dire ce qu'il ressentait pour elle, ce qu'il avait toujours ressenti.

Il avança d'un pas.

— Allegra…

Puis il l'entendit de nouveau, ce miaulement plaintif. Cette fois, c'était sans équivoque. Fort. Net. Et bizarrement, cela semblait venir du peignoir d'Allegra.

Il fixa sa poitrine. Le miaulement recommença.

Il fixa de nouveau son visage. Elle rougissait.

— Pourquoi ai-je l'impression d'avoir un deuxième invité ? lança-t-il d'un ton léger.

Elle desserra son peignoir, et une minuscule tête apparut entre les plis roses.

— Ce n'est pas ce que tu crois, murmura-t-elle.

Il haussa un sourcil.

— Tu veux dire qu'il n'y a pas vraiment de chaton dans ton peignoir ?

— Si, répondit-elle en se mordillant la lèvre.

Puis elle extirpa le chaton et le prit dans ses bras, d'où il lança à Zander le regard le plus désespéré de son répertoire.

— C'est juste un chat errant dont je m'occupe, expliqua-t-elle. Il n'est pas à moi.

Zander esquissa un sourire.

— Je ne suis pas sûr qu'il en soit conscient.

— J'ai eu pitié de lui, alors je l'ai fait entrer. Je l'ai entendu miauler tout à l'heure et je suis venue le chercher.

— Comment s'appelle-t-il ?

— Je ne lui ai pas donné de nom. Je te l'ai dit, c'est juste un chat errant, expliqua-t-elle en serrant le chaton contre sa poitrine. Il était dans le froid, tout seul.

— Et ça, on ne peut pas l'accepter.

Il passa une main sur la tête douce du chat qui ronronna, glissant sa joue contre ses doigts.

Il était encore là. Ce « on ». Leurs regards se croisèrent, et Zander aurait pu jurer qu'il regardait la fille avec qui il avait dansé autrefois, la fille qu'elle était avant leur dernier récital.

Heureuse. Insouciante.

— Tu peux rester ici aussi longtemps que tu le voudras, Allegra.

La nuit était devenue douce et tranquille, et sa voix n'était qu'un murmure rauque dans l'obscurité.

— Et ton chaton anonyme, aussi, précisa-t-il.

— Merci, dit-elle en se mordillant la lèvre une fois de plus. Mais ce n'est pas vraiment mon chat. Je m'occupe un peu de lui, c'est tout. C'est temporaire.

Évidemment.

Ce n'était pas un retour. C'était un répit. Allegra ne faisait qu'attendre son heure, le temps de reprendre pied avant de disparaître de nouveau.

Il avait failli l'oublier.

— Très bien. Bonne nuit à vous deux, alors.

Et tandis qu'il montait l'escalier silencieux, il ne pouvait s'empêcher de se demander si elle lui dirait au revoir, cette fois, ou si elle s'éclipserait de nouveau sans un mot.

Mais était-ce si important, au fond ? Autrefois, il était sûr que oui. Plus aujourd'hui.

9

L'idée lui vint à l'esprit le vendredi matin, à la fin d'un cours de danse.

Les fillettes venaient d'exécuter leurs adorables révérences vacillantes, et Allegra s'apprêtait à terminer le cours en prenant chacune d'elles dans ses bras. Une tradition qu'elle aimait et redoutait à la fois car c'était toujours un moment très émouvant.

Ses petites élèves étaient si innocentes, si ignorantes encore de la cruauté du monde, avec leurs jolis collants roses et leurs minuscules chaussons. Parfois, Allegra devait détourner le regard quand elle les serrait contre elle pour ne pas céder à l'émotion.

Et aujourd'hui, comme toujours, elle était émue. Malgré tout, elle étreignit tour à tour les fillettes et leur murmura des mots d'encouragement. « Tu as bien travaillé aujourd'hui ! À lundi. »

— Je vous aime, mademoiselle Allegra, chuchota une fillette au creux de son épaule.

Allegra sentit les larmes lui monter aux yeux. *Ne t'attache pas.*

— Passe un bon week-end, Lily, dit-elle, détournant le regard des boucles rousses de la fillette pour fixer le mur du hall.

Les photos du récital y étaient toujours accrochées, bien sûr, mais elle s'y était habituée maintenant, et elle parvenait à réprimer la bouffée de nostalgie qui la submergeait lorsqu'elle les regardait, même lorsqu'elle s'attardait un peu trop longtemps sur la photo de Zander et elle.

Cette fois, son attention fut attirée par l'une des photos les plus anciennes. Elle s'approcha et la regarda fixement tandis que ses élèves se jetaient dans les bras de leur mère, père ou nounou regroupés dans la salle d'attente, un rituel encore plus éprouvant que le précédent.

C'était une photo de groupe en noir et blanc, et contrairement aux autres, des portraits pour la plupart, celle-ci était prise sur le vif. Le couple au premier plan faisait face à l'objectif dans une position ouverte de danse swing, tandis que des dizaines d'autres couples virevoltaient derrière eux. Tous les danseurs avaient des numéros épinglés dans le dos, et Allegra crut tout d'abord qu'il s'agissait d'un concours de danse de salon, comme ceux auxquels elle participait avec Zander autrefois.

Mais en s'approchant plus près, elle se rendit compte que ce n'était pas exactement ça. Les couples immortalisés sur la photo n'étaient pas aussi rigoureux que les danseurs de compétition. Leurs larges sourires et leur vivacité avaient une allure joyeuse, presque frénétique.

Elle examina encore la photo puis la décrocha du mur pour la montrer à Emily, qui se trouvait dans son bureau.

— Cette photo est bien ce que je crois ? s'enquit-elle.

Emily leva les yeux d'un catalogue de costumes ouvert sur son bureau et sourit.

— Ça dépend. Si tu crois que ce sont mes parents que l'on voit au premier plan, alors oui, c'est bien ça.

Allegra examina de nouveau l'homme et la femme souriants sur la photo. Si c'était les parents d'Emily, alors c'étaient les grands-parents de Zander. Cela paraissait évident maintenant qu'elle le savait. L'homme avait les mêmes épaules larges, le même regard expressif que Zander.

Sa gorge se serra en pensant à la façon dont Zander l'avait fixée lorsqu'il l'avait surprise la veille en train de nourrir le chaton. Comme s'il ne se contentait pas seulement de tolérer sa présence chez lui mais l'appréciait. Comme s'il voulait… qu'elle reste.

Il s'était montré si gentil avec le chaton, aussi. Si doux.

Elle ne pouvait pas garder le chat, même si elle en avait vraiment envie. Tout comme elle ne pouvait pas rester habiter ici pour toujours, malgré le confort que cela lui procurait. Cela aurait été insensé.

Elle soupira.

Si c'était aussi insensé de rester à New York, pourquoi n'avait-elle pas encore rappelé Talia et accepté de partir en tournée ?

L'idée de s'installer ici n'avait pas paru aussi insensée lorsque Zander l'avait suggérée. Ça paraissait presque normal. Presque… *agréable.*

« Tu peux rester ici aussi longtemps que tu le voudras, Allegra. Et ton chaton anonyme aussi. »

Bien sûr, à la fin de la conversation, il avait eu l'air de regretter ses paroles. Avant de reprendre une expression impénétrable.

— Je n'en reviens pas que ce soit vos parents, reprit-elle en fixant le couple souriant sur la photo. Pourquoi Zander ne me l'a-t-il jamais dit ? Mais ce n'était pas un concours de danse, n'est-ce pas ?

Emily secoua la tête.

— Bien vu. Alors qu'est-ce que c'était, à ton avis ?

— Un marathon de danse ?

— Exactement ! répondit Emily, ravie. Ce n'était pas très répandu à l'époque. Je pense que cette photo a été prise en 1942. Peut-être 1943. Mes parents venaient de se fiancer et étaient déterminés à être le dernier couple sur la piste de danse pour décrocher le prix. À savoir, trois mille dollars.

— Ce devait être une fortune à l'époque. Ont-ils gagné ? Votre mère a-t-elle pu s'offrir le mariage de ses rêves ?

Emily prit la photo et caressa tendrement la photo.

— Oui, ils ont gagné. Ils ont dansé pendant vingt-sept heures et quatorze minutes d'affilée. Trois mois plus tard, ils se mariaient.

— Au Plaza ?

— Non ! répondit Emily en riant. Figure-toi qu'ils se sont mariés au Bennington.

— Vous plaisantez…

Les grands-parents de Zander s'étaient dit oui au Bennington des dizaines d'années avant que leur petit-fils y travaille ? Allegra trouvait cela d'un romantisme absolu. Ce qui était étonnant, vu qu'elle était actuellement à des années-lumière de tout sentimentalisme.

À des années-lumière de toute idée de mariage, d'ailleurs. Et de Zander Wilde.

Elle prit une profonde inspiration et se rappela que le but de cette conversation n'était pas de parler du passé et encore moins de sentiments. Mais d'argent.

— J'ai entendu parler d'une université qui organise un marathon de danse une fois par an pour collecter des fonds pour sa fanfare... Ça vous dit quelque chose ?

Elle avait lu un article sur l'événement dans une revue de danse quelque temps auparavant. L'orchestre avait joué de vieux standards du swing, des chansons de Glenn Miller et de Benny Goodman. Le but du jeu était que les étudiants dansent jusqu'à ce qu'ils ne tiennent plus debout. L'événement était devenu si populaire que le dernier marathon avait rapporté suffisamment d'argent pour que la fanfare puisse renouveler tous ses instruments.

— Vaguement, répondit Emily en lui rendant la photo. En tout cas, ce doit être vraiment amusant.

— Tout à fait. Et je suis ravie que cette idée vous plaise parce que je pense que l'on devrait en organiser un !

Elle imaginait déjà le décor : banderoles, guirlandes de fanions et boule à facettes suspendue au plafond. Totalement rétro. Absolument parfait.

— On pourrait vendre les tickets d'entrée à un prix modique, et les couples pourraient demander à leurs supporters de faire des promesses de dons pour chaque heure passée sur la piste, enchaîna-t-elle, enthousiaste. Les gagnants, à savoir le couple qui danse le plus longtemps et celui qui recueille le plus de promesses de dons, recevraient une coupe. Tous les fonds reviendraient à l'école.

Ça pourrait marcher. Et si c'était le cas, peut-être l'école pourrait-elle renflouer sa trésorerie. L'argent de la vente de l'immeuble ne durerait pas éternellement. Et Zander, même s'il gagnait manifestement très bien sa vie, ne pourrait pas soutenir indéfiniment l'école de danse de sa mère. Surtout si les mariées continuaient à fuir son hôtel en rang serré.

Elle se sentait encore un peu responsable de la mauvaise passe que traversait Zander. D'accord, *très* responsable.

Elle ne cessait de se répéter que la *malédiction* n'était pas de sa faute. Après tout, elle n'était pas la seule à avoir fui son mariage.

Cela dit, elle était la dernière en date. La plus médiatisée aussi, apparemment. Et le *Times* ne semblait pas lâcher l'affaire.

Le mal était fait. Il était évidemment trop tard pour qu'elle puisse mettre fin à cette malédiction, mais peut-être pouvait-elle aider la Wilde School of Dance.

— C'est une merveilleuse idée ! s'exclama Emily. D'autant plus qu'elle s'inscrit dans l'histoire de la famille. Mais je ne suis pas sûre d'avoir la force d'organiser un tel événement toute seule. Tessa et Chloe pourraient peut-être m'aider...

— Inutile. Je me charge de tout.

C'était la moindre des choses après tout ce qu'Emily avait fait pour elle.

— Si l'idée vous plaît, laissez-moi organiser ce marathon de danse, Emily. Je peux fixer la date assez proche. Ce qui permettrait de bénéficier d'un bon bouche à oreille juste avant les inscriptions du prochain semestre.

Plus elle y pensait, plus l'idée lui semblait bonne. Elles pourraient à la fois récolter de l'argent et augmenter le nombre des inscriptions. C'était gagnant-gagnant.

Bien sûr, si elle s'engageait dans une collecte de fonds, il lui faudrait rester suffisamment longtemps à New York pour l'organiser. En s'engageant dans un tel projet, elle décidait donc de continuer à enseigner à l'école de danse. Au moins une semaine ou deux de plus.

Rien ne l'en empêchait, pas vrai ? Ça lui laisserait toujours le temps de contacter la compagnie de danse pour participer à la tournée.

Peut-être.

Mais pour cela, il faudrait appeler le directeur ou, du moins, Talia. Et pour l'instant, elle n'était toujours pas passée à l'acte.

— J'aurais des scrupules à t'imposer une chose pareille, reprit Emily.

— C'est le moins que je puisse faire. Je ne sais pas où je serais aujourd'hui si vous ne m'aviez pas tendu la main, le soir du mariage. Et un marathon de danse ne doit pas être si compliqué à organiser.

Elle était bien placée pour le savoir. N'avait-elle pas monté une quantité d'événements pour les campagnes de Spencer ? Certes, aujourd'hui, elle répugnait à l'admettre, mais c'était bien ce qu'elle avait fait car c'était, lui avait-on dit à l'époque, le rôle d'une épouse de politicien que d'aider son mari plutôt que de se contenter d'un poste mineur au sein d'une compagnie de danse.

Elle frissonna en songeant qu'elle avait failli être piégée dans ce rôle toute sa vie, et ce pour un homme qui la trompait depuis le début. Et qu'elle n'était pas sûre d'avoir aimé un jour, qui plus est.

Elle était mieux toute seule. De plus, elle était habituée à vivre seule. Oui, c'était mieux ainsi.

Prévisible. Sûr.

L'image de Zander lui vint brièvement à l'esprit. Son menton viril... Ses mains... Sa bouche...

Un frisson la parcourut, qui augurait mal de sa certitude à aimer la vie en solo.

À l'évidence, quelque chose ne tournait pas rond chez elle. Elle devait absolument lutter contre ce béguin ridicule pour son meilleur ami.

Concentre-toi. Tu as une collecte de fonds à organiser.

— Le plus difficile serait de trouver une salle, reprit-elle d'une voix assurée. Après, le reste devrait se mettre en place facilement.

Emily haussa les épaules.

— On pourrait toujours l'organiser ici, à l'école, suggéra-t-elle.

— En effet. Mais je pensais à un endroit plus grand. À un endroit spécial, qui attirerait plus de gens. J'ai déjà quelques idées en tête.

Techniquement, elle n'avait qu'un seul endroit en tête. Mais il était parfait, et elle était presque certaine de pouvoir obtenir l'autorisation nécessaire.

— Tu veux vraiment t'en occuper ? demanda Emily.

— Absolument !

Ce serait une bonne chose. Non seulement pour l'école, mais pour elle-même. Elle avait clairement besoin de s'occuper l'esprit.

D'arrêter de penser à embrasser Zander Wilde.

Autre jour, autre mariage...

Zander n'avait toujours pas réussi à entrer en contact avec Celestia Lane, mais il avait bon espoir pour vendredi soir.

Les cérémonies organisées en semaine avaient peu de chance d'être fructueuses, il le savait. La plupart des couples se mariaient en fin de semaine, en particulier les couples les plus en vue dont se délectait la *Rubrique Mariages* du *Times*. Mais il devait quand même tenter sa chance.

Bien que n'ayant pas réussi à croiser Celestia Lane en début de semaine, il restait raisonnablement optimiste ; il devrait absolument se passer quelque chose ce soir.

La *Rubrique Mariages* paraissait dans l'édition du dimanche, c'était tout ce qu'il y avait à savoir. Ce soir, c'était sa dernière chance de faire bonne impression sur Celestia Lane avant qu'elle abreuve la bonne société de Manhattan de ses réflexions palpitantes sur l'institution du mariage. Le Bennington devait absolument faire partie de ces réflexions. Et de manière positive, si possible.

Après une enquête méticuleuse qui avait nécessité le passage au peigne fin de l'énorme quantité de magazines qui faisaient leurs choux gras des mariages mondains, parmi lesquels *Vogue* ou *Vanity Fair*, Zander était certain que Ryan et lui avaient identifié le mariage qui allait faire la une du *Times*, le week-end suivant.

La mariée était une styliste de mode dont les clients apparaissaient régulièrement dans les pages de la rubrique *Style de vie* du *Times*, et le marié travaillait dans l'un des cabinets d'avocats les plus prestigieux de la ville. La cérémonie et la réception devaient avoir lieu au Musée d'histoire naturelle qui, selon une rumeur qui avait été répétée pas moins de quatre fois ne serait-ce que dans *Vanity Fair*, avait été décoré pour l'occasion sur le thème du jardin secret. Si la rumeur disait vrai, les invités auraient droit à un repas somptueux dans l'immense salle surplombée par la célèbre réplique de baleine bleue du musée, le tout au milieu de parterres de pivoines et de serres de cactus.

Zander se fichait éperdument des plantes, du repas et de la baleine. Ce qui l'intéressait, c'était que le mariage soit considéré comme un événement star de la saison mondaine.

La présence de Celestia Lane ne faisait aucun doute.

Il demanda au chauffeur de le déposer à un pâté de maisons du musée et marcha le reste du trajet, longeant Central Park. Mieux valait ne pas arriver en voiture au cas où le voiturier disposerait de la liste des invités, puisque évidemment il devrait une fois de plus s'introduire au mariage sans y avoir été invité.

Il n'en éprouvait pas de véritable gêne car il n'avait pas l'intention de s'approcher de la cérémonie et de la réception proprement dites – il savait qu'il valait mieux éviter de s'introduire subrepticement à un événement auquel tous les paparazzis de Manhattan seraient présents. Tout ce qu'il avait à faire, c'était de croiser Celestia Lane dans le vestibule. Le musée était grand, mais il n'y avait qu'une seule entrée. Il prétendrait qu'il attendait quelqu'un, ferait son petit numéro de charme et, si tout allait bien, proposerait à la journaliste un nouveau dîner.

Le mariage devait commencer à 18 heures, quinze minutes seulement après la fermeture du musée. Par chance, c'était un laps de temps assez court pour rendre son excuse plausible.

Le soleil commençait à disparaître derrière les gratte-ciel lorsqu'il s'avança vers les marches de l'imposant bâtiment. Les statues qui surmontaient les colonnes gothiques du musée étaient recouvertes d'une fine couche de neige, et le ciel s'assombrissait, passant progressivement du bleu au violet.

Il hésita en atteignant la porte, se rappelant la dernière fois qu'il avait mis les pieds dans cet endroit… Combien de temps s'était-il écoulé depuis ?

Quatorze ans, au moins. Il recula d'un pas. C'était *leur* endroit. À Allegra et lui. Ils avaient passé presque autant de temps entre ces murs vénérables qu'à leurs cours de danse.

En qualité de président du conseil d'administration du musée, M. Clark avait un bureau à l'étage. Il se trouvait dans l'une des tourelles de l'édifice gothique, ce qui ravissait Allegra. Quand elle était petite, elle croyait que le musée était un château. Le château de son père.

Cependant, Zander savait que le père d'Allegra ne s'y rendait que rarement puisqu'il passait le plus clair de son temps dans le cabinet d'avocats où il travaillait sur Park Avenue.

Mais cela n'empêchait pas Allegra de traîner Zander au musée à la première occasion. Lorsque les cours de danse se terminaient tôt ou étaient annulés, ils prenaient un hamburger au snack et allaient faire un tour en ville. Zander n'avait pas besoin de demander où ils allaient. C'était une évidence.

De même, toutes les fêtes d'anniversaire d'Allegra avaient lieu au musée. Avant que Zander la connaisse assez bien pour finir presque toutes ses phrases, il croyait, à tort, qu'elle éprouvait une passion irrépressible pour les dinosaures. Il avait vite compris que ce n'était pas les squelettes qui l'attiraient dans ce lieu. Elle y cherchait tout autre chose.

Preston Clark venait rarement voir sa fille danser au spectacle annuel de l'école. Et lorsque Allegra fêtait son anniversaire au musée, il ne restait généralement pas plus de cinq minutes. C'était ce désintérêt qui poussait Allegra à s'immiscer régulièrement dans l'univers de son père.

Zander serra les poings dans les poches de son manteau. Bien des années s'étaient écoulées depuis, mais le temps n'avait pas effacé le souvenir de la tristesse qui se peignait sur le visage d'Allegra, lorsque, écartant le rideau de velours rouge, elle voyait dans la salle que les places de ses parents étaient vides. Et le temps n'avait pas effacé non plus les circonstances tragiquement ironiques de l'accident dont avaient été victimes ses parents, morts alors qu'ils se rendaient, pour la première fois, au récital de leur fille.

Allegra avait culpabilisé, bien sûr.

— Tout est ma faute, avait-elle répété sans arrêt, le soir du drame, blottie dans les bras de Zander.

Il n'avait pu s'empêcher de haïr le père d'Allegra durant les heures atroces qui avaient suivi l'accident.

Et aujourd'hui, même s'il savait qu'il était ridicule d'en vouloir à un mort, il lui en voulait encore, réalisa-t-il, en regardant l'imposante façade du musée.

Il chassa bien vite ces pensées négatives. Rien de tout cela n'avait plus d'importance, maintenant. Il n'était pas venu ici pour parler aux fantômes, mais pour sauver son hôtel de la ruine. Et il n'atteindrait jamais cet objectif s'il restait planté là à fixer son reflet dans les portes vitrées, imaginant voir un adolescent plutôt que l'homme qu'il était devenu.

Des gens le dépassaient. Des hommes en smoking et des femmes en robe de soirée scintillante murmuraient des mots d'excuse avant de pousser la porte. De *vrais* invités au mariage, manifestement.

Reprends-toi, bon sang, au lieu de pleurnicher ! Tu es là en mission !

Il poussa la porte et entra.

Il jeta un coup d'œil à la rotonde de l'immense salle à travers laquelle se déversaient les teintes mauves du ciel d'hiver. Puis il prit une profonde inspiration et se força à regarder par-delà les deux squelettes de dinosaures qui dominaient l'espace, figés dans un combat éternel tandis que la jet-set new-yorkaise scintillait à leurs pieds. Il parcourut la salle du regard, espérant repérer Celestia Lane. Il avait suffisamment examiné sa photo pour la reconnaître n'importe où.

Au moment où il s'apprêtait à renoncer, il vit une femme qui se dirigeait droit vers lui à travers la foule.

10

Quand Allegra regagna le hall après son rendez-vous avec le responsable événementiel du musée, elle ne fut pas étonnée de voir Zander. Depuis qu'elle avait franchi la monumentale entrée, elle n'avait cessé de regarder par-dessus son épaule comme si elle s'attendait à le voir à chaque instant.

Puis elle se demanda ce qu'il faisait au Muséum d'histoire naturelle un vendredi soir.

Pourtant, il était là, vêtu d'un de ses costumes impeccables, son regard de braise fixé sur le sien alors qu'elle avançait dans sa direction.

Au fur et à mesure de sa progression, rythmée par les clics de ses talons aiguilles sur le sol en mosaïque, sa respiration se fit plus haletante. Que faisait-il ici ?

Elle leva les yeux vers lui. Il mesurait une bonne trentaine de centimètres de plus qu'elle, même avec les talons. La dernière fois qu'elle s'était tenue si près de lui à cet endroit, ils faisaient la même taille. Tant de choses avaient changé… Tant que ça ? Vraiment ?

— Zander, articula-t-elle avec peine. Tu es là.

— Eh oui, répondit-il en jetant un coup d'œil à la foule élégante qui poussait les portes du musée.

Quand il reposa les yeux sur elle, elle sentit un nœud se former dans son estomac.

— Désolée, mais je ne comprends pas ce que tu fais là.

Emily lui avait-elle dit où la trouver ?

Non, c'était impossible. Allegra avait simplement indiqué qu'elle avait rendez-vous avec quelqu'un pour une salle, mais elle n'avait pas parlé du musée de crainte de ne pouvoir tenir sa promesse si l'entrevue ne se déroulait pas comme prévu.

Ce qui avait été le cas.

Le nom de son père était gravé sur une plaque commémorative dans les bureaux, et une salle d'exposition portait son nom. Presque tout le personnel se souvenait d'Allegra et n'avait que des choses aimables à dire au sujet de son père, mais le traitement de faveur s'était arrêté là. Le planning du musée était plein pour les dix-huit prochains mois. Au mieux, il pourrait accueillir le marathon de danse au milieu de l'année suivante, et même dans ce cas, elle devrait payer plein tarif.

— Toi d'abord, répondit Zander. Qu'est-ce que tu fais là ?

— J'avais un rendez-vous. Qui s'est mal passé, d'ailleurs. Et toi ?

— Je suis là pour un mariage. Enfin, plus ou moins.

— Plus ou moins ?

Comment pouvait-on assister *plus ou moins* à un mariage ?

— Je confirme : plus ou moins.

Une fois de plus, il se mit à observer le flot des invités qui poussaient les portes du musée avant de gagner la salle de réception.

— Oh mon Dieu…, murmura Allegra en pouffant de rire. Tu tentes de t'incruster, c'est ça ?

— Pas du tout. Enfin, si. Mais ce n'est pas la réception qui m'intéresse. Disons que j'attends le début du vin d'honneur dans l'espoir de croiser la journaliste qui démolit mon hôtel dans le *Times*.

Toujours cette histoire de malédiction.

La situation de l'hôtel devait être pire que ce que Zander le laissait paraître.

— Donc tu fais semblant d'être invité en espérant lui tendre une embuscade dans le vestibule ? s'enquit-elle.

Zander lui lança un regard noir.

— Tu as une meilleure idée ? répliqua-t-il sèchement.

— Ça ne marchera jamais. Tu aurais dû venir accompagné.

Elle trouvera bizarre que Zander Wilde, le célibataire le plus en vue de Manhattan, vienne seul à ce genre de soirée.

La moitié des femmes de la ville auraient sans doute été ravies de s'incruster à un mariage avec lui. Elle se demanda pourquoi aucune d'elles n'était à ses côtés en cet instant. Puis pourquoi elle s'en souciait. Puis pourquoi le fait qu'il soit seul la réconfortait autant après son rendez-vous raté.

— Tu dois avoir raison, marmonna Zander en consultant sa montre Cartier avant de froncer les sourcils. Un autre conseil ? Un truc que je puisse mettre en pratique dans les... cinq prochaines minutes ?

— Tu aurais pu envoyer un faux cadeau, répondit-elle, haussant les épaules. Un grille-pain ?

— Très drôle ! Tu vas peut-être sortir quelque chose de ton sac géant ? lança-t-il, agacé.

— Hélas, non. Ce sont juste mes chaussons de danse.

Le regard de Zander s'assombrit étrangement à ces mots. Puis il posa les yeux sur ses lèvres, où il s'attarda quelques instants. Les genoux d'Allegra se mirent à trembler.

— Juste tes chaussons de danse. Dommage...

Il avait dit cela d'un ton étrangement charmeur, et elle se demanda quel effet cela ferait d'enfiler ses chaussons ici et de se mettre à danser pour lui.

Juste pour lui.

— Je... Je dois y aller, bredouilla-t-elle.

— Très bien.

La flamme dans les yeux sombres de Zander s'atténua légèrement. Il hocha la tête en direction de la grande salle de réception, où l'on entendait déjà de la musique.

— Le vin d'honneur a commencé, dit-il. Je n'ai plus beaucoup de temps.

— Bon, eh bien... je suppose que je te verrai plus tard, à la maison.

Encore ces mots. À la maison...

Elle se hissa sur la pointe des pieds et déposa un chaste baiser sur la joue de Zander. Il sentait si bon, et son odeur était si familière que ses doigts s'attardèrent sur le revers en satin de son smoking et que ses lèvres frôlèrent d'un peu trop près la commissure de ses lèvres.

Alors elle sentit les mains de Zander glisser derrière son dos et l'attirer contre lui.

Elle ferma les yeux. *Pars tout de suite. Tant que tu en as encore la force.*

— Tu pourrais rester, tu sais, murmura Zander. Et faire semblant d'être ma cavalière, puisque c'est apparemment ce qui me manque.

Elle s'écarta, scrutant son regard. Était-il sérieux ?

— À moins que tu ne sois pressée de rentrer nourrir ton chat.

— Ce n'est pas mon chat, répondit-elle.

Zander haussa les épaules.

— Alors je suppose que tu es libre.

Elle l'était. Mais était-ce vraiment une bonne idée de rester pour s'incruster à ce mariage avec Zander ?

Dans le fond, ce n'était pas un vrai rendez-vous. Elle pouvait bien...

C'était hors de question !

— Alors, on y va ? répliqua-t-elle en lui souriant.

Zander ne savait pas très bien quand la chose s'était produite, mais à un moment donné, il avait cessé de scruter les visages des invités et renoncé à apercevoir Celestia Lane.

C'était peut-être à son deuxième martini. Ou bien le verre glacé qu'il tenait à la main était-il son troisième ?

Impossible à dire.

La seule chose dont il était sûr, c'est qu'il avait eu besoin d'un verre pour se détendre quand Allegra avait glissé la main dans la sienne et qu'ils avaient pénétré dans la salle de réception.

Les mariés n'avaient pas fait les choses à moitié. La célèbre salle avait été complètement transformée en jardin secret. La grande baleine bleue surplombait toujours la salle, il y avait toujours les vitrines sur la vie marine. La seule différence était les nombreuses tables disposées pour la réception, et des lianes de glycine et de lierre suspendues au plafond qui créaient une forêt enchantée. Les vitrines en verre bleu vif brillaient dans la salle faiblement éclairée, créant une atmosphère mystérieuse et surnaturelle.

C'était comme pénétrer dans le jardin d'Éden, avait songé Zander en entrant.

Adam et Ève... Zander et Allegra. Alors oui, un cocktail avait été un dérivatif nécessaire, car il s'était senti aspiré dans une autre dimension, comme s'il tombait sous le charme de cet univers luxuriant.

Pourtant, il était parfaitement sobre. Ce n'était pas l'alcool qui lui faisait oublier qu'Allegra et lui n'étaient pas vraiment ensemble, mais la façon dont elle rejetait la tête en arrière quand elle riait à chacune de ses paroles. C'était la légère pression de ses doigts sur son bras. C'était la salle elle-même où se mêlait le parfum capiteux des orchidées et des souvenirs.

Il avait beau se dire que ce n'était pas une sortie en amoureux, il avait l'impression du contraire.

Son regard glissa vers Allegra qui sirotait une flûte de champagne à ses côtés. Elle avait discuté une quinzaine de minutes avec la sœur de la mariée et, grâce à ses liens avec le musée, avait réussi à les faire inviter à la réception. Zander était presque certain que les deux femmes avaient échangé leur numéro de portable. Tant pis pour la discrétion.

— Tu t'amuses ? lui demanda-t-il.

— Énormément. Détends-toi, ajouta-t-elle après l'avoir observé un instant. Tu es bien trop sérieux. S'incruster à un mariage n'est pas le genre de chose que l'on peut faire à moitié. Pour être crédible, il faut tout donner.

— Rappelle-moi combien de fois tu as fait ça ?

— Jamais. Mais j'ai vu des tas de films là-dessus. Regarde les choses en face. Tu sais que j'ai raison. Tout comme j'avais raison quand je t'ai dit que tu devais être accompagné. Sinon, je ne serais pas à tes côtés en ce moment.

Elle n'avait pas tort.

Elle avait même absolument raison quand elle avait dit

qu'il aurait dû venir accompagné. Quant à savoir si c'était pour cette raison qu'il lui avait demandé de rester… Il réfléchirait à la question plus tard.

— Donc, cela ne te met pas mal à l'aise, cette ambiance ? demanda-t-il en désignant les mariés qui riaient, tendrement enlacés.

Allegra prit une gorgée de champagne et considéra le couple.

— Bizarrement, non, répondit-elle. Mon mariage n'est déjà plus qu'un mauvais souvenir. Et une erreur que je ne commettrai plus jamais.

— Plus jamais ? répéta-t-il, le cœur étrangement serré.

— Plus jamais, assura-t-elle, catégorique. J'ai compris que le mariage n'était pas pour moi.

— Alors tu vas vivre heureuse pour toujours avec ton chat ?

— Oui. Je veux dire, non ! Ce n'est pas *mon* chat.

Il sourit dans son martini.

— Ah oui, c'est vrai…

— Ne me juge pas, Zander. C'est plutôt toi qui es allergique à tout ce cirque.

Il la regarda, mais elle semblait soudain captivée par un diorama de dauphins qu'elle avait pourtant vu, il le savait, des centaines de fois.

— Qu'est-ce qui te fait dire ça ? demanda-t-il.

Elle le dévisagea intensément un court moment avant de répondre :

— D'abord, tu as l'air très mal à l'aise, en ce moment.

Probablement parce qu'il n'était pas vraiment invité à cette réception et qu'il se faisait l'effet d'un imposteur. Ou plutôt parce que leur conversation avait pris un tour quelque peu dangereux…

— Deuxièmement, tu as failli avoir une crise cardiaque à ton anniversaire quand tu as cru que je voulais t'épouser, poursuivit-elle, avec un sourire adorable. Il est vrai que tu es un célibataire endurci.

Il la regarda quelques instants. Le sourire taquin qu'elle affichait se crispa légèrement.

Elle posa sa flûte de champagne sur une table voisine.

— Désolée, Zander. Je...

— Moi aussi, je suis passé par la case mariage, tu sais.

Les mots avaient franchi ses lèvres avant qu'il ait pu les arrêter. Quel idiot !

Elle se figea, les yeux écarquillés.

— Non, je ne le savais pas. Et maintenant, je suis encore plus gênée.

— Ne le sois pas. C'était un non-mariage, comme le tien, précisa-t-il avec un sourire forcé, espérant qu'elle ne remarquerait pas son malaise.

Mais ils se connaissaient sur le bout des doigts, tous les deux, et ces quatorze années d'absence n'y avaient rien changé, même s'ils avaient grandi.

— C'était quand ? demanda-t-elle.

— Il y a environ deux ans.

Quand il avait demandé Laura en mariage, il avait l'intention d'aller jusqu'au bout, évidemment. Il voulait l'épouser. C'était du moins ce qu'il avait cru.

Mais à mesure que la date du mariage approchait, il avait été incapable d'effacer le souvenir de la promesse qu'il avait échangée avec Allegra. « Faisons un marché. Si on est encore célibataires à trente ans, on se mariera ensemble. D'accord ? D'accord. »

L'idée qu'elle puisse un jour revenir à New York le tourmentait. Comment réagirait-elle si, à son retour, elle le trouvait marié ?

Et son mariage avec Laura n'avait pas eu lieu.

Il serra les dents. Comment avait-il pu être aussi bête ? Il avait annulé son mariage à cause d'un doute, doute fondé, en partie, sur un souvenir qu'Allegra avait oublié. Tout cela était d'un pathétique confondant !

— C'est du passé, dit-il.

Comme tant d'autres choses.

Allegra hocha la tête, mais l'expression qu'il vit dans son regard le bouleversa. Comme si elle avait soudain tout compris.

Un serveur portant un plateau de flûtes à champagne s'arrêta devant eux.

— Un autre verre, monsieur ?

— Merci.

Il troqua son verre à cocktail vide contre une flûte, prit une gorgée de champagne mais n'en sentit même pas le goût.

Allegra avait toujours les yeux rivés sur lui.

— Alors, ce rendez-vous raté ? reprit-il pour changer de sujet. Que faisais-tu au musée, tirée à quatre épingles, un vendredi soir ?

Il avait cru qu'elle était là pour un entretien d'embauche, ce qui l'avait inquiété sans qu'il sache vraiment pourquoi. Sans doute parce qu'elle semblait ravie de travailler au studio.

— J'organise une collecte de fonds pour l'école de danse.

Il ignora le soulagement que lui procura cette explication.

Elle n'avait pas l'intention de partir. Pour l'instant.

— Quel genre de collecte de fonds ?

— Un marathon de danse rétro, comme celui de la photo de tes grands-parents accrochée au studio, répondit-elle, le visage rayonnant. Super idée, non ?

— Excellente.

Il n'avait pas regardé cette photo depuis des années, mais ne manquerait pas de le faire, quand il passerait au studio. La photo qui avait incité Allegra à organiser une collecte de fonds – et à rester un peu plus à New York – méritait bien cela.

C'était une idée excellente, en effet. Noble. Cohérente. Et comme tout ce qui concernait Allegra, ancrée dans le passé.

— Je voulais l'organiser ici mais le planning est plein jusqu'à l'année prochaine, expliqua-t-elle. C'est beaucoup trop long.

— À quelle date avais-tu pensé ?

— Il faudrait que ce soit dans une dizaine de jours, juste avant les inscriptions pour le prochain semestre, répondit-elle, feignant soudain d'observer la mariée.

Zander n'arrivait pas à se débarrasser de l'impression que ce n'était pas seulement à cause des inscriptions qu'elle était aussi pressée, et son cœur se serra.

Elle avait déjà un pied dehors...

— Fais-le au Bennington, suggéra-t-il.

Le regard d'Allegra revint vers le sien.

— Sérieusement ?

— Pourquoi pas ? Toutes nos salles de réception sont disponibles, tu as oublié ?

Ce qui était précisément la raison pour laquelle il s'était incrusté à ce mariage. Pourquoi avait-il tant de mal à se souvenir de cet élément crucial ?

— Merci ! s'exclama Allegra, rayonnante. Je m'occupe de tout. Tu n'auras rien à faire.

— Génial, fit-il, laconique.

Il était sur le point de lui rappeler que l'école appartenait à sa mère, et qu'il serait à ce titre plus que disposé à offrir le traiteur et l'orchestre, mais à cet instant, la sœur de la mariée, vêtue de son ample robe de demoiselle d'honneur, arriva en trombe.

— Allegra ! s'écria-t-elle en la serrant dans ses bras comme si elle ne l'avait pas vue depuis un siècle. Allez, viens ! C'est l'heure du lancer de bouquet.

— Pas question, répliqua Allegra avec véhémence.

— Ne sois pas bête. Ce sera amusant.

La jeune femme fit mine d'entraîner Allegra vers la piste de danse où de nombreuses invitées s'étaient rassemblées.

— Non, vraiment, reprit Allegra. Nous étions en pleine discussion. N'est-ce pas, Zander ? dit-elle en lui jetant un regard suppliant au moment précis où le tube de Beyoncé, *Single Ladies*, où il était question de femmes célibataires, retentissait dans la salle.

Il réprima un sourire.

— La discussion est terminée, répondit-il. Tu as dit que je n'aurai rien à faire.

Elle lui lança un regard meurtrier.

— Bonne chance, mon ange, murmura-t-il.

Il s'inclina pour lui faire la bise avant de chuchoter :

— Ce n'est pas toi qui disais qu'il fallait tout donner dans ce genre de circonstances ?

— Je vais t'étrangler...

— Ne t'inquiète pas. Je suis sûr que tu ne l'attraperas pas

puisque tu ne te marieras jamais, conclut-il en lui adressant un clin d'œil.

Sur ce, Allegra se laissa entraîner, vaincue, avant d'être absorbée par la foule des femmes célibataires qui s'étaient amassées sur la piste de danse.

La mariée commença le compte à rebours.

— 10, 9, 8...

Allegra croisa les bras et se tourna vers lui.

— Tu es mort, articula-t-elle silencieusement.

— ... 7, 6, 5...

Il lui adressa un petit signe moqueur de la main. Pour la première fois depuis sa soirée d'anniversaire, il était en position de force. Jusque-là, tous ces échanges avec Allegra l'avaient déstabilisé et profondément frustré. Cela faisait un bien fou de reprendre enfin le contrôle de la situation.

— ... 4, 3, 2...

Il posa son verre et se dirigea vers la piste de danse. En vérité, il n'avait aucune intention de lui faire subir ça. Il voulait juste la secouer un peu. La taquiner, comme au bon vieux temps. Il avait prévu, à la dernière minute, d'aller la chercher et de la tirer de la mêlée. Et ils riraient ensemble de ce mauvais tour.

Mais tandis qu'il traversait la salle, un doute l'assaillit. Et si ce mariage l'avait mise plus mal à l'aise qu'elle avait bien voulu le montrer ? Si elle faisait une crise de panique ? Bon sang ! Quel idiot ! Que lui était-il passé par la tête ?

— ... 1 !

Il accéléra, mais au moment précis où il foula la piste de danse, le bouquet de la mariée s'envola. Il se précipita pour glisser un bras autour de la taille d'Allegra et la soutenir, mais c'était trop tard.

Le bouquet de fleurs blanches atterrit avec un bruit mat dans les bras d'Allegra, éberluée.

11

La première chose qui vint à l'esprit d'Allegra fut de se débarrasser du bouquet. Ce qu'elle fit.

Elle se contenta de le lâcher comme si elle jouait à la patate chaude.

Il y eut une exclamation. Puis un silence consterné.

Allegra sentait son cœur s'emballer. Elle venait de jeter le bouquet de la mariée. Comment pourrait-elle expliquer ce geste ? Mais surtout, comment expliquerait-elle sa présence à cette fête lorsque la mariée réaliserait qu'elle ne figurait pas sur la liste des invités.

Tout le monde la regardait, ce qui ne faisait qu'aggraver son malaise.

Elle voulut ramasser l'élégant bouquet de pivoines et de roses qui gisait à ses pieds.

— Sus au bouquet ! s'écria une femme.

Et l'enfer se déchaîna autour d'Allegra.

L'une des demoiselles d'honneur plongea. Une deuxième. Puis une troisième. Quelques invitées suivirent le mouvement, et en quelques secondes l'élégante réception se transforma en pugilat général.

Allegra se redressa, effarée.

— Sortons d'ici, gronda une voix grave à ses côtés.

Elle cligna des yeux, sortant de sa transe.

Zander.

Lorsque sa main ferme lui saisit le poignet, elle sentit son pouls battre à toute allure sous son pouce.

Elle hocha la tête et lui emboîta le pas.

Zander se fraya rapidement un chemin dans la mêlée. Allegra ne savait pas exactement où ils allaient, mais peu importait. Elle voulait juste s'éloigner du bouquet avant qu'il ne retombe dans ses bras ou, pire, que le photographe du mariage la prenne en photo. S'incruster dans un mariage était une chose, mais figurer dans l'album photo dudit mariage sans y avoir été invitée en était une autre.

Zander se faufila dans le labyrinthe de chaises et de tables blanches ornées d'orchidées et, enfin, ils débouchèrent dans le vestibule désert.

Allegra prit une profonde inspiration. Ils étaient sains et saufs ! La tête lui tournait légèrement. Le silence soudain était déstabilisant après ce moment d'hystérie. Les sens d'Allegra étaient en alerte et elle percevait le moindre son – le bruissement du smoking de Zander, le froissement de sa jupe, son souffle saccadé – avec une incroyable netteté.

Zander s'immobilisa et se passa la main sur le visage.

— Tu as attrapé le bouquet.

— Non, répondit-elle, secouant la tête. Enfin, si… Mais il est tombé, donc ça ne compte pas.

Il esquissa un sourire.

— *Tombé* ? Ce n'est pas exactement ce que j'ai vu…

— Peut-être que tu ne faisais pas vraiment attention.

— Détrompe-toi ! Tu as jeté ces fleurs comme si elles étaient en feu, répliqua-t-il, haussant un sourcil accusateur.

Il avait l'air de trouver ça fort amusant.

— Si on retournait à la réception pour le lancer de jarretière pour voir comment tu réagirais si elle te tombait dans les bras ? suggéra-t-elle en faisant mine de regagner la salle.

Zander la rattrapa par le coude. Puis sa main glissa lentement le long de son bras. Finalement, leurs doigts s'entrelacèrent.

Elle se figea, craignant presque de faire face à Zander. *Ne sois pas ridicule. Ce n'est que Zander.*

Elle n'avait rien à craindre. C'était son ami.

Sauf que les frissons qui la parcouraient au contact de sa main n'avaient rien d'amical en cet instant. Rien d'amical du tout. Pas plus que les battements désordonnés de son cœur et les papillons délicieux qui virevoltaient dans son ventre. Tout à coup, elle se sentait vivante, une sensation qu'elle trouvait aussi excitante qu'effrayante.

Ce n'était pas normal.

Elle n'aurait pas dû être ainsi submergée par la présence de Zander. Et pourtant...

Il semblait emplir le moindre recoin du vaste vestibule. Cela défiait toute logique, mais elle sentait sa présence tout autour d'elle. Pas seulement à côté d'elle, mais dans l'air lui-même.

Elle fit volte-face, convaincue que la chaleur que les doigts de Zander semblaient instiller en elle n'était que le produit de son imagination. Mais elle se trompait. Cette chaleur était aussi présente dans son regard, dans la façon dont ses yeux s'attardaient sur elle, comme s'il la voyait pour la toute première fois.

L'émerveillement qu'elle voyait sur son visage était si sincère qu'elle en eut les larmes aux yeux.

Elle se mit soudain à fixer sa bouche. Seigneur ! Elle avait envie de l'embrasser à nouveau. Et cette fois, elle ne pouvait même pas mettre cela sur le compte d'un quelconque malaise ou de la nostalgie. Non. Elle avait beau aimer sa présence familière, il y avait en lui quelque chose de nouveau qui l'attirait encore plus...

Son menton viril l'intriguait, tout comme la dureté et la largeur de son torse. Il était si grand. Si fort. Si homme, à présent.

Elle s'était souvent demandé l'effet que cela ferait de glisser ses mains sous sa chemise et d'explorer ses fabuleux abdominaux. De goûter la chaleur de son corps viril et de voir à quel point il avait changé, au fil des années.

Elle déglutit.

Elle n'osait plus le regarder, convaincue qu'il pouvait lire dans ses pensées. Alors elle fixa les portes vitrées. Dehors, les flocons de neige virevoltaient et les lumières de Manhattan scintillaient comme des pierres précieuses jetées sur une étoffe de velours noir. Elle avait oublié à quel point la ville pouvait être belle à cette époque de l'année. Elle avait oublié tant de choses...

— On devrait y aller maintenant, murmura-t-elle d'une voix rauque et désespérée qu'elle ne reconnut pas.

Zander plissa les yeux.

— C'est vraiment ce que tu veux ?

Non. Pas du tout. Mais elle n'allait pas lui dire qu'elle avait envie de ses lèvres, de sa langue, de ses mains. La dernière fois qu'ils s'étaient embrassés, ça s'était mal terminé. Elle n'avait pas envie de revivre cela.

Et puis Zander la connaissait trop bien. Elle ne pouvait pas le regarder dans les yeux et lui dire qu'elle voulait rentrer.

« C'est vraiment ce que tu veux ? » La question était toujours là, dans ses yeux. Tout ce qu'elle avait à faire, c'était de décider.

Elle prit une profonde inspiration et secoua la tête.

Zander se pencha vers elle, les yeux rivés aux siens, puis lui caressa le visage, traçant lentement le contour de sa lèvre inférieure du bout du pouce.

— Dis-moi ce que tu veux, Allegra.

Toi. J'ai envie de toi.

— Ça, souffla-t-elle.

Elle se hissa sur la pointe des pieds et lui effleura les lèvres.

Qu'est-ce que tu fais ? Arrête !

Mais il était trop tard pour changer d'avis. Trop tard pour faire semblant que ce n'était pas ce qu'elle voulait. Car à peine ses lèvres eurent-elles effleuré celles de Zander qu'il s'appropria le baiser.

Glissant les mains dans ses cheveux, il lui immobilisa la tête et elle sentit sa langue s'immiscer effrontément entre ses lèvres jusqu'au moment où elle capitula.

Ensuite, il n'y eut plus rien d'autre que l'ardeur, le désir et la prise de conscience aiguë que c'était ce qu'elle désirait depuis le début.

Depuis le début ? Cela semblait impossible. Pourtant, au-delà de la nouveauté du baiser et du frottement de ses seins contre le torse ferme de Zander, il y avait autre chose. Un sentiment qu'elle ne pouvait pas vraiment identifier. Un sentiment d'appartenance.

Avec lui, elle était chez elle. C'était lui, son destin.

Elle ferma les yeux.

Non, cette vie n'était pas pour elle. C'était trop risqué. Elle avait trop à perdre. Mais elle avait beau repousser cette idée, rien n'y faisait. C'était lui, son destin.

Elle gémit sous la caresse des lèvres de Zander, et il gémit à son tour, la poussant doucement vers le vestiaire jusqu'au moment où elle fut adossée contre le mur de marbre froid. Avant qu'elle ait pu réaliser ce qui se passait, il saisit ses poignets d'une seule main et les immobilisa au-dessus de sa tête. Toute velléité de résistance disparut alors. Elle ne pouvait plus lutter. Pas dans cette position d'abandon délicieux. Ses bras se détendirent, et quelque part au fond de son esprit, un garde-fou céda.

Elle poussa un soupir, et soudain un souvenir surgit dans son esprit avec une clarté cristalline.

« Faisons un marché. Si on est encore célibataires à trente ans, alors on se mariera ensemble. D'accord ? »

Elle ouvrit les yeux.

— Allegra ? murmura Zander, lâchant ses poignets.

Elle s'agrippa à ses épaules pour ne pas s'effondrer.

Elle le regarda, les yeux écarquillés. Il avait raison pour la promesse. Il avait raison depuis le début.

Qu'est-ce qui avait pu faire remonter ce souvenir ? Peut-être le musée, où ils avaient passé tant de temps ensemble. Ou alors le baiser. Ce n'était pas un accident, cette fois. C'était un baiser voulu, chargé de désir, comme le proclamait le regard intense de Zander. Ses mains étaient posées contre le mur de part et d'autre de sa tête, et il la dévisageait intensément.

Comme s'il voulait qu'elle se souvienne.

— C'était ici, n'est-ce pas ? murmura-t-elle, portant la main à ses lèvres, stupéfaite.

Comment avait-elle pu oublier ?

C'était une fin d'après-midi ensoleillée de septembre. L'été indien. Dans les rues, l'asphalte fumait sous l'effet de la chaleur, enveloppant la ville dans une brume étouffante. Elle portait son justaucorps de danse car elle n'avait pas eu la force de se changer après la séance. Zander et elle s'étaient entraînés pendant des heures ce jour-là pour préparer un concours. Ils avaient ensuite partagé une assiette de frites au snack avant de se diriger vers le métro, la main dans la main, comme ils le faisaient parfois.

Toucher Zander était une seconde nature pour elle, à l'époque. Ils passaient tant de temps à danser ensemble qu'elle se sentait presque perdue sans lui. Comme à la dérive. Elle ne s'était jamais demandé ce que cela pouvait signifier car, encore une fois, c'était Zander. Son ami, son partenaire de danse. C'était naturel qu'elle se sente bien dans ses bras, non ? Et lui-même posait la main au creux de ses reins sans se poser de questions.

Leur intimité était si normale qu'elle pensait qu'elle n'avait aucun sens particulier. Mais elle s'était trompée. Ce n'était pas dénué de sens. Bien au contraire.

Les paroles de Zander lui revinrent alors à l'esprit aussi clairement que s'il les avait prononcées devant elle en cet instant.

« Faisons un marché. Si on est encore célibataires à trente ans, alors on se mariera ensemble. D'accord ? »

Il l'avait attirée contre lui, avait posé son front contre le sien et lui avait murmuré ces mots, quatorze ans plus tôt, à cet endroit précis. Un sentiment étrange l'avait submergée alors. Et elle s'était sentie liée à lui plus profondément que jamais.

Elle lui avait répondu sans la moindre hésitation.

« D'accord. »

Six jours plus tard, elle perdait sa famille.

« Morts sur le coup, lui avait dit le policier. Ils n'ont rien vu venir. » Comme si c'était un réconfort !

Elle non plus ne l'avait pas vu venir. Elle aurait voulu y être préparée. Si tel devait être son horrible destin, pourquoi n'y avait-il pas eu un signe ? Une sorte d'avertissement ? Un indice, aussi infime soit-il ?

Qu'est-ce que cela aurait changé ?

Tout. Elle n'aurait pas insisté pour que ses parents viennent la voir danser.

C'était sa faute. Elle était responsable de la mort de ses parents et de sa sœur. La pensée s'était logée dans son esprit, écrasant tout le reste. Tout ce qu'il y avait de bon et d'innocent en elle, tous les sentiments naissants qu'elle éprouvait pour Zander avaient été remplacés par l'effroyable réalité : elle se retrouvait orpheline du jour au lendemain.

Mais comment avait-elle pu oublier la promesse que Zander et elle avaient échangée ce jour-là ?

C'était simple, c'était trop douloureux de s'en souvenir.

Elle l'avait évacuée de son esprit pour ne plus penser à tout ce qu'elle avait perdu à ce moment-là.

— Tu as quelque chose à me dire, Allegra ? demanda Zander, appuyant son front contre le sien.

Il laissa glisser ses doigts le long de ses bras et prit ses mains dans les siennes. Comme autrefois.

— Je me souviens de notre promesse, murmura-t-elle. J'avais oublié. Mais maintenant...

Elle secoua la tête, vaguement consciente que ses joues étaient baignées de larmes. Quand s'était-elle mise à pleurer ?

Maintenant, elle savait.

Zander lui serra les mains très fort.

— Oh mon cœur...

Il se pencha pour l'embrasser de nouveau mais quelque chose l'en empêcha : un toussotement poli. Il se figea, le visage à moins d'un centimètre du sien.

— Monsieur Wilde ?

Zander ferma les yeux et jura silencieusement. Il devait se ressaisir avant de se retourner pour affronter la femme qui se tenait derrière lui. Il y avait une semaine qu'il cherchait à lui parler, mais soudain, c'était la dernière personne qu'il avait envie de voir.

Il ouvrit les yeux, et par miracle Allegra était toujours là, le regardant les yeux noyés de larmes et de souvenirs. Il n'aurait pu imaginer baiser plus délicieux dans ses rêves. Elle se souvenait !

Mais pour une étrange raison, le destin avait choisi ce moment précis pour placer Celestia Lane sur son chemin.

— Désolé, murmura-t-il, essuyant une larme sur la joue d'Allegra. Accorde-moi une petite minute.

Elle hocha la tête, mais il vit le doute s'insinuer dans ses yeux.

Il se retourna, resserra son nœud de cravate et tendit la main à la journaliste.

— Zander Wilde. Désolé, vous m'avez surpris dans un moment intime. Vous êtes ?

Il savait exactement qui elle était, bien sûr. Elle était le portrait craché de sa photo dans le journal. Avant même de la voir, il avait su qui elle était rien qu'au ton de sa voix. Inquisiteur et tranchant.

— Celestia Lane, du *New York Times*, répondit-elle en lui serrant fermement la main. Désolée de vous interrompre. Mais vous auriez pu choisir un lieu un peu moins public.

Zander lui adressa un sourire forcé. Si ça avait été quelqu'un d'autre, il lui aurait dit en termes clairs de s'occuper de ses affaires, mais il était bien conscient que le sort de son hôtel reposait entre ses mains.

— Navré, répondit-il sans se départir de son sourire. C'est un plaisir de vous rencontrer enfin en personne.

Celestia Lane hocha la tête et jeta un coup d'œil à Allegra.

À la lueur qui traversa le regard de la journaliste, Zander eut l'impression de voir le début d'un terrible incident se dérouler au ralenti.

— Je suis infiniment désolé d'avoir manqué notre dîner l'autre soir, mademoiselle Lane, dit-il vivement. J'ai eu une urgence, et je n'ai pas pu prévenir l'hôtel.

— Je vois, répondit Celestia distraitement.

La journaliste prêtait à peine attention à ce qu'il disait. Elle semblait beaucoup plus intéressée par Allegra.

— Vous ne me présentez pas à votre amie, monsieur Wilde ?

Zander hésita.

— J'allais partir, bredouilla Allegra.

— Attends. S'il te plaît, murmura-t-il.

Mais elle se dirigeait déjà vers la porte.

— Excusez-moi, mademoiselle, on se connaît, non ? lança Celestia Lane. Vous me semblez familière.

Zander jura silencieusement. Si la journaliste identifiait Allegra comme étant l'une des mariées fugueuses du Bennington, ce serait la catastrophe.

Les titres seraient dévastateurs. La journaliste trouverait probablement le moyen d'insinuer que le non-mariage d'Allegra avait un lien avec lui. Elle ne se gênerait pas pour divulguer l'information, cela ne faisait aucun doute. Elle déformerait la réalité comme elle savait si bien le faire.

Ça le rendait malade. Pourtant, c'était compréhensible. Celestia Lane était journaliste, et c'était du pain béni pour elle de le surprendre dans une situation compromettante avec l'ex-fiancée de Spencer Warren, quelques jours seulement après le scandale du mariage avorté.

Les choses se présentaient très mal. Allegra en était consciente évidemment. Elle hocha tête et continua à marcher vers la sortie.

— Désolée, mais vous devez me confondre avec quelqu'un d'autre, dit-elle. Je ne suis pas de New York. Je ne suis que de passage.

Elle leur adressa un signe de la main avant de pousser les doubles portes et de sortir dans la rue enneigée.

« Je ne suis que de passage. » Zander décida de ne pas accorder d'importance à ces paroles. Allegra avait probablement dit cela pour induire la journaliste en erreur. Pourtant, ces mots, aussi anodins soient-ils, restaient coincés dans sa gorge et semblaient l'étouffer.

La journaliste haussa un sourcil.

— Votre mystérieuse amie a oublié son manteau.

Il prit une profonde et douloureuse inspiration. Les choses empiraient de minute en minute.

— Je vais le lui apporter, alors. Si vous voulez bien m'excuser…

— Bien sûr, répondit la journaliste, avec un petit sourire qu'il détesta. C'était un plaisir de vous rencontrer, monsieur Wilde.

Alors qu'elle se dirigeait à son tour vers la sortie, elle se retourna pour lui adresser un sourire triomphant.

Une certitude affreuse s'ancra alors dans son esprit.

Il n'avait pas fini d'entendre parler de Celestia Lane.

12

Le lendemain matin, Allegra était assise dans la cuisine de l'appartement des Wilde, le regard rivé sur son téléphone portable.

Le petit chat noir était roulé en boule sur ses genoux, les fenêtres étaient festonnées de givre, et une tasse de café fumante était posée devant elle sur la table. Tout était si serein, si chaleureux. Aurait-elle la force de faire ce qu'elle avait décidé de faire ?

Après un court instant de réflexion, elle prit son téléphone et parcourut la liste des contacts, cherchant le numéro de Talia d'une main tremblante.

— Tu fais ce qu'il faut, murmura-t-elle.

C'était une certitude. Ce qui s'était passé la veille avait agi sur elle comme un signal d'alarme.

Si la journaliste de la *Rubrique Mariages* ne les avait pas interrompus, elle aurait couché avec Zander sous le coup de la nostalgie.

Elle avait bien tenté de se convaincre qu'il ne s'était rien passé de sérieux, qu'ils s'étaient simplement embrassés. Mais au fond, elle savait que c'était faux. Le souvenir de la promesse qu'ils avaient échangée autrefois l'avait bouleversée. Et elle avait eu l'impression de vivre cette journée pour la toute première fois. L'espace d'un instant doux-amer, elle avait presque cru avoir seize ans de nouveau…

Eh bien, non ! Elle était une femme adulte et non une adolescente naïve. Elle ne pouvait plus embrasser Zander comme s'il était possible de revenir en arrière. Les promesses avaient des conséquences. Appartenir à quelqu'un signifiait que l'on perdrait forcément cette personne un jour. Elle le savait, maintenant. Et cette fatalité lui était intolérable.

— Allegra ! s'exclama Talia, répondant à la première sonnerie comme si elle attendait son appel. Quelle joie d'avoir de tes nouvelles ! Je commençais à croire que tu avais décidé de rester à New York pour toujours.

— Non, répondit Allegra avant de sentir son cœur se serrer.

Pourquoi était-ce si douloureux ?

Pourtant elle ne pouvait plus rester ici. Continuer à travailler à l'école de danse, faire semblant de vivre avec Zander, jouer à ce petit jeu avec lui. Quel petit jeu, au fait ?

— Tu m'appelles bien pour ce que je crois ? demanda Talia.

— Ça dépend. Le poste sur la tournée dont tu m'as parlé est encore disponible ?

Talia poussa un cri perçant qu'Allegra interpréta comme un « oui » catégorique.

— Je savais que tu changerais d'avis, poursuivit son amie. Faire le tour du monde… Danser dans une ville différente chaque soir. Que peut-il y avoir de mieux ?

Talia avait raison, songea Allegra. C'était parfait. C'était exactement ce dont elle avait envie. Ou… besoin ?

Zander entra dans la cuisine et lui sourit en se dirigeant vers la cafetière. Le cœur d'Allegra fit une embardée.

— C'est vrai, répondit-elle. Mais j'ai quelques petites choses à finir avant de partir. Quand débute la tournée, exactement ?

Elle ne pouvait partir avant le marathon de danse. Elle avait donné sa parole à Emily. Elle devait aller jusqu'au bout. De plus, elle en avait envie. Un peu trop, peut-être…

C'est précisément la raison pour laquelle elle devait partir. Maintenant. Tant qu'elle en avait encore la force. Elle était trop bien, ici. Trop… heureuse. Et le bonheur pouvait brusquement basculer dans le drame, vous brisant en mille morceaux.

— Dans deux semaines, répondit Talia. Si tu es partante, tu dois appeler le directeur de la compagnie. Tu as toujours ses coordonnées ?

— Oui, murmura Allegra, faisant de son mieux pour ignorer le regard glacial que Zander lui lançait.

— Bien. Appelle-le tout de suite. Je ne plaisante pas. Promets-le-moi, insista Talia.

— Promis.

Elle avait beau fixer la table, elle sentait les yeux de Zander posés sur elle.

Elle aurait préféré qu'il découvre son projet autrement. Elle avait prévu de lui en parler plus tard, une fois que ce serait officiel. Elle s'était levée plus tôt dans l'espoir de passer tranquillement son appel. Peine perdue !

C'était peut-être mieux comme ça, après tout. Un peu brutal, certes, mais c'était comme un pansement. Mieux valait l'arracher d'un seul coup. Cela ne servait à rien de repousser l'inévitable.

— Bon, je te laisse l'appeler. Tiens-moi au courant !

Lorsque Talia eut raccroché, Allegra posa son téléphone et but une gorgée de café.

— Tu pars en voyage ? demanda Zander d'un ton glacial.

— Peut-être.

Sérieusement ? Drôle de façon d'arracher le pansement !

— Je veux dire, oui, reprit-elle. Une danseuse du Boston Ballet s'est blessée, et le directeur veut que je la remplace.

— Félicitations, alors, répondit-il, sans pouvoir masquer son amertume. Tu comptais me prévenir ou tu avais prévu de me laisser tomber comme la dernière fois ?

Il était furieux… et incroyablement beau, avec ses cheveux plaqués en arrière et son costume impeccable.

Elle ne répondit pas tout de suite. Elle ne pouvait lui en vouloir d'être en colère. En même temps, pourquoi prenait-il si mal les choses ? Ne pouvait-il pas faire semblant de se réjouir pour elle ?

— Ne sois pas injuste, Zander. J'allais t'en parler. Vraiment. Je ne partirai pas avant le marathon de danse, de toute façon. D'ailleurs, je pensais passer te voir au Bennington cet après-midi, après mon cours de danse, pour parler organisation.

— Ryan t'aidera. Je lui en parlerai ce matin. Quand comptais-tu me le dire ? ajouta-t-il, croisant les bras et s'adossant au comptoir dans une posture faussement décontractée.

Elle aurait dû savoir qu'il reviendrait à la charge.

— Une fois que j'aurais été certaine de partir. Je n'ai pas encore appelé le directeur de la compagnie. Je ne sais même pas s'il sera d'accord.

Aurait-elle vraiment la force de partir ?

Le chaton sauta de ses genoux et se dirigea vers Zander. Avec un miaulement lugubre, il se frotta contre ses jambes.

— Je n'ai pas l'intention de m'enfuir, reprit-elle, détournant le regard. Ce n'est pas comme la dernière fois, Zander. Je te le jure.

— Vraiment ? répliqua-t-il d'un ton moqueur en prenant le chaton dans ses bras. En quoi est-ce différent ? Explique-moi.

— Je n'avais pas le choix, à l'époque, tu le sais bien. Ma tante était ma tutrice légale, et elle habitait Cambridge.

— Je sais. Ce n'est pas de ça que je parle. Pourquoi tu ne m'as jamais donné de nouvelles *après* ton départ, précisa-t-il d'un ton où perçait une rancœur encore vivace.

Allegra ferma les yeux, incapable de le regarder.

— Nous étions des enfants, Zander. J'avais tout perdu…

Je ne pouvais pas te perdre aussi.

C'était pourtant ce qu'elle avait fait. Elle l'avait chassé de sa vie et s'apprêtait à faire la même chose aujourd'hui.

Elle rouvrit les yeux et l'observa. Il caressait le chat, et son expression s'était un peu adoucie. Son regard demeurait toutefois indéchiffrable.

La veille au soir, la tendresse qu'elle avait vue dans ce regard l'avait bouleversée. L'espace d'un instant, elle avait eu l'impression que sa vie s'inscrivait dans une continuité, la délivrant du chaos dans lequel elle se dépêtrait depuis la mort de sa famille.

— Nous étions amoureux, déclara-t-il froidement. Moi je l'étais, en tout cas.

Allegra ouvrit la bouche pour répliquer mais la referma.

Il était *amoureux* d'elle ? Il ne le lui avait jamais dit. Elle non plus ne lui avait jamais avoué ses sentiments, mais cela ne voulait pas dire qu'ils n'existaient pas. D'ailleurs, elle ne pouvait plus prétendre le contraire : leur baiser avait fait remonter tous ses souvenirs…

Elle prit une inspiration tremblante avant de déclarer :

— Eh bien, nous ne sommes plus amoureux. Les choses ont changé, voilà tout.

Un silence chargé de tension s'abattit sur la cuisine.

Quand Zander reprit la parole, sa question innocente prit Allegra de court.

— Tu as donné un nom à ton chat, finalement ?

Le chaton ronronnait de plus en plus fort entre ses bras.

— Non, toujours pas.

— J'en étais sûr.

Sérieusement ? Pourquoi lui parlait-il du chat alors qu'il venait d'avouer qu'il était amoureux d'elle autrefois ?

— Pourquoi ça te dérange autant que je n'aie pas donné de nom à mon chat ?

— Je croyais que ce n'était pas *ton* chat ?

— Ce n'est pas mon chat, répliqua-t-elle, agacée.

— C'est mieux comme ça. Tu n'aurais pas pu l'emmener en tournée, de toute façon.

— Exactement.

Elle n'y avait pas pensé, mais il avait raison. Elle ne pouvait pas le garder. Elle jeta un coup d'œil au minuscule chaton noir allongé en toute confiance sur l'avant-bras impressionnant de Zander. Une fois de plus, elle eut l'impression de manquer d'air. À cet instant, son téléphone sonna, l'obligeant à se ressaisir. Elle jeta un coup d'œil à l'écran.

— C'est le directeur de la compagnie, dit-elle.

Dans son enthousiasme, Talia avait dû l'appeler elle-même.

— Qu'est-ce que tu attends, réponds, dit Zander en déposant le chaton sur ses genoux.

— Zander, je…

Mais quand elle leva les yeux, Zander avait déjà quitté la cuisine.

Au Bennington, la réunion du matin se déroula en un temps record. Non parce que les responsables des services n'avaient rien à signaler à Zander et Ryan – il y avait beaucoup à dire, bien au contraire – mais parce que Zander l'avait menée tambour battant, fidèle à sa réputation d'efficacité qui lui avait valu sa place à la direction de l'hôtel.

— Bien, je pense que nous en avons terminé, dit-il en fermant le dossier en cuir frappé de l'écusson du Bennington.

Autour de la table, ses collaborateurs échangèrent un regard et sortirent de la salle, à l'exception de Ryan.

— Tu es prêt à passer en revue les derniers chiffres du budget ? demanda Ryan, pointant les tableaux disposés en éventail devant lui.

— Absolument.

Ryan acquiesça mais ne regarda même pas les documents.

— Tu as peut-être envie de parler d'abord..., suggéra-t-il en le regardant.

Zander se cala sur sa chaise et croisa les bras.

— Parler de quoi ?

— De ce qui te contrarie. Tu es un peu trop...

Zander haussa un sourcil.

— Efficace ?

— Exactement.

— Ce n'est pas une mauvaise chose. En fait, c'est mon boulot d'être efficace en qualité de P-DG de cet hôtel.

Ryan leva les mains en signe de reddition.

— Personne ne s'en plaint. J'ai juste l'impression que tu as quelque chose sur le cœur.

— Pas du tout, rétorqua Zander en fixant la table de réunion.

Qu'y avait-il à dire ? Allegra partait. En discuter avec Ryan n'atténuerait pas le choc qu'il avait ressenti en entendant Allegra parler de son projet de tournée. Ni le poids qui écrasait sa poitrine dès qu'il y pensait. Cela ne la ferait pas rester.

— Très bien, alors, dit Ryan en faisant glisser un tableau chiffré dans sa direction.

— Attends... En fait, j'ai quelque chose à te dire...

— Vas-y.

— Allegra organise une collecte de fonds au profit de l'école de danse, un marathon de danse rétro. Je lui ai dit qu'elle pouvait le faire ici, dans une des salles de réception. Je suppose que nous avons des disponibilités la semaine prochaine ?

— Largement, confirma Ryan en fixant la colonne des pertes du bilan financier qu'il avait sous les yeux. Hélas...

— Bien, répondit Zander avant de se rembrunir aussitôt. Enfin, non. Bref ! J'ai dit à Allegra que tu lui donnerais un coup de main.

Ryan resta un instant silencieux avant de lancer, moqueur :

— Vraiment ? Avec plaisir, mais tu es sûr que tu ne veux pas t'en occuper toi-même ?

— Plus que sûr, répliqua sombrement Zander.

Le départ d'Allegra n'aurait pas dû le surprendre. Il l'avait senti venir. Elle fuyait. C'était une habitude, chez elle.

Quand elle avait peur, elle faisait ses valises. S'il avait pensé un seul instant que cette tournée avec le Boston Ballet était un bon choix pour sa carrière, il aurait été ravi pour elle. Il l'aurait même aidée à faire ses valises, si c'était vraiment ce qu'elle voulait.

Mais il savait que ce n'était pas le cas. Sa décision n'était pas un choix professionnel. N'avait-elle pas dit qu'elle n'était plus ballerine depuis un bon moment ? Elle était heureuse de donner des cours de danse. Emily n'arrêtait pas de dire à quel point Allegra aimait ses élèves. Il l'avait vue enseigner, et elle avait un talent naturel avec les enfants. De plus, elle semblait heureuse. Plus heureuse qu'elle ne l'avait été depuis l'accident de sa famille.

Il savait ce qui trottait dans la tête d'Allegra. Elle partait à cause de ce qui s'était passé entre eux la veille, au musée. Elle ressentait quelque chose pour lui. Quelque chose de plus qu'un simple désir. Et cela la terrorisait.

— Très bien, reprit Ryan. Je pensais simplement que tu voudrais t'en occuper puisque c'est toi qui as tenu à donner à cet établissement un côté années 1940. Or ce marathon de danse rétro s'inscrit dans cette optique.

Il avait raison. L'événement qu'Allegra voulait organiser cadrait parfaitement avec l'ambiance nostalgique que Zander avait instaurée au Bennington, avec les soirées Big Band mensuelles et le bar jazz qu'il avait récemment ouvert à l'hôtel.

— De plus, Allegra et toi avez toujours formé une bonne équipe, poursuivit Ryan.

— C'était il y a des années. Les choses ont changé...

Cela dit, ce n'était pas toujours le cas. Parfois, l'histoire se répétait. Cette fois, cependant, Allegra et lui n'étaient plus des enfants. Elle avait le choix, aujourd'hui. Elle pouvait rester.

Il pouvait le lui demander.

Reste.

Cinq petites lettres. Un tout petit mot. Pourtant, il avait été incapable de le lui dire, ce matin, dans la cuisine. Il avait tourné autour du pot mais ne lui avait pas demandé de rester.

Pour quoi faire, d'ailleurs ? Elle préparait son évasion depuis qu'elle avait emménagé chez lui, sans doute. Et elle était à New York uniquement parce qu'elle devait s'y marier. Tout cela n'était somme toute qu'un terrible malentendu.

— Alors, tu organiseras ce marathon de danse avec elle ? demanda-t-il en soupirant.

— Bien sûr, répondit Ryan, toujours dubitatif.

— Parfait. Fournis-lui tout ce dont elle a besoin en termes de restauration et de musique. Je vous laisse le soin d'en décider.

L'assistante de Zander ouvrit soudain la porte de la salle de réunion.

— Désolée, messieurs. Quelqu'un vient d'arriver pour M. Wilde. Une certaine Celestia Lane, du *New York Times*.

Zander et Ryan échangèrent un regard.

— Faites-la entrer, dit Zander.

— Très bien.

— Ça devrait être intéressant, murmura Ryan, lorsque l'assistante fut sortie. Je suppose qu'il y a une chose que tu ne m'as pas dite...

— Je l'ai croisée hier soir.

Que faisait-elle ici ? Il avait été soulagé de ne trouver aucun article sur son hôtel, dans le journal de ce matin. Des clients avaient même réservé une salle de réception pour un mariage. Le mois suivant, mais c'était mieux que rien.

Pourtant, il avait l'impression que cette visite impromptue de la journaliste n'annonçait rien de bon.

— Et ? demanda Ryan.

Zander se leva pour boutonner sa veste.

— Et je ne sais absolument pas ce qu'elle fait ici.

Ryan leva les yeux au ciel.

— Alors on improvisera.

L'assistante de Zander fit entrer la journaliste. Après avoir refusé une eau gazeuse et un cappuccino, elle adressa un radieux sourire à Zander.

— Bonjour, monsieur Wilde.

Il comprit aussitôt que quelque chose n'allait pas. Elle avait l'air bien trop sûre d'elle.

— Bonjour, mademoiselle Lane. Quelle bonne surprise...

Ryan la salua à son tour, et tous trois prirent place autour de la table.

— Que puis-je faire pour vous, mademoiselle Lane ? demanda Zander.

— Vous pouvez me donner votre impression pour mon article de demain, pour commencer. Je pense que savoir que j'ai surpris le P-DG du Bennington dans une situation, disons... compromettante avec l'une des mariées fugueuses de son hôtel intéressera mes lecteurs.

Zander resta silencieux. À côté de lui, Ryan soupira.

— Je savais que votre compagne ne m'était pas inconnue, reprit la journaliste en sortant un carnet de son énorme sac de designer. Imaginez ma surprise quand j'ai découvert que ce n'était autre qu'Allegra Clark, l'ex-fiancée de Spencer Warren.

Zander jeta un regard au carnet et leva les yeux au ciel.

— Allons donc, mademoiselle Lane. Vous n'êtes pas ici pour recueillir ma réaction. Si vous aviez voulu publier votre article, ce serait déjà fait.

— Zander…, intervint Ryan. Écoutons plutôt ce que Mlle Lane a à nous dire.

— L'article sera publié demain matin, avec ou sans votre témoignage, déclara-t-elle en tapotant son carnet du bout de son stylo.

Zander n'y croyait toujours pas. Elle n'était pas là pour recueillir sa réaction. Elle leur dissimulait quelque chose. Quoi et dans quel but ? Mystère.

— Vous travaillez pour le *New York Times*, reprit-il. Ce genre d'histoire est indigne de vous et de votre journal. Vous ne faites que lancer des rumeurs. Exactement comme la malédiction qui, selon vous, frapperait cet hôtel.

— C'est tout à fait juste, reconnut-elle. Hélas, cette histoire de malédiction a eu beaucoup de succès.

— Je n'en doute pas, répondit Zander.

La chute des réservations des salles de réception de l'hôtel témoignait de l'ampleur des dégâts causés par l'absurde rumeur.

— Mes lecteurs veulent connaître la suite de l'histoire, et mon rédacteur en chef exige que je la leur donne. Croyez-moi, je préférerais de loin écrire sur un mariage qui se tiendrait au Bennington. Mais apparemment ils ne sont pas légion en ce moment. Alors pourquoi ne me donneriez-vous pas la suite de l'histoire vous-même, monsieur Wilde ?

Zander aurait dû être soulagé. La balle était dans son camp. Mais il fut incapable de trouver quoi que ce soit qui puisse intéresser la journaliste.

Bon sang ! Il devait bien y avoir quelque chose.

— J'ai une idée, intervint Ryan.

— Oui ? fit Celestia, le stylo à la main.

— On t'écoute, renchérit Zander.

— Oubliez Zander et Allegra, et en échange nous vous accorderons la couverture exclusive du prochain mariage qui se tiendra au Bennington, déclara Ryan en lissant sa cravate. Vous avez dit que vous préféreriez couvrir un mariage, alors allons-y. La prochaine fois qu'un couple s'unira ici, vous serez aux premières loges. Si la mariée s'enfuit, vous aurez la suite de votre article. Si tout se passe bien aussi. Ce sera la fin de la prétendue malédiction. Dans les deux cas, c'est gagnant-gagnant pour vous.

Zander adressa un signe de tête à peine perceptible à son cousin. C'était une idée géniale. Fantastique, même.

Celestia sourit.

— Ça me plaît bien, dit-elle. Simplement, j'aimerais que vous me garantissiez que mon photographe et moi serons invités.

La réponse de Zander fut rapide et sans équivoque :

— Aucun problème.

— À condition que les mariés soient d'accord, bien sûr, précisa Ryan.

— Ils le seront, affirma Celestia Lane en fermant son carnet. Croyez-moi, toutes les mariées rêvent de faire la une de la *Rubrique Mariages* du *Times*.

— Alors, marché conclu ? demanda Zander en se levant pour tendre la main à la journaliste.

— Marché conclu, monsieur Wilde, répondit cette dernière en lui serrant la main.

Zander esquissa un sourire.

— Je me réjouis de ne pas voir mon nom dans votre journal de demain.

— J'attends votre appel. Contactez-moi dès que vous avez une date.

Celestia leur adressa un signe de tête en sortant.

— Bonne journée, messieurs.

Lorsque la journaliste fut partie, le sourire de Zander s'estompa. Fourrant les mains dans les poches de son pantalon, il se tourna vers Ryan.

— Pourquoi ai-je l'impression que l'on vient de conclure un pacte avec le diable ?

— Parce que c'est un peu le cas.

Zander sentit un nœud se former dans son estomac.

— Voilà qui n'est guère rassurant...

— Ne t'inquiète pas, cousin. Nous pouvons retourner la situation à notre avantage. La présence assurée du *Times* au prochain mariage est une aubaine pour nous. Celestia Lane a raison. Tous les couples de la ville rêvent d'avoir leur photo de mariage dans sa rubrique. Et je te parie que d'ici une semaine, nous croulerons sous les réservations de salles, conclut Ryan avec un sourire triomphant.

Il avait raison, songea Zander. Le plan était excellent. Sauf si... Sauf si la mariée s'enfuyait.

13

Sous la boule à facettes scintillante suspendue au plafond de la salle de réception du Bennington, Allegra n'en croyait pas ses yeux.

— Et vous avez fait ça en moins de dix jours ? Bravo, Ryan !

La salle avait été redécorée du sol au plafond. Au point qu'Allegra avait l'impression d'avoir fait un bond dans le passé. Des guirlandes de fanions bleu, blanc et rouge tapissaient les murs et s'entrecroisaient au-dessus de leurs têtes. Ils étaient si nombreux que le plafond bleu nuit parsemé d'étoiles semblait avoir disparu. Un kiosque destiné à accueillir l'orchestre se dressait au fond de la salle, et le plancher de bal avait été agrandi de façon à occuper presque tout l'espace. Mais l'accessoire préféré d'Allegra, la pièce maîtresse, était sans conteste le tableau en bois assorti d'une horloge d'école vintage sur lequel serait décompté le nombre d'heures dansées et de couples restant en lice.

Tout était exactement comme elle l'avait imaginé. Parfait ! Elle avait l'impression de se retrouver dans une salle de bal des années 1940...

Ou sur la photo des grands-parents de Zander.

— Je n'ai pas fait cela tout seul, répondit Ryan en dépliant une des chaises en bois blanc destinées aux spectateurs. Le personnel m'a aidé. C'est pour une bonne cause. Tout le monde ici apprécie Emily et soutient l'école. Mais si j'ai bonne mémoire, c'est bien vous qui étiez sur une échelle à 2 heures du matin en train d'accrocher ces fanions.

— Vous en êtes sûr ? répondit-elle avec un sourire.

— Je confirme. Et si vous l'avez oublié, c'est sans doute parce que vous avez consacré tant de temps et d'énergie à ce marathon de danse que vous délirez, répondit Ryan, dépliant une autre chaise. En tout cas, nous voilà prêts. Vous devriez aller vous reposer, sinon jamais vous ne pourrez danser douze heures d'affilée ce soir.

Le sourire d'Allegra s'évanouit.

— Oh ! Mais je... Euh... Je vais rentrer me préparer mais je ne compte pas danser ce soir.

Ryan fronça les sourcils.

— Comment ça ? Vous ne participez pas à la fête ? Je pensais que vous seriez la première à swinguer, ce soir.

— À swinguer ? Je pense que vous prenez cette soirée rétro un peu trop au sérieux.

Ryan la dévisagea un instant avant de reprendre :

— Je vois clair dans votre jeu, vous savez. Vous êtes exactement comme lui.

— Comme qui ? demanda-t-elle, feignant de raccrocher une guirlande pour éviter de le regarder.

Elle savait très bien de qui il parlait.

— Zander, qui d'autre ?

— Je ne vois pas ce que vous voulez dire. Zander et moi...

— ... êtes tous deux des maîtres de l'esquive, compléta-t-il. Je n'ai jamais vu des gens aussi doués pour détourner une conversation dès qu'un sujet les met mal à l'aise.

— Je ne suis pas mal à l'aise, répliqua-t-elle, même si elle avait soudain l'impression qu'il faisait très chaud dans la salle. Je ne pourrai pas danser ce soir. Je serai trop occupée.

— C'est exactement ce que Zander m'a dit tout à l'heure. Mot pour mot, précisa Ryan en lui adressant un clin d'œil. Mais je n'en dirai pas plus.

Et moi non plus, songea Allegra en accrochant une autre guirlande.

— Donc Zander ne sera pas des nôtres ce soir ? demanda-t-elle, oubliant son intention de se taire.

Zander l'évitait, manifestement, et elle lui rendait la pareille. Ils n'avaient pas échangé un mot depuis le jour où il avait surpris sa conversation avec Talia. Elle n'avait fait que l'entrapercevoir quand elle venait au Bennington. À chaque fois qu'elle le voyait dans le hall, elle s'empressait de prendre la direction opposée.

Le problème... C'était qu'il était partout ! La malédiction décrétée par le *New York Times* ne semblait plus nuire aux affaires, et Zander faisait régulièrement visiter l'hôtel à de futurs mariés.

Ryan haussa les épaules.

— Il n'a rien dit à ce sujet, mais une chose est sûre : il ne dansera pas. Il a été très clair là-dessus.

— Eh bien, on sera deux.

C'était impossible. Danser avec Zander n'aurait fait que réveiller une vieille blessure.

Et puis elle préférait éviter tout contact rapproché avec lui. Si elle dansait avec lui, elle serait incapable de le regarder dans les yeux sachant qu'il sentirait sans doute les battements affolés de son cœur contre sa poitrine. Garder ses distances était déjà assez difficile en vivant sous le même toit. Cela aurait été impossible, dans ses bras.

La dernière fois qu'il s'était approché à moins de trente centimètres d'elle, elle l'avait embrassé. Qui sait ce qui se passerait, s'ils dansaient de nouveau ensemble ?

En même temps, elle ne pouvait imaginer danser avec un autre. Zander était son premier – et son seul – partenaire. Il y avait toujours eu entre eux une tendresse qu'elle n'avait jamais éprouvée pour un autre homme. Aussi ridicule que cela puisse paraître, danser avec un autre aurait été une trahison.

Ryan lui jeta un regard sceptique.

— Dans ce cas, dites-moi au moins combien de couples se sont inscrits à la soirée, des couples qui ont envie de danser ensemble et non de faire semblant de s'ignorer.

— Beaucoup de gens se sont inscrits au marathon, répondit-elle, ignorant la dernière partie de sa phrase. Plus d'une centaine de couples, en fait.

Elle avait posté des annonces de nombreux réseaux sociaux.

De plus, le Bennington et la Wilde School of Dance avaient envoyé des mailings. La soirée avait déjà rapporté une très belle somme rien qu'en frais d'inscription.

— Fantastique ! s'exclama Ryan. Je suis impressionné.

— Mais vous faites erreur au sujet de Zander et de moi. Il n'y a rien entre nous.

Allegra croisa les bras avant de les décroiser aussitôt. Elle ne savait pas quoi en faire. Ni où tourner le regard, car celui de Ryan s'était teinté de sarcasme.

— Vous en êtes sûre ?

— Absolument.

Menteuse.

Elle se mordit la lèvre. Ses bagages étaient prêts. Son billet de train réservé. Elle partirait aussitôt le marathon terminé. Elle partirait pour Boston dans la matinée, juste à temps pour rejoindre la tournée. La semaine prochaine à la même heure, elle serait sur scène. Une ville différente chaque soir.

— Tout est en ordre pour votre mariage, dit Zander, raccompagnant le couple vers la sortie de l'hôtel. Nous vous attendons donc le week-end prochain. Soyez assurés que nous mettrons tout en œuvre pour que la cérémonie se déroule exactement comme prévu.

À moins que vous décidiez de planter là votre futur mari, songea-t-il en jetant un coup d'œil à la jeune femme.

— Parfait, répondit le futur mari en serrant la main de Zander.

Sur ce, le couple échangea un regard énamouré avant de sortir dans le froid mordant de New York.

Zander avait observé beaucoup de ces regards au cours de la dernière semaine. Les affaires reprenaient. Apparemment, l'idée de Ryan semblait fonctionner. Malédiction ou pas, la présence assurée de la journaliste de la *Rubrique Mariages* du *Times* avait attiré de nombreux couples. Le téléphone du Bennington sonnait de nouveau, et Zander s'était fait un devoir de recevoir chacun d'eux personnellement. Il aurait dû être habitué à ces regards énamourés ; pourtant, à chaque fois, ils lui faisaient l'effet d'un coup de poing dans l'estomac.

De retour dans le hall, il s'assit sur l'un des canapés en velours. Il était grand temps d'appeler Celestia Lane. Cette dernière répondit à la première sonnerie.

— Bonjour, monsieur Wilde.

— Mademoiselle Lane, dit Zander le plus poliment possible, ce qui était une prouesse après tout ce que la journaliste lui avait fait endurer. Je vous appelle pour vous informer qu'un mariage est confirmé pour cette fin de semaine.

Il lui donna tous les détails nécessaires.

— Parfait. Mon photographe et moi-même serons là tous les deux, promit-elle, ravie, ce qui ne fit qu'exacerber la mauvaise humeur de Zander.

— Bien. Et rien d'autre dans le journal avant, n'est-ce pas ?

— C'était notre marché, et je tiendrai parole, assura-t-elle. À condition que vous teniez aussi la vôtre. Donc si un autre mariage a lieu avant celui-là, vous me prévenez.

— Entendu.

Il raccrocha le plus rapidement possible. C'était presque terminé : cette histoire de malédiction, Allegra, et tout le reste. Tout rentrait dans l'ordre. Enfin !

Il aurait dû être heureux. Il aurait dû faire la roue dans les couloirs du Bennington.

Un homme et une femme sortirent de la salle de réception et passèrent devant lui, titubants. Ils étaient rouges, légèrement échevelés et s'accrochaient l'un à l'autre, s'efforçant de marcher droit. Mais ils rayonnaient de joie, et l'un d'eux fredonnait *Walkin' My Baby Back Home*, un standard du swing.

Zander détourna le regard.

Il avait réussi à éviter le marathon de danse jusqu'à présent. La soirée avait commencé plusieurs heures auparavant et il régnait une ambiance jazzy dans tout l'hôtel.

Il était déterminé à garder ses distances. Cela avait été relativement facile, ou du moins possible, tant qu'il recevait les futurs mariés. Mais maintenant, il ne pouvait s'empêcher de taper du pied sur une mélodie de Frank Sinatra.

Il se tenait là, bien décidé à appeler son chauffeur et à rentrer chez lui, mais au lieu de se diriger vers le voiturier, il se sentit irrésistiblement attiré par la salle de bal. Il se dit qu'il faisait simplement ce qu'il avait à faire, qu'il remplissait ses obligations de P-DG. Le but de la soirée était de collecter des fonds au profit de l'école de sa mère, après tout. Que penserait-on s'il n'y faisait même pas une apparition, alors que l'événement se tenait dans son hôtel ? De plus, toute sa famille y était : Emily, Ryan, Tessa et Julian. Même Chloe avait promis de venir accompagnée d'un partenaire de danse.

Son absence aurait paru étrange.

Cinq minutes.

C'est ça. Il resterait le temps d'une chanson, deux maximum, et puis il rentrerait chez lui.

La musique devenait de plus en plus forte à mesure qu'il approchait. Il s'arrêta à l'entrée de la salle pour se donner du courage, mais il fut presque aussitôt happé à l'intérieur par la foule en liesse. La salle était pleine à craquer. Des couples virevoltaient autour de lui, dansant le Charleston et le Lindy Hop, et quelques autres variantes qu'il avait pratiquées lorsqu'il était danseur de compétition.

Il s'écarta vivement lorsqu'un couple s'arrêta devant lui pour exécuter une figure particulièrement acrobatique.

Il régnait dans la salle une ambiance incroyable. Il n'avait jamais rien vu de tel, même lors des soirées Big Band organisées au Bennington. C'était une soirée Big Band sous stéroïdes.

Malgré la foule surexcitée, il repéra immédiatement Allegra, comme attiré vers elle par une force invisible. Il la vit se diriger vers le kiosque, vêtue d'une robe dos nu largement évasée. Elle était époustouflante avec ses crinolines rouges et ses cheveux coiffés en *victory rolls*, coiffure iconique des années quarante.

Mieux encore, elle était *seule*.

La tension qui s'était accumulée en lui s'atténua légèrement. Comment aurait-il réagi s'il avait trouvé Allegra en train de danser avec un autre ? Il n'en avait aucune idée. Il savait simplement que ça lui aurait été insupportable.

Il réalisa que c'était complètement irrationnel. Et injuste. C'était un marathon de danse et Allegra et lui ne s'adressaient même plus la parole. Il n'avait absolument aucun droit d'exiger quoi que ce soit de sa part.

Mais peu importait. Il avait, depuis un bon moment, cessé de penser que tout ce qu'il ressentait pour Allegra avait un sens. Une chose était sûre : il ressentait vraiment... quelque chose.

Il n'arrivait pas à identifier ces sentiments, il savait seulement qu'ils étaient enchevêtrés de souvenirs et de regrets.

Il fourra les mains dans ses poches et s'adossa contre le mur, la regardant monter les marches du kiosque et se placer derrière le micro. Il n'avait aucune raison de regretter quoi que ce soit. Elle avait fait son choix, il ne pouvait rien y faire.

— Alors, impressionné ?

Zander se retourna. Sa mère se tenait à ses côtés, vêtue d'un uniforme kaki et coiffée d'une calotte militaire légèrement inclinée.

— J'adore ta tenue, dit-il. On dirait l'une des Andrews Sisters.

— Merci, répondit-elle en jetant un regard interrogateur à sa cravate. Honnêtement, tu n'aurais pas pu t'habiller pour l'occasion ? On dirait un P-DG échoué là par hasard.

— J'ai l'air d'un P-DG, parce que c'est ce que je suis, répliqua-t-il, agacé.

— Message reçu. Donc, tu ne danses pas ce soir. Mais ça ne veut pas dire que je te laisserai tranquille, mon chéri. Tu n'as toujours pas répondu à ma question. Impressionné ?

— Complètement. Quelle affluence ! L'école sera renflouée après cette soirée.

— Sans aucun doute. Mais ce n'était pas ce que je voulais dire. Elle est remarquable, n'est-ce pas ? demanda-t-elle, fixant le kiosque à musique où Allegra s'apprêtait à s'adresser à la foule.

— Oui. Et elle part demain.

— Elle n'est pas encore partie, n'est-ce pas ? répliqua sa mère en lui adressant un clin d'œil.

— Je pense qu'il est temps pour moi de rentrer, marmonna-t-il.

Sa mère le retint lorsque la voix d'Allegra retentit dans la salle.

— Félicitations à toutes et à tous ! Vous avez dépassé le cap des trois heures !

À cet instant, elle croisa le regard de Zander et sa voix trembla légèrement lorsqu'elle reprit :

— N'oubliez pas de vous désaltérer. Dans une demi-heure environ, des volontaires vous distribueront des sandwichs. Mais en attendant, place à la danse !

Les couples applaudirent, et les premières mesures d'un standard de Glenn Miller retentirent lorsqu'elle descendit du podium.

Zander la perdit de vue dans la foule, mais il savait qu'elle se dirigeait vers lui. Il le sentait. C'était le signal du départ pour lui, mais ses pieds refusaient de bouger.

— Zander ! On se demandait justement ce que tu fabriquais, hein, maman ? lança Tessa en lui faisant la bise. N'est-ce pas incroyable ? Je n'arrive pas à croire qu'Allegra ait monté un tel événement si vite, ajouta-t-elle avant d'agiter un bras en direction de la piste de danse.

Zander attendit que Tessa se retourne pour poursuivre la conversation :

— C'est remarquable. Mais où est ton partenaire de danse ? demanda-t-il tout en traduisant ses paroles en langue des signes.

Tessa était devenue malentendante suite à une blessure à la tête dont elle avait été victime lors d'un cours de danse, quelques années auparavant. Toutefois, elle ne s'était pas laissé décourager et était devenue depuis l'une des danseuses les plus en vue du Manhattan Ballet.

— Julian joue avec le groupe, expliqua-t-elle en souriant à son fiancé, qui martelait un piano à queue blanc au centre de la scène. Ce qui veut dire que je suis disponible, si tu veux m'emmener sur la piste. Qu'en dis-tu ? Tu veux danser ?

Allegra les rejoignit au moment précis où Tessa posait la question. Le moment n'aurait pas pu être plus mal choisi, à moins, bien sûr, qu'Allegra n'ait rien entendu.

Mais son sourire crispé fit comprendre à Zander qu'elle avait très bien entendu. Ils se regardèrent dans les yeux pendant quelques secondes. Ce fut elle qui se détourna la première.

— Allegra, regarde qui a finalement décidé de venir ! dit Tessa.

— Bonsoir, Zander.

— J'essayais de le convaincre de danser avec moi, expliqua Tessa, mais à l'évidence cette idée ne l'enchante pas.

— Tessa, grommela Zander en lançant un regard noir à sa sœur.

Emily tapota l'épaule de Tessa.

— Viens avec moi, chérie. J'ai besoin de ton aide.

— D'accord. Pour quoi faire ? demanda Tessa.

— Je t'expliquerai, répondit Emily en prenant Tessa par la taille et en l'entraînant vers la scène.

Tessa jeta un regard confus par-dessus son épaule, puis regarda tour à tour Zander et Allegra.

— Oh ! fit-elle, les yeux ronds. J'ai compris.

Zander ferma les yeux, excédé, et prit une profonde inspiration, réalisant qu'il n'aurait jamais dû mettre les pieds à cette soirée.

Quand il rouvrit les yeux, Allegra était toujours là.

— Tu aurais pu danser avec ta sœur, tu sais. Cela ne m'aurait pas dérangée, dit-elle, le regard fixé sur les couples qui tournoyaient devant eux.

— C'est noté, répondit-il en réprimant un sourire.

Il ne la croyait pas une seconde, même s'il ne s'agissait que de sa sœur.

Mais cela n'avait pas d'importance. Il comprenait. Il aurait été atrocement jaloux si quelqu'un avait invité Allegra à danser, que ce soit George Clooney ou son arrière-grand-père.

Il lui jeta un regard en coin. Elle était sublime. Et le décor rétro ne faisait qu'exalter sa beauté intemporelle. Elle l'avait toujours fasciné et le fascinerait toujours.

Il sentit un nœud se former dans son estomac.

Et si c'était la dernière fois qu'il la voyait ?

Son instinct lui recommanda de partir très vite.

Au lieu de cela, son regard s'attarda sur la courbe gracieuse de son cou puis se fixa sur ses lèvres pulpeuses, aussi rouges et tentantes qu'un fruit mûr...

À cet instant, un couple le bouscula avant de s'excuser et de reprendre sa danse endiablée. La main de Zander effleura celle d'Allegra. Elle ne le regardait toujours pas, mais au lieu de s'écarter, elle glissa les doigts entre les siens.

Zander se figea, heureux de ce contact, même si Allegra et lui étaient en réalité à des kilomètres l'un de l'autre. Il avait beau savoir qu'elle s'apprêtait à le quitter une fois de plus, il ne parvenait pas à renoncer. Il prit alors douloureusement conscience que cette soirée, tout au moins le peu qu'il en restait, était une seconde chance.

Leur *dernière* chance.

Il lui serra tendrement la main, et enfin elle le regarda. Il y avait dans ses yeux mouillés de larmes un mélange étincelant de tristesse et d'espoir.

Ce n'était pas l'image qu'il voulait garder d'elle. Il devait la faire sourire, sinon il ne se le pardonnerait jamais.

Il lui caressa la paume de la main du bout du pouce.

— On danse ?

Elle se mordilla la lèvre, et l'espace d'un instant qui dura une éternité, il retint son souffle.

— Je pensais que tu ne me le demanderais jamais, murmura-t-elle, radieuse.

14

Allegra se laissa entraîner vers la piste de danse, s'efforçant d'ignorer les regards des proches de Zander.

Ils étaient tous alignés de l'autre côté de la salle, ce qui rendait le moment encore plus solennel qu'il ne l'était déjà.

— Ignore-les, chuchota Zander, l'attirant dans ses bras. Fais comme si nous étions seuls au monde. Comme au bon vieux temps.

Elle laissa échapper un rire nerveux et s'efforça de se détendre contre lui.

— Faire comme si... D'accord.

C'était envisageable. Elle faisait semblant depuis si longtemps qu'elle était presque devenue experte en la matière.

En même temps, c'était elle qui l'avait voulu.

Elle brûlait d'envie de danser avec Zander depuis qu'il était entré dans la salle. Dans un coin de son esprit, elle savait, bien sûr, que c'était une très mauvaise idée, mais son corps ne semblait pas s'en soucier. Elle était à sa place dans les bras de Zander, comme si... elle était revenue à la maison, sa véritable maison.

Toutefois, maintenant qu'elle dansait bel et bien avec lui, elle se demandait si elle pourrait vraiment aller jusqu'au bout.

Danser avec lui avait-il toujours été aussi... intime ? Il n'y avait pas d'autre mot pour décrire l'effet que cela produisait sur elle. Son visage n'était qu'à quelques centimètres du sien, elle sentait le battement régulier de son cœur contre sa poitrine, et l'habileté avec laquelle il guidait ses mouvements la faisait presque défaillir.

Si danser avec Zander Wilde lui faisait cet effet-là, qu'est-ce que ce serait de coucher avec lui…

Son regard glissa vers lui, et elle essaya de l'imaginer, heureuse qu'il ne puisse lire dans ses pensées.

— Tout est en ordre pour ton départ ? demanda-t-il.

Elle cligna des yeux. Allaient-ils vraiment parler de ça pendant qu'ils dansaient ?

— Eh bien ? dit-il, haussant un sourcil.

Apparemment, oui, ils allaient parler de son départ. C'était sans doute mieux ainsi. S'ils avaient cette conversation maintenant, peut-être pourrait-elle se convaincre qu'ils ne faisaient que danser. Rien d'autre. Peut-être même parviendrait-elle à ignorer le frisson qui la parcourait à chaque fois que sa hanche effleurait la cuisse de Zander, la douce pression de sa main au creux de son dos, et la façon dont la chaleur qui émanait se propageait dans son propre corps.

— Oui. Train, articula-t-elle, trop troublée par la proximité de Zander pour s'exprimer autrement que par monosyllabes.

Il esquissa un sourire perplexe.

Elle prit une profonde inspiration.

— Je veux dire que je prends le train pour Boston à Grand Central, demain matin.

— Je vois, répondit-il, laissant glisser ses mains le long de son dos et effleurant la naissance de ses fesses.

Il avait l'air parfaitement détendu, totalement insensible aux frôlements de leurs jambes tandis qu'ils évoluaient sur la piste de danse. C'était plus qu'agaçant.

Elle leva le menton et fit de son mieux pour feindre le même détachement.

— Écoute, je sais que tu m'en veux parce que je pars. Autant l'admettre.

— Je ne t'en veux pas, Allegra.

Le cœur d'Allegra manqua un battement. Son stupide cœur. Donc il ne lui en voulait pas. Il était juste… indifférent.

Ce qui était pire.

— Très bien, alors.

Elle se raidit légèrement entre ses bras. Il sembla le sentir car il resserra son étreinte.

— Tu as l'air déçue. Mais je pense que la meilleure chose à faire est de te laisser partir sans faire d'histoires.

Il avait raison.

Qu'est-ce qui n'allait pas chez elle ? C'était elle qui avait décidé de partir. Oui, seulement elle ne voulait pas partir en mauvais termes avec lui. Et surtout... Elle voulait savoir s'il ressentait quelque chose pour elle. Elle en tout cas n'était pas insensible à l'homme qu'il était devenu, et...

Comme ça, tu as des sentiments pour Zander Wilde, maintenant ?

Bien sûr que non ! Elle n'éprouvait rien du tout. Simplement, elle avait la tête à l'envers parce qu'elle était collée contre lui et qu'il lui effleurait l'oreille de ses lèvres à chaque fois qu'il inclinait la tête pour lui parler. C'était vraiment perturbant. Jamais elle ne s'était sentie à la fois aussi agacée, triste et excitée.

— Je ne suis pas déçue, répondit-elle.

— Tu crois vraiment que je ne te connais pas assez pour savoir quand tu es contrariée ? Réfléchis bien, mon ange.

Il n'était peut-être pas aussi désintéressé qu'elle le pensait.

— Donc... Tu m'en veux. Je le savais, dit-elle avec un sourire triomphant.

— Tu es ridicule.

Il secoua la tête mais esquissa un sourire.

— Est-ce si ridicule de vouloir tout mettre sur la table avant mon départ ? demanda-t-elle.

— Tout ?

Le moment était venu de changer de sujet, de dire quelque chose de frivole et d'ignorer le tourbillon d'émotions qui s'emparait d'eux à chaque fois qu'ils se trouvaient dans la même pièce, songea-t-elle.

Mais elle en fut incapable. Danser avec lui avait annihilé toute détermination en elle.

— Oui. Tout, répondit-elle, la terreur se mêlant à la délicieuse chaleur qui s'était installée dans son bas-ventre. Que veux-tu savoir ?

— Dis-moi pourquoi tu n'es jamais revenue, pourquoi tu ne m'as jamais donné de nouvelles. Tu m'as énormément manqué, ajouta-t-il, détournant le regard mais resserrant involontairement son étreinte.

Elle sentit son souffle s'accélérer et jeta un coup d'œil vers la sortie.

— Ne pense même pas à fuir, Allegra. C'est toi qui as commencé. Et nous irons jusqu'au bout. Réponds, ordonna-t-il en resserrant encore son étreinte.

Pressée contre lui, elle sentait à présent toutes les parties de son anatomie. Il n'existait plus rien d'autre entre eux qu'une intimité troublante qui lui coupait le souffle. Malgré sa peur, elle fut incapable de lui mentir.

— Parce que ça me faisait trop mal d'être ici, Zander.

Il la dévisagea, à la fois surpris et perplexe.

— Et aujourd'hui ?

— Un peu moins, admit-elle. Simplement, c'est plus facile d'être ailleurs.

— Ailleurs ?

Il secoua la tête et ralentit la cadence.

Ils se retrouvèrent presque immobiles au milieu des autres couples qui tournoyaient sur la piste de danse. Comme si le temps s'était arrêté pour eux alors qu'il poursuivait sa course folle pour les autres.

— Tu veux dire que c'est plus facile d'être *seule*.

Elle le dévisagea, frappée par la sincérité et la justesse de ses paroles. Des paroles qu'elle n'aurait jamais pu se résoudre à prononcer elle-même. Elle ne put même pas lui répondre.

— Tu n'es même pas capable de t'engager envers un chat errant, Allegra. Ce n'est pas une vie.

Il la regarda avec attention, la défiant de répondre. Comme si elle était son adversaire et non plus sa partenaire de danse.

Elle le dévisagea à son tour, furieuse. De quel droit lui faisait-il la morale ? Elle aurait mille et une raisons d'être en colère en cet instant, mais c'était surtout, elle le savait, la capacité de Zander à lire dans ses pensées, même après tout ce temps, qui la mettait hors d'elle.

— Tu es gonflé, tu sais ! s'exclama-t-elle.

Elle jeta un regard à ses épaules et réalisa alors qu'elles la rendaient furieuse, elles aussi. Elles étaient si musclées, si solides. Si tentantes. Comme si elles pouvaient porter tous les fardeaux du monde.

— Tu m'en veux, reprit-elle, parce que je suis partie et que je ne suis jamais revenue. Mais tu savais très bien où j'étais. Si tu tenais tant que ça à me voir, pourquoi n'es-tu jamais venu à Boston ? Ce n'est qu'à quelques heures de train, non ?

Ils s'immobilisèrent complètement. Zander lui lâcha la main et prit son menton dans sa main pour l'obliger à le regarder. Ses yeux étaient plus sombres que jamais. Sombres et sérieux. Il resta muet un long moment.

Finalement, il reprit la parole :

— Qui te dit que je ne l'ai pas fait ?

Le cœur d'Allegra fit une embardée.

— Quoi ?

Il n'avait pas pu venir à Boston. C'était impossible. Elle l'aurait su.

Mais l'expression qu'il affichait proclamait le contraire. Il esquissa alors un sourire si triste qu'elle se sentit accablée.

— Quand es-tu venu ? murmura-t-elle.

— Pour la première de *Giselle*. Je suis allé te voir danser. Environ un mois après l'annulation de mon mariage.

Aucun des mots qui sortaient de sa bouche n'avait de sens pour elle.

S'il était venu jusqu'à Boston pour *Giselle*, pourquoi n'était-il pas venu la voir après le spectacle ?

Et il était venu juste après avoir annulé son mariage ? Cela devait vouloir dire quelque chose.

— Je... je ne comprends pas, bredouilla-t-elle. Pourquoi ne m'as-tu pas prévenue ? Et pourquoi je... je ne t'ai pas vu ?

C'était le moment de vérité. Elle savait depuis le début que c'était la seule façon de faire fondre la glace entre eux, et elle ne s'était pas trompée. Seulement la glace ne venait pas simplement de fondre. Zander venait de la pulvériser.

— Je suis venu t'offrir des roses en coulisses, mais quelqu'un m'avait devancé, répondit-il sèchement.

Oh Seigneur...

— Spencer...

Il hocha la tête.

— Je l'ai vu te rejoindre dans les coulisses, expliqua-t-il. J'ai remarqué que tu portais un solitaire en diamant et j'ai additionné 2 et 2. Alors je suis reparti.

Elle eut soudain envie de pleurer.

— Pourquoi ? demanda-t-elle d'une voix brisée.

— Parce que par-dessus tout, je voulais te voir heureuse. Tu le mérites, Allegra. Tu mérites tout le bonheur du monde. Quand je t'ai vu avec cet homme, j'ai eu l'impression que tu l'avais trouvé avec lui.

— Non. Je veux dire, pourquoi voulais-tu me revoir au bout de tant d'années ?

Il lui effleura la joue du bout des doigts et elle sentit sa gorge se serrer de désespoir.

Il était venu la chercher. Et elle...

Elle faillit se boucher les oreilles tant elle était sûre que ce qu'il allait dire ne serait pas une information qu'elle pourrait ignorer et étiqueter comme sans importance.

Elle n'était pas prête à l'entendre. Mais si elle n'était pas prête maintenant, quand le serait-elle ?

— Parce que c'est toi, Allegra. Ça a toujours été toi.

De l'air.

Elle avait besoin d'air.

— Allegra ? murmura-t-il, passant soudain de la tendresse à l'inquiétude. Ça va ?

Elle hocha la tête.

— Oui... Très bien.

Sauf que ça n'allait pas du tout. Comment aurait-il pu en être autrement après ce que Zander venait de lui dire ?

Elle prit une inspiration tremblante.

— On peut y aller ? murmura-t-elle.

— Tu veux partir ?

— Oui.

Elle jeta un coup d'œil aux couples qui tournoyaient autour d'eux comme des toupies avant de revenir à Zander.

Il était inondé de rais de lumière réfléchis par la boule à facettes, comme si des étoiles tombées du ciel s'étaient accrochées à ses épaules. Elle eut soudain l'envie – complètement déraisonnable – d'être seule avec lui.

— Tu me raccompagnes s'il te plaît ? demanda-t-elle, glissant ses doigts entre les siens avant de porter délibérément son regard sur ses lèvres.

— Absolument, répondit-il d'une voix délicieusement grave qui l'embrasa, la déstabilisant plus encore que l'incroyable aveu qu'il venait de lui faire.

Les derniers moments qu'ils passèrent au Bennington se déroulèrent dans un tourbillon d'adieux et de paroles rassurantes. Oui, elle en avait fait plus qu'assez, affirmèrent Ryan et Emily. Bien sûr, ils resteraient au marathon jusqu'à la fin. Elle souriait et hochait la tête machinalement. La musique semblait de plus en plus rapide, et la tête lui tournait. Elle avait presque l'impression de voir la scène de haut, comme si la fille en robe rouge et blanc que le fringant Zander Wilde entraînait hors de la salle n'était pas elle.

Puis ils se retrouvèrent sur le trottoir, sous la lueur dorée de l'auvent de l'hôtel, où il l'embrassa. À cet instant, tout se stabilisa, et elle eut l'impression d'être de nouveau de plain-pied dans le réel. Elle frissonna, et Zander lui couvrit les épaules de son manteau tandis qu'ils attendaient la voiture. En réalité, elle n'avait pas froid du tout. Elle brûlait de désir, comme si ses veines étaient en feu, et elle était submergée de sensations dont certaines lui étaient inconnues.

Elle avait envie de Zander. Tout de suite.

À peine eurent-ils franchi la porte de l'appartement qu'il la plaqua contre le mur de la cuisine et l'embrassa, happant sa lèvre inférieure dans une tendre morsure. Haletante, elle se laissa faire lorsqu'il enfouit la tête au creux de son cou et lui immobilisa les poignets.

Puis il déposa une traînée brûlante de baisers de son menton à son épaule, et elle chavira complètement.

— J'ai envie de te voir, gémit-il tout contre sa peau.

Toujours collée à lui lorsqu'elle dégrafa sa robe dos nu, elle sentit son sexe tendu contre elle, comme une promesse érotique. Elle retint son souffle lorsque sa robe tomba à ses pieds.

— Si belle..., murmura-t-il, en la caressant du regard.

Il attendit qu'elle soit complètement nue avant de la toucher de nouveau. Elle avait désespérément envie de lui, de ses mains, de sa langue, de sa virilité.

Elle ne ressentait pas la moindre gêne, la moindre hésitation. C'était la chose la plus naturelle au monde d'être nue devant lui, de gémir tandis que sa langue lui titillait les mamelons.

— Zander...

Le désir qu'elle ressentait pour lui était comme une douleur presque intolérable. Infinie, insondable, insoutenable. C'était un mélange de sensations familières et totalement nouvelles.

Il lui aspira le bout du sein, puis le relâcha avant de souffler doucement sur le mamelon dressé.

— Zander, s'il te plaît..., supplia-t-elle.

— Dis-moi. Dis-moi ce que tu veux, mon ange.

— Ça.

Et elle s'empara de son sexe tendu à travers l'étoffe du pantalon, ce qui lui valut un grognement grave et rauque.

Son cœur bondit dans sa poitrine lorsque, la soulevant de terre, il l'emporta dans le couloir obscur, vers sa chambre.

Que faisaient-ils ? Était-ce une erreur ?

Cela n'avait plus d'importance. Elle ne pouvait plus revenir en arrière.

Elle avait pris sa décision. Depuis longtemps, en réalité. Comme si ce moment avait été inéluctable à la seconde même où elle avait fait irruption à sa fête d'anniversaire.

Fermant les yeux, elle se remémora le visage abasourdi de Zander, éclairé par les flammes des bougies.

Et puis tous ces jours qu'elle avait passés à éviter Zander, à donner des cours de danse, à chasser les souvenirs qui s'amassaient, toujours plus nombreux, toujours plus douloureux.

Et sa décision de partir.

Aujourd'hui, malgré le désir dévorant qui l'animait, l'idée même de ce qu'ils s'apprêtaient à faire la terrorisait.

— Cela ne changera rien, tu sais, murmura-t-elle au creux de son cou.

Elle partait toujours. Ce qu'ils s'apprêtaient à faire n'était pas une promesse. C'était un adieu. Le seul adieu possible, la seule chose qui puisse lui donner la force de partir.

Elle ne pourrait jamais dire à Zander tout ce qu'il représentait pour elle. Son cœur était trop meurtri pour cela. Et même si elle en avait eu la force, elle n'aurait jamais pu trouver les mots.

Comment lui dire qu'il était tout pour elle ? La famille qu'elle avait toujours voulue, la maison qu'elle n'avait jamais eue. Quels mots pourraient exprimer un lien aussi essentiel ? De tels mots existaient-ils, d'ailleurs ?

S'ils existaient, elle ne les connaissait pas. Les mots ne suffiraient jamais. C'était avec son corps qu'elle le lui dirait. Lorsqu'il la touchait, il n'y avait aucun mensonge, aucun secret. La vérité était dans le frisson qu'il faisait naître en elle quand, une fois de plus, il lui titilla le mamelon. Dans la chaleur qui la submergeait lorsqu'il la déposa doucement sur le lit et introduisit un doigt en elle tout en lui caressant le clitoris du bout du pouce avec une délicatesse qu'elle n'avait jamais connue.

Un sanglot monta du fond de sa gorge, et elle se cambra vers lui de toutes ses forces.

Elle refusait de pleurer. Elle ne voulait pas de larmes. Elle voulait savoir l'effet que cela faisait de sentir Zander en elle.

Elle se mit à tirer sur ses vêtements, écartant furieusement les pans de sa veste jusqu'au moment où il s'arrêta, le temps de se déshabiller et d'enfiler un préservatif. Enfin il fut sur le lit, offrant son grand corps doré et musclé et son sexe tendu de désir à son regard avide.

« C'est toi, Allegra. Ça a toujours été toi. »

Les larmes lui montaient aux yeux, qu'elle le veuille ou non. Elle les refoula du mieux qu'elle put.

— Ouvre les yeux, mon ange.

Il lui effleura les lèvres, doucement cette fois. Mais sa bouche était chaude et recelait de délicieuses promesses. Il l'emmenait là où elle n'était jamais allée, là où il n'y avait plus de retour en arrière.

— Regarde-moi.

Il était positionné entre ses cuisses et attendait, vibrant de désir. Elle obéit.

Ça ne changerait rien. Elle partirait quand même.

Mais au moment où il la pénétra, remplissant enfin le vide qu'elle ressentait en elle, elle sut que c'était un mensonge. Le changement était inévitable. Il était déjà en train de se produire. Elle s'ouvrait à Zander, lui offrant non seulement son corps, mais son cœur. Son âme. Sa vie tout entière.

Ils ne seraient plus les mêmes après ce soir, ni lui ni elle.

Tout allait changer.

Tout avait déjà changé.

— Tu es si belle...

Il prit son visage entre ses mains et se mit à aller et venir en elle.

Quelque part dans le tourbillon de chaleur et de plaisir, elle réalisa que c'était comme la danse. La connexion était similaire, mais beaucoup plus intense. Deux corps qui bougeaient ensemble en parfaite harmonie... Les va-et-vient hypnotiques, les regards enflammés de Zander qui la guidait en rythme, imposant une cadence qui la portait peu à peu au seuil de l'orgasme.

Danser avait toujours été ce qu'ils faisaient le mieux ensemble. Pas de mots maladroits, pas de peur de trop en dire, juste la musique, la fluidité de leurs pas et une confiance absolue l'un dans l'autre. C'était exactement la même chose ce soir, si ce n'est qu'ils évoluaient au rythme, non pas de la musique, mais de leurs soupirs frémissants, la plus douce des mélodies.

Allegra n'avait jamais éprouvé cela avec qui que ce soit. Elle savait que cela ne se reproduirait plus jamais. C'était la seule et unique fois. C'était ainsi que les choses devaient se passer, comme elles se passaient quand deux personnes étaient amoureuses l'une de l'autre.

Elle retint son souffle.

Non. Elle n'était pas amoureuse. C'est impossible. Elle ne voulait pas l'être. L'amour menait à la souffrance, le genre de souffrance qui vous fauchait et vous mettait à genoux. Elle avait déjà vécu cela auparavant, et il lui avait fallu des années pour s'en relever.

Non.

Elle secoua la tête mais, à cet instant, les hanches de Zander se mirent à onduler avec une lenteur et une intensité incroyables. Ce faisant, il s'empara de ses fesses, la maintenant immobile tandis qu'il s'abîmait en elle. Le souffle court, elle se cambra sous lui, vibrante de sensations.

— Oui, Zander. Oui...

Un gémissement profond jaillit de ses lèvres tandis que ses mains parcouraient le dos de Zander. Elle voulait le toucher partout. Mémoriser du bout des doigts chaque parcelle, chaque mont et vallée de son corps ferme et musclé.

Il laissa échapper un grognement qu'elle n'avait jamais entendu. L'expression purement masculine d'une satisfaction infinie. Un son si brut, si intense qu'elle se sentit presque défaillir.

Était-ce le même homme qu'elle avait connu presque toute sa vie ? Comment cet enfant puis cet adolescent timide s'était-il transformé en cet amant avide et puissant ?

Pourtant, quelque part au plus profond d'elle-même, elle l'avait toujours su.

Parce qu'elle connaissait Zander. Elle le connaissait vraiment, et il la connaissait lui aussi mieux que personne. Comme personne ne l'avait jamais connue et ne la connaîtrait jamais...

— Jouis avec moi, chérie, murmura-t-il dans ses cheveux.

Elle sentait son plaisir croître avec le sien. Chacun de ses muscles était tendu comme un arc, et cette maîtrise de lui-même, qui était sa marque de fabrique, semblait lui échapper un peu plus à chaque coup de reins. Il était à deux doigts de chavirer avec elle, dansait sur le fil du rasoir. Lorsqu'elle sentit ses dents lui érafler l'épaule, elle se laissa submerger.

S'abandonnant entre ses bras, elle jouit de toutes ses forces, mais à aucun moment elle ne le quitta des yeux. Elle voulait le voir dans cet instant, du frémissement initial à l'orgasme qui l'emporta, en passant par la tendresse de son regard lorsqu'il l'étreignit, l'accompagnant tout au long des dernières ondes de choc qui secouaient son corps.

Tout un univers s'ouvrait à elle dans ces yeux d'un vert sombre qu'elle connaissait si bien. Un bel avenir scintillant. Zander et elle, ensemble. Formant une vraie famille. Une vie nouvelle à portée de main.

Si seulement elle avait le courage de saisir cette chance.

À peine Zander eut-il joui qu'il fut de nouveau en érection.

Quand il touchait Allegra, quand il l'embrassait, il avait l'impression de renaître à la vie. Il avait su qu'il ne pouvait en être autrement lorsqu'ils avaient enfin renoncé à tout faux-semblant et s'étaient donnés l'un à l'autre.

Et l'intensité de cette nouvelle étreinte le prit de court. Comment aurait-il pu se préparer à la beauté du corps d'Allegra ? À la satisfaction qu'il éprouva en l'entendant gémir lorsqu'il lui écarta les cuisses et la lécha jusqu'à ce qu'elle crie son nom ?

Elle était à la fois un éblouissement sensuel et l'objet le plus constant de son désir.

Elle se cambra contre sa bouche lorsqu'il glissa un doigt en elle, explorant ses replis soyeux et humides. Il s'arrêta pour contempler sa splendeur dans l'obscurité.

Du calme. Fais durer le plaisir.

Mais il en fut incapable. Il sentait déjà monter l'orgasme en lui alors qu'elle ne le touchait même pas. Pour la première fois de sa vie, il contrôlait à peine son désir. Il ne contrôlait pratiquement plus rien, d'ailleurs. Le temps filait, les secondes s'envolaient à chaque baiser, à chaque ondulation de ses hanches parfaites...

Une nuit ne suffirait pas. Comment pourrait-il découvrir les désirs secrets d'Allegra, ses aspirations les plus intimes, alors qu'il était incapable de maîtriser le désir qu'il éprouvait pour elle ? Cela faisait si longtemps qu'il la désirait, si longtemps qu'il l'attendait… Il avait l'impression de se noyer dans une mer infinie après avoir erré dix ans dans un désert aride.

Respire. Respire et savoure.

Lorsqu'elle plongea la main dans ses cheveux, il ne put résister. Rampant le long de son corps, il la pénétra de nouveau, tremblant de tous ses membres lorsqu'il s'abîma dans sa chaleur veloutée.

Alors son esprit se vida de toute pensée cohérente.

S'emparant de ses fesses, il plongea en elle le plus profondément possible et s'abandonna au plaisir. Il se mit à aller et venir de plus en plus vite, jusqu'au moment où, dans un moment de retenue stupéfiant, il eut la force de s'arrêter et bascula sur le dos pour l'asseoir sur lui.

Elle était encore plus belle lorsqu'elle le chevauchait, avec ses seins qui tressautaient au clair de lune, ses cheveux qui cascadaient le long de son dos. *Oui, comme ça*, pensa-t-il. C'était dans cette position qu'il se souviendrait d'elle après son départ. Le regard ardent. Si ardent que le feu semblait pénétrer directement en lui et l'embraser.

Il était encore là quelques heures plus tard, couvant au plus profond de lui. Le désir qu'il éprouvait pour Allegra était sans fin, même lorsqu'elle dormait, les jambes langoureusement entremêlées aux siennes, les cheveux répandus tel un éventail sur son oreiller. Même lorsqu'il ferma les yeux et se laissa happer enfin par le sommeil.

Et son désir était toujours là lorsque, réveillé par les doux rayons du soleil matinal, il vit qu'elle était partie.

15

Zander se mit à la recherche d'Allegra au cas où elle serait simplement allée chercher un verre d'eau ou autre chose.

Mais c'était inutile, il le savait. Elle n'était pas là. Il le savait parce qu'il étouffait, comme si l'appartement s'était vidé de son air.

Il courut d'une pièce à l'autre, l'estomac noué.

Personne. Aucune trace d'Allegra nulle part. Ni dans la chambre d'amis qui avait été la sienne dernièrement, ni à la grande table de la cuisine où elle aimait s'asseoir le matin devant son café et ni, surtout, dans son lit. Sans la tiédeur de l'oreiller à côté du sien, il aurait pu croire qu'il avait imaginé leur merveilleuse étreinte et qu'elle n'était jamais revenue à New York.

Il se laissa tomber sur une chaise, dans la cuisine, et enfouit la tête entre ses mains.

Comment avait-t-il pu être aussi stupide ?

Il avait cru que faire l'amour avec Allegra avait un sens. Parce que c'était ce qui s'était produit. Il lui avait fait l'amour. Cela n'avait pas été que du sexe ; il était amoureux d'Allegra Clark.

Il avait cru que faire l'amour avec elle allait effacer ces quatorze années de silence, que leur vie allait prendre un nouveau départ, qu'ils reconnaîtraient enfin qu'ils étaient faits l'un pour l'autre.

Quel idiot !

Elle était partie.

Comme la première fois, elle était partie sans même lui dire au revoir.

Sauf que ce n'était pas la même chose. La première fois, il

avait été pris au dépourvu quand elle était partie vivre chez sa tante à Cambridge, sans lui laisser le temps de lui avouer ses sentiments. Cette fois, elle lui avait annoncé qu'elle partait, il avait anticipé son départ.

Elle le lui avait même rappelé, la veille. Elle s'était donnée à lui mais lui avait quand même dit que cela ne changerait rien à ses intentions.

Il l'avait entendue mais avait refusé d'y croire.

Il leva la tête et fixa la chaise vide face à lui. Il sentait encore sa présence, comme si elle avait laissé ici une part d'elle-même, fantôme dérisoire qui lui rappelait sans cesse ce qui aurait dû être.

Il ferma les yeux et imagina ses prochaines journées : réunions de travail à l'hôtel, repas familiaux, rendez-vous sans intérêt avec des femmes dont il n'essayait même pas de se rappeler les prénoms.

Il pouvait vivre ainsi. Il l'avait déjà fait.

Lorsqu'il était allé voir Allegra danser *Giselle*, à Boston, il voulait remettre le compteur à zéro.

Il voulait croire qu'il pourrait la ramener à New York même s'ils ne s'étaient pas vus depuis plus de dix ans. Ou qu'il pourrait s'installer à Boston, si nécessaire. Il aurait quitté le Bennington. Il aurait tout abandonné pour elle.

Mais la bague qu'il avait vue à son doigt avait été un signal d'alarme. Le moment était venu de tourner la page. Définitivement.

Et c'était ce qu'il avait fait. S'il avait pu le faire une fois, il pourrait le refaire.

Il se dirigea vers la cafetière. C'était ainsi que l'on reprenait pied, en faisant une chose à la fois. D'abord, le café. Ensuite...

Il n'en avait aucune idée, mais il trouverait bien quelque chose.

Alors qu'il s'approchait du plan de travail, son pied heurta un objet qui se mit à tournoyer sur le sol de la cuisine.

C'était la soucoupe en porcelaine qu'Allegra utilisait pour nourrir son chat. Correction : le chat qu'elle adorait mais dont elle affirmait qu'il n'était pas le sien.

Zander la ramassa et passa un doigt sur le rebord. Il y avait une petite entaille, un peu comme celle qu'il avait remarquée sur l'une des oreilles du chaton.

Ce minuscule détail lui causa une émotion inattendue Pourquoi ? Il ne le savait pas vraiment. Peut-être, tout simplement, parce que cet objet lui rappelait Allegra. Ou parce qu'Allegra et le chaton avaient beaucoup en commun.

Ils étaient tous deux indomptables. Tous deux fragiles. Et tous deux méritaient bien plus que les mauvaises cartes que leur avait distribuées la vie.

Comme par miracle, le chat s'élança d'un coin sombre de la pièce, et atterrit sur l'épaule de Zander. Il le prit dans ses bras, et un ronronnement monta du fond de la poitrine du petit animal.

— Tu es chez toi, ici, murmura-t-il, en le caressant entre les oreilles. Je crois qu'il est temps d'aller chercher Allegra et de la ramener, elle aussi, à la maison. Qu'en dis-tu ?

Le chat cligna des yeux et poussa un miaulement approbateur. La voix d'Allegra résonna quelque part dans l'esprit de Zander.

« Cela ne changera rien. »

Bien sûr que si !

La gare de Grand Central était silencieuse comme une tombe à 5 h 30 du matin.

Les pas d'Allegra résonnaient sur le sol. Au-dessus de sa tête, les constellations se déployaient sur l'impressionnant plafond turquoise du célèbre terminal, donnant l'illusion d'un ciel infini.

Mais il n'était pas infini. Ce n'était même pas un vrai ciel. C'était une illusion, justement, tout comme sa fuite. Elle avait cru que quitter discrètement le lit de Zander alors qu'il dormait encore atténuerait la douleur de la séparation. Pour lui, comme pour elle.

Oh ! Comme elle avait eu tort…

Elle avait la gorge nouée, et elle ressentait en elle un vide abyssal comme elle n'en avait jamais connu. Pire encore que le chagrin. Pire qu'un gouffre qui se serait ouvert sous ses pieds.

Car elle n'était pas victime du destin, cette fois. Cette fois, elle s'était plongé elle-même le couteau dans le cœur.

Elle avait récidivé. Elle s'était enfuie. Pas parce qu'elle le voulait, mais parce qu'elle le devait. Cela devenait une habitude.

Elle jeta un regard à l'horloge qui se dressait au centre du terminal. 5 h 35 du matin. Zander était-il réveillé ? Avait-il compris qu'elle était partie ?

Il serait furieux. À juste titre. Mais c'était la seule solution. Si elle avait dû lui faire ses adieux les yeux dans les yeux, quelques heures à peine après avoir fait l'amour avec lui, elle ne serait jamais partie. Et ensuite...

Elle aurait pu rester.

Non !

Elle se mordit violemment l'intérieur de la joue et rajusta son sac de danse sur son épaule. Si elle restait, elle vivrait dans la peur constante de perdre tout ce qui lui était cher. Les crises de panique referaient leur apparition. Elle perdrait tout contrôle sur sa vie.

Pas d'attachement, pas de peur. Elle partirait en tournée avec la compagnie de danse. Elle dormirait dans une ville différente chaque soir, libre. Libérée de tous ces questionnements qui la mettaient constamment en péril. Oui, elle s'en sortirait. Elle serait en sécurité.

Parce qu'elle serait seule.

Soudain, la voix de Zander résonna dans son esprit.

« Tu n'es même pas capable de t'engager envers un chat errant. Ce n'est pas une vie, Allegra. »

Elle déglutit, aspira une bouffée d'air, puis déglutit de nouveau. Soudain, une terrible nausée la saisit. Annonçant la pire terreur qui soit.

Pas maintenant. Par pitié, pas maintenant.

Elle jeta un coup d'œil autour d'elle tandis que son cœur se mettait à battre à tout rompre dans sa poitrine et qu'un froid glacial lui transperçait les os.

Ses mains tremblaient. Ses jambes se dérobaient sous elle, l'empêchant d'avancer.

Autour d'elle, les contours du terminal s'estompèrent et semblèrent basculer, comme si le plafond turquoise avait pris soudain la place du sol. Elle bouscula quelques personnes avant de se diriger, titubante, vers un mur où elle s'adossa avant de se laisser glisser à terre.

Elle pressa son visage contre le mur en marbre frais et ferma les yeux.

Encore une crise de panique. Pourquoi ? Il n'y avait pourtant aucune raison. Elle n'avait plus rien à craindre. Elle avait vaincu le destin. Elle ne risquait plus de perdre qui que ce soit.

Combien de temps resta-t-elle assise là, paralysée par la peur ? Le regret ? La réalisation qu'elle venait de commettre la plus grosse erreur de sa vie ? Une demi-heure ? Une heure ? Plus ? Elle n'en avait aucune idée.

Elle se dit qu'elle allait mourir là, dans ce lieu impersonnel, au milieu des voyageurs pressés qui se jetaient dans le tourbillon de la vie, ce tourbillon qu'elle cherchait tant à fuir. Les battements de son cœur finirent par ralentir et elle put enfin respirer normalement. Elle se redressa péniblement et se dirigea d'un pas incertain vers les toilettes les plus proches.

Une fois à l'intérieur, elle sortit son téléphone de son sac pour regarder l'heure. Avait-elle raté son train ? Mais il n'y avait plus de batterie. Elle avait été tellement absorbée par le marathon de danse qu'elle n'avait pas rechargé l'appareil depuis des jours. Parfait. Tout simplement parfait.

Elle le rangea dans son sac et se passa de l'eau sur le visage avant de regagner le terminal. Elle se tourna vers la légendaire horloge, dont les quatre faces d'opale luisaient doucement dans la lumière bleutée du matin qui se déversait à travers les immenses fenêtres à claire-voie.

Soudain elle se figea.

Elle cligna des yeux, convaincue qu'elle avait des visions. Sa crise de panique avait sûrement été plus grave qu'elle ne le pensait car son imagination lui jouait des tours.

Zander était là, à côté de l'horloge. Il attendait. Calmement. Aussi calmement que s'ils s'étaient fixé rendez-vous pour partir ensemble pour un long voyage. Pressant le chaton contre lui, il tenait dans son autre main une petite boîte en carton blanc provenant manifestement d'une pâtisserie et qui lui rappela celles dans lesquelles, enfants, ils rangeaient leur collection de cartes de Saint-Valentin.

Était-ce réel ?

— Tu vas quelque part ? lui demanda-t-il, haussant un sourcil.

— Euh... Oui.

Qu'est-ce qu'elle racontait ?

Zander était venu la chercher. Elle avait tout fait pour le chasser de sa vie. Elle l'avait quitté de la façon la plus cruelle qui soit, et pourtant il était là. Elle ne pouvait plus s'enfuir.

Elle *ne voulait plus* s'enfuir.

Elle s'éclaircit la gorge et esquissa un sourire tremblant.

— Je veux dire, non. Apparemment, j'ai changé d'avis.

Il esquissa un petit sourire satisfait.

— J'espère que c'est vrai, parce que tu as disparu ce matin avant que j'aie pu te souhaiter bon anniversaire, dit-il.

Son anniversaire ? Elle l'avait complètement oublié.

— Tu t'en es souvenu, murmura-t-elle. Avec tout ce qui s'est passé dernièrement, ça m'était sorti de l'esprit.

— Pas moi. Cette journée est inscrite dans mon agenda depuis des années. On avait un accord, tu te rappelles ? Et cet accord arrive à expiration aujourd'hui, précisa-t-il en lui tendant la petite boîte en carton blanc.

Elle la prit d'une main tremblante, effrayée de regarder à l'intérieur. Effrayée à l'idée que rien de tout cela ne soit réel et qu'elle se réveille soudain et réalise que ce n'était qu'un rêve.

— Ouvre-la, dit-il d'une voix soudain hésitante et tendre, comme s'il craignait lui aussi que tout cela ne soit que le fruit d'une rêverie mélancolique.

Mais ce n'était pas un rêve. C'était aussi réel que la bague au centre de laquelle était plantée la bougie d'anniversaire qui surmontait le ravissant petit cupcake rose niché dans la boîte.

— Zander ?

Elle fixa le diamant incrusté dans le glaçage rose. Elle prit plusieurs inspirations, jusqu'au moment où elle fut assez sûre d'elle pour extraire le petit gâteau de la boîte sans le faire tomber.

Lorsque ce fut chose faite, elle leva les yeux vers Zander.

Il s'était agenouillé et la contemplait, le regard brillant d'espoir comme s'il avait toujours su qu'elle finirait par retrouver le chemin qui la mènerait jusqu'à lui.

— J'attends ce jour depuis l'âge de seize ans, Allegra. Et je n'ai jamais cessé de t'aimer. Je ne peux pas te promettre que tu ne perdras plus jamais personne. Mais je peux te promettre qu'aussi longtemps que je vivrai, je serai ta maison.

Le chaton miaula, ajoutant un point d'exclamation à la plus belle des déclarations. Zander sourit et conclut par la question à laquelle elle brûlait de répondre :

— Allegra Clark, veux-tu m'épouser ?

— Oui, murmura-t-elle.

Puis, au pied de l'horloge qui avait accueilli tant de soldats de retour de la guerre et de voyageurs exténués après leur long voyage, elle se jeta dans les bras de Zander.

Enfin, elle rentrait à la maison.

Zander enfila sa veste de smoking et jeta un coup d'œil à sa montre. 23 heures. Dans une heure, l'anniversaire d'Allegra serait terminé. Ils devaient se hâter s'ils voulaient se marier avant l'expiration du marché qu'ils avaient conclu dans leur adolescence.

Ils avaient tout d'abord envisagé d'aller directement à la mairie depuis la Gare de Grand Central, avant d'y renoncer. Ils avaient attendu toute leur vie pour se marier et ils voulaient faire les choses bien.

Par chance, la grande salle de réception du Bennington était libre. Mais Ryan et Emily avaient tenu à ce que la cérémonie ait lieu le plus tard possible afin d'organiser quelque chose de spécial. « Un vrai mariage, avait dit sa mère. Allegra le mérite. » Il n'avait pas pu la contredire.

Maintenant, il était plus que prêt à officialiser les choses. Il voulait installer Allegra dans sa vie et dans son lit pour toujours.

— Tout est prêt, annonça Ryan en entrant dans le bureau et en l'examinant de la tête aux pieds. Toi aussi, on dirait.

Probablement parce qu'il attendait ce jour depuis qu'il était en âge de conduire !

— Absolument.

— Parfait. Celestia vient d'arriver, et tout le monde est installé. Allons-y, dit Ryan en tournant les talons et en s'engageant dans le couloir.

L'espace d'un instant, Zander resta cloué au sol. Lorsqu'il reprit ses esprits, il rattrapa Ryan en quelques enjambées.

— Attends ! Qu'est-ce que tu viens de dire ?

— J'ai dit, allons-y.

— Non, pas ça, répliqua Zander en se passant la main dans ses cheveux. Au sujet de Celestia Lane.

— Ah. Eh bien, elle vient d'arriver, répondit Ryan en croisant les bras, le regardant comme s'ils avaient la conversation la plus banale du monde.

— Que fiche-t-elle ici ?

— Je l'ai invitée. Je n'avais pas le choix. On lui avait promis l'exclusivité sur le prochain mariage organisé au Bennington. Et le prochain mariage, c'est le tien.

Zander fit un effort surhumain pour ne pas tordre le cou de son cousin. Ou mieux encore, le licencier sur-le-champ. Celestia Lane était la dernière personne qu'il avait envie de voir à son mariage. Vraiment la dernière.

Cela dit, Ryan avait raison.

Il avait bien promis à Celestia Lane de l'inviter au prochain mariage célébré au Bennington. Celui d'Allegra et lui, en l'occurrence. Et si la journaliste entendait parler de ce mariage après coup, elle l'accuserait de ne pas avoir respecté sa promesse, mettrait sans doute fin à leur trêve et publierait un nouvel article négatif sur l'hôtel et l'absurde malédiction.

Conclusion, il était coincé et allait devoir compter Celestia Lane parmi ses invités.

Même si, à cet instant, il se fichait éperdument de la réputation de son hôtel et ne pensait qu'à unir sa vie à celle d'Allegra. Mais Celestia Lane étant déjà là accompagnée d'un photographe...

Après avoir rajusté ses boutons de manchette, Ryan leva les yeux et fronça les sourcils.

— Tu n'as vraiment pas l'air bien, lui fit-il remarquer. Tu as l'air complètement abattu. Ne me dis pas que tu te dégonfles. La dernière chose dont nous avons besoin en ce moment, c'est d'une autre malédiction.

Zander lui lança un regard furieux.

Ryan haussa les épaules. Quel était ce petit sourire narquois qu'il voyait sur son visage ?

— Bien qu'un *marié fugueur* fasse un dénouement assez inattendu à toute cette histoire, reprit son cousin. Tu ne crois pas ?

— Je vais te rouer de coups. Voilà ce que je crois, rétorqua Zander.

Ryan le prit par les épaules et le serra dans ses bras.

— Tu n'as pas à t'inquiéter, dit-il. Allegra ne va pas s'enfuir.

— Suis-je si prévisible ?

— Pas toujours, mais dans ce cas, oui.

— Ce n'est pas l'hôtel qui m'inquiète, tu le sais, n'est-ce pas ?

Le Bennington survivrait, quoi qu'il se passe ce soir dans la salle de réception. Il existait depuis 1924. Si l'hôtel s'était relevé de la Grande Dépression, il survivrait à quelques mariées en fuite.

Si Allegra décidait de ne pas l'épouser, l'hôtel s'en remettrait. Lui, non.

— Je sais, répondit doucement Ryan.

— Je suis amoureux d'elle, murmura-t-il. Je crois même que je l'ai toujours été.

— Je le sais aussi.

Allegra et lui étaient faits l'un pour l'autre. Il était prêt à parier son hôtel là-dessus. Et même sa vie.

Ce qui était sur le point de se produire sous le plafond indigo de cette salle de réception avait commencé plus de dix ans auparavant. Il n'était qu'un adolescent à l'époque, à peine plus qu'un enfant. Mais lorsqu'il avait posé son regard sur Allegra ce jour-là au musée et lui avait proposé de se marier s'ils étaient encore célibataires à trente ans, ce n'était pas un plan de secours. Cela y ressemblait, certes, mais ce n'était pas le cas. Il savait qu'aucun d'eux n'épouserait qui que ce soit d'autre. C'était inconcevable.

Même s'il n'était qu'un adolescent timide alors, son intention était claire : il voulait épouser Allegra. Elle était sa partenaire de danse, sa confidente, son amie. Il voulait qu'ils soient plus que cela. Tellement plus que cela.

Pour toujours.

— Tu penses rester là longtemps ? reprit Ryan, le ramenant à l'instant présent. On peut peut-être aller prendre un verre en ville, si tu veux.

Zander haussa les épaules et rajusta son nœud papillon.

— Bien ! Allons te marier, alors, suggéra Ryan en faisant un petit signe de tête en direction de la salle de réception.

Zander avait vu cette salle un nombre de fois incalculable. Il avait vu d'innombrables couples se marier sous son grand lustre scintillant : princes, stars de cinéma et autres chefs d'État. Mais jamais il ne l'avait vue aussi resplendissante que ce soir.

Des guirlandes de roses et des orchidées cascadaient du plafond. Le sol était tapissé de pétales de fleurs. Sous les lumières tamisées, des centaines de bougies blanches traçaient l'allée qui menait à l'autel devant lequel il prit place en attendant que la *Marche nuptiale* retentisse.

Mais ce décor n'était rien à côté de la beauté d'Allegra.

Lorsqu'elle entra dans la salle inondée par la lumière des bougies, une couronne de fleurs dans les cheveux et des étoiles plein les yeux, il lui sembla que sa vie basculait dans un paradis longtemps rêvé et jamais atteint. Sa robe, simple et élégante, avait un haut semblable à un justaucorps de danse, et une large jupe corolle constituée d'innombrables couches de tulle. Elle n'avait jamais été aussi aérienne et aussi belle.

Un seul mot jaillit dans son esprit à cet instant.

« Mienne. »

En fin de compte, il ne prêta pas la moindre attention à Celestia Lane et à son photographe. Et c'est à peine s'il remarqua les membres de sa famille, même s'ils étaient tous là. Sa mère. Chloe. Tessa et Julian. Ryan aussi, bien sûr, qui escorta Allegra jusqu'à l'autel.

Mais Zander n'avait d'yeux que pour la mariée. Elle était exquise. Elle était à lui. Et pour la première fois depuis le jour où elle avait tout perdu, elle se dirigeait droit vers lui au lieu de le fuir.

Elle ne regarda pas en arrière. Pas une seule fois.

Mettant un pied devant l'autre, elle marchait vers son avenir, *leur* avenir, laissant derrière elle le passé.

Épilogue

UN REPORTAGE EXCLUSIF
DE LA RUBRIQUE MARIAGES
DU NEW YORK TIMES

Le P-DG de l'hôtel Bennington épouse son amour d'enfance lors d'une cérémonie intime qui met fin aux rumeurs de malédiction.

La malédiction dite des « mariées en fuite » qui pesait sur l'hôtel Bennington a vécu.

Le roi de l'hôtellerie new-yorkaise, Zander Wilde, a épousé la ballerine Allegra Clark hier soir, dans la célèbre salle de réception du Bennington, entouré des membres de sa famille fort émus.

Les mariés se sont rencontrés à l'âge de neuf ans en devenant partenaires de danse de salon. Après plus de dix années de séparation, ils se sont récemment retrouvés lors du trentième anniversaire de M. Wilde dans la salle de réception où ils se sont unis hier soir. Mais en ce jour béni, la mariée ne célébrait pas seulement ses noces, mais aussi son anniversaire. Après la cérémonie privée, les invités se sont partagé une impressionnante pièce montée ainsi que des cupcakes d'anniversaire de chez Magnolia Bakery. Les jeunes mariés envisagent de s'installer à Manhattan, où le marié restera à la barre du Bennington. La mariée, pour sa part, sera codirectrice de la Wilde School of Dance. Interrogé sur la fascination des New-Yorkais pour la malédiction de l'hôtel, le marié s'est refusé à tout commentaire, nous renvoyant au directeur financier du Bennington, Ryan Wilde. Celui-ci a assuré que le romantisme était bien vivant dans cet hôtel légendaire. Ce à quoi nous répondons... Ryan Wilde sera-t-il le prochain membre de la famille à mener sa belle jusqu'à l'autel ?

Vous avez aimé ces romans ?
Découvrez la suite de votre saga
« Idylles à New York » dès le mois de novembre !